Dietmar Ostwald

Die Schattenlakaien

Dietmar Ostwald

Die Schattenlakaien

Roman

Ein großer Mensch ist der, der sein Kinderherz behält

Dietmar Ostwald

Projekte-Verlag Cornelius

Impressum

1. Auflage
© Projekte-Verlag Cornelius GmbH, Halle 2012 · www.projekte-verlag.de
Mitglied im Börsenverein des Deutschen Buchhandels

Titelgestaltung unter Verwendung eines Fotos von: Gerd Altmann / pixelio.de
                                                   Rainer Sturm / pixelio.de
Satz und Druck: Buchfabrik Halle · www.buchfabrik-halle.de

ISBN 978-3-95486-146-0
Preis: 18,80 Euro

»Wovor hast du Angst?« Rainer mustert Yvonne mit kritischem Blick, steht auf und wiederholt noch einmal seine Frage. »Wovor hast du Angst?« Da er von ihr keine Antwort erwartet, geht er zum Fenster und blickt hinaus. »Ich kann es nicht verstehen! Erklär es mir!« In seiner Stimme spiegelt sich in diesem Augenblick seine Enttäuschung wider. Langsam dreht er sich um, und beide sehen sich an. Yvonne weicht seinem Blick aus, setzt sich auf den ausgebleichten roten Polsterstuhl, der neben dem Bücherregal steht. Vor ihr auf dem Tisch liegt ein aufgeschlagenes Buch. Sie wirft einen Blick darauf, nimmt es, liest die ersten Zeilen, schaut zu ihm auf, und mit sanfter Stimme unterbricht sie die eisige Stille, die zwischen ihnen plötzlich herrscht: »Rainer, warum sollen wir es nicht so lassen, wie es ist? Ich kann die Enge deiner Wohnung nicht ertragen! Und meine Wohnung will ich nicht kündigen!« Fragend mustert sie ihn und beginnt erneut zu sprechen: »Rainer, warum willst du mich einfach nicht verstehen?« Mit dem Buch in der Hand steht sie auf, schlägt es zu, liest den Titel, legt es wieder auf das Tischchen zurück, geht zu ihm und wirft dabei einen Blick auf ihre Armbanduhr. »Rainer, meine Spätschicht beginnt in vier Stunden!« Sie nimmt seine Hand und schaut ihn an. Er weicht ihrem Blick nicht aus.

»Deine Angst ist einfach lächerlich!« Dabei kann er seine Enttäuschung nur schwer unterdrücken.

»Rainer, kapiere es doch endlich! Ich möchte nicht umziehen! Es ist gut so, wie es ist. Später, vielleicht, einmal!«

»Nein, Yvonne!«, ungewollt laut antwortet er ihr.

»Aber ...«

Nervös streicht er sich durch sein langes, braunes Haar, das locker auf seine Schulter fällt. »Es fällt dir wirklich nicht im Traum ein, mir die Wahrheit auf den Tisch zu legen!« Als er seine Einschätzung in den Raum wirft, geht er zurück zum Fenster und öffnet es. In diesem Moment fährt die Straßenbahn mit markdurchdringendem Quietschen um die Kurve. Er blickt hinaus. Keine zehn Meter von seinem Fenster entfernt befindet sich die

Haltestelle. Menschen hasten aus den überfüllten Straßenbahnwaggons heraus, andere warten, dass sie einsteigen können. Er will das Fenster schließen, als er wieder diesen Fremden erblickt. Vor einigen Tagen hat er ihn schon einmal gesehen. Noch immer trägt er diese ausgewaschenen Jeans. An ihm sehen sie so aus, als hätte er seinen Anzug gegen diese Hose getauscht. Aber der Gipfel der Geschmacklosigkeit ist das bunte Hemd! Aufgefallen ist der Fremde ihm, weil ein angetrunkenes Mädchen ihn anbetteln wollte und er sie gesiezt hatte. Sie lachte und sprach mit lauter, lallender Stimme: »Was bist du denn für einer!«

Unbeholfen stand der Unbekannte da und tat so, als würde er das Kinoplakat im Schaufensterkasten studieren. Das angetrunkene Mädchen lachte und entfernte sich. Rainer wollte ebenfalls seinen Weg nach Hause fortsetzen, als er bemerkte, dass der Fremde ihn aus dem Augenwinkel heraus beobachtete. Warum er zu ihm ging, um Feuer für seine Zigarette zu erbitten, das kann er nicht mehr sagen. Es war eine Eingebung, eine Art Erleuchtung. Doch was er sah, machte ihn stutzig. In den Augen des Fremden konnte man für einen winzigen Augenblick seine Hilflosigkeit sehen, obwohl er so tat, als wäre es das Normalste der Welt, einem Mitmenschen Feuer für seine Zigarette zu geben. Ein Gefühl beschlich ihn und ließ ihn nicht mehr los. Dieser Fremde kennt mich!

Behutsam schließt er das Fenster, geht einen Schritt zur Seite und bleibt wie angewurzelt stehen. Vorsichtig späht er hinaus. Der Fremde zündet sich eine Zigarette an, geht über die Straßenbahngleise, stellt sich auf die gegenüberliegende Seite und blickt zu seinem Fenster hoch. Wie erstarrt steht Rainer da und murmelt: »Ich werde beobachtet!« Noch einmal späht er aus dem Fenster. In diesem Moment sieht er, wie der Fremde sich mit einem Unbekannten kurz, aber heftig unterhält.

»Yvonne, hörst du, ich werde beobachtet!«

»Rainer, spinnst du? Warum sollten sie dich, ausgerechnet dich, beobachten?«

»Ich weiß nicht. Vielleicht …«
»Verschweigst du mir etwas?«
»Yvonne …«, er schließt für einen Moment die Augen, bevor er weiterspricht, »Yvonne, es ist wahrscheinlich die Stasi! Sie ist bestimmt dahintergekommen, dass ich mir verbotene Bücher besorge! Findet die Stasi sie hier«, er schaut sie an, »komme ich in den Knast. Hörst du, die Bücher müssen sofort verschwinden!«
Ungläubig starrt Yvonne Rainer an. Es dauert einen Moment, bis sie die Fassung wiederfindet.
»Du hast verbotene Bücher in deiner Wohnung?«
»Ja!«
Deutlich erkennt man, dass sie das Vernommene erst einmal verdauen muss. »Woher hast du sie?«
»Yvonne, stell mir bitte keine Fragen, ich werde sie dir nicht beantworten!«
»Warum nicht?«
Er geht zu ihr, nimmt ihre Hände und schaut sie an. »Sollte die Stasi mich verhaften, weißt du von nichts! Es ist besser so.«
Empört blickt sie ihn an. »Niemals würde ich jemand verraten!«
Zynisch lacht er. »Glaube mir, diese Leute würden es herausbekommen, ob du lügst oder die Wahrheit sprichst.«
Ohne sie weiter zu beachten, eilt er zu seinem Bücherregal, nimmt zwei Bücher heraus, entfernt die zwei Schutzumschläge, und Yvonne sieht dabei Rainer erstaunt zu. Neugierig liest sie die wahren Titel der Bücher. Noch nie hatte sie von den Schriftstellern George Orwell und Alexander Solschenizyn gehört. Verblüfft beobachtet sie ihn, wie er zum Tischchen geht, sich das Buch und die Zeitung schnappt und damit umständlich die drei Bücher einpackt.
Als sie dieses Taschenbuch in der Hand hielt, fiel ihr der Titel auf. Er klang so exotisch. Da Rainer oft Bücher mitbrachte, die ihr nicht gefielen, kam sie nicht auf die Idee, sie zu lesen. Sie fragte auch nicht, woher er sie hatte. Er kannte ja so viele Leute, die lasen, aber diesmal wollte sie schon fragen, ob sie »Siddhartha«

lesen dürfe. Noch nie hatte sie sich Gedanken darüber gemacht, dass in der DDR verbotene Bücher im Umlauf sind.

Mit schnellen Schritten eilt er in die Küche und kommt mit einem Stoffbeutel in der Hand wieder heraus.

»Du kannst mich doch nicht alleine in deiner Wohnung lassen!« Als sie dies äußert, erkennt er deutlich die Entrüstung in ihrem Gesicht.

Hastig zieht er seine Jacke an, kramt in seinen Jackentaschen herum, holt einen Geldschein heraus und steckt ihn in seine Brieftasche. »Yvonne, wenn du dich noch hinlegen willst, in der Küche steht der Wecker. Ach, wenn du gehst, schließ bitte die Wohnung ab. Den Schlüssel behalte, ich nehme den anderen. Du weißt doch, die Alte, meine Nachbarin, ist sehr neugierig! Ein gefundenes Fressen für sie, in meiner Wohnung herumzuschnüffeln!«

Jeden Schritt hört sie, wie er die Holztreppe hinuntergeht. Die Haustür wird zugeschlagen.

Yvonne steht vor dem Bücherregal, betrachtet jedes einzelne Buch. Ich müsste viel mehr lesen! Aber meine Arbeit, denkt sie, frisst mich auf! Dann das lange Anstehen bei den Einkäufen. Sie weiß, es sind nur Ausreden! In Wirklichkeit hat das Interesse am Lesen merklich nachgelassen, zu viele menschliche Schicksale erlebt sie tagtäglich als Krankenschwester im Krankenhaus. Heftig zuckt sie zusammen, als das grelle Geräusch der Klingel sie in die Wirklichkeit zurückholt. Für einen Moment bleibt sie wie erstarrt stehen, dann eilt sie zur Wohnungstür, in der Hoffnung, Rainer wäre wieder zurückgekommen. Sie öffnet die Tür und ist enttäuscht. Vor ihr steht ein Mann mit verwaschenen Jeans und einem geschmacklosen bunten Hemd. Seine dunklen Haare sind glatt nach hinten gekämmt. Mit freundlichen Augen mustert er sie.

»Was wollen Sie?«, fragt sie und merkt, wie die Gesichtszüge des fremden Mannes sich verändern. Etwas Lauerndes taucht in seinem Gesicht auf.

»Sind Sie Frau Yvonne Kiesmann?«

»Ja, das bin ich!«
»Staatssicherheit!« Er zeigt seinen Ausweis. »Könnten wir uns einmal unterhalten?«
»Um was geht es?«
»Kann ich hereinkommen?«
»Ja«, antwortet sie und tritt zur Seite.
Geschickt schiebt er sich an ihr vorbei und betritt den Flur. Er bleibt nicht stehen, sondern geht direkt ins Wohnzimmer hinein. Dort angekommen, setzt er sich, ohne sie zu fragen, aufs Sofa. Irritiert über die Dreistigkeit des Mannes, bleibt sie am Türrahmen des Wohnzimmers stehen und mustert ihn. Interessiert betrachtet er das Bücherregal, steht auf, nimmt sich ein Buch heraus, blättert darin herum. »Frau Kiesmann«, beginnt er zu sprechen und betrachtet sie mit einem stechenden Blick, »wissen Sie, warum ich hier bin?«
»Nein.« Ihr Herz schlägt bis zum Hals.
»Wirklich nicht?«
»Ich sagte doch, Nein.« Ihre Nervosität kann sie in diesem Augenblick nur schlecht verbergen. Als der Besucher es bemerkt, huscht ein zufriedenes Lächeln über sein Gesicht.
»Ich bin vom Ministerium für Staatssicherheit!«, wiederholt er.
Angst zeichnet sich in ihrem Gesicht ab.
»Uns ist bekannt, dass Rainer Schmalfuß im Besitz von verbotenen Büchern ist. Wissen Sie etwas davon?«
»Nein«, haucht sie.
»Wirklich nicht?«
»Nein!« Ihre Stimme ist etwas kräftiger geworden.
Er geht zu ihr und schaut sie direkt an.
»Wir wissen, dass sich verbotene Bücher in dieser Wohnung befinden! Wo hat er sie versteckt?« Seine Stimme wird lauter. Sie zuckt zusammen. »Ich weiß ... ich weiß es wirklich nicht!«
»Na schön.« Einen Schritt macht er, blitzschnell dreht er sich wieder um und blickt sie nachdenklich an. »Sie arbeiten doch im Krankenhaus?«

Sie nickt.
»Eine verantwortliche Aufgabe!«
Wieder nickt sie.
»Was halten Sie davon, wenn Sie eine andere Tätigkeit ausüben würden. Sagen wir einmal, als ...«
»Nein!«, bricht es aus ihr heraus, dabei merkt sie, wie ihre Kräfte langsam schwinden.
Sein Erstaunen ist nicht gespielt, als er ihre Verneinung hört. »Das können Sie doch nicht machen!« Flehend sieht sie ihn an. Ihre Knie werden weich. Schwankend setzt sie sich.
Sein Gesicht wirkt jetzt freundlicher. »Na gut«, spricht er mit sanfter Stimme, »wir sind doch keine Unmenschen!« Mit kalten Augen mustert er sie. »Wo sind die Bücher?«
»Ich weiß es wirklich nicht!« Tränen quellen aus ihren Augen und rinnen über ihr Gesicht.
»Na schön«, sagt er leise und mustert die Wohnung. »Wie mir mitgeteilt wurde, will ihr Bruder doch Abitur machen und Medizin studieren. Wenn Sie es mir jetzt nicht sagen, wo sich die Bücher befinden, wird ihr Bruder in der sozialistischen Produktion arbeiten müssen! So ein Studium kostet viel Geld, und für Staatsfeinde gibt unser Staat kein Geld aus! Frau Kiesmann, verbauen Sie ihrem Bruder nicht die Zukunft. Ich warte noch eine Minute.« Er schaut auf seine Uhr.
»Rainer hat die Bücher aus dem Haus gebracht. Zufällig sah er Sie auf der Straße stehen und wusste, dass er beobachtet wird. Bis vor zwei Stunden wusste ich nichts davon! Das müssen Sie mir glauben!«
Lächelnd geht er zum Schrank, öffnet ihn und wirft einen Blick hinein. Vorsichtig holt er einige Papiere heraus und blättert darin herum. »Frau Kiesmann, wir sind doch keine Unmenschen! Sehen Sie, Sie wollten die Wahrheit sagen, und das honorieren wir. Rainer Schmalfuß denkt, wir wissen es nicht, dass er sich illegal verbotene Bücher beschafft. Aber da ist er auf dem Holzweg. Wir wissen alles.« Prüfend schaut er sie an. »Wo ist er?«

Sie zuckt zusammen, bevor sie antwortet. »Ich kann es Ihnen nicht sagen, er meinte, sollte mich die …«Ängstlich schaut sie ihn an.
»Reden Sie nur weiter. Ich beiße nicht!« Er lacht über seinen Witz. »Sie meinten Stasi!«
Sie nickt. »Wohin er ging, sagte er mir nicht!«
»Frau Kiesmann, der Vogel zappelt schon im Netz, nur er weiß es noch nicht. Und Sie werden uns dabei helfen, ihn zu fangen!« Durchdringend blickt er sie an. »Haben wir uns da verstanden?«
»Ja«, haucht sie.
»Sehen Sie, es geht doch.« Aufmunternd klopft er ihr auf die Schulter. »Heute in einer Woche sehen wir uns im Restaurant ›Zum Stern‹. Sie haben Frühschicht und können um drei Uhr da sein. Einverstanden?« Wieder schaut er sie lauernd an.
»Ja«, haucht sie erneut.
Ohne sie anzusehen, verlässt er die Wohnung. Fassungslos starrt sie die Wohnungstür an. Dann kommen ihr die Tränen.

Endstation! Rainer wartet, bis alle Fahrgäste die Straßenbahn verlassen, erst dann steigt er aus. Wie immer, bleibt er einen Moment stehen, so, als wäre er zum ersten Mal in dem Neubaugebiet seiner Heimatstadt. Sein Blick schweift über die endlosen Reihen von Plattenbauten, die sich wie vorgefertigte Schachteln in die Landschaft schmiegen. Kinderlärm dringt aus einem nahen Kindergarten. Mit schnellen Schritten überquert er die Straße und wundert sich jedes Mal, wie viele Autos doch auf den Parkplätzen vor diesen Wohnsilos stehen. Ein Bekannter kommt ihm entgegen. Beide bleiben stehen, reden ein paar Worte miteinander und gehen ihren Weg weiter. Schon von Weitem sieht er eine endlose Schlange wartender Menschen vor einer Kaufhalle stehen. Ein Mann kommt ihm entgegen. In der Hand hält er, wie eine Trophäe, ein Körbchen Erdbeeren. Vor einer Kreuzung biegt Rainer rechts ab und bleibt vor einem winklig gebauten Plattenbau stehen. Als er zum ersten Mal hier war, musste er zuerst die Eingänge zählen. Es waren einundzwanzig. Jedes Mal fragt er sich, wie viele Menschen hier wohl wohnen? Aber eine Antwort kann und will ihm niemand geben. Vor dem Haus Zehn bleibt er stehen. Gerade als er klingeln will, öffnet sich die Haustür, und drei Kinder schießen lärmend heraus. Den Fahrstuhl nimmt er nicht. Einmal ist er darin stecken geblieben und musste fast zwei Stunden warten, bis man ihn und eine Frau mit zwei Kindern herausholte. Seit diesem Zeitpunkt geht er lieber zu Fuß. In der fünften Etage bleibt er stehen. Ein verziertes Namensschild ist an der Tür befestigt worden. »Bertram« steht mit verschnörkelter Schrift darauf. Er klingelt. Es dauert einen Moment, bis sich die Tür öffnet.

»Rainer, mit dir hätte ich wirklich nicht gerechnet«, spricht Kiki mit freundlicher Stimme. Ihr richtiger Name ist Kriemhild! Aber sie kann ihren Namen nicht ausstehen, und irgendwie hat sich ihr Kosename unter ihren Freunden eingebürgert.

»Kiki, ich muss unbedingt mit dir sprechen. Bist du allein?«

»Komm doch erst einmal herein!«

Bevor er die Wohnung betritt, blickt er sich noch einmal um.

»Rainer, was hast du?«

Erleichtert macht er die Tür hinter sich zu. »Ich werde …«, er zuckt zusammen. Aus dem Wohnzimmer kommt ihm mit kurz geschnittenem Haar und auffallend modischer Kleidung eine unbekannte Frau entgegen. Entgeistert blickt er sie an. Sie reicht ihm die Hand, und beide schauen sich sprachlos in die Augen.

»He, ihr beiden, kommt zurück auf die Erde! Rainer, das ist meine beste Freundin Bärbel.« Sie lächelt. »Vorläufig wohnt sie bei mir! Sie wollte raus aus der Provinz und in die Stadt ziehen. Wir kennen uns schon aus Kindertagen! Du kannst ihr vertrauen!«

Er setzt sich. »Kiki, ich werde von der Stasi beobachtet!«

Ungläubig starren beide Frauen ihn an. Es vergeht einige Zeit, bis Kiki darauf antwortet. »Rainer, das ist doch nicht wahr?«

»Doch!« Dann erzählt er die Geschichte von dem Fremden.

Sofort erwidert Bärbel ihm: »Rainer, die Stasi wollte dich aus der Reserve locken, und sie hat es auch geschafft.« Eine bedrückende Stille herrscht in diesem Moment. »Ich weiß nicht«, setzt sie ihren Dialog fort, »was du angestellt hast, aber sie sind sich nicht sicher! Sonst hätte sich dieser Mann von der Stasi nicht so auffällig in aller Öffentlichkeit gezeigt! Er wollte dir Angst einjagen, damit du Fehler begehst, und das hat er auch geschafft!«
»Meinst du?«
»Ich bin mir ziemlich sicher!«
»Woher weißt du das?«
»Rainer«, sagt sie lächelnd, »ich besitze einen gesunden Menschenverstand! Wenn diese Schwachköpfe einen eindeutigen Beweis hätten, hätten sie dich schon längst verhaftet! Da kannst du Gift darauf nehmen!«
Schweigend blicken sie sich an.

»Ein Freund von mir«, erzählt sie, dabei wandert ihr Blick zum Fenster, »hatte sich Schriften und Gedichte von Anarchisten aus dem Westen besorgt. Der Idiot prahlte damit herum. Die Stasi fand bei einer Hausdurchsuchung mehr, als ihm lieb war. Seine Mutter heulte, als sie es mir erzählte. Er hat seine Gedanken niedergeschrieben und wollte sie im Westen veröffentlichen lassen. Das Fazit war: dreieinhalb Jahre Gefängnis!«

Wieder tritt betroffenes Schweigen ein.

»Was hast du eigentlich ausgefressen, um die Aufmerksamkeit der Stasi zu bekommen?«, fragt Bärbel.

Er blickt Kiki an.

»Bärbel«, spricht sie, »Rainer hat uns aus gewissen Quellen Bücher besorgt, die es im Buchhandel nicht zu kaufen gibt.«

»Du meinst, welche aus dem Westen?«

»Ja!«

Erstaunt schaut sie Rainer an. Er greift in seinen Stoffbeutel, holt die drei Bücher, die in Zeitungspapier eingewickelt sind, heraus und legt sie auf den Tisch. Bärbel steht auf, nimmt das Paket und entfernt das Zeitungspapier. Vorsichtig hält sie die

Bücher in der Hand, so, als wären sie aus Glas, und liest laut die Titel.

»Mensch, Rainer«, begeistert blickt sie ihn an, »das Buch ›1984‹ von Orwell wollte ich schon immer lesen!«

»Kiki, ich muss sie bei dir lassen! Bei mir sind sie nicht mehr sicher!«

Bärbel schaut beide an. »Rainer, die Bücher kannst du nicht hier lassen! Die Bullen observieren dich schon lange und werden es noch immer tun. Du bringst Kiki in Teufels Küche.« Ein unangenehmes Schweigen zieht in die Wohnung ein.

»Wer möchte etwas zu trinken haben?«

Rainer meldet sich. Gierig trinkt er eine Vita Cola.

»Kiki, deine Nachbarin könnte sie doch aufbewahren!«

»Rainer, spinnst du? Eine so liebenswerte alte Frau in Gefahr zu bringen. Das ist ausgeschlossen!«

»Kiki, ihren Mann verschleppten die Russen nach Sibirien. Bis heute hat sie keine Nachricht von ihm!«

»Rainer, du meinst …«

Er unterbricht sie. »Es gibt sonst kein sicheres Versteck!«

Kiki steht zögernd auf, verlässt ihre Wohnung und kommt nach einiger Zeit mit Frau Brettschneider, ihrer Nachbarin, in die Wohnung zurück.

Rainer will etwas erklären, aber mit energischer Stimme fordert Frau Brettschneider ihn auf, nicht weiterzusprechen. »Kinder, ihr macht mir wirklich eine große Freude. Wann bekommt man schon Bücher aus dem Westen? Ich hatte noch keines in der Hand! Mit Genuss werde ich sie lesen! Kiki, diesen Kommunisten werden wir eins auswischen.« Diebisch amüsiert sie sich.

Yvonne starrt noch immer ungläubig die Wohnungstür an, dabei fließen immer wieder Tränen über ihr Gesicht. Heftig schluchzt sie. Unaufhörlich hämmert ein Gedanke in ihrem Kopf. Ich bin eine Verräterin geworden … eine Verräterin … eine Verräterin … Gleichzeitig tauchen andere Stimmen in ihr auf. Was sollte ich tun? Ich hatte keine andere Wahl. Doch die Zweifel nagen. Was wäre geworden, wenn ich abgelehnt hätte? Hätte mir das Krankenhaus gekündigt? Laut spricht sie zu sich: »Ja, die Kündigung würde ich bekommen! Irgendeinen Grund finden diese Leute! Und aus Angst würden alle meine Kollegen schweigen!« Jetzt ahnt sie, wie weit der Arm der Staatssicherheit reichen kann. Hemmungslos weint sie jetzt. »Ich bin in einem Spinnennetz gefangen!« Resignation breitet sich in ihr aus. Mit kaum wahrnehmbarer Stimme flüstert sie: »Wenn ich das nicht tue, was die Stasi will, büßt nicht nur Rainer, sondern auch mein Bruder.« Schluchzend wirft sie sich auf den Boden und bleibt minutenlang liegen.

»Rainer«, flüstert sie, »du wirst mich hassen. Ich habe dich verraten! Nur weil ich solch eine Angst hatte. Rainer ...« Unaufhörlich weint sie. »Rainer, ich liebe dich! Ich wollte dich nicht verraten!« Verzweifelt schlägt sie mit der Hand auf den Fußboden. »Rainer, ich liebe dich so sehr. Ich wollte doch mit dir zusammenziehen. Glaube mir doch. Aber ich ...« Sie merkt, wie die Kraft langsam in ihr schwindet. »Ich hasse mich!« Mühevoll steht sie auf und wankt ins Badezimmer. Bevor sie ihr Gesicht wäscht, schaut sie sich im Spiegel an und spuckt auf ihr Spiegelbild. Erschrocken über sich selbst, säubert sie das Glas. Mit schlurfendem Gang schleicht sie ins Wohnzimmer zurück, wirft sich aufs Sofa, schließt ihre Augen und denkt an Rainer. »Wenn ich es ihm sage«, flüstert sie, »wird er mir niemals verzeihen, dann ist es aus ... aus ... aus.« Schluchzend zieht sie die Decke über ihren Kopf. »Rainer ...«, murmelt sie. Sie schließt die Augen und merkt, wie sie ins Bodenlose fällt. »Wie sage ich es dir nur?«

Krampfhaft hält sie die Decke über sich fest. Immer hat sie seine Standhaftigkeit bewundert! Warum konnte ich es nicht sein? Er war der Erste in der Klasse, der lange Haare trug, der sich weigerte, in die FDJ einzutreten, obwohl er dadurch kein Abitur machen durfte! Die Erinnerungen kommen mit aller Macht zu ihr. Ein zartes Lächeln huscht über ihr Gesicht. Es war am Anfang des

9. Schuljahres. Wir hatten einen neuen Staatsbürgerkundelehrer bekommen, und er hatte sich zum Ziel gesetzt, dass alle Schüler seiner Klasse in die FDJ eintreten. Nur ein Schüler sträubte sich beharrlich, und das war Rainer. Sie lächelt. Mit unbeschreiblichem Mut und beeindruckenden Argumentationen brachte er den Staatsbürgerkundelehrer oft an den Rand der Verzweiflung. Der Lehrer hasste ihn und ließ es ihn deutlich spüren. Kein Mensch konnte Rainers herzhaftes Lachen verbieten, geschweige unterdrücken. Er lachte, wenn er es wollte! Dann geschah das Wunder! Wieder lächelt sie. Unser Astronomielehrer – ein Mensch mit klarem Verstand. Wir liebten ihn, weil er keine politischen Scheuklappen trug. Er war durch und durch Lehrer! Einmal lud er unsere Klasse zu einer Nachtwanderung ein. Seine Freude, uns die Sterne am Nachthimmel zeigen zu können, war nicht gespielt. Während die Klassenkameraden am Nachthimmel die Sterne bewunderten, küssten wir uns zum ersten Mal. Das kam für mich so überraschend, dass ich es zuließ. Nie hätte ich gedacht, dass Rainer in mich verliebt war und ist.

Nach der Lehre wollte Rainer aus seiner Heimatstadt in die große weite Welt gehen, aber er wusste, die Mauer und der Stacheldraht würden ihn daran hindern. Sein Ziel war deshalb Berlin. Lange hielt er es dort nicht aus. Nach zwei Jahren kam er wieder zurück. Sein Weg führte zu mir. Er nahm mich in seine Arme, und die Welt schien für mich wieder in Ordnung zu sein. Bis er mir erzählte, dass er niemals in dieser eingemauerten DDR-Welt Kinder in die Welt setzen würde. Wir diskutierten die halbe Nacht, aber seine Meinung stand fest. Deutlich spürte ich seine Verbitterung, dass er in diesem ungeliebten Staat gefangen ist. Auf einmal holte er ein kleines Büchlein aus seiner Hosentasche, und zum ersten Mal las er mir seine Gedichte vor. Ich wusste nicht, dass er welche schrieb. Rainer, ich liebe dich.

Mühevoll steht sie auf, geht wankend zum Schrank, holt ein Blatt Papier heraus, nimmt einen Kugelschreiber und schreibt mit großer Schrift: »Rainer, ich wollte dich nicht verraten! Die Stasi wollte mich dazu zwingen. Es gibt für mich nur einen einzigen Weg ... Rainer, vergiss mich nicht und verzeih mir.«

Mit kraftlosen Schritten schleicht sie ins Badezimmer, nimmt sich eine Rasierklinge, legt sich in die Badewanne, und fachgerecht schneidet sie sich die Pulsadern auf.

Frau Brettschneider eilt in ihre Wohnung und kehrt mit einem großen Kochtopf zurück. »Kinder, da ihr mir die einsamen Nachtstunden mit guten Büchern vertreiben wollt, möchte ich mich mit einem guten Essen revanchieren.« Sie bleibt mitten in der Wohnung stehen und blickt jeden der Anwesenden an. »Frau Ruländer, die Verkäuferin in der Metzgerei, flüsterte mir gestern zu, ich solle doch bitte am Mittag in das Geschäft kommen. Ihr wisst ja, da sind nicht mehr so viele Kunden da. Es gibt ja auch nichts mehr!« Sie lacht in sich hinein. »Sie hätte etwas für mich. Ab und zu gibt sie mir etwas. Ihren Mann verschleppten die Russen auch, er ist nur krank wiedergekommen. War nur Haut und Knochen. Hat fast ein Jahr gedauert, bis er wieder gesund wurde. Nur eines, er hat sein Lachen verloren. Deshalb helfen wir uns gegenseitig. Ich bringe ihr was von der Kaufhalle, wenn ich etwas erwische. Ich rede wieder zu viel! Kinder, in dem Topf befindet sich ein Kilogramm Rindergulasch. Ich weiß nicht, wollt ihr lieber Kartoffeln oder Nudeln essen?«

Überrascht blicken alle die alte Frau an. Kiki antwortet als Erste: »Frau Brettschneider ...« Mit lauter, protestierender Stimme redet diese dazwischen: »Warum so förmlich? Ich heiße Roswitha!«

»Roswitha, das können wir doch nicht annehmen!«

Plötzlich lacht sie. »Vor zwei Jahren kam ich beim Elektroladen zufällig vorbei, und da luden sie gerade sechs Tiefkühlschränke ab. Sofort kaufte ich mir einen. Wenn du einen Blick hineinwerfen willst, wirst du sehen, wie gut er gefüllt ist. Nur keine Bescheidenheit!« Ihre Augen strahlen.

Während sie essen, erzählt Roswitha die neuesten Witze über Honecker und die politische Führung. Herzhaft wird gelacht.

»Kinder, zur Verdauung gibt es noch einen selbst gemachten Himbeerschnaps.«
Rainer blickt auf die Uhr. »Ich muss leider gehen, die Nachtschicht ruft, und noch etwas Schlaf tut mir bestimmt gut.«
»Wir kommen mit!«, rufen Bärbel und Kiki im Chor.
»Das ist lieb, aber ich brauche keine Kindermädchen!«
»Rainer, sollten sie dich verhaften, wissen wir es! Die Ungewissheit, was mit dir geschehen ist, würde mich nicht mehr schlafen lassen!«
Rainer nimmt Kiki in den Arm.
Roswitha spricht mit eindringlicher Stimme: »Rainer, es ist besser, du gehst nicht alleine nach Hause! Sollten die, was ich nicht glaube, dich tatsächlich verhaften, gibt es Zeugen, und sie können dich nicht so einfach verschwinden lassen. Ich traue den Lumpen nämlich alles zu!«
»Na gut, kommt mit!« Seufzend schaut er die drei Frauen an.
»Und ich werde mich gemütlich in meinen Sessel setzen und lesen. Rainer, du wirst heute fleißig arbeiten, und die Stasi wird dich nicht verhaften!« Ihre Augen lachen, als er ihr zum Abschied die Hand gibt. »Und die Bücher sind bei mir in sicheren Händen!«

Rainer bleibt an der Straßenbahnhaltestelle stehen und zeigt mit dem Finger auf einen Mann, der eine ausgewaschene Jeans und ein buntes Hemd trägt. Mit lauter Stimme spricht er zu Kiki und Bärbel: »Dieser Mann ist bei der Staatssicherheit, und sein Auftrag ist, ...«
Kiki hält ihm den Mund zu. »Bist du von allen guten Geistern verlassen!« Eindringlich sagt sie ihm das. Der Angesprochene dreht sich um und tut so, als wäre er nicht gemeint. Die wartenden Menschen drehen sich ebenfalls um, als hätten sie nichts gehört oder gesehen, oder sie entfernen sich mit schnellen Schritten von der Haltestelle.
»Rainer, musste das jetzt sein?« Wütend schaut Kiki ihn an. »Ich wusste es schon immer, dass du ein Kindskopf bist!«

Lachend nimmt er die beiden Frauen in den Arm und flüstert: »Diesem Kerl ...«

Wieder hält sie ihm den Mund zu. »Kannst du nicht einmal deine Klappe halten?« Diesmal ist Kiki richtig sauer. »Du machst so lange, bis sie dich ...«

Plötzlich lacht Bärbel: »Wenn man euch so sieht, könnte man meinen, ihr wäret verheiratet und streitet euch!«

»Bärbel, Gott bewahre, mit diesem Kerl würde ich es keine Minute zusammen aushalten!« Freundschaftlich stupst sie ihn am Arm. »Rainer, wie lange kennen wir uns?« Sie schaut ihn an.

»Viel zu lange!«

»Sag doch mal! Du weißt doch immer alles!«

»Es ist eine halbe Ewigkeit – dreizehn Jahre!«

»Und wie habt ihr euch kennengelernt?« Als Bärbel dies fragt, gehen die drei über die Straße.

»Bei einem Konzert von Klaus Renft. Sie spielten im Kulturhaus. Ich hatte keine Karte und stand da und hoffte, irgendwie hineinzukommen. Da sprach mich Rainer an. Nie wäre ich auf die Idee gekommen, durch das Toilettenfenster der Herren zu einem Konzert zu kommen. Es ging ohne Schwierigkeiten. Seitdem sind wir befreundet.«

Bärbel blickt sie nachdenklich an.

»So, jetzt habt ihr mich nach Hause gebracht, und ich bin nicht verhaftet worden.« Er schließt seine Wohnungstür auf. »Und jetzt brauche ich meinen Schlaf!«

»Rainer«, bettelt Bärbel, »kann ich nicht einmal deine Bücher sehen?«

Er seufzt. »Aber nur fünf Minuten!«

Die drei gehen in die Wohnung hinein. Die Tür des Badezimmers steht weit offen. Schnell geht er hin und will sie schließen. »N...ein!«, schreit er außer sich. Entsetzt starrt er Yvonne an. Sie liegt in der Badewanne. Ein Arm hängt aus der Wanne heraus, und eine riesige Blutlache hat sich auf dem Fußboden ausgebreitet.

Bärbel und Kiki fassen sich an, und ein quälendes »N…ein!« dringt aus beiden Mündern.

Wie versteinert steht Rainer vor dem Badezimmer. Zuerst hat sich Bärbel gefasst. »Schnell, wir müssen einen Arzt rufen! Habt ihr ein Telefon im Haus?«
Kiki spricht, als wäre sie nicht auf dieser Welt. »Die Nachbarin …«, dann sackt sie in sich zusammen. Instinktiv hält Rainer sie im letzten Moment fest, sonst wäre sie ins Badezimmer gekippt. Bärbel rennt aus der Wohnung. Behutsam trägt Rainer Kiki ins Wohnzimmer, legt sie auf das Sofa und spricht mit ihr. Die Nachbarin kommt ebenfalls ins Wohnzimmer und jammert: »O Gott, o Gott!« Bärbel meldet gequält: »Der Arzt kommt und die Polizei.«

Rainer dreht sich zu ihr um und sieht den Zettel auf dem Tisch. Er nimmt ihn und liest. Ohne die Anwesenden anzusehen, rennt er aus der Wohnung. Bärbel hinterher. Ein Auto kann in letzter Sekunde bremsen, sonst wäre er überfahren worden. »Du Mörder«, ruft er außer sich, als er den Mann in den Jeans und dem bunten Hemd sieht. Wutentbrannt packt er ihn mit beiden Händen am Hemd und schüttelt ihn durch. »Du Schwein hast Yvonne auf dem Gewissen. Hast sie in den Selbstmord getrieben. Du Stasischwein. Sind das eure sozialistischen Methoden?« Mit der Faust will er ihm ins Gesicht schlagen, aber Bärbel packt ihn und zieht ihn fort. Irritiert blickt er sie an. »Rainer«, ruft sie energisch, »es ist gut.« Sie nimmt ihn in den Arm und streichelt ihn.

»Leute«, sagt der Fremde laut, »ich habe nichts getan! Leute, das müsst ihr mir glauben. Ich kenne diese Menschen nicht! Es ist eine tragische Verwechslung!«

Rainer will sich wutentbrannt auf ihn stürzen. »Rainer!«, brüllt Bärbel und packt ihn am Arm. »Ich werde ihm sagen, was er angerichtet hat!« Sie nimmt den Zettel und liest so laut, dass alle Menschen es an der Straßenbahnhaltestelle hören: »Rainer, ich wollte dich nicht verraten! Die Stasi wollte mich dazu zwingen!«

Der Fremde hebt die Arme und ruft laut: »Das sind doch Lügen! Vom Ausland gesteuerte Lügen!«
Entrüstet reißt Rainer sich von Bärbel los und gibt ihm einen kräftigen Tritt in den Hintern. Entsetzt starrt dieser Rainer an. Angst spiegelt sich in seinem Gesicht wider.
»Von wegen vom Ausland gesteuerte Lügen. Sag die Wahrheit! Hast du nicht schon gestern meine Wohnung beobachtet? Oder vor ein paar Tagen am Kino? Kannst du dich nicht mehr daran erinnern?« Wieder will er ihn treten, und wieder hält Bärbel ihn zurück. Mit Blaulicht kommt der Krankenwagen.
»Warte«, brüllt Rainer, »irgendwann ...«
Bärbel nimmt ihn am Arm und zieht ihn fort.
»Komm, der Arzt ...« Widerstandslos lässt er sich wegführen.

Der Arzt kommt aus dem Badezimmer, und mit leisen Worten spricht er: »Sie ist ...«
»N...ein!«, ruft Rainer gequält. In diesem Moment betritt die Polizei die Wohnung.
»Ihr Mörder!«, ruft er außer sich, »ihr allein seid verantwortlich für den Tod von Yvonne. Ihr Mörder! Ihr habt sie dazu getrieben!« Hemmungslos weint er jetzt.
Der Arzt nimmt seine Hand, und mit beruhigender Stimme sagt er: »Ich gebe Ihnen jetzt eine Spritze, und Sie werden schlafen.«
»Lesen Sie! Bitte! Die Stasi hat meine Freundin in den Tod getrieben. Was ist das nur für ein Staat?«
Kiki und Bärbel halten ihn fest, und er bekommt eine Spritze. Vorsichtig begleiten sie ihn zum Sofa. Er rollt sich zusammen wie ein Baby. Weinend schläft er ein.

Durch ein Geräusch aus der Küche wird Rainer aus seinem Schlaf gerissen. Langsam öffnet er die Augen, und sein Blick schweift irritiert durch den Raum. Noch einmal irrt sein Blick durch das Zimmer. Am Bücherregal wird ihm bewusst, wo er sich befindet, und sofort kehren die Geschehnisse des gestrigen

Nachmittags in kleinen Schritten zu ihm zurück. »Yvonne«, flüstert er, und erneut wiederholt er den Namen, diesmal etwas lauter. In dieser Sekunde ist die bleierne Müdigkeit wie weggeblasen. Überstürzt steht er auf und eilt in das Badezimmer. So sauber sah sein Badezimmer noch nie aus. »Wo ist Yvonne?«, fragt er außer sich.

»Guten Morgen, Rainer!«, hört er hinter sich eine Frauenstimme. Entgeistert dreht er sich um und starrt Bärbel an. Es vergehen einige Sekunden, bis er begreift, wer sie ist.

»Wo ist Yvonne?«, fragt er erneut.

»Sie wurde gestern Abend …«

»Und warum wurde ich nicht geweckt?«, unterbricht er sie aufgebracht.

»Rainer, du bekamst eine Beruhigungsspritze. Du hast geschlafen wie ein Murmeltier.«

Wankend schleicht er in die Küche und setzt sich an den Tisch.

»Kiki hat Bohnenkaffee vorbeigebracht! Echter Westkaffee! Ich mach dir eine Tasse.«

»Nein«, knurrt er barsch, »ich möchte keinen.«

»Du musst …« In diesem Moment klingelt es. Bärbel geht zur Tür und öffnet sie.

»Staatssicherheit! Ist Herr Schmalfuß zu Hause?«, wird sie barsch gefragt.

Rainer erscheint an der Tür.

»Dürfen wir eintreten?«

»Nein«, antwortet er laut. »Schon einmal war die Staatssicherheit da, und das hat Yvonne …«

»Rainer«, beruhigend legt Bärbel ihre Hand auf seine Schulter, »du musst sie hereinlassen!«

Er geht zur Seite und lässt sie herein.

»Setzen Sie sich bitte«, sagt Bärbel und blickt dabei Rainer ängstlich an.

»Wir sind vom Ministerium für Staatssicherheit und wollen die Vorwürfe, die Sie einem unbescholtenen Bürger an den Kopf

warfen, richtigstellen. Er hat von einer Anzeige abgesehen. Den Schmerz, den Sie erlitten haben, konnte er nachvollziehen!«
Schnell fasst Bärbel Rainer an die Hand. Irritiert schaut er sie an. Tief atmet Rainer durch und betrachtet den Mann, der ihm gegenübersitzt. Sein hellbraunes Jackett tadellos. Sein weißes Hemd und die Krawatte sind bestimmt nicht aus DDR-Produktion. Sein Blick wandert über die braune Cordhose, die schon bessere Zeiten gesehen hat, und bleibt an seinen schmutzigen Schuhen hängen. Interessiert beobachtet er dann, wie er umständlich seine Ledertasche öffnet, eine Akte herausnimmt und sie auf den Tisch legt. »Frau Kiesmann«, sagt er mit unterdrücktem Befehlston, »ist seit einigen Wochen in psychologischer Behandlung. Sie leidet unter einer ...« Umständlich öffnet er die Akte.

Außer sich springt Rainer vom Stuhl auf, zeigt mit dem Arm zur Tür, und seine Stimme überschlägt sich: »Raus, ich kann mir eure Lügen nicht mehr anhören. Yvonne war eine lebenslustige Frau und auf keinen Fall in psychologischer Behandlung. Da könnt ihr mir Tausende Seiten von einem Arzt hinlegen! Ich glaube euch nicht! Übrigens sollte Yvonne nächste Woche zu einer Fortbildung gehen. Wenn sie krank gewesen wäre, hätte sie diese Fortbildungsmaßnahme bestimmt nicht bekommen!«

Ruhig antwortet der Angesprochene und rückt dabei seine Brille zurecht: »Passen Sie gut auf, was Sie sagen! Jetzt kann ich Ihren Schmerz verstehen! Aber sollten Sie diese Lügen, die Sie einem unbescholtenen Bürger an den Kopf geworfen haben, verbreiten, werden wir andere Maßnahmen gegen Sie einleiten. Haben wir uns da verstanden?«

»Ihr könnt nur drohen! Das ist ...«

Bärbel springt auf und hält ihm den Mund zu. »Rainer, du redest dich um Kopf und Kragen!«

»Wer sind Sie?«, fragt der andere, der bisher kein einziges Wort gesprochen hat.

»Das wissen Sie doch!«

Er steht auf und geht zu ihr. »Den Personalausweis!«

Sie steht auf, geht in den Flur, greift in ihre Tasche, holt den Ausweis heraus und übergibt ihn.
»Sie wohnen nicht hier?«
»Nein, ich wohne nicht hier. Ich wollte Rainer nicht in der Nacht alleine lassen!«
Er blättert im Ausweis herum. »Gemeldet sind Sie nicht in dieser Stadt!«
»Nein, ich bekomme nächste Woche erst meine neue Wohnung hier.«
Er mustert sie. »Wo arbeiten Sie?«
»Ich habe in meinem alten Betrieb gekündigt und werde in zwei Wochen meine neue Stelle antreten.«
»Und wo wohnen Sie jetzt?«
»Bei einer Freundin.«
»Name und Anschrift!«
Sie nennt ihm den Namen und die Adresse. In seinem Notizbuch notiert er sich die Angaben. Langsam wendet er sich zu Rainer. »Staatsfeindliche Hetze ist ein schweres Delikt, Herr Schmalfuß! Überlegen Sie, was Sie in der nächsten Zeit sagen!«
Ohne ihn anzusehen will er gehen, dreht sich noch einmal um. »Herr Schmalfuß, die Eltern von Yvonne wollen Sie nicht auf der Beerdigung sehen! Das ist der ausdrückliche Wunsch von ihnen.«
Grußlos verlassen sie die Wohnung.
Rainer und Bärbel schauen sich an.
»Bärbel, durch mich hast du dir Freunde fürs Leben geschaffen. Ab jetzt stehst du unter ständiger Bewachung!« Lange sieht er sie an. »Willst du mir jetzt eine Tasse Kaffee machen? Ich hole uns schnell noch ein paar Brötchen.«
»Das brauchst du nicht! Schlafen konnte ich sowieso nicht. Wie gerädert stand ich am Morgen auf. Da du wie ein Toter schliefst, wollte ich dich nicht wecken.« Erschrocken schaut sie ihn an, als er sich aber nicht äußert, redet sie unbeschwert weiter: »Ich brauchte einfach frische Luft. Die alte Frau nebenan ist wirklich sehr nett, sie zeigte mir den Weg zum Bäcker.«

»Du hast dich mit diesem Klatschmaul unterhalten?« Er schnauft.
»Rainer, du beschuldigst sie zu Unrecht!«
Höhnisch lacht er. »Nichts kann sie für sich behalten. Sie muss alles weitertratschen!«
»Rainer«, sie schüttelt ihren Kopf, »du tust ihr unrecht!« In ihrem Gesicht sieht man die Überzeugung, als sie ihre Worte wiederholt. »Sie hat sich über dich beschwert. Sie sagte: Vor ein paar Wochen schaute sie aus dem Fenster, und was glaubst du, was sie sah?«
»Was wird die Alte schon gesehen haben!«
Bärbel mustert ihn.
»Den Mann, dem du gestern Nachmittag kräftig in den Hintern getreten hast! Sie wollte es dir sagen, aber du verachtest sie ja. Ich glaube, sie leidet sehr darunter!«
Er räuspert sich. Bärbel lässt das heiße Wasser durch den Kaffeefilter laufen. Umständlich steht er auf und deckt den Tisch. Plötzlich bleibt er stehen und wird von heftigen Weinkrämpfen geschüttelt.
»Ich kann noch nicht einmal Abschied von Yvonne nehmen. Einmal war ich bei ihren Eltern«, erzählt er unter Schluchzen, »so richtig eingefleischte Kommunisten waren das! Kein einziges Argument ließen sie von mir gelten! Es war ein furchtbarer Nachmittag. Nach dem Kaffeetrinken schmissen sie mich aus ihrer Wohnung. Und jetzt ...« Wieder wird er von einem heftigen Weinkrampf geschüttelt.
Hilflos steht Bärbel neben ihm.
»Rainer, es ist gut so, dass du weinst. Du darfst deinen Schmerz nicht in dir vergraben!«
So wie der Weinkrampf anfing, so endet er auch. Hastig eilt er in den Flur und sucht etwas in seinen Jackentaschen. Mit einem kleinen Notizbuch kommt er zurück.
»Bärbel«, spricht er voller Euphorie, »hier in diesem Heft stehen einige Gedichte von mir. Ich versuche, sie im Westen zu

veröffentlichen! Natürlich habe ich noch mehr. Was hältst du davon?« Wieder will er aus der Küche eilen.

»Rainer, das können wir nach dem Frühstück besprechen!«

»O Gott, die Nachtschicht! Die habe ich ja glatt vergessen. Was soll ich jetzt machen? Mein Meister hat mich sowieso schon auf dem Kieker!«

Sie fasst ihn am Arm, erstaunt sieht er sie an. »Rainer«, sagt sie mit sanfter Stimme, »beruhige dich! Der Arzt hat dich vierzehn Tage krankgeschrieben! Dein Chef weiß Bescheid! Er war bestürzt, als er es hörte!«

»Du hast es diesem Arschloch erzählt?«

»Rainer, dein Meister wollte wissen, woran du erkrankt bist, und da musste ich doch die Wahrheit sagen. Übrigens, der Arzt war mit deiner Krankschreibung sehr großzügig. Findest du nicht auch?«

Er sagt nichts. Blickt sie nur an.

»Du sollst auch zu einer Behandlung gehen. Das hat er jedenfalls zu mir gesagt! Eine Adresse schrieb er mir von einem ...«

Heftig wird sie unterbrochen. »Niemals!«

Schweigend frühstücken sie. Plötzlich steht er auf, geht zum Fenster und blickt hinaus. »Yvonne«, sagt er mit leiser Stimme, »hat etwas an sich gehabt, was ich nicht so richtig beschreiben kann.« Er dreht sich um, setzt sich wieder. Starr sieht er Bärbel an. »Yvonne hat Ruhe in mein Leben gebracht! Einfach nur Ruhe!« Mit nachdenklichem Blick schaut er zum Fenster, und mehr zu sich selbst spricht er: »In dieser DDR werde ich jetzt ersticken. Einfach ersticken. Ich muss verschwinden! Das Kapitel Rainer Schmalfuß muss in dieser DDR geschlossen werden!«

»Rainer«, sie nimmt seine Hand, »überlege dir jetzt deine Schritte sehr genau, sonst rennst du in dein Verderben! Und die Stasi würde sich freuen, einen wie dich einsperren zu können!«

»Es ist mir jetzt piepegal!« Wieder weint er. »Warum hat Yvonne mit mir nicht gesprochen? Wir hätten bestimmt einen Ausweg gefunden!« Er schließt die Augen. »Yvonne, es gibt immer einen

Weg, aus einer Sackgasse herauszukommen! Warum hast du mit mir nicht geredet? Warum? Hast du kein Vertrauen mehr zu mir gehabt?« Hemmungslos weint er jetzt. Sein Körper wird heftig dabei geschüttelt. Unerwartet steht er auf, wischt sich die Tränen aus dem Gesicht, geht ins Wohnzimmer, macht den Schrank auf, holt einen Notizblock heraus, nimmt sich einen Kugelschreiber und kommt wieder zurück in die Küche. »Bärbel«, er mustert sie, »ich möchte mit dir jetzt spazieren gehen. Schau doch aus dem Fenster, wie die Sonne lacht. Yvonne möchte bestimmt nicht ...« Mehr sagt er nicht.

Kiki will ihre Wohnungstür abschließen, als sie von einem jungen Mädchen angesprochen wird. »Bist du Kriemhild Bertram?«
»Wer will das wissen?« Sie dreht sich um.
»Entschuldigung, mein Name ist Nadine Schüler.«
»Was willst du von mir?«, fragend mustert sie die junge Frau. Wenn ich dieses junge Mädchen auf der Straße so sehen würde, denkt Kiki, würde ich sie für nicht älter als fünfzehn Jahre schätzen. Aber wahrscheinlich ist sie älter. Was für eine knabenhafte Figur! Heute Morgen konnte ich in der Badewanne sehen, wie der Zahn der Zeit an mir nagt. Die schlanke Figur meiner Jugend besitze ich längst nicht mehr – leider.
»Darf ich reinkommen?«, wiederholt Nadine und schaut sich dabei nervös um.
»Komm rein.«
In dem kleinen Flur atmet Nadine erleichtert auf. »Als ich mit der Straßenbahn hierher fuhr«, erzählt sie, und beide gehen ins Wohnzimmer, »hatte ich das ungute Gefühl, als wenn mich jemand verfolgen würde. Aber bis zu deiner Wohnung ist mir kein Mensch nachgekommen.«
Es klingelt. Nadine zuckt zusammen. Schnell packt Kiki sie am Arm, eilt mit ihr ins Schlafzimmer, öffnet leise ihren Schrank und schiebt sie hinein. Noch einmal klingelt es. Mit schnellen Schritten geht sie ins Badezimmer und drückt auf

die Spülung der Toilette. »Moment«, ruft sie, »ich komme.«
Sie öffnet die Tür.
»Ministerium für Staatssicherheit!«
»Ja.« Innerlich bebt sie, als sie das laut sagt.
»Dürfen wir reinkommen?«
Sie geht zur Seite und sagt betont höflich: »Bitte, kommen Sie herein!«
Die Männer gehen in die Wohnung und bleiben stehen. »Vor ein paar Minuten hat doch eine junge Frau bei Ihnen geklingelt.« Erstaunt blickt sie die beiden Männer an. »Bei mir hat niemand geklingelt! Wenn ja, ich hätte sowieso nicht öffnen können, ich war …«, verlegen blickt sie zu Boden, »ich war austreten!«
»Wir schauen uns einmal um.« Ohne zu fragen, gehen sie ins Wohnzimmer, öffnen die Tür zur Toilette, werfen einen Blick in die kleine Küche. Zuletzt eilen sie ins Schlafzimmer. Kiki geht ihnen hinterher. Unter ihr Bett blicken die beiden Männer, öffnen die Schranktüren, und der Jüngste, ein richtiger Milchbubi, will im Schrank etwas hochheben. Doch der Ältere, wahrscheinlich sein Vorgesetzter, winkt ab und gibt den Befehl, zu gehen. Bevor sie die Wohnung verlassen, dreht sich der Ältere noch einmal um, und mit herabwürdigender Stimme äußert er: »Freuen Sie sich nicht zu früh! Der Tag ist noch sehr lang.«

Die Männer gehen mit schnellen Schritten aus der Wohnung. Mit zittrigen Beinen schleicht Kiki ins Schlafzimmer, öffnet die Schranktüren. Erstaunt muss sie feststellen, dass sie kein junges Mädchen im Schrank sieht. Was ihr auffällt, dass zwischen ihren Blusen, Röcken und Hosen ihr dickes Federbett ausgebreitet auf dem Boden liegt. »Du kannst rauskommen!«, flüstert sie. Mit hochrotem Gesicht schaut Nadine unter der Bettdecke hervor.

»Mensch«, flüstert sie ebenfalls, »das ist ja noch ein richtiges Federbett! Woher hast du es? Das hat mich gerettet! Ein Glück!«
Vorsichtig, damit sie keinen Lärm macht, kriecht sie aus dem Schrank. »Wenn ich so groß wäre wie du«, flüstert sie erneut, »hätte ich mich nicht so gut verstecken können!«

»Was willst du von mir?«
»Ich soll dir etwas geben. Und du musst es Rainer weitergeben.« Sie greift in ihren Stoffbeutel und holt ein Päckchen heraus. Erstaunt blickt Kiki das junge Mädchen an. Sie nimmt das Päckchen in die Hand und öffnet es vorsichtig. Ein Manuskript kommt zum Vorschein. Ihre Verwunderung kann sie nur schlecht verbergen. »Was ist das?«, fragt sie und blickt dabei Nadine an.

»Das ist ein Theaterstück.«

»Und was soll Rainer damit machen?«

»Rainer soll es lesen und beurteilen.«

Die beiden Frauen mustern sich. »Der Schriftsteller ist doch von hier! Oder?«

»Ja, er wohnt zurzeit in Leipzig.« Nadine senkt ihre Stimme. »Das Theaterstück hat mein Bruder geschrieben.« Erstaunt schaut Kiki sie an. »Wenn das Theaterstück von der Stasi erwischt wird, kommt er wieder ins Gefängnis.« Der Verzweiflung nahe, erzählt sie jetzt die wahre Geschichte: »Mein Bruder«, Nadine blickt Kiki an, »ist erst vor einem halben Jahr aus dem Gefängnis entlassen worden. Er war in Torgau. Zwei Jahre war er da drin. Das hat ihn vollkommen verändert! Er ist nicht mehr der lebenslustige Mensch, der er einmal war!«

»Was hat er denn verbrochen?«, fragt Kiki sofort. Beide Frauen schauen sich an.

»Nichts!« Nadine seufzt. »Er konnte seine Klappe nicht halten und sagte seine Meinung einem Arbeitskollegen. Nur dieser, und das wusste mein Bruder, war ein hundertprozentiger Parteigänger. Von seiner Arbeitsstelle kam er nicht mehr nach Hause. Er wurde sofort verhaftet.«

Kiki blättert in dem Theaterstück und beginnt zu lesen: »… Wagner, das, was ich an dir besonders schätze, ist dein schlaues Köpfchen! Wenn nur alle solch eine feste Überzeugung hätten, dann würden sie auch begreifen, dass die Partei immer recht hat!«

Ohne eine Silbe zu sagen, geht Kiki ins Wohnzimmer, öffnet ihren in die Jahre gekommenen Schrank, räumt die Tassen und Teller heraus.

»Was machst du da?«, fragt Nadine, und ihr Erstaunen kann man in ihrem Gesicht ablesen.

Kurz unterbricht Kiki ihre Arbeit, und mit spitzbübischem Gesicht antwortet sie auf ihre Frage: »Ich kenne dich zwar nicht, aber ich weiß, dass unsere Freunde mit Sicherheit wiederkommen! Und du willst doch auch nicht, dass dein Bruder wieder im Gefängnis landet. Deshalb müssen wir uns ein sicheres Versteck aussuchen. Und dieser alte Schrank hat einige davon. Meine Mutter hat ihn von ihrer Mutter bekommen, und sie wollte ihn schon als Brennholz benutzen, aber zum Glück kam ich rechtzeitig. Verstehen konnte sie es nicht, dass ich ihn unbedingt haben wollte.« Mit Mühe zieht sie das dicke Einlegebrett heraus und dreht es um.

Was Nadine jetzt sieht, erstaunt sie so sehr, dass sie sich spontan äußert: »Das gibt es doch nicht!«

»Das war ein Hochzeitsgeschenk meines Opas an meine Oma! Er war Schreiner und hat die Wirren der dreißiger Jahre des vergangenen Jahrhunderts erlebt. Ein eingefleischter Sozi. Er ahnte, was Hitler für ein Mensch war. Deshalb brauchte er sichere Verstecke, um seine Schriften vor den Nazis unsichtbar zu machen. Zehn Mal wurde seine Wohnung auf den Kopf gestellt, und zehn Mal fanden sie nichts. Und glaube mir, Nadine, das Theaterstück von deinem Bruder ist hier sicher!«

Blatt für Blatt verschwindet in dem Einlegebrett. Als die Tassen und die Teller wieder an der richtigen Stelle stehen, betrachtet Kiki Nadine. »Ich werde jetzt meine Einkäufe erledigen. Du bleibst in meiner Wohnung und rührst dich nicht von der Stelle! Hörst du? Lege dich auf mein Sofa, nimm ein Buch und lies oder, wenn du willst, schlafe. Sollte es klingeln, öffne nicht die Tür.«

Bärbel blickt den steinigen Weg an, der sich bis zum Gipfel serpentinenartig in den kargen Boden hineingefressen hat. Voller

Bewunderung über die ausgezeichnete Fernsicht bleibt sie stehen. »Rainer, ich war noch nie hier oben.« Sie dreht sich zu ihm um. Die ganze Zeit ist er vor oder neben ihr gelaufen, ohne ein einziges Wort mit ihr geredet zu haben. Jetzt setzt er sich am Rande des Weges in den Rasen, pflückt sich eine kleine, zart violette Blume und betrachtet sie. »Yvonne«, bricht er das Schweigen, »liebte das Zimbelkraut. Fast jede Blume, die es auf einer Wiese gab, kannte sie mit Namen. Manchmal kam ich mir wie ein Schüler vor, wenn sie mir Namen von Blumen nannte, die ich noch nie in meinem Leben gehört hatte.« Abrupt hört er auf zu reden. Er nimmt einen Stein, der neben ihm liegt, und wirft ihn mit voller Wucht den Abhang hinunter. Unerwartet steht er auf, geht ein paar Schritte die Böschung hinab und legt sich ins Gras. »Ihre Augen leuchteten, wenn sie mir erklären wollte, wie einzigartig doch die Natur sei.« So wie er unerwartet zu sprechen begann, so verstummt er wieder. Bärbel setzt sich neben ihn. Mehr zu sich sagt sie: »Welch eine fantastische Aussicht.« Wahrscheinlich hat er es nicht gehört.

»Hier will und kann ich nicht mehr leben! Einmal in meinem Leben will ich in ein Geschäft gehen und das kaufen, was ich möchte, und mich nicht stundenlang anstellen müssen für etwas, was ich vielleicht später einmal gebrauchen könnte!« Plötzlich lacht er. »Meine Schwester«, zum ersten Mal hört sie, dass Rainer noch Geschwister hat, »wollte für ihre fünfjährige Tochter Schlüpfer kaufen. Sie rannte durch die ganze Stadt, und in keinem Geschäft gab es welche. Stell dir das doch einmal vor. In der Zeitung schreiben diese Blinden, die Norm sei erfüllt und übererfüllt worden. Wo sind nur diese Waren geblieben?« Herzhaft lacht er. Dann steht er abrupt auf, breitet die Arme aus, und mit betont lauter Stimme ruft er: »Ihr Götter, gebt mir einen einzigen Wunsch!« Wieder lacht er. »Ich möchte keinen Reichtum und keine Macht!« Seine Gesichtszüge verändern sich zu einer Maske. »Fliegen möchte ich wie Ikarus, nicht zur Sonne, sondern in die Freiheit!«

Ein älteres Ehepaar sieht ihn mit ausgebreiteten Armen auf der Wiese stehen. Für einen Moment bleiben sie stehen und tuscheln miteinander.

»Rainer«, sagt Bärbel leise, »du wirst beobachtet!« Zynisch lacht er. »Mein halbes Leben werde ich schon von den staatlichen Stellen beobachtet und kontrolliert. Was bedeutet da schon ein älteres Ehepaar für mich?« Er blickt Bärbel an. »Nichts!« Wieder lacht er. »Bärbel, die Götter sind nicht auf meiner Seite. Verstehst du das? Ich wollte fliegen und frei wie ein Vogel sein, stattdessen sitze ich in einem Käfig, und mir sind die Flügel gestutzt worden!« Wie ein Baum, den die Waldarbeiter gerade gefällt haben, so kippt er seitwärts in das Gras. Ein paar Minuten bleibt er so liegen. Dann hebt er den Kopf, dreht sich auf den Rücken und blickt in den wolkenlosen Himmel. »Nichts bleibt mir mehr von Yvonne«, sagt er nun mit ruhiger Stimme, »als die Erinnerung. Einfach nichts! Ein Leben wurde beendet, ohne Vorankündigung. Es wurde von diesem widerlichen Menschen billigend in Kauf genommen – einfach so! Eine Art Verlust im geheimen Spitzeldienst! Und ich liege im Gras, und in diesem Moment wird vielleicht Yvonne von der Liste der Staatssicherheit gestrichen. ›Tod durch Angst‹ steht wahrscheinlich unter ihrem Namen. Was ist das nur für ein Staat, der seine Bürger durch Angst gefügig machen will!«

Das ältere Paar steht immer noch da und beobachtet die beiden. Rainer sieht es, rennt den Berg hoch und bleibt vor dem älteren Paar stehen. »Es ist mein Ritual der Trauer. Versteht ihr mich? Nein!« Einen Schritt geht er auf sie zu und blickt ihnen direkt in die Augen. »Solltet ihr schlecht hören, werde ich etwas lauter sprechen!« Bärbel kommt und will ihn wegziehen. »Warum nur so ängstlich? Ich versuche nur, die Wahrheit zu sagen und kann diese abscheuliche Wirklichkeit nicht verstehen. Ein Mitarbeiter der Staatssicherheit, der ein Vertreter unseres Arbeiter- und-Bauern-Staates ist, hat mein Mädchen zum Selbstmord getrieben. Und das ist meine Art der Trauer. Versteht ihr mich jetzt? Nein? Dieser Staat, der für die Belange der Werktätigen da sein will ...« Hemmungslos weint er jetzt. Er hebt den Kopf: »Es sind Tränen der Wut und Trauer. Ich kann und darf über Yvonne nichts berichten. Sonst komme ich ins Gefängnis. Versteht ihr jetzt? In diesem Land wird die Wahrheit mit Gefängnis bestraft und die Lüge belohnt.«

Ohne Bärbel anzusehen, nimmt er ihre Hand, und mit schnellen Schritten eilen sie dem Gipfel entgegen. Oben angekommen, wirft er sich erneut ins Gras. »Yvonne wünschte sich so sehr ein Kind von mir! Ich hatte einfach Schiss, in diesem Land Vater zu sein.« Er reißt ein Büschel Gras heraus und wirft es hoch in die Luft. Der Wind trägt es einige Meter fort, dann fällt es auf die Erde zurück. »Bärbel, ich weiß, eines Tages werde ich in diesem Staat im Gefängnis landen!«

»Rainer«, antwortet Bärbel aufgebracht, »was redest du für einen Scheiß! Dich werden sie nicht einsperren, darauf achte ich!« Eine plötzliche Rotfärbung zieht über ihr Gesicht.

»Schau her«, er lacht spöttisch, »die weibliche Front will mich beschützen. Mädchen, merk dir«, mit kalten Augen mustert er sie, »ich lasse mich von keinem Menschen an die Kette legen. Hast du mich verstanden? Ich will und bin ...«

Bärbel schüttelt den Kopf. »Rainer, du kannst tun und lassen, was du willst, aber ...«, sie schaut ihn direkt an, »diese Aufpasser von der Stasi warten doch nur darauf, dich mundtot zu machen. Verstehst du denn das nicht? Wenn du deiner geregelten Arbeit nachgehst und dir nichts zuschulden kommen lässt, können sie dir nichts anhaben.«

»Nein!«, außer sich springt er auf, »ich ...«

Sie steht ebenfalls auf und legt beruhigend ihre Hand auf seine Schulter. »Rainer, ich könnte, nur für einige Zeit, die Westbücher besorgen. Ich meine ...«

»Nein!« Die Zornesfalten in seinem Gesicht sind deutlich zu sehen. »Ich lasse keinen Dilettanten an mein Werk! Außerdem kenne ich dich nicht! Du kannst mir viel erzählen.« Er bückt sich, sucht einen Stein, findet den passenden und wirft ihn den Abhang hinunter.

»Ich ahne«, sagt Bärbel entsetzt, »was du beabsichtigst. Aber an deiner Stelle …, sei vernünftig! Die Stasi wird dich Tag und Nacht beobachten.«

»Halte dich da raus! Ich sage es dir nicht noch einmal!« Drohend stellt er sich vor ihr auf.

Sie lacht. »Von dir lasse ich mir nichts verbieten! Merk dir das! Wenn du so blöd bist, ins offene Messer zu laufen, kannst du es tun!« Ohne ihn anzusehen, geht sie an ihm vorbei, und mit schnellen Schritten entfernt sie sich. Überrascht blickt er hinterher.

»Bärbel«, ruft er, »warte doch, ich komme mit.«

Sie dreht sich nicht um.

Seit drei Wochen wartet Rainer darauf, dass Bärbel sich bei ihm meldet. Vor ein paar Tagen fragte er Kiki, ob sie ihm vielleicht helfen könnte. Sie lachte nur und meinte, das ginge sie nichts an. Wenn Bärbel nicht will, dann will sie eben nicht. Nicht einmal seine Argumentation, sie sei ihre beste Freundin, ließ Kiki gelten. Sie blieb stur. Er spürt, wie sich sein Umfeld verändert und er irgendwie den Anschluss nicht mehr findet. Aber warum? Seine grenzenlose Selbstsicherheit ist wie weggeblasen, stattdessen breitet sich Unsicherheit in ihm aus und zwingt ihn, über sich nachzudenken. Es wird einsam um ihn.

Es ist Dienstagmorgen. Kinder streiten sich lautstark vor seinem Fenster, gleichzeitig quietscht ohrenbetäubend die Straßenbahn um die Kurve. Rainer wird aus seinem unruhigen Schlaf gerissen. Minutenlang bleibt er liegen und denkt über seinen Traum nach. Vereinzelte Bruchstücke seines Traumes tauchen auf und verschwinden wieder im Nichts. Müde schleicht er ins Badezimmer, bleibt am Waschbecken stehen und mustert sein Gesicht ausgiebig im Spiegel. »Alter, in zwei Monaten wirst du dreißig.« Urplötzlich verzieht er sein Gesicht zu einer Grimasse, um sogleich einen Augenblick lang in seiner Entstellung zu erstarren.

Wie in Zeitlupe wandert sein Blick zum Wäschekorb. Er schließt die Augen. Gestern wollte er schnell noch seine Wäsche waschen, bevor er zur Spätschicht ging, da fand er eine schmutzige Bluse von Yvonne. Wie elektrisiert fasste er sie an und roch daran. Deutlich konnte er ihr Parfüm ... Nach langer Zeit weint er wieder. »Yvonne«, flüstert er, »warum ...?« Vergeblich versucht er eine passende Antwort auf diese eine Frage zu finden. Wieder schließt er die Augen. Und er spürt, wie seine Schuldgefühle immer mehr sein Leben bestimmen. Mit kaltem Wasser will er die dunklen Gedanken abwaschen – vergeblich.

Gemächlich zieht er sich an, und wie jeden Tag ist sein erster Gang zum Briefkasten. Weiber, denkt er und schleicht übellaunig die Treppe hinunter, öffnet den Briefkasten und sieht, dass sich ein Brief darin befindet. Bärbel, denkt er sofort. Mit zittriger Hand greift er hinein, holt ihn heraus und liest den Absender: »Kiesmann«. Sofort zieht sich sein Herz zusammen. Wie verwandelt ist er in diesem Moment. Eilig rennt er die Stufen zu seiner Wohnung hoch, öffnet die Wohnungstür, schmeißt sie hinter sich zu, geht in die Küche, nimmt sich ein Messer und öffnet den Umschlag. Während er liest, sackt er in sich zusammen. Instinktiv nimmt er einen Stuhl und setzt sich. Er kann es nicht begreifen, was da geschrieben steht. Die Eltern von Yvonne waren und sind traurig, weil er nicht zu der Beerdigung gekommen ist.

Die Stasi, erinnert er sich, wollte nicht, dass er zur Beisetzung ging. »Diese Schweine!«, flüstert er. Den ganzen angestauten Schmerz der letzten Tage schreit er aus sich heraus. »Diese Schweine!«

Ohne groß zu überlegen, schnappt er sich seine Jacke, wirft die Wohnungstür hinter sich zu und eilt zur Straßenbahnhaltestelle. Während der Fahrt tauchen unzählige Gedanken auf, beschäftigen ihn so sehr, dass er dabei seine Umwelt vergisst. Hätte ihn ein Junge nicht unabsichtlich angestoßen, wäre er wahrscheinlich bis zur Endstation gefahren. In der Leninstraße steigt er aus. Ab jetzt werden seine Schritte langsamer. Zum ersten Mal wird ihm bewusst, wie hässlich grau das imposante Mehrfamilienhaus ist, in dem die Eltern von Yvonne wohnen. Mit zittrigem Finger drückt er auf die Klingel. Die Haustür öffnet sich. Der Geruch von Bohnerwachs schlägt ihm entgegen. Bei jeder Treppenstufe, die er nimmt, knarrt das Holz unter ihm, dabei jagt ein Gedanke den anderen.

Erwartungsvoll steht der Vater von Yvonne an der Tür, die Hand in Gips. Für einen Moment schauen sie sich prüfend an.

»Rainer«, sagt Yvonnes Vater mit belegter Stimme, »schön, dass Sie gekommen sind!« Er reicht ihm die linke Hand. »Ich kann Ihnen die rechte Hand leider nicht geben!« Er lächelt. »Wollte noch Material aus dem Lager holen, übersah eine Kiste und bin darüber gestolpert. Das Ergebnis«, er zeigt auf seinen Gipsarm, »ein komplizierter Bruch!«

Frau Kiesmann kommt aus der Wohnung auf ihn zu, reicht ihm die Hand und fragt: »Rainer, Sie haben doch noch nicht gefrühstückt?«

»Frau Kiesmann«, sagt er erregt, »ich wollte doch zu der Beerdigung kommen, aber die Stasi meinte …« Er blickt Herrn Kiesmann an. »Sie sagten, es wäre Ihr ausdrücklicher Wunsch, mich nicht auf dem Friedhof zu sehen!«

Beide schauen sich an. »Nie haben wir so etwas geäußert! Rainer, ich bitte Sie, mit uns zu frühstücken.« Im Gesicht von Frau Kiesmann erkennt man noch immer den Schmerz. »Ich wusste es, dass Sie nach dem Erhalt des Briefes kommen würden!«

Während des Essens erzählt Rainer von den letzten Stunden ihrer Tochter. Ab und zu schaut Herr Kiesmann ihn ungläubig an. »Rainer«, fragt er, als dieser zu Ende erzählt hat, »eines verstehe ich nicht! Warum wollte die Staatssicherheit unsere Tochter anwerben?«

»Herr Kiesmann, die Wahrheit über ihre Tochter darf ich eigentlich nicht erzählen!« Beide sehen sich an. »Wenn ich es tue, droht mir eine Gefängnisstrafe. Und glauben Sie mir, diese Menschen besitzen so viel Macht, dass sie ihre Drohung auch wahr machen!« Einen Moment schweigen sie. »Die Wahrheit muss für die Stasi eine schreckliche Straftat sein!«, spricht er und sieht dabei Herrn Kiesmann an.

»Sie haben meine Frage nicht beantwortet!«, entgegnet Herr Kiesmann.

Einen Moment zögert Rainer, bis er spricht: »Ich hatte Bücher bei mir zu Hause, die diesem Staat gefährlich sind! Ihre Tochter sollte bei mir und wahrscheinlich auch bei unseren Freunden und Bekannten herumhorchen, was gesprochen wird und wer welche Bücher liest!«

Ungläubig schüttelt Herr Kiesmann den Kopf. »Ich kann es nicht glauben!«

Rainer steht langsam auf und will gehen.

»Rainer, bleiben Sie doch noch!« Bittend blickt Frau Kiesmann ihn an.

»Den Abschiedsbrief von Ihrer Tochter hat die Staatssicherheit mitgenommen. Sie wollte ein ehrlicher Mensch bleiben und nicht eine Denunziantin! Deswegen hat sie sich das Leben genommen. Ob Sie es mir glauben oder nicht, jedenfalls ist dies die Wahrheit!« Nervös reibt er seine Hände und setzt sich wieder.

Wieder schauen sich Herr und Frau Kiesmann an. Unvermittelt steht Herr Kiesmann auf, dreht sich um, damit man seine Tränen nicht sieht. »Und der Mann, der uns die Nachricht überbrachte, sagte, es gäbe keinen Abschiedsbrief! Sie wäre psychisch krank. Sogar einen Namen dieser Erkrankung nannte er uns! Natürlich glaubten wir ihm!«

»Herr Kiesmann, ihre Tochter …«, er flüstert, als sollte es Yvonne nicht hören: »Sie hatte noch große Pläne für ihr Leben! Die Wahrheit kann so grausam sein.« Mehr sagt er nicht.

Frau Kiesmann fasst ihn am Arm: »Rainer, ich habe Augen und Ohren! Ich sehe, was in unserem Staat vor sich geht. Ich bin nicht so blind wie mein Mann. Was Sie uns mitteilten, ist

in meinen Augen die Wahrheit, und damit muss ich leben. Was meinen Mann angeht, das weiß ich nicht. Er ist …«
»Nein«, unterbricht dieser sie heftig, »so blind bin ich auch nicht! Ich sehe doch, dass es mit unserem sozialistischen Staat langsam abwärts geht.« Er seufzt. »Diese alten Herren wollen einen Staat regieren und können es nicht! Das wird einmal unser Untergang sein!« Er dreht sich um und blickt ihn an. »Rainer«, er sucht nach den passenden Worten, »gern würde ich den ›Archipel Gulag‹ lesen!«
Überrascht von dem Bücherwunsch mustert Rainer ihn kritisch.
»Rainer, Sie können mir vertrauen. Ich möchte dieses Buch lesen, um mich wirklich zu informieren und mich nicht von Propagandamüll einlullen zu lassen.« Wieder schauen sich die beiden an. »Ich weiß, unsere damalige Diskussion über den Sozialismus steht zwischen uns. Aber, Rainer, bedenken Sie, und das ist meine Meinung, die DDR ist von einer sozialistischen Gesellschaftsform meilenweit entfernt. Und eine Kehrtwendung zu einem gerechteren Staat ist nicht mehr möglich! Dieser Zug ist vor Jahren abgefahren!« Schweigend sehen sie sich alle an. Herr Kiesmann schenkt sich Kaffee ein. »Können Sie mir dieses Buch besorgen? Bitte! Seit dem Tod unserer Tochter ist mein Leben nicht mehr so, wie es einmal war!« Er nimmt die Tasse in die Hand und trinkt.
»Mal schauen«, sagt Rainer und steht auf. »Danke für das Frühstück! Ich muss gehen, die Arbeit ruft!«
Herr Kiesmann kommt und reicht ihm die Hand. »Danke, dass Sie gekommen sind! Verzeihen Sie uns, die Wahrheit ist oft sehr schmerzhaft!«
Kaum dass die Wohnungstür hinter ihm geschlossen ist und er die ersten Treppenstufen hinuntergeht, öffnet sich im ersten Stock eine Wohnungstür. Eine ältere Frau tritt heraus und wartet auf ihn.
»Junger Mann«, wird er angesprochen, ihre Hände an den wohlbeleibten Körper gestützt, damit ein Vorbeikommen fast unmöglich ist, »Sie waren doch der Freund von der Yvonne.«

Tief atmet er durch, sagt aber kein einziges Wort. »Hören Sie, mir können Sie es doch sagen! Stimmt es, dass sich Yvonne umgebracht hat? Das arme Ding!« Sie nimmt ein Stofftaschentuch heraus, wischt sich über die Augen, aber deutlich erkennt er, wie schlecht sie ihre Neugierde verbergen kann. Seinen Blick auf diese Frau gerichtet, kommt er langsam näher. Noch einmal fragt sie ihn: »Stimmt es, dass sich Yvonne umgebracht hat?« »Lass mich gehen!«, fordert er sie mit einem derartigen Befehlston auf, dass sie erschrocken zusammenzuckt und zur Seite geht. Mit Mühe zwängt er sich an ihr vorbei und schaut sie dabei unverwandt an: »Wie kann man sich nur an dem Unglück anderer Menschen weiden. Schämen Sie sich!« Kopfschüttelnd schreitet er die letzten Stufen hinunter. Als er die Haustür hinter sich schließt, blickt er auf seine Uhr. »Noch Zeit«, sagt er zu sich selbst und will gehen. Aber irgendetwas hält ihn davon ab. Sein Blick schweift an den Häusern der Leninstraße entlang. Er sieht eine Reihe von grauen Häusern in einem erbärmlichen Zustand. Ab und zu blitzt ein farbiger Fleck an den Gebäuden auf und man erkennt, welche feudalen Bauwerke es vor längst vergangenen Zeiten einmal waren. Noch vor ein paar Tagen hätte er diese Wirklichkeit nicht so wahrgenommen. Mit langsamen Schritten schlendert er die Straße entlang. Die grauen Fassaden der Häuser legen sich auf sein Gemüt. Hundert, nein, tausend Mal, denkt er, bin ich Leninstraße/Ecke Annastraße gegangen, aber dieses Schild ist mir noch nie aufgefallen. Er bleibt stehen. Das Weiß der frisch gestrichenen Fensterrahmen sticht ihm ins Auge. Ein sonderbarer Kontrast zu dem Grau der Fassade. In Augenhöhe unter dem Fenster im ersten Stockwerk hängt ein Schild. Laut liest er: »Gesunde und lebensfrohe Menschen – unser humanistisches Ziel!« In diesem Moment spaziert ein junges Pärchen mit zwei Kindern an ihm vorüber. Ein Lächeln huscht über ihre Gesichter. Plötzlich öffnet sich die Tür des Hauses und ein Mann im weißen Kittel tritt heraus. Durch Wind und Wetter ist das Schild, das über der Tür hängt, auf dem wahrscheinlich

Ambulanz steht, nicht mehr zu lesen. Rainer biegt links in die Körnerstraße ein und sieht, dass der halbe Bürgersteig und der Eingang des ehemaligen Herrschaftshauses mit einem riesigen Berg von abgeladenen Briketts blockiert sind. Zwei Frauen legen die gepressten Kohlestücke in einen Weidenkorb. Ein Mann kommt mit schnellem Schritt aus dem Eingang. Nur spärlich sieht man die weiße Haut in seinem Gesicht, das Übrige ist schwarz gefärbt. In der Hand hält er einen leeren Korb.

Rainer überquert die Straße und erkennt seine Gaststätte schon von Weitem. Der Kastanienbaum, mit seinen weit verzweigten Ästen, steht neben dem Gebäude, so, als würde es seine Aufgabe sein, dieses denkmalgeschützte Haus vor den Stürmen der Zeit zu verteidigen. Mit einiger Kraftanstrengung öffnet er die in die Jahre gekommene schwere Eichentür. Einige Sekunden bleibt er im Eingangsbereich stehen, und mit festem Schritt durchquert er den Schankraum. Am Stammtisch und an den anderen Tischen sitzen vereinzelt Gäste. Dichter Zigarettenrauch zieht durch den Raum in Richtung Fenster. »He«, hallt es durch die Gaststätte, »die Kneipe besuchen und kein Geld für den Friseur haben! Das sind mir die Richtigen!« Ein lautes Gelächter folgt darauf. Ohne nach links oder rechts zu schauen, marschiert Rainer durch den Raum, geht die Treppe hoch zum Speisesaal. Drei Reihen von Tischen, auf denen sich weiße Tischdecken befinden, stehen in dem lang gezogenen Saal. Die Reihe an der Wand ist reserviert für Scheingäste. Sein Blick schweift durch die Räumlichkeit und bleibt an einem Tisch hängen. Mutterseelenallein sitzt Bärbel da und studiert die Speisekarte. Er geht zu ihr und fragt: »Darf ich mich setzen?«

Aus ihren Gedanken gerissen, starrt sie ihn an. Es dauert einen Augenblick, bis sie antwortet: »Normalerweise müsste ich sagen: Such dir gefälligst einen anderen freien Tisch aus, aber …«, sie seufzt, »setz dich schon hin.« Ohne ihn weiter zu beachten, schaut sie wieder in die Speisekarte. »Was würdest du mir empfehlen?« Mit diesen Worten reicht sie ihm die Karte. Kurz blickt er hinein, und lakonisch sagt er: »Rostbrätl mit Kartoffelsalat!«

Mit bedächtigen Schritten steuert der Kellner an ihren Tisch. Was er über diese Gäste denkt, steht deutlich in seinem Gesicht geschrieben. Unfreundlich fragt er:»Was soll es sein?«

Beide schauen sich an. Im Chor antworten sie:»Rostbrätl mit Kartoffelsalat und ein Bier.«

Mit derselben Frequenz wie er gekommen ist, so entfernt er sich auch wieder. Sie lachen plötzlich.

»Rainer«, sagt Bärbel mit leiser Stimme,»du kannst dir nicht vorstellen, was ich gestern Abend im RIAS gehört habe.« Vielsagend blickt sie ihn an. Vier Männer im Anzug marschieren an ihrem Tisch vorbei, blicken kurz auf die beiden und setzen sich zwei Tische weiter mit viel Lärm hin.

Bis das Gespräch wieder in Gang kommt, vergeht einige Zeit. Sie schauen sich an und mustern sich unentwegt.

»Was wird das schon sein!«, beginnt er zu sprechen und ärgert sich sofort über seine Überheblichkeit.

Sie hört nicht darauf.»Es war eine Sensation …«, weiter kann sie nicht sprechen. Ihr Essen kommt. Mit einer Geste der Gnade stellt der Kellner die Teller vor sie hin. Seine Schadenfreude kann er nur schwer verbergen, als er ihnen mitteilt, es gäbe kein Bier mehr. Die Brauerei hätte nicht geliefert!

»Was gibt es denn sonst zum Trinken?«

»Fassbrause und Zitronenlimonade!«

Wieder sprechen sie im Chor:»Da nehmen wir Fassbrause! Wenn möglich, mit Himbeergeschmack!«

Kurz blickt der Ober die beiden an.»Ich weiß nicht, was für welche wir haben!« Dann entfernt er sich wieder.

Während sie ihr Mittagessen genießen, sprechen sie kein einziges Wort miteinander. Nach einiger Zeit kommt der Kellner wieder, stellt die gewünschte Limonade wortlos hin.

»Scheiße«, ruft Rainer plötzlich,»ich habe einfach nicht mehr daran gedacht. War zu müde von der Arbeit! Wollte nur noch ins Bett.«

»Rainer«, wieder flüstert Bärbel, obwohl kein Mensch in der Nähe ist,»irgendjemand hat eine Tonbandkassette aus dem Osten in den Westen geschmuggelt und dem RIAS zugespielt. Und gestern Abend spielten sie das Band ab.« Je länger sie redet, umso mehr hängt er an ihren Lippen. Unerwartet nimmt sie seine Hand, und mit gedämpfter Stimme flüstert sie:»Rainer, es tut mir wirklich leid, was mit Yvonne passiert ist. Das wollte ich dir noch sagen!« Entgeistert starrt er sie an.»Bärbel«, stammelt er,»es geht mir schon besser.« Über seine Worte ist er selbst überrascht. Nein! hätte er am liebsten laut geschrien. Mir geht es beschissen. Nachts wache ich auf und lausche, in der Hoffnung, das ruhige Atmen von Yvonne zu hören.

Wieder legt sie ihre Hand auf seine.»Rainer!«, mehr sagt sie nicht. Aus seinen Gedanken gerissen, blickt er sie an.»Im RIAS spielten sie eine Kassette ab«, wiederholt sie noch einmal.»Ich war bei Kiki, und wir getrauten uns nicht, einen einzigen Ton von uns zu geben, so hörten wir zu. Es wurden Lieder und Prosastücke des Schriftstellers Jürgen Fuchs, von Christian Kunert und Gerulf Pannach gesendet.« Nachdenklich mustert sie ihn.»Aber das Unglaubliche war und ist, der Radiosprecher erzählte auf einmal, als wäre es das Normalste der Welt, dass Jürgen Fuchs zurzeit im Gefängnis sitzt. Stell dir doch das einmal vor, der RIAS tönt es in die weite Welt hinaus! Ich werde verrückt!« Vor Schadenfreude entfährt ihr ein Jauchzer. Sofort legt sie die Hand auf ihren Mund. Einige Gäste drehen sich nach ihr um. Sie wird rot.»Rainer«, flüstert sie,»was hältst du davon, wenn du die Geschichte von Yvonne niederschreiben würdest und ...«

»Nein«, antwortet er energisch. Entsetzt blickt er auf die Uhr.»Die Spätschicht ...!«

»Soll ich dich begleiten?«

Er nickt. Ohne einen Pfennig Trinkgeld zu geben bezahlt er, und sie gehen.

Gerade als sie die Gaststätte verlassen, kommt die Straßenbahn. Sie rennen zur Haltestelle und steigen außer Atem ein. Beide setzen sich und schnaufen laut. Während der Fahrt schaut Bärbel ihn nachdenklich an. Plötzlich beugt sie sich zu ihm und flüstert:»Rainer, du musst das Leben und das Sterben von Yvonne niederschreiben! Das bist du ihr schuldig! Denk darüber nach!«

»Bärbel«, entsetzt schaut er sie an,»schreiben«, er schüttelt den Kopf,»ich«, er lacht kurz auf,»wie stellst du dir das denn vor?«

Sie nimmt seine Hand.»So wie ich es dir sagte!«

Sie steigen aus. Schweigsam gehen sie langsam die Straße zu seiner Arbeitsstelle hoch. Als sie um die Haarnadelkurve biegen, sehen sie schon die zwei Schornsteine vor sich.

»Rainer, denk darüber nach. Du willst doch auch nicht, dass Yvonne umsonst gestorben ist!«

Er bleibt stehen.»Ich weiß nicht, ob ich das kann.«

Sie nimmt wieder seine Hand, und mit kaum wahrnehmbarer Stimme sagt sie:»Der Schmerz und die Wut sind sicherlich der beste Schriftsteller!«

Vor dem Pförtnerhäuschen bleiben sie stehen.»Soll ich dich heute Abend abholen?«, fragt sie. Sein Erstaunen ist nicht gespielt.

»Wenn du willst – gerne!«

Sie lächelt. Er holt seinen Betriebsausweis aus der Jackentasche, geht zum Pförtner und zeigt ihm das Dokument. Dann dreht er sich noch einmal um und blickt sie nachdenklich an.

Obwohl Rainer die gemütlichen Abende bei Kiki immer genossen hatte, ist er seit dem Tod von Yvonne nicht mehr da gewesen. Er bedauerte es nicht. Denn jeder Mensch, der sich privat ihm näherte, störte ihn. Nur bei Bärbel machte er eine Ausnahme. Warum das so war, ahnte er, doch vermied er es peinlichst, die Wirklichkeit ins Auge zu fassen. Schon bei ihrer ersten Begegnung fühlte er sich zu ihr hingezogen. Doch in den vielen einsamen Nächten wurde ihm bewusst, dass Yvonne mehr war als er sich jemals erträumt hätte. Und diese Auseinandersetzung mit ihr, kurz vor ihrem Tod, bereute er zutiefst. Im Nachhinein gibt er ihr recht! Wer will schon in eine Wohnung ziehen, wo tagsüber alle paar Minuten mit ohrenbetäubendem Lärm die Straßenbahn um die Kurve fährt.

Automatisch schaltet Rainer den Kassettenrekorder ein, spult etwas nach vorn und hört sich »Nights in white Satin« von The Moody Blues an. Leise singt er mit. Dabei schweifen seine Gedanken zu Bärbel. Obwohl die Wahrheit oft schmerzhaft ist, muss er sich eingestehen, so unrecht hatte Bärbel nicht. Warum bin ich nur so blöd?, denkt er. Sie ist extra gekommen, um mich von der Spätschicht abzuholen, und was mache ich? Ich streite mich mit ihr. Dass sie mir dann ihre Meinung an den Kopf wirft, ist doch selbstverständlich! Der Streit nagt an ihm. Warum habe ich ihr überhaupt von diesen meinen Gefühlen erzählt? Ich Idiot! Nichts, einfach nichts wollte sie hören! Mit ihren großen Augen sah sie mich an, lachte, und ihre Worte waren wie Peitschenhiebe! Wenn er seine Augen schließt, hört er ihre erregte Stimme immer noch: »Yvonne war in einem Ausnahmezustand, und da sie dich liebte und sie keinen anderen Weg für sich sah, hat sie sich zu diesem Schritt entschlossen. Nicht du bist schuld, sondern dieser Staat, der seinen Bürgern misstraut – das ist die Wahrheit!«

Vielleicht war der laue Abend und das Bewusstsein, nicht allein zu sein, der Auslöser für seine Empfindsamkeit. Er weiß es nicht. Bevor in ihm etwas explodierte, ließ er sie, mitten in der Nacht, auf der Straße stehen und entfernte sich mit schnellen Schritten. Mürrisch schaltet er den Rekorder aus, zieht sich aus und legt sich ins Bett.

Es ist Samstagmorgen. Rainer wacht aus einem unruhigen Schlaf auf, starrt zum Fenster, gähnt, steht langsam auf, schleicht unter die Dusche. Seit dieser Kopfwäsche von Bärbel sind vierzehn Tage vergangen. Tage, in denen keine einzige Stunde verging, ohne über seine Vergangenheit nachzudenken. Plötzlich wird ihm bewusst, wie wichtig es für ihn ist, seine Gedanken, Gefühle und Erinnerungen an Yvonne niederzuschreiben – aber nur für sich. Gleichzeitig ist er fest entschlossen, seine Isoliertheit, die er sich freiwillig auferlegt hat, heute und in aller Zukunft abzulegen.

Nach dem Frühstück beginnt er, einem inneren Zwang folgend, mit unsicherer Hand die ersten Zeilen niederzuschreiben. Aber schon nach wenigen Sätzen legt er seinen Bleistift beiseite. Er kann es und will es auch nicht mehr. Hastig steht er vom Tisch auf, schaltet den Kassettenrekorder an, wirft sich auf das Sofa und hört Musik. Langsam beruhigt er sich wieder. Um nicht mehr über Yvonne nachzudenken, wechselt er die Tonbandkassette, betrachtet seine Wohnung, beginnt sie aufzuräumen und gründlich zu säubern.

Er blickt auf die Uhr. »Der Samstagvormittag ist schneller vergangen, als ich dachte!«, spricht er zu sich.

Mit freudiger Erwartung marschiert Rainer am Nachmittag zu Kiki. Sie hat ihn eingeladen. Nicht die Angst bestimmt das Wiedersehen, sondern die Vorfreude über ihr erstauntes Gesicht. Etwas Einmaliges wird er als Gastgeschenk mitbringen – einen »Spiegel« und das neueste Buch von Stefan Heym. Wie immer, wenn er solche Ware in seiner Stofftasche durch die Gegend trägt, hat er sie mit Zeitungspapier, diesmal sehr sorgfältig, eingepackt. Schon während der Fahrt lächelt er vor sich hin. Augen werden alle machen, wenn ich, ohne ein Wort zu sagen, »Collin«, das neueste Buch von Stefan Heym, und den »Spiegel« einfach auf den Tisch lege, als wenn es das Normalste der Welt wäre! Seltsam, denkt er, eine merkwürdige Geschichte ist das schon. Er schaut aus dem Fenster. Nimmt, ohne es zu merken, die vorbeiziehenden Häuser, Autos und Menschen nicht mehr wahr, zu sehr ist er in seine Gedanken versunken. Welch ein Zufall! Oder war es keiner? Auf diese Frage weiß er keine Antwort, obwohl es schon merkwürdig war und ist, dass ausgerechnet ein Monteur aus Westdeutschland zu ihm Kontakt aufnehmen wollte. Aber zu welchem Zweck? Und auch zu dieser einen Frage findet er keine passende Antwort.

Sein Blick schweift zum Himmel. Er dankt Gott zum ersten Mal, obwohl er nicht an ihn glaubt, dass er diese Monteure aus Westdeutschland in dieses, in Stacheldraht eingeigelte Land gesendet hat. Die meisten Kollegen von ihm kümmern sich nicht um diese – er grinst – Klassenfeinde! Entweder sie hatten Angst, oder sie waren desinteressiert. Außerdem werden die Monteure gut von uns DDR-Arbeitern abgeschirmt.

Am liebsten würde er jetzt auf seine Brust zeigen und laut in die Welt schreien: Seht her, ich, Rainer Schmalfuß, habe es geschafft, mit dem Klassenfeind in Verbindung zu treten. Und kein Weltkrieg ist ausgebrochen, und kein einziger Mensch ist getötet worden!

Die Straßenbahn hält, und er wird durch eine Schar lärmender Kinder aus seinen Gedanken gerissen. Ein Kind setzt sich neben ihn und schaut ihn ungeniert an.

Wieder versinkt er in seine Gedanken. Immer schon schaute mein Meister mich mit zusammengekniffenen Augen an, wenn ich eilig in Richtung Klo ging. Ein breites Grinsen fliegt über sein Gesicht. Dieser wusste genau, dass ich mir eine Zigarette in Ruhe gönnen wollte. Wieder fliegt ein Lächeln über sein Gesicht. Kaum dass ich auf dem Klo saß, schob mir jemand einen »Spiegel« unter der Tür hindurch. Meinen Augen traute ich nicht, was da vor mir auf dem schmutzigen Fußboden lag. Schnell verschwand das Magazin unter meinem Hemd. Sofort ging ich zu meinem Spind und versteckte es dort sorgfältig. Am nächsten Tag waren die Monteure verschwunden. Es dauerte zwei Tage, bis sie in unserer Abteilung wieder auftauchten. Eine innere Stimme sagte zu mir: Geh zur gleichen Zeit wieder zur Toilette! Ich drehte mich um, bevor ich den Toilettenbereich betrat. Ein mir unbekannter Mann, ungefähr im gleichen Alter wie ich, ging auf mich zu, hielt den Finger vor den Mund, nickte und steckte mir etwas in meine Arbeitsjacke. Eilig verschwand er wieder. Noch nicht einmal bedanken konnte ich mich.

Wieder hält die Straßenbahn, und er wird abrupt aus seinen Gedanken gerissen. Diesmal muss er aussteigen. Mit schnellen Schritten marschiert er zu dem Plattenbau, in dem Kiki wohnt. Die Haustür steht weit offen. Kinder spielen lärmend Fußball vor dem Eingangsbereich. Ein Nachbar, den er flüchtig kennt, wäscht seinen Trabbi. Höflich grüßt er ihn. Musik aus dem Wageninneren ist zu hören.

Er nimmt zwei Stufen auf einmal, damit er schneller vorankommt. Stürmisch klingelt er. Die Tür öffnet sich, und Kiki blickt ihn erstaunt an. »Rainer, mit dir hätte ich nicht gerechnet, dass du kommen würdest! Komm herein.« Fast zärtlich nimmt sie ihn in den Arm und drückt ihn sanft. »Schön, dass du wieder ins Leben zurückkehrst!«

Roswitha kommt auf ihn zu, gibt ihm die Hand, und mit leiser Stimme sagt sie: »Rainer, es tut mir wirklich leid!«

Unsicherheit befällt ihn plötzlich, als er die Wohnung betritt und Bärbel am Fenster stehen sieht. Sie dreht sich um, und beide schauen sich an. »Ich wusste, dass du kommen würdest«, sagt sie leise und kommt auf ihn zu. Flüchtig gibt sie ihm einen Kuss auf die Wange. »Kiki meinte: Du vergräbst dich in deinem Leid!«

So wie er es geplant hat, legt er die zwei in Zeitungspapier gewickelten Päckchen auf den Tisch und sagt kein einziges Wort. Er schaut nur alle an und grinst vielsagend. Als Erstes ist Bärbel da und packt den »Spiegel« aus. Ihr fallen bald die Augen aus dem Kopf. »Wo hast du«, sie blättert schon darin herum, »den ›Spiegel‹ her?«

Tonlos antwortet er: »Eine lange Geschichte, die ich jetzt nicht erzählen mag.«

Kiki packt das gebundene Buch aus und blickt Rainer erstaunt an: »Ich wusste nicht, dass Stefan Heym ein neues Buch geschrieben hat!«

»Ich auch nicht!«, erwidert er.

»Kinder«, als Roswitha sich äußert, blicken alle sie erstaunt an, »zwei Überraschungen habe ich für euch.« Einen Moment wartet sie, bis sie weiterspricht. »Welche Überraschung wollt ihr zuerst haben, den Witz oder mein ... oh, das werde ich noch nicht verraten.« Ohne auf eine Antwort zu warten, räuspert sie sich, und mit einer Stimme, die jedem Schauspieler zur Ehre gereicht, erzählt sie ihn: »Nach seinem Ableben klopft Honecker an die Himmelstür. Petrus macht sie auf und fragt: ›Du hast dich wohl verlaufen? Ab in die Hölle!‹ Ein halbes Jahr später klopfen zwei Teufelchen bei Petrus an. Petrus macht die Tür auf und ist erstaunt. ›Ihr seid vollkommen falsch hier!‹ Sie entgegnen: ›Nein, wir sind doch die ersten Flüchtlinge!‹«

Herzhaft wird gelacht.

»Kinder«, sie strahlt, »zur Feier des Tages gibt es etwas ganz Besonderes!« Sie schaut jeden Einzelnen an. Hastig geht sie aus der Wohnung und kommt mit zwei großen hölzernen Untersetzern wieder. Wieder eilt sie mit kleinen Schritten aus der Wohnung und kommt mit einem unhandlichen, großen gusseisernen Topf zurück. Kaum dass Roswitha den unhandlichen Kochtopf auf den Tisch gestellt hat, klingelt es. Alle schauen sich an. Roswitha reagiert als Erste. »Habt ihr noch jemanden eingeladen?«

»Nein«, flüstert Kiki und blickt Bärbel an.

Sie nimmt den »Spiegel«, legt ihn unter die Holzbretter, anschließend stellt sie den Topf darauf. Nichts ist mehr zu sehen. Das Buch versteckt sie unter ihrer Kittelschürze. Noch einmal klingelt es. Hastig eilt Kiki zu Tür und öffnet sie.

»Ministerium für Staatssicherheit! Nachbarn beschwerten sich, dass zu laute westliche, dekadente Musik gespielt wurde! Hier ist ein Durchsuchungsbeschluss!«

»Das muss ein Irrtum sein! Bei uns ist das Radio ausgeschaltet!«

Sie schieben Kiki beiseite und stürmen in die Wohnung hinein. Roswitha stellt gerade die Teller auf den Tisch und dreht sich um. »Oh, neue Gäste! Für so viele Leute habe ich leider nicht gekocht!«

»Uns wurde mitgeteilt«, dabei blickt der bullige, untersetzte Mann jeden Einzelnen an, »dass sich westdeutsches Propagandamaterial in der Wohnung befindet!«

Roswitha antwortet: »Was ist denn das?«

Auf diese Frage gehen sie nicht ein. »Wir müssen nachsehen!«

»Hören Sie, können Sie nicht etwas später kommen?« Ohne die Männer zu beachten, geht sie zum Schrank, holt Weingläser heraus, dreht sich um und sagt: »Ich möchte nicht unhöflich sein, aber das Essen wird sonst kalt.«

Mit einem Schritt ist der schmächtigere der beiden Männer bei Rainer und Kiki.

»Räumen Sie Ihre Hosentaschen aus!«, befiehlt er.

Roswitha hebt ihren Rock einige Zentimeter hoch, und mit einer ruhigen, klaren Stimme fragt sie: »Junger Mann, bitte schauen Sie lieber zuerst bei mir nach, damit ich das Essen wieder in die Küche schaffen kann, damit es nicht kalt wird. Es wäre schade darum!«

»Sie bleiben hier!«, befiehlt er und schaut sie angewidert an.

Der bullige Mann öffnet den Schrank, holt drei Ordner heraus, legt sie auf den Tisch, nimmt sich einen davon, öffnet ihn und schaut sich jedes einzelne Blatt genau an. Als er in den Ordnern nichts Belastendes findet, zieht er die untere Schublade auf, wühlt darin herum, und deutlich erkennt man, dass er sich ärgert, nichts gefunden zu haben.

Bärbel muss den Inhalt ihrer bunten Stofftasche auf den Tisch legen. Ein Brief kommt zum Vorschein. Energisch spricht sie: »Die Adresse können Sie lesen, aber er bleibt zu!«

Mit einem zynischen Lächeln sagt der Mann: »Das entscheiden wir – nicht Sie! Haben wir uns da richtig verstanden?«

»Aber ...«, mehr kann sie nicht äußern. Mit einem barschen Befehlston unterbricht er sie: »Halten Sie gefälligst ihr Maul! Ich entscheide, was Recht und Gesetz ist!« Er greift zu einem Messer, das auf dem Tisch liegt, öffnet den Briefumschlag und holt den Brief heraus. Mit unglaublicher Geschwindigkeit ergreift Bärbel den Brief, stopft ihn in den Mund und beginnt zu kauen.

»Du Schlampe«, brüllt der Mann außer sich, packt sie mit einer Hand am Mund und versucht, diesen durch heftigen Druck zu öffnen. Sie wimmert.

Roswitha nimmt den Kochlöffel und schlägt ihm sachte auf die Hand. »Hören Sie, junger Mann! Jede Dame schreibt Liebesbriefe und würde diese keinem fremden Menschen geben, auch wenn er noch so grob zu ihr ist.« Verständnislos mustert er sie. »Ich bin mir sicher, wenn Sie Bärbel darum bitten würden, würde sie ihren Mund öffnen und ohne Weiteres das Schreiben herausholen. Dann können Sie schauen, ob der Inhalt des Briefes staatsfeindlich ist!« Mit durchdringenden Augen mustert er die alte Frau. Und tatsächlich, er nimmt die Hand von ihrem Gesicht.

Würgend zieht Bärbel den Brief aus dem Mund, streicht ihn glatt, soweit es geht, und reicht ihn dem bulligen Mann. Angeekelt fasst er ihn mit zwei Fingern an. Er liest laut die Überschrift vor: »Lieber Rainer!« Angewidert gibt er den Brief zurück.

»Wo ist das Schlafzimmer?«, brüllt er. Mit schnellen Schritten eilt er hinein, öffnet den Kleiderschrank, holt jedes Kleidungsstück heraus, durchsucht es und stopft es wieder zurück. Wütend gehen die beiden Männer zur Tür, drehen sich noch einmal um, und der Bullige kann seinen Ärger nur schwer kontrollieren: »Ich würde mich nicht zu früh freuen! Wir kommen so lange wieder, bis wir etwas gefunden haben. Und denkt ja nicht, dass wir nichts finden! Bis jetzt konnten wir jeden staatsfeindlichen Verbrecher festnehmen. Wir sehen uns wieder! Darauf könnt ihr euch verlassen! Übrigens«, er zeigt auf Rainer, »ich an deiner Stelle würde die Finger davon lassen«, zynisch lächelt er, »von Büchern«, wieder lächelt er zynisch, »die es in der DDR in keiner Buchhandlung zu kaufen gibt! Es ist meine letzte Warnung!« Prüfend mustert er ihn. »Geht es in dein Spatzengehirn hinein?« Er wartet auf eine Antwort. Bekommt aber keine. Außer sich brüllt er: »Ich warte auf eine Antwort!«

»Wie soll ich mich zu diesem Vorwurf äußern?«, spricht Rainer vorsichtig. »Es sind Anschuldigungen, die der Wahrheit nicht entsprechen! Mehr kann ich dazu nicht sagen!«

Fassungslos starrt der bullige Mann ihn an. »Bürschchen, merke dir: Wer zuletzt lacht, lacht am besten!« Schnell dreht er sich um, öffnet die Wohnungstür, und beide Männer eilen hinaus. Kräftig schlagen sie die Tür hinter sich zu.

Kiki schaut jeden der Anwesenden an, geht auf Roswitha zu, nimmt sie in die Arme und bedankt sich: »Roswitha, ohne dich würden wir jetzt in Teufels Küche sitzen. Ich möchte gar nicht daran denken.« Ihre Beine zittern leicht, als sie sich setzt. »Zuerst dachte ich, ...« Sie beendet den Satz nicht. »Vor ein paar Tagen«, beginnt sie erneut zu sprechen, »brachte mir ein Mädchen ein Theaterstück von ihrem Bruder mit. Was sie mir erzählte, klang so glaubwürdig, dass wir es im Schrank versteckten.« Entsetzt starren alle sie an. »Als die Stasileute in die Wohnung stürmten, dachte ich zuerst, sie hätte mich verraten.« Sie atmet erleichtert auf. »Hat sie aber nicht!« Stille kehrt plötzlich in die Wohnung ein.

»Kinder«, unterbricht Roswitha die Stille, »jetzt muss ich mein Essen noch einmal warm machen! Kinder, es gibt Rinderbraten mit Steinpilzen! Die habe ich selbst gesucht und getrocknet!«

»Roswitha, du brauchst uns doch nicht immer zu bekochen! Du hast bis jetzt mehr getan, als wir erhoffen konnten. Praktisch hast du uns die Freiheit gerettet!«

»Ach Quatsch, mir macht Kochen einfach Spaß, und wenn ich ...«, sie senkt den Kopf, »für gute Freunde koche, ...« Sie nimmt den gusseisernen Kochtopf und verschwindet in der Küche.

Nach dem Essen legt Kiki den »Spiegel« so auf den Tisch, als wäre er zerbrechliche Ware, dabei verändern sich ihre Gesichtszüge, und sie wirkt ehrfurchtsvoll. Kurz hüstelt sie. Mit Betonung liest sie die Titelseite: »Zurück ins Mittelalter! Iran: Der Islam fordert die Macht!« Sie nimmt das Magazin wieder in die Hand und riecht daran. »So riecht Pressefreiheit!« Vorsichtig schlägt sie die erste Seite auf. Eine bunte Werbung sticht allen ins Auge. Automatisch liest sie: »Nichts steckt ihn ihm, das nicht natürlich wäre.« Alle lachen plötzlich. »Stellt euch doch einmal vor«, Bärbel schließt die Augen, »wir würden im Westen in einem guten Restaurant sitzen und das bestellen, was tatsächlich auf der Speisekarte geschrieben steht!« Wehmütig seufzt sie. »Und

bei uns bekommt man die lakonische Antwort des Kellners zu hören: Ham wir nicht mehr!«
Alle lachen.
Rainer nimmt ebenfalls vorsichtig den »Spiegel«, schlägt die andere Seite auf und sieht die Inhaltsangabe. Entgeistert starren sie auf die Überschrift. Rainer liest leise: »Stefan Heym kontra DDR-Stalinismus.« Alle sehen sich an. Er liest weiter: »Wie ein erstickender Ring spannt sich die stalinistische Vergangenheit um die DDR-Vergangenheit: In seinem brisanten, soeben in der Bundesrepublik erschienenen Roman ›Collin‹ greift der DDR-Autor Stefan Heym die dunkle Zeit auf und übt Kritik an der kollektiven Schuld.«
»Das ist ja ein Ding«, äußert sich Roswitha. In diesem Moment klingelt es. Für Sekunden starren sie sich an. Ruck, zuck nimmt Roswitha den »Spiegel« und versteckt ihn unter der Kittelschürze. Das Buch nimmt sie in die Hand und flüstert: »Diese Burschen haben doch keine Ahnung von Literatur! Vielleicht kennen diese Marionetten Stefan Heym und denken: Das ist doch ein DDR-Schriftsteller.«
Bevor sie die Wohnungstür öffnet, blickt Kiki in den Flurspiegel, verzieht ihr Gesicht zu einer Maske und spürt, wie ihr Herz schneller schlägt. Nur keine Schwäche zeigen, hämmert es in ihrem Kopf. Entschlossen öffnet sie die Wohnungstür und ist fassungslos. Erwartet hatte sie die Staatssicherheit, und vor ihr steht, wie ein Häuflein Elend – Nadine Schüler.
»Darf ich reinkommen?«, flüstert sie und blickt Kiki flehentlich an.
»Komm schon rein«, sagt sie freundlich, »die Nachbarn brauchen nicht zu sehen, dass du zu mir kommst!«
Nadine bleibt im Eingangsbereich des Wohnzimmers stehen und mustert die fremden Leute. Mit etwas Mühe schafft es Roswitha, sich aus dem Sofa zu befreien. Mit unsicheren Schritten geht sie auf das junge Mädchen zu, reicht ihm die Hand und lächelt: »Ich bin Roswitha, das alte Eisen!« Sie zeigt auf Bärbel:

»Das ist Bärbel! Und zuletzt das männliche Geschlecht namens Rainer! Und Kiki kennst du ja.« Nadine nickt und gibt jedem die Hand. Zögernd setzt sie sich auf einen Stuhl. »Mein Bruder ...«, heftig weint sie. Mitleidsvoll schaut Roswitha auf das Mädchen, steht wieder auf und nimmt es in den Arm. »Nadine, ich darf doch du zu dir sagen?« Sie nickt. »Was ist los mit dir? Was bedrückt dich?«
»Mein Bruder«, spricht sie leise weiter, »ist an der Grenze geschnappt worden. Er wollte abhauen. Ich wusste, was er vorhatte!« Entsetzt blickt Kiki Nadine an. »Um Gottes willen, sag keinem Menschen davon, dass du wusstest, was dein Bruder plante. Sonst werden sie dich auch noch einsperren!« Mit ängstlichen Augen starrt sie Kiki an. »Ich erzähl dir keine Märchen! Erfährt die Stasi davon ...«, mehr sagt sie nicht.

Nadine senkt den Kopf, und kaum hörbar erzählt sie: »Bevor er floh, sagte er mir, er habe einen Ausreiseantrag gestellt! Ich wollte, dass er seinen Plan aufgibt, aber er lachte nur.« Wieder weint sie und schnauft tief. »Er meinte«, ihre Stimme ist jetzt kräftiger, »wenn sie mich erwischen, läuft schon der Ausreiseantrag.«

»Nichts wird passieren!«, antwortet Bärbel darauf. »Diese Anträge, so glaube ich jedenfalls, wandern in den Papierkorb. Wenn diese Herrschaften jeden Antrag genehmigen würden, der gestellt wurde, ...« Nachdenklich mustert sie Nadine. »Solche Neuigkeiten würden sich rasend schnell verbreiten, und im Nu würde die halbe DDR leer sein.«

Wütend steht Bärbel auf, geht zum Fenster, öffnet es, macht es wieder zu und dreht sich um. »Sehen es die alten Herren nicht, was in diesem Staat los ist? Scharenweise wendet sich ihre Jugend innerlich von diesem System ab.«

Nadine beobachtet Bärbel. Schüchtern fragt sie: »Und was ist mit dem Theaterstück, das mein Bruder geschrieben hat? Hat Rainer es gelesen?«

»Nein, ich ...«

Kiki schaut zu Rainer und antwortet:»Yvonne, die Freundin von Rainer, ist auf tragische Weise gestorben, deswegen hat er das Stück noch nicht gelesen.«

Mit großen Augen mustert Nadine Rainer.»Oh, das wusste ich nicht. Es tut mir wirklich leid!«

»Kinder«, unterbricht Roswitha die Stille, die plötzlich in die Wohnung eingezogen ist,»meine Freundin wird am 12. Juli 70 Jahre alt.« Jeden der Anwesenden blickt sie jetzt an:»Ich werde das Theaterstück in den Westen mitnehmen, und vielleicht …«

Mit großen Augen mustert Kiki Roswitha:»Niemals! Das kannst du dir aus dem Kopf schlagen! Wenn sie dich erwischen, gehst du in den Knast! Nein!«

»Es ist mein Leben, Kiki! Wer wird schon vermuten, dass eine alte Frau ein Theaterstück aus der DDR schmuggelt!« Sie lächelt.»Kein Mensch! Das musst du doch zugeben!«

Mit nachdenklichen Augen schaut Rainer sie an:»Roswitha, unterschätze die Stasi nicht! Du bist schon einige Male bei denen negativ aufgefallen! Sie haben dich auf dem Kieker! Angenommen«, er blickt auf Nadine,»das Theaterstück ist wirklich so gut geschrieben, dass es sich lohnt, es in den Westen zu schmuggeln. Wie willst du es denn anstellen? Der Zug hält doch an der Grenze, dann kommen wahrscheinlich Stasileute und durchsuchen die Koffer und Taschen gründlich!«

»Lass das mal meine Sorge sein!«

»Nein, Roswitha, so kannst du nicht denken! Wir spielen kein Pokerspiel, sondern es geht um dein Leben, und das geht uns alle an. Also, wie willst du es machen?«

Über die Wendung des Gesprächs ist Roswitha einigermaßen überrascht.»Kinder«, lächelt sie,»es tut gut, zu hören, …« Sie räuspert sich.»Ich kenne einen Schuster …« Sie schaut auf ihre Hände.»Wir sind ein Jahrgang«, ihre Gesichtszüge verändern sich,»sind auch zusammen eingeschult worden. Er näht mir das Theaterstück in meine Handtasche ein! Wenn ich ihn darum bitte, dann macht er mir das auch!«

»Hm, hält er auch dicht?«, fragt Rainer.

Lange schaut sie ihn an. »Seine Schwester war sechs Jahre älter als er. Der Krieg war zu Ende. Sie ist«, sie senkt den Kopf, und es fällt ihr schwer, weiterzusprechen, »von den Russen ...« Sie schließt die Augen. »Er würde mich niemals verraten! Darauf könnt ihr euch verlassen.«

»Wir reden über ungelegte Eier!« Jeden der Anwesenden schaut Kiki an. »Ich weiß zum Beispiel nicht, ob es sich lohnt, das Theaterstück in den Westen zu schmuggeln. Lesen müssen wir es!« Mit Schwung steht sie auf, geht zum Schrank, öffnet ihn, räumt Weingläser und Kaffeetassen heraus. Mit Erstaunen verfolgen die anderen ihr Tun. Mit etwas Mühe zieht sie dann das Einlegebrett heraus, legt es auf den Tisch. Jetzt kann jeder sehen, dass das Brett hohl ist. Sie hebt es hoch. Papierblätter rutschen plötzlich heraus.

Wie im Chor rufen alle: »Das ist ja genial!«

Rainer ordnet die Blätter, schaut sich den Text an: »Wir könnten doch szenisch lesen! Dann wird es doch noch anschaulicher! Was meint ihr?«

Alle sind einverstanden.

Als Erster muss Rainer seinen Part lesen. Bald merkt er, wie gut der Text geschrieben ist. Bärbel liest als Nächste. Gespannte Ruhe kehrt in die Wohnung ein. Nach etwa anderthalb Stunden liest Nadine den Schlusssatz.

Roswitha äußert sich als Erste. »Das würde ich gern auf der Bühne sehen!« Zustimmend wird genickt.

Kiki sieht Rainer an. »Du bist doch auch der Meinung, dieses Stück muss im Westen veröffentlicht und vielleicht auch gespielt werden?«

Rainer nickt. Er steht auf, geht zum Radio und schaltet es ein. Musik erfüllt leise den Raum.

»Eines haben wir vergessen! Wir müssen das Theaterstück abschreiben. Sollte Roswitha erwischt werden, ist es weg, und wir besitzen keine einzige Kopie davon. Ich würde es gern machen, aber ich brauche bestimmt Tage dafür. Mit Buchstabensuchsystem kommt man eben nicht sehr weit.«

Bärbel meldet sich. »Ich kann Maschinenschreiben! Bin vor drei Jahren extra zu einem Lehrgang gegangen! Sogar eine neue Schreibmaschine kaufte ich mir kürzlich.«

»Warum sagst du mir nicht, dass du eine Schreibmaschine gekauft hast?«

»Kiki, ich dachte nicht, dass du sie brauchst. Wenn ich geahnt hätte ... Aber Gedanken kann ich noch nicht lesen!«

Ruhe zieht für einen Moment in die Wohnung ein.

»Es war purer Zufall«, erzählt sie mit stolzer Stimme, »dass ich eine bekam! Brot wollte ich mir eigentlich kaufen. Deshalb ging ich über den Friedensplatz zum Bäcker und sah, wie ein Lkw vor dem Schreibwarengeschäft stehen blieb. Schnell lief ich hin und fragte den Fahrer, was er gerade abladen würde. »Schreibmaschinen«, gab er mit einem Augenzwinkern als Antwort. Da ich die Erste war, die sich anstellte, ...« Sie lächelt. »Binnen Minuten formierte sich eine lange Menschenschlange. Zwanzig Schreibmaschinen kamen in den Laden!«

»Bärbel«, fordert Roswitha mit energischer Stimme, »geschrieben wird in meiner Wohnung! Ein besseres Versteck gibt es nicht!« Beide sehen sich an.

»Kinder, wer von euch hat Kaffeedurst? Ich denke«, sagt Roswitha mit freundlicher Stimme und erhebt sich mühsam wieder vom Sofa, »wir reden schon viel zu lange! Wer möchte echten Bohnenkaffee aus dem Westen trinken?« Ohne auf eine Antwort zu warten, entfernt sie sich.

Mit einem Lächeln im Gesicht betritt Roswitha wieder die Wohnung. Mit zwei Händen trägt sie ein Tablett, auf dem eine große Thermoskanne steht, und eine Schüssel, in der sich Plätzchen befinden. »Kinder«, sie lächelt, »die Krönung!« Dabei stellt sie das Tablett auf den Tisch. »Und jetzt werden wir es uns gemütlich machen und uns den ›Spiegel‹ in Ruhe anschauen.«

Nadine blickt die alte Frau mit großen Augen an.

»Was werden wir?«, fragt sie.
»Kindchen«, Roswitha amüsiert sich über ihr Erstaunen, »es gibt noch Wunder!«
Rainer mustert sie. »Findest du es richtig, Nadine einzuweihen?«
Entrüstet antwortet sie: »Na, hör mal, Rainer, ich lege die Hand ins Feuer für Nadine und würde sie mir nicht verbrennen!«
Beide mustern sich. »Dein Wort in Gottes Ohr!«
Nadine steht auf und will zur Tür eilen. Kiki hält sie fest. »Rainer, was bist du doch für ein Arschloch! Man könnte dir eine in die Fresse hauen! Die ganze Zeit reden wir über ein Theaterstück, das wir illegal in den Westen schaffen wollen, und wenn ...«
»Kiki«, unterbricht er sie heftig, »das ist etwas anderes!«
»Nein, Rainer.«
»Kinder, beruhigt euch! Nadine, den ›Spiegel‹ habe ich besorgt!«
Kurz blickt sie Rainer an. »Wie ich ihn besorgt habe, weiß nur ich! Und ich werde es euch auch nicht verraten!« Sie blickt jeden der Anwesenden an und setzt sich wieder.
Wie hypnotisiert nimmt Nadine den »Spiegel« in die Hand und schlägt ihn auf. »Das gibt es doch nicht! Ein Bericht über die ›Sex Pistols‹.« Mit zittriger Stimme liest sie: »Hass auf der Bühne ausgelebt!« Bevor sie den »Spiegel« zurücklegt, schaut sie sich lange das Bild an. »Ich kann auch Gitarre spielen!« Sie blickt auf den »Spiegel«, der vor ihr auf dem Tisch liegt. »In der letzten Zeit habe ich einige Texte für mich, keine Liebesschnulzen, sondern Ehrliches, im Stil der ›Sex Pistols‹ geschrieben.« Wieder nimmt sie das Magazin in die Hand, schlägt die letzten Seiten auf, findet, was sie sucht, und liest erneut. »Verrückt gespielt! Der Rock-Musiker Sid Vicious starb in New York an einer Überdosis Heroin – das Ende einer typischen Punk-Karriere?« Ohne weiter den »Spiegel« zu beachten, legt sie ihn zurück auf den Tisch. »Manchmal denke ich über den Tod auch nach und ahne, dass es der einzige Weg ist, aus dieser Scheiße zu entfliehen!«
Rainer schaut sie entsetzt an, findet aber die passenden Worte nicht.

Kiki hält noch immer ihre Tasse in der Hand. »Nadine, das sagst du doch nur so!«

»Nein, ich bin jetzt 19 Jahre alt!« Ihr Blick ist starr auf die Wand gerichtet. »Mein ganzes Leben liegt noch vor mir!« Nervös reibt sie ihre Hände aneinander. »Niemals kann ich in der Öffentlichkeit die verdammte Wahrheit über diese Scheiß-DDR sagen! Versteht ihr mich? Ich muss mich verstellen! Nie sein wahres Gesicht zu zeigen, so zu tun, als lebten wir in einem Arbeiter-und-Bauern-Paradies, das kotzt mich gewaltig an. In meinem Leben möchte ich kein Ja-Sager sein oder werden, um vorwärtszukommen! Ich bin ich, und das soll auch so bleiben. Versteht ihr mich?«

Es ist spät geworden. Wind ist aufgekommen und treibt dunkle Wolken so vor sich her, als wären sie Spielbälle. Bärbel blickt zum Himmel, hakt sich bei Rainer ein, und mit schnellen Schritten eilen sie zur Straßenbahnhaltestelle. »Ich mache mir Sorgen um Nadine! Es war etwas in ihren Augen, das mich erschauern ließ. Für mich sah es so aus, als würde sie schon innerlich mit ihrem Leben ...«

Abrupt bleibt Rainer stehen. »Bärbel«, er sieht sie an, »die Kleine hat den Sinn ihres Lebens noch nicht begriffen. Sie ist ein Punk! Das spiegelte sich doch in ihren Texten wider. Hast du es nicht gehört, welchen Mist sie uns vortrug? Es waren doch nur wirre Gedanken von einem unreifen Menschen!«

»Du machst es dir ziemlich einfach!« Ein Blitz zerreißt die dunklen Wolken. Nach einiger Zeit folgt ein kräftiger Donnerschlag. Vereinzelt fallen Regentropfen. Die Straßenbahn biegt um die Kurve. Mit letzter Kraft rennen sie zur Straßenbahnhaltestelle, sehen, dass im letzten Waggon die Tür aufgeht, Menschen hasten heraus und öffnen sofort ihre Regenschirme. Nach Luft ringend, eilen sie an den Ausgestiegenen vorbei, springen in den Straßenbahnwaggon hinein. In diesem Moment öffnen sich die Wolken, und der Wind peitscht den Regen an die Fensterscheibe. Ein Blitz zerreißt die Dunkelheit. Ohrenbetäubend donnert es sofort, sodass die Fahrgäste erschreckt zusammenzucken. Die Bahn fährt los.

»Wir müssen uns um Nadine kümmern!«, setzt Bärbel ihr Gespräch fort.

»Ich bin doch kein ...«

Sie legt ihm den Finger auf den Mund. »Nur weil sie anders denkt als du ist sie doch kein schlechter Mensch. Mich hat es beeindruckt, wie sie sich um ihren Bruder sorgt. Findest du nicht auch?«

»Ich weiß nicht. Für sie gibt es doch nur Schwarz und Weiß. So könnte ich nicht leben!«

Spöttisch lacht sie. »Stell dir vor, alle wären so schlau wie du! Wo kämen wir da nur hin!«

»Fahrscheinkontrolle!«, tönt eine weibliche Stimme durch den Waggon. Rainer holt aus seiner Brieftasche die Monatskarte und zeigt sie der Frau. Bärbel wühlt in ihrer Handtasche herum und ist erleichtert, als sie ihre Karte endlich gefunden hat. »Junge Frau«, bemerkt gut gelaunt die Kontrolleurin, »Ordnung ist das halbe Leben!« Nur kurz wirft sie einen Blick darauf.

»Rainer, willst du noch zu mir mitkommen?« Auf eine Antwort von ihm wartet sie vergebens. »Wir könnten doch über dein Buchprojekt sprechen! Vielleicht könntest du mir diktieren und ...«

»Bärbel«, unterbricht er sie, dabei kann er seinen Ärger nur schwer unterdrücken, »ich kann und werde über Yvonne nicht schreiben! Merk dir das doch endlich!«

Sie nimmt seine Hand. »Rainer, es wird dir ...«

»Was ich überhaupt nicht mag«, heftig atmet er, »bemuttert zu werden! Kapier das endlich! Aus dieser Scheiße muss ich allein herauskommen. Und wie ich das mache, das geht dich nichts an!«

Die Straßenbahn hält und er will aussteigen. »Rainer, ich komme mit!« Es regnet in Strömen. Er fasst sie an der Hand, und beide rennen die paar Meter zu seiner Wohnung. Sie lacht. Bevor er den Schlüssel in seine Wohnungstür steckt, fragt er sie: »Was willst du von mir?« Ehe Bärbel antworten kann, öffnet die Nachbarin leise

ihre Wohnungstür. Vorsichtig späht sie die Treppe nach oben und kommt rasch auf Rainer zu. Unter ihrer Kittelschürze zieht sie plötzlich einen großen, dicken, braunen Umschlag hervor. »Ein Mann im mittleren Alter«, flüstert sie, »hat ihn hastig in ihren Briefkasten gesteckt, sodass jeder ihn herausnehmen konnte. Dann ist er mit schnellen Schritten davongegangen! Ich stand im Flur ...«
Überrascht nimmt Rainer den Umschlag in die Hand. Mit großen Buchstaben steht nur sein Familienname darauf. Ein Absender fehlt.

»Wie immer stürmten die Kinder von den Wolfs«, erzählt sie plötzlich, und ihr Gesicht verfinstert sich, »lautstark die Treppe herunter. Ich kam gerade von meinem Keller hoch. Sie rannten mich fast um.« Noch immer sieht man den Groll über diesen Vorfall in ihrem Gesicht. Außer sich stemmt sie auf einmal die Hände in ihre Hüften. »Diese Lausbuben lachten mich aus! Als ich sie ausschimpfte, drehten sie sich um, zeigten mir einen Vogel, öffneten die Haustür und liefen davon. Und wie die Tür langsam wieder zuging, wollte ich zuerst meinen alten Augen nicht trauen, dachte zuerst, ich sehe nicht richtig! Zwei Männer in sportlichen Jacketts und ihren neumodischen Schlaghosen ...«, empört blickt die alte Frau ihn an. Ihr Ton wird plötzlich schärfer. »Ein DDR-Arbeiter kann in jede Stadt dieser Republik fahren, solche Bekleidung findet er nirgends! Wie gesagt, da kommen diese Herren direkt auf unsere Haustür zu marschiert. In diesem Moment dachte ich, gut, dass die Handwerker das kaputte Schloss bei Ihnen am Briefkasten noch nicht ausgetauscht haben, da konnte ich, ohne vor die Haustür zu gehen, den Umschlag herausnehmen.« Sie kommt noch näher, und jetzt versteht man sie kaum: »Es waren Leute von der ...«, dieses eine Wort spricht sie nicht aus. »Sie waren an dem Briefkasten. Das hörte ich! Ich stand an meiner Wohnungstür und konnte ihre Schatten durch das Milchglas sehen! Aus Angst, sie könnten hereinkommen, verschwand ich leise in meiner Wohnung!«

Beide schauen sich prüfend an. »Herr Schmalfuß, ich mochte Yvonne sehr. Oft hat sie mir von der Kaufhalle etwas mitgebracht! Eine feine Frau! Es tut mir wirklich leid!«
In diesem Moment weiß er nicht, was er sagen soll. Wenn Bärbel nicht dabei gewesen wäre, hätte er dieses Klatschmaul von Nachbarin einfach stehen gelassen. Aber was sie jetzt zu ihm sagte, nötigte ihm Respekt ab. Höflich bedankt er sich, sie mustert ihn kritisch. Bevor sie in ihre Wohnung geht, dreht sie sich noch einmal um. »Herr Schmalfuß, passen Sie gut auf sich auf! Mit denen ...« Mitten im Satz dreht sie sich wieder um und verschwindet in ihrer Wohnung.

»Das meine ich auch! Ich an deiner Stelle würde mich für einige Zeit zurückziehen, vielleicht denken ...«

»Was sollen sie denken?« Spöttisch lacht er. Schnell schließt er seine Wohnung auf und geht hinein. Zögernd folgt Bärbel.

»Willst du etwas trinken?« Ohne auf eine Antwort zu warten, eilt er mit schnellen Schritten in die Küche. Mit zwei Flaschen Bier kommt er zurück. Sie setzen sich aufs Sofa. »Bärbel, zurzeit kann ich keine Verbindung mit dir eingehen. So leid es mir auch tut. Ich muss mit mir erst einmal ins Reine kommen. Was passiert ist, reicht mir vollkommen! Das hat mich fast aus der Bahn geworfen! Noch einmal, nein danke!«

»Rainer, als ich dich zum ersten Mal sah ...«

»Nur keinen Schmalz – bitte! Darauf reagiere ich ...«

Sie nimmt seine Hand. »Rainer, wir beide wissen es, und das kannst du auch nicht verleugnen ...«

»Du willst mich einfach nicht verstehen! Ich weiß, die Chemie stimmt zwischen uns beiden, aber sollte ich jetzt mit dir etwas anfangen, würden mich meine Schuldgefühle in einen Abgrund stürzen!«

»Rainer, ich ...«, sie blickt ihn an, »die Zeit heilt oft ...«, sanft drückt sie seine Hand. »Ich muss auf dich aufpassen.«

»Bärbel, ich brauche kein Kindermädchen!«

Sie lächelt. »Doch! Und das werde ich sein!«

Erstaunt betrachtet er sie. »Wie willst du das arrangieren? Willst du mich an die Leine legen?« Er lacht. »Das wollten schon so viele! Merk dir«, er starrt sie an, »ich bin ich, und das wird auch so bleiben! Und wenn die Stasi mich in den Knast steckt ...« »Hat sie«, unterbricht sie ihn, »auf der ganzen Linie gesiegt! Verstehst du denn nicht? Dieser Staat möchte solche Leute wie dich aus dem Verkehr ziehen, einfach mundtot machen. Als diese Stasileute in die Wohnung von Kiki kamen, konnte ich den grenzenlosen Hass auf Andersdenkende aus ihrer Körpersprache lesen. Wenn das Gesetz es zugelassen hätte, wäre ich jetzt nicht mehr unter den Lebenden! Davon bin ich überzeugt.« Ihre Augen funkeln. »Als ich den Brief in den Mund steckte und der eine der beiden Männer mich mit einer Hand am Kiefer packte, flammte kurz die Lust in ihm auf, mich ins Jenseits zu befördern.« Sie schnauft. »Das sah ich in seinen Augen. Wenn Roswitha nicht gewesen wäre, hätte er mir wahrscheinlich den Kiefer gebrochen.« Wieder schnauft sie. »Sie hat ihn im richtigen Moment in die Wirklichkeit zurückgeholt! Verstehst du, was ich sagen will? Diese Marionetten schrecken vor nichts zurück!«

Erstaunt betrachtet Rainer Bärbel. Nie hätte er geglaubt, dass sie sich so in Rage reden kann.

»Sie waren«, eifert sie sich, »überzeugt, etwas Belastendes zu finden. Das Netz, das sie über uns schon geworfen hatten, wollten sie endlich festziehen und die Fische, die sie gefangen geglaubt hatten, nicht mehr in Freiheit lassen. Das musst du dir einmal vor Augen halten ...«

»Nein«, heftig wird sie unterbrochen, »ich lasse mich nicht verbiegen!«

Beruhigend legt sie ihre Hand auf seine. »Klüger musst du jetzt sein als die! Verstehst du? Einfach nur klüger!«

Lange sieht er sie an.

»Ich meine«, setzt sie ihr Gespräch fort, »viele deiner Freunde wissen, was du so treibst. Woher weiß die Stasi, dass du dir illegale Bücher besorgst? Hast du je darüber nachgedacht?«

»Du meinst ...«
»Ja, einer oder auch mehrere sind ...«
Ungläubig starrt Rainer sie an.
»Für viele meiner Freunde würde ich die Hand ins Feuer legen und ...«
Diesmal lacht sie zynisch. »Und du wirst sie dir verbrennen! Da bin ich mir ganz sicher!«
»Meinst du?«
»Auf der einen Seite willst du klug sein, und auf der anderen Seite bist du naiv wie ein kleines Kind!«
Er lacht spöttisch. »Ist das die erste Lektion, die du mir erteilen willst?«
Ernst blickt Bärbel ihn an. »Wenn du es so sehen willst – ja!«
Nachdenklich geht er zum Fenster. Regen prasselt an die Scheiben und fließt in kleinen Rinnsalen herunter. »Du meinst«, er dreht sich um, »unter meinen Freunden gibt es wirklich Spitzel, die für die Stasi arbeiten?«
»Ja!«
»Dieser Gedanke kam mir vor einiger Zeit schon einmal, aber vorstellen kann ich es mir einfach nicht! Jeder von denen hat doch Bücher von mir gelesen! Und bisher ist mir kein einziges verloren gegangen! Deshalb dachte ich ...«
»Rainer«, sie geht zu ihm und nimmt seine Hände, »sag mir bitte, wenn alle deine Freunde geschwiegen hätten, woher weiß die Stasi dann so viel von dir?«
Er schaut sie prüfend an. »Bärbel, sag mal, was stand in dem Brief drin?«
»Das geht dich nichts an!«
Er lacht. »Wenn ich mich recht erinnere, war er an mich gerichtet.«
Mit zusammengekniffenen Augen blickt sie ihn prüfend an. »Und wenn es so gewesen wäre, würde ich dir den Inhalt nicht verraten! Sonst würdest du vielleicht größenwahnsinnig werden! Und wer will das? Ich glaube, kein Mensch!«

Sie sieht sein verdutztes Gesicht. Diesmal lacht sie. Er geht zum Tisch, nimmt sich den braunen Umschlag, verschwindet in der Küche, nimmt ein Messer und öffnet den Umschlag vorsichtig. Ohne Bärbel zu beachten, kommt er mit langsamen Schritten wieder zurück. Interessiert mustert er den Briefumschlag, setzt sich an den Wohnzimmertisch, greift behutsam hinein und zieht einen dicken Packen Schreibmaschinenpapier heraus. Auf der ersten Seite sieht man die Überschrift in gemalten, schwarzen Buchstaben, umrankt mit Stacheldraht. Er liest: »Marschroute eines Lebens.« Beide schauen sich an. »Von Jewgenija Ginsburg.«

Bärbel nimmt ein Blatt, betrachtet es, beginnt zu lesen, schüttelt den Kopf und blickt Rainer nachdenklich an. »Mensch, Rainer, wer hat dir so etwas gegeben?«

»Bärbel, frag mich nicht, ich weiß es wirklich nicht!«

Ungläubig mustert sie ihn. »Ein dir vollkommen unbekannter Mensch kann dir doch so etwas Explosives nicht so einfach geben!« Wieder mustert sie ihn. »Ich glaube dir nicht!«

Erstaunt über diese Äußerung blickt er sie nachdenklich an. »Ob du es willst oder nicht, du musst es mir einfach glauben. Ich kenne keinen Menschen, der ein Buch abschreiben würde! Das ist doch vollkommener Irrsinn!«

Nachdenklich geht sie zum Bücherregal, mustert die Bücher, dreht sich um und sagt mit fester Stimme: »Kein Mensch gibt einem Unbekannten einen Erlebnisbericht von einem Gulag! Nicht in der DDR! Das kannst du mir nicht erzählen!« Sie nimmt seine Hand. »Hast du zu mir kein Vertrauen?«

»Doch!«

Wieder nimmt sie ein Blatt in die Hand. »Bitte lies und überzeuge dich selbst!« Er nimmt das Blatt und liest. Nach einiger Zeit schaut er auf und blickt sie an. »Bärbel, ich kann mir nicht denken, wer mir das gegeben hat. Jedenfalls hat er sich große Mühe gegeben, ein Buch mit der Schreibmaschine abzuschreiben!«

»Und wenn es die Stasi gewesen ist?« Nachdenklich schauen sich beide an. »Rainer, wenn sie dieses abgeschriebene Buch bei dir findet, landest du im Knast. Das ist eine Falle!«
Er nimmt ein neues Blatt, setzt sich und vertieft sich in die Lektüre.
»Rainer«, er blickt zu ihr auf, »wer dir dieses abgeschriebene Buch auch gegeben hat, herausbekommen werden wir es wohl nie! Nur, du kannst es in deiner Wohnung nicht lassen! Es ist viel zu gefährlich für dich!«
»Ich weiß!«
Sie nimmt den braunen Umschlag und schaut hinein. »Da liegt ja noch ein Zettel darin!« Hastig greift sie hinein und zieht ihn mit zittriger Hand heraus. »Lieber Rainer«, liest sie, »sicherlich wirst Du darüber sehr erstaunt sein, wer Dir diesen braunen Umschlag in den Briefkasten gegeben hat. Du kennst mich nicht! Aber Du hast mich schon oft gesehen. Ich weiß auch, was Deine heimliche Leidenschaft ist. Ich teile sie mit Dir. Als ich dieses Buch gelesen habe, brach in mir eine Welt zusammen. Ich muss gestehen, ich glaubte an den Sozialismus als eine gerechtere Gesellschaftsform, aber je mehr ich mich informierte, zerbrach in mir die Illusion von einem gerechten Arbeiter-und-Bauern-Staat. Eine Bitte hätte ich noch, gib diese, mit Schreibmaschine abgeschriebenen Seiten an einen Menschen, der nicht zu deinem Freundeskreis zählt. Es wäre schade, wenn es in die Hände der Stasi fallen würde. Zu viel Arbeit steckt dahinter. Ich wünsche Dir viel Erfolg bei der Suche nach einer Person, die nicht blind durch diese DDR-Welt geht, sondern sehend. Zu viele Ja-Sager und Arschkriecher gab es und gibt es immer noch in der DDR! Sei vorsichtig! Nicht jeder Freund ist ein Freund! Oft bekommen diese Leute den Auftrag von der Stasi, einen ins Gefängnis zu bringen. Einen Vorschlag hätte ich noch zu machen: Verbrenne bitte diesen Zettel, wenn Du ihn gelesen hast! Es ist besser für uns beide!«
Sie reicht ihm den Zettel. Ohne sie anzusehen, geht er in die Küche und verbrennt ihn über dem Spülbecken. »Es ist schon

seltsam«, sagt er, als er ins Wohnzimmer zurückkommt, »dass der Fremde mich, ausgerechnet mich, ausgewählt hat. Er muss mich ja wirklich gut kennen – merkwürdig.«
Sie schaut ihn an und sagt aber kein Wort. Stattdessen nimmt sie den Stapel Schreibmaschinenpapier und legt ihn wieder zurück in den braunen Umschlag. »Rainer, hier in deiner Wohnung können wir nicht ungestört lesen. Wie wär's, wenn wir morgen, nach deiner Schicht, wieder wandern gehen würden?«
»Meinetwegen.«
Sie setzt sich und sieht ihn prüfend an. »Rainer, erzähl mir bitte, wie hast du Yvonne eigentlich kennengelernt?«
Er lacht plötzlich. »Willst du es wirklich wissen?«
Irritiert blickt sie ihn an. Fast schüchtern haucht sie: »Ja!«
Wieder lacht er. »Ich ... ich hatte an diesem Tag zu fettig gegessen, zu viel getrunken, und deswegen wollte mein Magen dieses Zeug wieder loswerden. Deshalb kotzte ich auf eine Jeans einer mir unbekannten hübschen Erscheinung. Du kannst dir nicht vorstellen, wie die sich darüber gefreut hat. Schreiend stand sie auf und verpasste mir eine. Kraft meines Alkoholspiegels wollte ich ihr eine schmieren. Ein Freund von mir hielt mich zurück.« Erneut lacht er. »Stell dir vor, sie zog sich vor mir und meinen Freunden die Hosen aus und stand auf einmal in ihren Schlüpfern da. Welch ein Anblick! Ich nahm ihr die Hose weg und marschierte los! Wie eine Furie schrie sie mir hinterher. Meine Freunde hielten sie zurück. Zielstrebig steuerte ich, mit meinem besoffenen Kopf, in die Toilettenanlage und versuchte im Waschbecken ihre Jeans zu waschen. Eine Putzfrau muss mich wohl gesehen haben, sie gab mir etwas Waschpulver und einen Eimer warmes Wasser. Die schöne Erscheinung staunte nicht schlecht, als ich mit ihrer Hose wieder zurückkam. Sie war zwar nass, aber sauber!«
Angewidert blickt Bärbel ihn an. »Wo wart ihr?«
Nachdenklich blickt er zum Fenster. »Warst du schon einmal beim Schleizer Dreiecksrennen?«
»Nein!«

»Da hast du wirklich etwas verpasst! Als ich zum ersten Mal dort war, staunte ich nicht schlecht. Auf der Wiese lagen oder standen unzählige Menschen! Von überallher tönte Musik aus zahllosen Tonbandgeräten. Es war wirklich ein Hauch von Woodstock! Man schaute sich zwar das Auto- und die Motorradrennen an, aber der wirkliche Höhepunkt war der Abend. Auf einer großen Bühne spielten die besten Bands aus Polen, Ungarn und von uns!«

»Wann war das?«, fragt sie mit belegter Stimme.

»1973! An diesem Augusttag«, erzählt er und starrt dabei zum Fenster, als würde dort etwas Interessantes zu sehen sein, »war es sehr heiß. Yvonne zog die nassen Hosen an. Seit diesem Zeitpunkt waren wir zusammen!«

Als würde ihm in diesem Moment etwas sehr Wichtiges einfallen, so hastig steht er auf und eilt zu seiner alten Truhe, die in der Ecke steht. Mühsam öffnet er den Deckel der Truhe, beugt sich über sie und sucht etwas. Es vergeht einige Zeit, bis er Bärbel mit strahlendem Gesicht anblickt. Er hält eine Schallplatte in der Hand. »Von Klaus Renft! Wollen wir sie hören?« Ohne auf ihre Antwort zu warten, legt er sie vorsichtig auf den Plattenteller. Mit geübtem Blick und Geschicklichkeit legt er den Tonarm an den Anfang der Schallplatte. Zuerst ist Knistern zu hören, und dann erfüllt die Stimme des Sängers das Wohnzimmer.

Bärbel blickt auf ihre Uhr. »Wie die Zeit vergeht! Rainer, es tut mir wirklich leid, ich muss gehen!« Mit diesen Worten steht sie auf, bleibt einen Moment stehen, in der Hoffnung, vielleicht noch ein paar Worte des Bedauerns zu hören. Als aber kein Wort aus seinem Mund kommt, jagt sie wie ein gehetztes Tier aus dem Zimmer, bleibt abrupt vor der Wohnungstür stehen, dreht sich noch einmal um, wartet mit ängstlichen Augen, bis er zu ihr kommt. Obwohl es nicht ihre Art ist, nimmt sie ihn spontan in die Arme und drückt Rainer sanft. »Es war schön bei dir. Das musst du mir glauben«, flüstert sie ihm ins Ohr.

Erstaunt über ihren Gefühlsausbruch, fragt er: »Was ist nur los mit dir?«

Sie lacht gequält. »Meine schmutzige Wohnung wartet auf mich! Die Heinzelmännchen wollen bei mir nicht mehr sauber machen!« Wieder lacht sie gequält. Geschwind öffnet sie die Tür und eilt hinaus. Als die Tür hinter ihr geschlossen wird, lehnt sie sich mit zittrigen Beinen an die Wand, atmet erst einmal tief durch. Noch nie in ihrem Leben hat Bärbel sich so schlecht gefühlt wie in diesem Augenblick. Langsam läuft sie die Stufen hinab, bleibt stehen, schließt ihre Augen, atmet wieder tief durch. In dieser kurzen Ruhephase empfindet sie, obwohl sie heftig dagegen ankämpft, wie tief die Gefühle für Rainer tatsächlich sind. Gleichzeitig zerstört die Angst, es könnte die Wahrheit ans Licht kommen, dieses wunderbare Gefühl. Stoßweise atmet sie. Schweiß tritt auf ihre Stirn. Urplötzlich stürmen die letzten Ereignisse auf sie ein, nehmen sie in die Mangel und wollen sie regelrecht zerquetschen. Sie schwankt. Schnell greift sie nach dem Treppengeländer. Was mache ich nur?, hämmert es in ihrem Kopf. Kinder wollen an ihr vorbeirennen, bleiben doch stehen, mustern diese seltsame Frau neugierig. Wie von weit her hört sie eine kindliche Stimme: »Die ist ja besoffen!« Ein boshaftes Lachen folgt.

Ich bin verrückt! Ja, ich bin es! Dieser Gedanke kommt und lässt sich auch nicht mehr verdrängen. Wie in einem Wahn wankt sie die Stufen hinunter. Die Haustür steht weit offen. Der Hauch von frischer Abendluft dringt zu ihr. Langsam kommt sie zu sich. Auf der Straße ballt Bärbel beim Gehen ihre Hände zur Faust. Sie könnte losheulen. So muss sich Yvonne gefühlt haben in den letzten Stunden ihres Lebens. Sie ahnt, in welcher Zwickmühle sich Yvonne befand und welche Konsequenz es für sie nur gab. Wie tapfer sie doch war, sich gegen diesen Staat zu stellen und lieber aus dem Leben zu scheiden als ihre Liebe zu verraten. Ihre Schritte werden mühsamer. Erste Tränen laufen über ihre Wangen. Schnell wischt sie sie fort. Kein Mensch soll sehen, dass ich heule, denkt sie. Sie setzt sich auf eine Bank, die sich einem Kinderspielplatz gegenüber befindet. Als sie sich von

Rainer verabschiedete, wusste sie, wohin sie gehen würde. Es war in der letzten Zeit so ein Automatismus geworden – der Weg in die Kneipe. Nein, lange blieb sie nicht sitzen. Sie trank schnell ein Bier und einen Wodka. Das half, ein wenig Tröstung zu finden, aber heute wollte sie nicht. Durch die Ereignisse der letzten Tage und Wochen wurde ihr plötzlich bewusst, auf welchem Weg sie sich befand. Und jetzt … Bärbel zuckt zusammen, als sich plötzlich ein Mann neben sie setzt. Sie bemerkt, wie er sie betrachtet. Automatisch schließt sie ihre Augen. Hoffentlich, denkt sie, sieht er nicht, in welcher Verfassung ich mich befinde.

»Liebeskummer?«, fragt plötzlich der Fremde mit einfühlsamer Stimme.

Irritiert schaut sie ihn an. Es dauert einen Moment, bis sie begreift, dass es kein Mitarbeiter der Staatssicherheit ist. Plötzlich lacht sie. Es ist ein befreites Lachen. Verständnislos betrachtet der Fremde sie, steht auf und verschwindet schnell. Wieder schließt sie ihre Augen. Was würde ich nur machen, wenn ich mein Tagebuch nicht hätte? Dieser Gedanke kommt, und sie merkt, wie ein kalter Schauer über ihren Rücken läuft. Vielleicht wäre ich schon längst den gleichen Weg gegangen wie Yvonne. Sie ahnt, wie wichtig ihr im Laufe der Jahre das Tagebuchschreiben geworden ist!

Eine Schar lärmender Kinder kommt zum Spielplatz. Sie öffnet die Augen, sieht, wie Jungen im Halbkreis stehen, laut werden Namen genannt. Die Genannten gehen einmal links oder rechts. Heftig wird dabei diskutiert und mit den Armen gestikuliert. Abseits steht ein Junge, im Arm hält er einen Ball. Das Fußballspiel beginnt. Schreiend laufen die Kinder hinter dem Fußball her. Sie steht auf, geht den Weg entlang und setzt sich auf eine Bank, die von einer Hecke umsäumt ist. Von Unruhe gepackt, schaut sie auf die Uhr. »Noch Zeit«, flüstert sie. Wieder schließt sie ihre Augen. Gestern Abend ist sie in den Keller gegangen, hat ihren alten Koffer geöffnet, den sie hinter einem Regal gut versteckt hat, und sich ein Tagebuch herausgeholt, auf dem die Jahreszahlen 1969–1971 stehen. Einige Jahre

hat sie diese Eintragungen schon nicht mehr gelesen, obwohl sie oft vor diesem Regal stand, um noch einmal nachzulesen, wie es geschehen konnte, dass ihr Leben auf ein so falsches und gefährliches Gleis gelenkt werden konnte.
»Geht es Ihnen nicht gut?«, wird sie plötzlich von einer ruhigen Frauenstimme gefragt. Bärbel öffnet die Augen. Sie sieht, wie eine alte Frau sich ächzend hinsetzt.
»Doch!«, antwortet sie.
»Ich komme jeden Abend hierher!« Aufmerksam betrachtet die alte Frau Bärbel. »Sie sehen so aus, als hätten Sie große Sorgen. Ich beobachte Sie schon seit geraumer Zeit!«
»Nein«, gibt sie genervt zur Antwort.
»Einer alten Frau können Sie nichts mehr vormachen!«, erwidert sie mit fester Stimme. »Ich sehe doch, wie sie mit sich kämpfen!«
Stutzig geworden, mustert sie die Frau. Sollte die …, nein, denkt sie, ich sehe schon überall Gespenster. Die kann nicht bei der Stasi sein. Oder doch?
»Ich war einmal eine Lehrerin!«
Bärbel hält sich an der Bank fest. Vorsichtig legt die alte Frau ihre Hand auf die Hand von Bärbel. »Ich liebte meinen Beruf! Für mich wäre nie ein anderer Beruf infrage gekommen. Aber heute«, die alte Frau mustert Bärbel, »spielen andere Maßstäbe eine Rolle.« Wieder mustern sich die beiden Frauen. »Die Politik ist in den Fokus der Ausbildung der Lehrer gekommen, und nicht … ach, was rede ich da wieder. Auf eine alte Frau werden diese Herren wohl nicht hören! Ich versuchte immer, auch wenn es mir nicht immer gelang, ein Ohr für meine Schüler zu haben. Nicht sie zu bespitzeln, Gott bewahre, wie es heute der Fall ist, sondern ihnen zu helfen, den richtigen Weg ins Leben zu finden. Das war und ist für mich immer noch der Leitfaden für einen guten Lehrer. Jedes Kind hat doch seine Fähigkeiten, auch wenn man sie auf den ersten Blick vielleicht nicht sofort erkennt.«
Bärbel will aufstehen und gehen.

»Bleiben Sie!«, fordert die alte Frau sie mit freundlicher, fester Stimme auf.
»Warum?«, fragt Bärbel erstaunt und steht auf.
»Weil ich sehe, dass Sie dringend Hilfe brauchen! Wenn Sie wollen, besuchen Sie mich bitte! Ich wohne nicht weit von hier! Kennen Sie die Karl-Liebknecht-Straße?«
Bärbel nickt.
»Im Eingang 12 klingeln Sie bei Neuhaus. Ich würde mich freuen, wenn Sie kommen würden!« Mit erstaunlicher Geschwindigkeit greift sich die alte Frau die Hand von Bärbel und hält sie sanft fest. »Auch wenn der Tunnel, durch den Sie jetzt gehen müssen, noch so lang erscheint, denken Sie immer daran, er führt Sie immer ans Licht!«
»Warum sagen Sie mir das?«
Die beiden Frauen schauen sich an.
»Auch wenn meine Augen nicht mehr die besten sind, bleibt mir doch nichts verborgen! Und ich sehe, irgendetwas beschäftigt Sie wirklich sehr.«
Ohne sich noch einmal umzusehen, entfernt sich Bärbel mit schnellen Schritten. Was für eine seltsame alte Frau, denkt sie, und ihre Schritte werden langsamer. Und wenn ich zu diesem monatlichen Treffen einfach nicht hingehen würde? Was wird mit mir dann geschehen? Kann ich das so einfach machen?, fragt sie sich. Keinem Menschen sagte ich, dass ich umziehen würde. Klammheimlich wollte ich verschwinden. Bis zum letzten Tag wartete ich, um mich polizeilich abzumelden, in der Hoffnung, die Stasi würde es nicht mitbekommen. Doch schon am gleichen Abend bekam ich Besuch von meinem Führungsoffizier. Über jeden Schritt von mir wussten diese Menschen Bescheid. Kein einziges Wort des Protestes äußerte ich, als ich zustimmte, meine beste Freundin Kiki in meinem neuen Wohnort zu bespitzeln. Und jetzt, sie bleibt stehen und flüstert: »Ich bin schuldig!« Sie schlägt die Hände vors Gesicht. Schritte sind zu hören. Erschrocken dreht sie sich um. Kein Mensch ist zu sehen. Heftig atmet

sie und bleibt stehen. Bilder aus längst vergangenen Tagen tauchen auf und verschwinden wieder. »Ich bin schuldig!«, flüstert sie erneut. Wie in Trance schlendert sie die Straße entlang, biegt in die Kochstraße ein. Vor einem der zuerst gebauten Plattenbauten des Neubaugebietes bleibt sie stehen, bückt sich, öffnet ihre Schnürsenkel, schnürt sie wieder zu und späht, ob kein Freund oder Bekannter zu sehen ist. Als die Luft rein erscheint, geht sie mit schnellen Schritten zur Hausnummer 4, drückt den obersten Knopf der Klingel. Der Name ist kaum zu erkennen. Der Türsummer ist zu hören. Bärbel drückt gegen die Haustür, sie öffnet sich. Gemächlich steigt sie die Stufen hoch, im Kopf arbeitet nur ein Gedanke: Aufhören! Ich muss damit aufhören! Ein fremder Mann, mit kantigem Gesicht, kurz geschorenen Haaren und stechenden Augen steht vor der Wohnungstür und wartet auf sie. Er ist nicht mehr der Jüngste! Dieser Gedanke schießt ihr durch den Kopf, als sie langsam die Stufen hochgeht und ihn zum ersten Mal sieht. Durch die sportliche Kleidung, die er trägt, will er wahrscheinlich sein wirkliches Alter kaschieren. Blitzartig spürt sie Angst bei dem Gedanken, dass dieser Fremde ihr neuer Führungsoffizier sein könnte. Beide mustern sich. Ohne ein Wort zu sagen, fordert er sie mit einer Handbewegung auf, einzutreten.

»Setzen Sie sich!«, verlangt er mit einem derartigen Befehlston, dass sie zusammenzuckt. Vorsichtig setzt sie sich auf den Stuhl, der vor einem massiven Tisch steht. Er setzt sich ebenfalls. Mit einem Finger trommelt er auf die Tischplatte.

»Frau Klinger!«, sie zuckt zusammen, als sie ihren Namen hört, »aus einem Bericht ...«

Sie schließt die Augen, ballt ihre Hände zur Faust, ihr Herz schlägt immer schneller. »Ich will nicht mehr!« Diese Worte schreit sie aus sich heraus. »Ich will nicht mehr, und ich kann auch nicht mehr!«, wiederholt sie, schon etwas leiser, aber doch noch kräftig genug. Einen Moment wartet sie, und erst dann öffnet sie wieder die Augen. Mit stechendem Blick mustert er sie. Das Trommeln seines Fingers auf dem Tisch hat aufgehört. Plötzlich lächelt er diplomatisch. Langsam steht er auf, geht zum Fenster, schaut hinaus, mustert die rosafarbenen Blüten eines Kaktus, der auf der Fensterbank steht.

»So, Sie wollen die Mitarbeit mit den staatlichen Organen der DDR aufkündigen!« Schnell dreht er sich um. »Frau Klinger, so einfach geht es aber nicht! Oder sind Sie geisteskrank? Da würde der Fall etwas anders liegen! Aber Sie sind es doch nicht?« Lange betrachtet er sie. Sie schließt wieder die Augen und denkt: Bald werde ich es geschafft haben. Ihr Herz schlägt schon ruhiger.

»Bis jetzt leisteten Sie hervorragende Arbeit! Sie standen und stehen noch immer im Dienst des Friedens! Schauen Sie, schon als Jugendliche brachten Sie einen Lehrer, einen Schädling unseres friedliebenden Staates, zur Strecke! Eine wirkliche Meisterleistung! Durch Sie sind wir erst auf diesen Verbrecher gestoßen. Das Verwerfliche an ihm war, er hat noch eine andere Familie infiziert. Fluchthelfer wollten ihn, seine Kinder und das infizierte Ehepaar aus seiner sozialistischen Heimat schleusen. Im letzten Augenblick sind diese Verbrecher an der Staatsgrenze der DDR festgenommen worden. Für Sie und für die staatlichen Organe der DDR war es ein großer Erfolg. Unter der Last seiner Verbrechen hat sich dieser feige Mensch in der Haft das Leben genommen.«

»Ne...in!«, schreit sie plötzlich. »Das sind doch alles Lügen, die Sie mir da auftischen wollen!« Am ganzen Körper zittert sie jetzt.

»Schon wieder ein Mensch, der sich wegen der Staatssicherheit das Leben genommen hat, nur diesmal war ich an seinem Tod schuld!« Noch lauter schreit sie: »Ne...in!« Dann sackt sie in sich zusammen. Stimmen sind zu hören. Langsam kommt sie zu sich, obwohl die Müdigkeit sie fest im Griff hat. Mühsam öffnet sie ihre Augen. Ein Mann sitzt neben ihr auf dem Stuhl.

»Kann ich mit ihr jetzt sprechen?« Bärbel kennt diese Stimme. Es ist ihr Führungsoffizier seit vielen Jahren.

»Aber nur kurz!«

Der Mann, der auf dem Stuhl neben ihr sitzt, steht auf und geht aus dem Raum. Ihr früherer Führungsoffizier setzt sich und

nimmt ihre Hand. »Bärbel«, spricht er wieder mit dieser sanften Stimme, die sie überhaupt nicht mag, »was machst du für Sachen? Es kann schon einmal passieren, dass einem die Nerven versagen. Ich würde vorschlagen, du fährst zur Kur an die Ostsee! Und dort erholst du dich von den alltäglichen Strapazen. Und nach vier Wochen können wir über alles reden!«
»Nein, ich will nicht mehr!«
»Was soll das heißen?« Vorsichtig erhebt er sich.
»Ich möchte nicht mehr für die ...«, sie schweigt einen Moment, »andere Menschen ausspionieren! Die Kraft fehlt mir dazu!« Plötzlich weint sie, und Tränen laufen über ihre Wangen. »Ich bin schuld am Tod eines Menschen! Damit muss ich jetzt mein Leben gestalten!« Sie schließt die Augen. Ihre Hände zittern. »Was seid ihr nur für Menschen? Ich glaubte immer an den Sozialismus, aber ihr seid nicht besser als ...«
Wieder nimmt er ihre Hand und hält sie fest. »Überlegen Sie es sich sehr gut, was Sie jetzt machen wollen! Sie wissen ja, wir können auch anders. Es ist ein Kinderspiel, ein Gerücht in die Welt zu setzen, dass Sie ein IM sind. Und ihre Freunde werden sie wie die Pest meiden, besonders Rainer!«
Entgeistert starrt sie ihn an. Er lächelt. »Sehen Sie, über Ihr Gefühlsleben wissen wir genauestens Bescheid. Gegen eine Freundschaft mit Herrn Schmalfuß haben wir nichts einzuwenden, im Gegenteil, es wäre schön, über seine, sagen wir einmal, seine Verfehlungen genaue Informationen zu erhalten!« Wieder lächelt er. »Eine reizvolle Arbeit ...«
»Niemals«, unterbricht sie seinen Redeschwall, »ich weiß, dass ich einmal ein sehr schwacher Mensch war!« Ihre Stimme zittert. »Es nicht durchschaute, was ihr für ein Spiel mit mir gespielt habt, aber schon lange quälen mich die Zweifel, ob mein Handeln nicht einfach nur Denunziantentum war und ist! Aber diesmal ...«
»Wir werden ja sehen!« Er steht von seinem Stuhl auf und geht zur Wohnungstür. »Sie bekommen jetzt noch eine Spritze, und morgen früh sieht die Welt schon ganz anders aus!«

Ein Arzt erscheint im Zimmer, geht zu ihr und gibt ihr eine Spritze. Willenlos lässt sie es geschehen. »Ich werden Sie ein paar Tage krankschreiben müssen. Sie brauchen jetzt viel Ruhe! Gehen Sie spazieren!« Er dreht sich um. Nur sie beide sind im Raum. Er prüft ihren Puls. »Schreiben Sie die Ereignisse auf, das wird Ihnen sicherlich helfen, die Vorkommnisse zu verarbeiten!«, flüstert er kaum hörbar. Schnell erhebt er sich, nimmt seine Tasche, blickt sie prüfend an und eilt aus dem Zimmer. Einen richtigen Gedanken kann sie nicht mehr fassen. Der Schlaf übermannt sie.

Durch das laut klagende Geheul einer Katze wird Bärbel wach. Schlaftrunken öffnet sie die Augen. Und wieder hört sie dieses klagende Geheul. Durch das offene Fenster strömt die morgendliche Kühle in den Raum. Sie fröstelt. Schnell zieht sie ihre dünne Decke höher. Ihr Rücken schmerzt. Der Tisch, die Stühle, der Schrank – ihr wird plötzlich bewusst, wo sie sich befindet. Vorsichtig steht sie auf, schleicht zur Tür, öffnet sie, späht auf den kleinen, schmalen Flur. Nichts ist zu sehen. Sie begutachtet ihre Kleidung, mit der sie geschlafen hat. Nur die Bluse ist aus ihrer Hose herausgerutscht. Fix stopft Bärbel sie in ihre Jeans. Erst jetzt bemerkt sie, dass sie die ganze Zeit nur mit Strümpfen herumlief. Mit schnellen Schritten eilt sie zum Sofa, nimmt sich ihre Schuhe, zieht sic an, eilt aus der Wohnung und bleibt einen Moment vor der Wohnungstür stehen. Schnarchen ist aus dem Schlafzimmer zu hören. Vorsichtig öffnet sie die Wohnungstür, horcht in den Flur hinein und eilt hinaus.

Die ersten Treppenstufen geht sie leise hinunter. Für eine Weile bleibt sie stehen und lauscht. Nichts ist zu hören. Mit schnellen Schritten geht sie jetzt die Stufen hinunter. Hoffentlich ist die Haustür nicht verschlossen, denkt sie, als sie die letzten Stufen hinuntergeht. Mit zittriger Hand fasst sie den Türgriff an und drückt ihn hinunter. Die Haustür öffnet sich. Erleichtert atmet sie auf. Ohne nach links oder rechts zu sehen, rennt sie die Straße entlang, biegt ab, bleibt einen Moment stehen, dreht sich um. In diesen frühen Morgenstunden ist kein einziger Mensch auf der Straße zu sehen. Wie in einem Wahn rennt sie durch das Neubaugebiet zu ihrem neuen Zuhause. Mit zittriger Hand öffnet sie die Haustür, eilt die Treppe hoch, schließt ihre Wohnungstür auf und stürmt hinein. Tief atmet sie durch, lehnt sich an die Wand, atmet wieder tief durch, eilt in die Küche, nimmt sich zwei Stoffbeutel, lauscht, aber kein Auto ist zu hören. Leise verschließt sie ihre Wohnung. Schritt für Schritt läuft Bärbel die Treppe hinunter, bleibt an der Haustür einen Moment stehen, erst dann geht sie mit schnellen Schritten in den Kellerbereich hinunter. Mit zittrigen Fingern öffnet sie ihre Kellertür und eilt hinein. Sie blickt hinter das Regal. Erleichtert atmet sie auf. Der alte Koffer steht tatsächlich noch da. Vorsichtig zieht sie ihn hervor, öffnet ihn und ist zufrieden, als sie sieht: Ihre Tagebücher sind noch alle da. Behutsam nimmt sie die Bücher heraus und legt sie in die Stofftaschen. Ein Auto ist zu hören. Ein Schauer von Angst durchströmt ihren Körper. Sie zittert. Schnell schiebt sie den Koffer wieder hinter das Regal, schließt die Augen. Männliche Stimmen dringen zu ihr. Schweiß tritt auf ihre Stirn. Wie ein gehetztes Tier eilt sie den Kellergang entlang, schließt die Kellertür auf, bleibt stehen, lauscht in den anbrechenden Morgen hinein. Zum ersten Mal blickt sie auf die Uhr. Es ist 4.30 Uhr! Was mach ich nur?, denkt sie. Mutlosigkeit überfällt sie. Ihre Knie werden weich. Sie setzt sich auf den Betonboden. Nach einiger Zeit, als die Kälte ihren Körper erfasst hat und sie vor Kälte zittert, steht sie auf. Vorsichtig schleicht sie die Kellerstufen hoch. Weit und breit ist kein Mensch zu sehen. Sie schließt die Augen, atmet tief durch, zählt bis drei, erst dann rennt sie über den Rasen. Auf der Straße bleibt sie heftig atmend stehen.»Wohin soll ich nur gehen?«, fragt sie sich leise. Niedergeschlagenheit macht sich breit und umfasst sie wie ein Spinnennetz. Sie senkt den Kopf. Sie könnte heulen! Wohin soll ich nur gehen? Sie weiß es nicht. Kraftlos sinkt sie auf eine Bank. Die ersten Sonnenstrahlen wärmen ihren durchfrorenen Körper, trotzdem zittert sie. Ihr Blick schweift über die Rasenfläche, bleibt an einem Plattenbau hängen. Auf einem Balkon ranken Kletterrosen. Ihre rosafarbenen Blüten leuchten in den Morgen hinein. Vorbei! Dieser Gedanke breitet sich rasend schnell in ihr aus. »Vorbei!«, ruft sie in den Morgen hinein. Im gleichen Augenblick schaut sie sich ängstlich um. Niemand hat es gehört. Kraftlos lehnt sie sich zurück, wartet, obwohl sie nicht weiß, auf was. »Hat die alte Frau«, flüstert sie, »nicht gesagt, dass ich zu jeder Zeit zu ihr kommen könnte?« Hoffnung keimt in ihr auf. Sie blickt auf ihre Uhr. »Aber doch nicht um diese Uhrzeit!« Sie schließt die Augen. »Ich muss vorsichtig sein«, sagt sie zu sich, »wenn mein Aufpasser merkt, dass ich verschwunden bin, wird er mich vielleicht suchen!« An die Folgen möchte sie nicht denken. Wie in einem Wahn erhebt sie sich, blickt weder nach rechts noch nach links und stürmt los. »Karl-Liebknecht-Straße!«, flüstert sie. Aber wie die Hausnummer lautet, daran kann sie sich nicht mehr erinnern! Ihre Stoffbeutel fest in der Hand haltend, stürmt sie los. Wie eine Rettungsinsel kommt ihr in diesem Augenblick die alte Frau vor. Die Straßenbahn kommt. Sie sieht sie nicht. Nur ein Gedanke beschäftigt sie: Ich muss zu dieser alten Frau. Im letzten Augenblick überquert sie die Gleise. Das schrille Warnläuten der Bahn nimmt sie nicht wahr. Nur fort von hier!, denkt sie. Kurz bleibt sie an einer der großen Kreuzungen stehen, sieht, dass kein Auto kommt, und rennt, als wäre sie eine Hundert-Meter-Läuferin, quer über die Straße. Außer Atem lehnt sie sich an den Laternenpfahl, hechelt nach Luft. Einige Minuten vergehen, bis sie dann mit gemächlichem Schritt weitergeht. Sie biegt in die Karl-Liebknecht-Straße ein und bleibt wie angewurzelt stehen. Automatisch zählt sie die Stockwerke des Plattenbaus. »Zwölf Stockwerke!«, flüstert sie. Von dem ersten Eingang bis zum letzten Eingang braucht sie jetzt nicht mehr zu rennen, denkt sie erleichtert. Aus diesem Blickwinkel kann sie alle Eingänge nicht richtig sehen, geschweige denn zählen. Den Eingang Nr. 1 spart sie sich. Sie ist sich sicher, die alte Dame hat die Hausnummer 1 nicht erwähnt. Bei der Hausnummer 2 beginnt sie die Suche. Vierundzwanzig Namensschilder liest Bärbel, aber der Name Neuhaus taucht nicht auf. Bei der Hausnummer 3 findet sie den Namen auch nicht. Und wenn mich die alte Frau …, weiter will sie nicht denken. Mutlos ist sie bei der Hausnummer 12 angelangt. Ein heftiges Zittern durchströmt ihren Körper. Im letzten Augenblick stützt sie sich an der Haustür ab. Wie im Zwang liest sie die Namensschilder. Sie stutzt. Der Name Neuhaus springt ihr ins Auge. Kraftlos drückt sie auf den Klingelknopf. Es vergeht einige Zeit, bis Bärbel die Stimme der alten Frau aus dem Lautsprecher hört. Sie nennt ihren Namen und erzählt rasend schnell, wo sie sich kennengelernt haben. Der Summer der Haustür ist zu hören, und kraftlos drückt sie dagegen. Die Haustür öffnet sich. Mühsam schleicht sie die Treppen hoch. Im vierten Stock wartet die alte Frau schon im Flur auf sie.

Liesbeth Neuhaus steht vor ihrer Wohnungstür und beobachtet, wie eine junge Frau schwankend die Stufen zu ihr hochkommt. Als sie die letzten Stufen nimmt, bemerkt sie, wie es der Unbekannten schwer fällt, die letzten Stufen zu bewältigen. Heftig atmet sie. Im letzten Augenblick hält Liesbeth Bärbel fest, sonst wäre sie auf den Flurboden gefallen. Kraftlos hebt diese den Kopf und blickt Liesbeth mit ihren fiebrig-glasigen Augen an. »Helfen Sie mir – bitte!«, haucht sie, dann gleitet sie langsam aus den Armen der alten Frau. Wie ein Häufchen Elend liegt sie vor ihr auf dem Boden. Noch einmal hebt sie ihren Kopf: »Meine Tagebücher … nicht der Stasi … ich bin schuld!«

Im ersten Moment ist Liesbeth so aufgewühlt, dass sie wie angewurzelt stehen bleibt. Erst nach einiger Zeit kommt wieder Leben in ihren Körper. So schnell wie es ihr möglich ist klingelt sie bei ihrem Nachbarn. Die Tür wird geöffnet. Vor ihr steht, in Arbeitskleidung, Herr Kunert, ihr Nachbar.

»Frau Neuhaus, was gibt's ...«, mehr spricht er nicht, denn er entdeckt in diesem Augenblick, dass eine junge Frau auf dem Boden liegt. »Soll ich die Polizei rufen?«, fragt er besorgt.
»Helfen Sie mir lieber, diese Unglückliche in meine Wohnung zu schaffen, dann gehen Sie bitte zur Telefonzelle und rufen einen Arzt!«
»Ich gehe zu Frau Wollschläger, die hat doch ein Telefon!«, erwidert er.
»Nein, das können Sie nicht! Da kann ich ja gleich die Polizei rufen!«
Erstaunt blickt er die alte Frau an, geht zu der Liegenden, hebt sie mit Mühe hoch und trägt sie in die Wohnung. Vorsichtig legt er sie auf das Sofa.
»Frau Neuhaus, kennen Sie diese ...«
»Herr Kunert«, als sie seinen Namen äußert, blickt sie ihn unverwandt an, »mit dem Häufchen Unglück sprach ich gestern!« Sie zeigt auf Bärbel. »Seltsam, sie war vollkommen geistesabwesend. Ich hoffte, sie würde mir ihr Leid beichten, aber gesagt hat sie nichts.« Ungehalten schaut sie ihn jetzt an. »Gehen Sie jetzt und rufen Sie den Arzt an. Erzählen Sie ja nichts dieser Wollschläger! Die kann doch ihr Mundwerk nicht halten.«
Er bleibt noch stehen. »Frau Neuhaus, Ihre Hilfsbereitschaft in Ehren, aber ...«
»Herr Kunert«, unterbricht sie in heftig, »ich will Sie ja nicht mehr daran erinnern. Waren Sie nicht einmal am ...«
»Ich geh ja schon!«, beruhigend hebt er die Hände. »Sollten Sie meine Hilfe brauchen, dann ...«
»Ich weiß Bescheid! Danke!«
Sie macht die Wohnungstür hinter ihm zu, geht in ihr Schlafzimmer und holt eine Decke. Wie eine Tote liegt Bärbel auf dem Sofa. Schweißperlen bedecken ihre Stirn. Geschickt zieht sie der jungen Frau die Bluse aus. Um ihr die engen Jeans auszuziehen, bittet die alte Frau sie um Hilfe. In ihrem Fieberwahn ist Bärbel dazu bereit, dabei stammelt sie undefinierbare Worte. Erschöpft

röchelt sie nach Luft. Gerade will Liesbeth die Wolldecke über ihren Körper legen, als Bärbel ihre fiebrigen Augen öffnet. »Ich bin schuldig ... lies meine Tagebücher ... ich kann nicht ... Rainer ...« Beruhigend streicht Liesbeth über ihren schweißnassen Kopf, nimmt ihr die zwei Stoffbeutel ab, die sie wieder an ihren Körper gepresst hat, und deckt sie zu. Ein mühevolles Lächeln zeigt sich auf ihrem Gesicht. Vorsichtig schiebt sie ihr das Fieberthermometer unter den Arm. »Lesen Sie!«, haucht Bärbel noch einmal, und dann fällt sie in sich zusammen.

Als Liesbeth das Thermometer wieder herausnimmt, erschrickt sie. Fast 40 Grad! Bei dem ersten Wadenwickel, den sie bei ihr macht, zuckt Bärbel heftig zusammen. Liesbeth setzt sich in ihren Sessel und betrachtet diese unbekannte junge Frau. Noch einmal wischt sie die Schweißperlen mit einem kalten, feuchten Tuch aus ihrem Gesicht. Leise stöhnt Bärbel auf. Urplötzlich spricht sie im Fieber, zwar undeutlich, aber zwei Namen hört sie heraus: »Rainer« und »Kiki«.

An ihrer Tür schellt es. Mit Anstrengung steht die alte Frau auf und ruft so laut es geht: »Ich komme!« Erstaunt blickt der Arzt sie an. »Und ich dachte, Ihnen wäre wirklich etwas zugestoßen. Ich machte mir schon große Sorgen! Herr Kunert sprach so geheimnisvoll am Telefon. Er wollte mir einfach nicht sagen, was Ihnen fehlt, obwohl ich mehrmals nachgefragt habe! Frau Neuhaus, was ist los?«

»Kommen Sie!«, fordert sie ihn auf.

Mit seltsamen Blicken mustert er die alte Frau. Er folgt ihr ins Wohnzimmer und sieht Bärbel auf dem Sofa liegen. Er geht zu ihr, bleibt vor ihr stehen, betrachtet sie, und mit leiser Stimme sagt er: »Frau Klinger.« Vorsichtig nimmt er sich einen Stuhl und setzt sich.

»Sie kennen diese Frau?«, erstaunt blickt Liesbeth den Arzt an.

»Ja, wir kennen uns! Gestern wurde ich schon einmal zu ihr gerufen. Ihnen kann ich es ja erzählen, als meine«, er lächelt,

»Lehrerin, die mir den Blick für das Wesentliche im Leben geschult hat. Dafür bin ich Ihnen noch heute dankbar.« Sanft berührt er ihre Hand. »Die Herren von der Staatssicherheit hatten dieses arme Geschöpf in die Mangel genommen. Die Folgen waren eine Katastrophe. Dem nervlichen Druck war sie vermutlich nicht gewachsen und ist dabei zusammengebrochen. Sie muss in ihrem jungen Leben schon einiges durchgemacht haben!«

Jetzt prüft er ihren Puls. »Die Wadenwickel sind sehr gut! Sie senken das akute Fieber auf natürliche Weise, aber trotzdem werde ich ihr noch ein fiebersenkendes Mittel verordnen. Frau Neuhaus, Sie brauchen es nicht zu holen, mein Weg führt ja direkt an der Apotheke vorbei!« Er will schon gehen, dreht sich noch einmal um. »Frau Neuhaus, ich bitte Sie, lassen Sie das arme Geschöpf bei Ihnen ein paar Tage wohnen! Sie braucht jetzt sehr, sehr viel Ruhe! Ich komme gleich wieder.«

Als der Arzt gegangen ist, macht Liesbeth erneut einen Wadenwickel, setzt sich, nimmt die zwei Stofftaschen, holt die Bücher heraus und nimmt sich das Tagebuch, auf dem »1969–1972« steht. Sie schlägt es auf. Eine gut leserliche Handschrift, denkt sie. Sie liest. Nach einiger Zeit legt sie das Tagebuch beiseite, sieht die junge Frau auf ihrem Sofa an. »Mein Gott«, flüstert sie, »Kind, du bist mit sehenden Augen in die Fänge eines Rattenfängers geraten. Welche Moral hat dieser Staat, der seine Kinder dazu benutzt, um andersdenkende Mitbürger auszuspionieren?« Sie liest weiter, da läutet es an der Tür.

»Einen Moment, ich komme.« Sie öffnet ihren Schrank und stellt die Bücher hinein, erst dann öffnet Liesbeth die Wohnungstür. Der Arzt gibt ihr die Tabletten. »Wie geht es unserer Patientin?«

»Kommen Sie bitte herein, ich muss mit Ihnen reden!«

»Aber Frau Neuhaus, ich habe keine Zeit! Ein anderer Patient wartet schon auf mich!«

»Eine Minute, bitte!«

»Na schön«, er seufzt, »eine Minute.« Hastig eilt er in die Wohnung, mustert Bärbel und nickt. »Sie schläft sich gesund!« Geschickt macht Liesbeth einen neuen Wadenwickel, dann weckt der Arzt Bärbel und gibt ihr eine Tablette. Mühsam schluckt sie das Medikament und schläft sofort wieder ein, als sie den Kopf auf das Kissen legt.

»Doktor, sagen Sie mir, wie lange kennen wir uns?«
Irritiert blickt er die alte Frau an. »Seit ich in die Schule gekommen bin! Da war ich fast 7. Warum fragen Sie?« Er blickt dabei auf seine Uhr.

»Diese junge Frau, es ist kaum zu glauben, wurde von den staatlichen Stellen, ich meine die Staatssicherheit, dazu überredet, andere Mitmenschen auszuspionieren. Das ist menschlich und moralisch zu verurteilen! Aber diese junge Frau war noch ein Kind von gerade einmal fünfzehn Jahren, als sie damit anfing. Diese Leute benutzen Kinder, um ihre Macht ...«

Nachdenklich betrachtet der Arzt die alte Frau.

»Und das ist bestimmt kein Einzelfall!«

»Woher wissen Sie das?«

Sie geht zum Schrank und holt das Tagebuch heraus. »Hier steht es geschrieben!«

»Frau Neuhaus, ich bitte Sie, sprechen Sie mit keinem anderen Menschen darüber! Sonst kommen Sie in Teufels Küche!« Er geht zu ihr und nimmt ihre Hand. »Versprechen Sie mir das?«

»Ja«, sagt sie und lächelt. »Ich wollte es Ihnen nur erzählen, damit Sie wissen, in welcher Gesellschaft wir leben müssen. Passen Sie lieber auf, wem Sie etwas sagen. Ich möchte nicht wissen ...«

»Frau Neuhaus, ich weiß schon lange, in welcher ...«, er hebt seinen Arm und winkt ab. »Aber jetzt muss ich wirklich gehen! Meine Patienten warten! Ach, bald hätte ich es vergessen, ihr Krankenschein ist schon in ihrem Betrieb. Diese Herren wollten ihn persönlich hinbringen! Ich habe mich danach erkundigt!«

Als der Arzt gegangen ist, greift die alte Frau Bärbel an die Stirn und nickt zufrieden. Noch einmal prüft sie die Temperatur. Das

Fieber ist unter 39 Grad gefallen. Erfreut setzt sie sich in ihren Sessel, nimmt sich das Tagebuch und liest. Auf Grund dieser präzisen Aufzeichnungen erkennt Liesbeth die Vorgehensweise der Staatssicherheit. Wie eine Spinne, denkt sie, die ihr Netz spinnt und darauf wartet, dass sich ein Insekt darin verirrt, so legt die Stasi auch ihre Netze aus. Das Tagebuch legt sie auf ihren Schoß. Kalt läuft es ihr über den Rücken. Wahrscheinlich hat sich ein Teil des Lehrerkollegiums daran mitbeteiligt, Kinder für den Spitzeldienst der Stasi auszusuchen. Sie erschauert bei diesem Gedanken. Wie muss sich ein junger Mensch fühlen, der die Pistole auf die Brust gesetzt bekommt und nicht weiß, was er tun soll. Entweder du bist bereit, für die Staatssicherheit andere Mitschüler, Lehrer, Freunde oder vielleicht sogar die eigenen Eltern auszuspionieren, erst dann kannst du auf die erweiterte Oberschule gehen und das Abitur machen! Wenn du es aber nicht machst, was wir dir sagen, bist du nicht würdig, dass du das Reifezeugnis ablegst. Und wieder erschauert sie.

Die alte Frau steht auf, geht zu ihrem Wohnzimmerschrank, öffnet ihn und holt ein Fotoalbum heraus. Lange hat sie schon nicht mehr darin geblättert. Sie setzt sich wieder. Behutsam schlägt sie das Album auf. Ihr Sohn sitzt auf einer Schneeburg und lächelt. Sie blättert weiter. Voller Stolz hält er das Abiturzeugnis in die Kamera. Das war ein Jahr nach dem Mauerbau, denkt sie. »Damals wusste ich nicht«, spricht sie zu sich, »welche Ziele du dir in deinem Leben vorgenommen hattest. Du sprachst einfach mit uns nicht darüber. Mit deinem Vater standest du auf Kriegsfuß! Eure Auseinandersetzungen damals konnte ich nicht verstehen. Ihr wart so richtige Dickköpfe! Dein Vater wollte unbedingt, dass du Ingenieur werden solltest. Am besten in der chemischen Industrie. Aber deine Pläne waren andere! Nur damals wussten wir nichts davon. Du wolltest mit deinen Eltern nicht mehr mit in den Urlaub fahren, zu langweilig, gabst du als Grund an. Wir glaubten dir. Gaben dir noch Geld, damit du die vierzehn Tage leben konntest. Hätten wir damals geahnt ... Vorbei! Und du,

mein Junge, hattest für dich die richtige Entscheidung getroffen!«
Sie schlägt die nächste Seite auf.
»Nein!«, ruft Bärbel in ihrem Fieberwahn und bäumt sich auf. Liesbeth legt ihr Fotoalbum auf den Tisch und geht zu ihr. Sie nimmt den kühlen Waschlappen und wischt über ihr Gesicht. Bärbel schlägt die Augen auf. »Danke«, haucht sie und sinkt zurück in den Schlaf. Noch einmal schiebt Liesbeth ihr das Fieberthermometer unter den Arm. Das Fieber ist wieder gestiegen. Erneut macht sie einen Wadenwickel. Sie nimmt das Album, setzt sich wieder und blättert so lange, bis sie das Bild von ihrem Sohn sieht. Augenblicklich tauchen die Erinnerungen auf und bestimmen das Jetzt. »Michael, mein Sohn«, flüstert sie, »du wähltest den Weg, den du für richtig hieltest. Damals war ich wütend auf dich, weil du uns nicht sagtest, was du vorhattest. Ich glaubte, du hättest kein Vertrauen zu uns. Es war aber gut so, dass wir nicht wussten, dass du aus der DDR flüchten wolltest. So konnten wir wirklich die Ahnungslosen spielen, als uns die zwei Männer von der Staatssicherheit befragten.«

»Michael«, wieder flüstert sie, »ich hätte beinahe meinen Beruf als Lehrerin aufgeben müssen. Es wäre traurig gewesen, aber ich hätte es nicht ändern können. Diese Herren hatten die Macht! Ihre Arroganz mir gegenüber war grenzenlos! Ich hörte mir geduldig ihren Redeschwall an, sagte aber immer wieder: ›Mein Sohn hat mir von seiner Flucht in den Westen nichts gesagt!‹ Über ihre Argumentation musste ich innerlich lachen: Ich wäre nicht in der Lage, junge Erdenbürger zu sozialistischen Menschen zu erziehen, wenn mein eigener Sohn in die Bundesrepublik geflüchtet sei! Aber diese Herren brauchten mich. Einen anderen Englisch- und Deutschlehrer konnten sie nicht aus dem Hut zaubern. Sie mussten mich weiter beschäftigen!« Sie steht auf, geht in die Küche und macht sich einen Kaffee. Einen Moment setzt sie sich an den Küchentisch, und wieder überfallen die Erinnerungen sie. Einige aus dem Lehrerkollegium mieden mich jetzt wie der Teufel das Weihwasser, denkt sie und lächelt dabei. Da brauchte ich mich wenigstens nicht mehr zu verstellen. Aber einige Kollegen, von denen ich es nicht erwartet hätte, suchten demonstrativ den Kontakt zu mir. Das tat gut!

Mühsam erhebt sie sich von dem Stuhl, nimmt vorsichtig ihre Tasse Kaffee, geht damit in ihr Wohnzimmer, setzt sich in den Sessel, greift nach dem nächsten Tagebuch und vertieft sich in die Lektüre.

Nach einiger Zeit hebt sie den Kopf und flüstert: »Mädchen, Mädchen, was hast du nur getan? So naiv kann man doch nicht sein. Merktest du wirklich nicht, wie diese Menschen dich zu einer willenlosen und skrupellosen Marionette machten?« Sie liest eine Seite, legt das Tagebuch auf ihren Schoß und blickt die junge Frau an, die auf ihrem Sofa schläft. »Mädchen, was hast du dir nur dabei gedacht, den gutmütigen Herrn Sarkowski anzuschwärzen? Wir kennen uns! Lange Jahre waren wir befreundet, bis er mit seiner Frau eines Tages in diese Kleinstadt zog. Wir verloren uns aus den Augen. Zufällig trafen wir uns nach Jahren in der Schillerstraße wieder. Was mir sofort auffiel: Er war sehr aufgeregt. Wir tranken einen Kaffee zusammen, und er erzählte mir sein Leid. Seine Frau verließ ihn! Ein feiner Mann! Warum hast du nur diese Gerüchte in die Welt gesetzt, dass er homosexuell und ein heimlicher Alkoholiker sei? Was wollte die Stasi damit bezwecken? Wollte sie seinen Ruf zerstören? Aber warum? Er war doch ein Christ, der seinen Glauben lebte! In diesem Staat wird doch die Glaubensfreiheit garantiert! Warum ist Herr Sarkowski in das Blickfeld der Staatssicherheit geraten? Er hat doch bestimmt keiner Fliege etwas getan!«

Gespannt liest sie weiter. Nach zwei Seiten legt sie das Buch beiseite, nimmt es wieder und liest die zwei Seiten noch einmal. Dann flüstert sie: »Du hast dich, im Auftrag der Staatssicherheit, in die Junge Gemeinde eingeschlichen, um Herrn Sarkowski auszuspionieren. Weil du nichts Staatsfeindliches gehört oder gefunden hast, wurden Gerüchte in die Welt gesetzt, damit sein Ruf zerstört wird!«

Liesbeth mustert die Schlafende. Warum, fragt sie sich, hat sie es nur getan? Konnte sie sich nicht vorstellen, dass es Menschen gibt, für die der Glaube ein wichtiger Bestandteil ihres Lebens ist? Sie lehnt sich zurück und murmelt: »Mädchen, warum ist bei dir diese Ideologie, die du im Staatsbürgerkundeunterricht eingetrichtert bekamst, auf so fruchtbaren Boden gefallen? Sahst du nicht, wo das hinführen wird?« Wieder erschauert sie bei diesem Gedanken. »Solches Denunziantentum hatten wir doch auch schon im Dritten Reich gehabt! Und die gleichen Methoden hat jetzt dieser Staat übernommen!« Kalte Schauer laufen ihr über den Rücken. Schnell nimmt sie das Tagebuch und liest weiter.

»Mädchen«, sie kann nicht glauben, was da geschrieben steht, »wie eine Schlange bist du in die Familie deines Physiklehrers eingeschlichen! Hast deine Ohren weit aufgerissen, damit du jeden Gesprächsfetzen mitbekamst. Du warst doch die beste Freundin seiner Tochter!« Sie schüttelt ihren Kopf. »Du bist in sein Arbeitszimmer geschlichen, als deine Freundin zur Toilette ging. Wie abgebrüht muss man da nur sein. Du fandest einen Zettel – eine Wegbeschreibung in den Westen. Schnell hast du ihn abgeschrieben. Kein Mensch hat das mitbekommen. Du konntest nicht abwarten, diese Mitteilung der Stasi zu übergeben. Zwei Familien und zwei Fluchthelfer hast du für lange Jahre ins Gefängnis gebracht. Deine Freundin und ihre zwei Geschwister sind in ein Heim gekommen. Was bist du nur für ein Mensch? Der Lohn für deine Judasarbeit war ein Lob und ein Kassettenrekorder. Und du warst noch stolz darauf! Du schreibst«, sie schlägt die Seite auf, »einen Beitrag für den Weltfrieden hast du geleistet! Und das schreibst du, mit noch nicht einmal achtzehn Jahren!«

Weit öffnet Bärbel ihren Mund. Keuchend geht ihr Atem. Frau Neuhaus steht auf, streicht ihr sanft über den Kopf. »Durst«, flüstert sie. Nachdenklich betrachtet Liesbeth die liegende junge Frau. Noch einmal haucht diese, kaum hörbar: »Durst!«

»Ich mache dir einen Tee!« Widerwillig geht sie in die Küche, streicht dabei ihre schlechten Gedanken aus dem Kopf. Nach einiger Zeit, als der Tee in der Tasse nicht mehr heiß ist, geht sie zu ihr. Gierig nimmt Bärbel die Tasse und trinkt hastig. Noch einmal will Liesbeth die Temperatur messen, aber Bärbel hält die Hand fest. »Frau Neuhaus, Sie werden mich verachten!« Mit ihren fiebrig-glasigen Augen starrt sie die alte Frau an. Wie recht sie doch hat. Solche Menschen muss man verachten! Es gibt keine Entschuldigung dafür, was sie getan hat, denkt sie. »Frau Neuhaus ...«, mehr sagt sie nicht. Sie schließt die Augen. Ohne noch ein Wort zu sagen, ist sie jetzt bereit, dass das Fieberthermometer unter ihren Arm geschoben wird. Das Fieber ist gesunken, trotzdem macht Liesbeth noch einen Wadenwickel.

»Danke«, haucht Bärbel, »dass Sie mir helfen. Mein Name ist Bärbel Klinger!« Leicht hebt sie ihren Kopf, dabei fällt ihr Blick auf das offene Tagebuch. »Was ich getan habe, ist nicht zu verzeihen!« Sie schnappt nach Luft. »Diese Schuld trage ich bis zum Ende meines Lebens!« Tränen fließen ihr dabei übers Gesicht. »Ich bin schuld am Tod eines Menschen!« Ihr Körper sackt in sich zusammen.

Sanft wischt Liesbeth die Tränen aus ihrem Gesicht. »Jetzt musst du erst einmal gesund werden! Dann sehen wir weiter!«

»Ich kann nicht mehr!« Ein Schüttelfrost erschüttert ihren Körper. Sofort wickelt Liesbeth die Decke um ihren Körper. Bärbel verfolgt dabei jede Handbewegung. »Ich ...« Sofort verschließt die alte Frau mit der Hand ihren Mund. »Jetzt wird nicht geredet! Versuch jetzt zu schlafen, dein Körper braucht jetzt viel Ruhe!« Und tatsächlich schließt Bärbel die Augen, und nach einiger Zeit hört man wieder das gleichmäßige Atmen der Schlafenden.

Seufzend setzt sich Liesbeth wieder, nimmt sich das Tagebuch und liest weiter. Ihre Wanduhr schlägt ein Mal. Sie blickt zum Fenster. Das dunkle Grün ihres Asparagus leuchtet in der Sonne.

»Sieh mal an, die Liebe kann doch Berge versetzen! Mädchen, du begreifst langsam, was du in deinem bisherigen Leben angerichtet hast! Du beginnst deinen – ein schreckliches Wort – Führungsoffizier zu belügen.« Sie lächelt.

»Robert muss für dich wie ein Lehrer fürs Leben gewesen sein.« Interessiert liest sie weiter. Nach drei Seiten legt sie das Buch auf ihren Schoß.

»Für einen Fluchtversuch, der in Leipzig endet, bekommt der Junge ein Jahr Jugendgefängnis! Er war doch meilenweit von der Grenze entfernt!« Sie merkt, seitdem sie das Tagebuch liest, wie die letzten Sympathien, die sie für diesen Arbeiter-und-Bauern-Staat empfunden hat, verloren gehen.

»Mädchen, die Diskussionen, die du mit diesem Robert geführt hast, taten dir am Anfang nicht gut! Was sie aber bewirkten, kannst du bis heute nicht richtig einschätzen. Deine Scheuklappen wurden dir weggenommen, und du erkanntest plötzlich, wie dieser Staat dich benutzt und du kein Engel bist, sondern ein Teufel in Menschengestalt! Und dieses Bild von dir bereitet dir schlaflose Nächte.«

Sie nimmt das letzte Tagebuch, legt es wieder zurück auf den Tisch, steht auf und geht in die Küche. Der Hunger hat sich gemeldet. Sie isst den Gemüseeintopf, den sie gestern Abend zubereitet hat. Nach dem Essen öffnet sie ihren Vorratsschrank, nickt zufrieden und holt den Zwieback heraus. Sie gibt den Rest des kalten Tees in eine große Tasse, legt drei Zwiebäcke auf ein Tellerchen und geht zu ihr. Vorsichtig weckt sie Bärbel.

»Trink den Tee, er ist kalt, und versuche, die Zwiebäcke zu essen!«

Gierig trinkt Bärbel, knabbert an dem Zwieback herum und legt ihn wieder auf das Tellerchen. »Ich habe keinen Hunger!«

»Nimm die Tablette und trinke dazu den Rest des Tees!«

Erschöpft legt Bärbel sich wieder hin. »Warum helfen Sie mir?«

»Wenn du wieder gesund bist, können wir darüber reden! Aber jetzt nicht! Und jetzt wird wieder geschlafen!«, sagt Liesbeth mit barschem Tonfall.

Bärbel mustert sie lange, bis ihr die Augen wieder zufallen.

Liesbeth geht zum Fenster, öffnet es und schaut hinaus. Unzählige Kinder spielen auf dem Spielplatz. Was mache ich mit ihr?, denkt sie. Schnell schließt sie wieder das Wohnzimmerfenster, geht zu ihrem Sessel, nimmt sich das letzte Tagebuch, liest und denkt laut: »Mädchen, diese Leute erpressten dich! Deine Flucht in diese Stadt musste ja scheitern. Du konntest dir nicht vorstellen, dass du auch von anderen Spitzeln beobachtet wirst. So viel Lebenserfahrung hätte ich dir schon zugetraut!« Gespannt liest sie bis zum Ende des Tagebuchs. Sie lehnt sich zurück und denkt darüber nach, was sie gelesen hat. »Dass du am gleichen Tag noch zu deinem Führungsoffizier gegangen bist und von den verbotenen Büchern brühwarm erzählt hast, das muss man dir zum Vorwurf machen. Aber du wolltest dir Tage, vielleicht Wochen erkaufen, damit diese Herren dich in Ruhe lassen. Nur der Schuss ging nach hinten los! Und diese Schuld wiegt schwer, gleichzeitig hast du dich in Rainer verliebt. Wenn er die Wahrheit erfährt, wird er dich wahrscheinlich nicht mehr anschauen! Verständlich ist das ja. Mädchen, wie kommst du nur aus dieser Zwickmühle heraus?«

Es ist Samstagnachmittag. Endlich Ruhe, denkt Roswitha. Zufrieden setzt sie sich in ihren Sessel. Bedächtig hebt sie ihre Beine nach oben, merkt, wie ihr die Bewegung gut tut. Noch einmal versucht sie diese gymnastische Übung, schafft es nicht und verliert die Lust. Enttäuscht über ihre Bewegungslosigkeit, widmet sie sich dem Buch, das auf ihrem Schoß liegt. Leise liest sie den Titel: »Collin« von Stefan Heym. Seltsamer Name, denkt Roswitha. Dabei betrachtet sie die Brille, die als Teil des Titelbildes auf dem Buch abgebildet ist. Instinktiv blickt sie zum Tisch, doch dort liegt ihre Sehhilfe nicht. Seufzend steht sie wieder auf. »Wo habe ich nur dieses verdammte Ding hingelegt?«, fragt sie sich, und deutlich erkennt man den Ärger in ihrer Stimme. So schnell wie sie kann eilt sie in die Küche. »Da liegt sie auch nicht!« Ihre Laune sinkt in den Keller. Im Flur schaut sie auf das Schuhschränkchen, sofort hellt sich ihre Stimmung auf. »Da ist sie ja!« Zufrieden setzt sie sich wieder in ihren Sessel, nimmt das Buch und liest leise den Klappentext: »Zwei sterbenskranke Männer im tödlichen Wettstreit ...« An ihrer Tür schellt es. Sie zuckt zusammen. So schnell sie kann steht sie auf, in der Hand hält sie das Buch, eilt in die Küche, öffnet den Geschirrschrank und legt es in einen Kochtopf. Wieder schellt es. »Ich komme«, ruft sie laut. Gemächlich läuft sie zur Wohnungstür und öffnet sie. Die Mieterin aus dem vierten Stockwerk steht vor ihr.

»Frau Brettschneider, darf ich reinkommen?«

Was will dieses Lästermaul nur von mir, denkt sie, bittet sie aber doch herein. Ohne dass sie Roswitha noch einmal ansieht, eilt diese ins Wohnzimmer und setzt sich sofort aufs Sofa. »Frau Brettschneider«, legt sie los, kaum dass sich Roswitha gesetzt hat, »diese Person muss aus diesem Haus! Es ist eine Schande für unsere Hausgemeinschaft!«

»Frau Lehmkühler, von wem reden Sie?«

»Von der Person, mit der Sie neuerdings Kontakt pflegen!«

Lange betrachtet sie diese Frau. Ihre Mutter hatte die gleiche Frisur. Die Haare streng nach hinten gekämmt und zu einem Knoten zusammengebunden. Wie alt wird dieses Wesen wohl sein? Vielleicht 60 Jahre? Vor Kurzem hat sie ja noch in der Kaufhalle gearbeitet. Eine ...

»Sie meinen Kiki!«

»Ja!«

»Und was hat sie denn angestellt?«

»Immer diese laute amerikanische Musik! Das lasse ich mir nicht mehr gefallen! Ich sitze auf meinem Balkon, und jedes Mal muss ich mir dieses Gejaule von Musik anhören, als hätte die DDR keine vernünftigen Musiker.«

»Aber Frau Lehmkühler, es sind doch junge Leute, die wollen ihre Jugend einfach nur genießen. Ich kann es ihnen nicht verdenken. Schauen Sie, als wir jung waren, gab's Krieg!«

»Frau Brettschneider, das spielt für mich keine Rolle! Meine Erfahrung ist: Wehret den Anfängen! Erst kommt die westliche

Musik, und was dann folgt kennen wir ja zur Genüge – oder nicht? Die Bonner Revanchisten ...«

»Aber Frau Lehmkühler ...«

»Ich weiß«, unterbricht diese heftig, »wie kann man nur mit so einer verwahrlosten Frau, wie diese ...«, heftet atmet sie, »befreundet sein!«

Roswitha schließt die Augen, atmet tief durch. »Was sind Sie nur für eine widerliche Person! Noch nie waren Sie in ihrer Wohnung! Wie können Sie da behaupten, dass ihre Wohnung verwahrlost ist!« Mühsam steht sie auf, ihre Hände zittern dabei. »Verlassen Sie sofort meine Wohnung! Bevor ich Sie hochkant rausschmeiße!« Als würde sie sich besinnen, wird sie auf einmal ganz ruhig. Beide Frauen mustern sich. »Wenn ich mich richtig erinnere, war doch Ihr Vater in der SA. Neun Jahre muss ich wohl alt gewesen sein, da gingen meine Freunde und ich heimlich in die Kirschplantage und pflückten Kirschen. Ich glaube, es war 1943 oder 44. Hunger hatten wir. Ihr Vater hat uns ...«

»Das ist doch längst vorbei und vergessen!«, spöttisch lächelt sie dabei.

»Wie der Vater, so die Tochter!«

Sofort blickt sie Roswitha hasserfüllt an. »Drei Familien unterschrieben nicht! Aber da können Sie sicher sein, die Abmahnung kommt! Darauf können Sie sich verlassen!« Mit schnellen Schritten eilt sie aus der Wohnung und wirft die Tür hinter sich zu.

Erleichtert atmet Roswitha auf.

Kaum dass Frau Lehmkühler gegangen ist, klingelt es wieder an ihrer Wohnungstür. Mit Wut im Bauch öffnet Roswitha. Kiki steht vor ihr.

»Und ich dachte, diese widerliche Person aus der vierten Etage will mir noch etwas sagen! Komm rein!« Beide gehen in ihr Wohnzimmer, dabei erzählt sie von der Unterschriftenliste.

»Roswitha, die können mir nichts! Meine Wohnung ist sauber, und ich bezahle pünktlich meine Miete!« Sie setzen sich. Kiki gibt ihr einen Brief. »Den bekam ich heute! Lies bitte.«

»Kein Absender!«
»Nein!«
Noch immer ist sie aufgeregt. Ihre Hände zittern leicht, als sie das Schreiben aus dem Briefumschlag herausholt. Laut liest sie: »Sie kennen mich nicht, aber es sind Ereignisse eingetreten, die nur in einem Gespräch zu lösen sind. Deshalb würde ich mich freuen, wenn Sie, als Freundin von Bärbel, und auch Rainer zu mir kommen würden! Eine Bitte hätte ich, bringen Sie viel Zeit mit! Unsere Aussprache wird wahrscheinlich sehr lange dauern! Mit freundlichen Grüßen Ihre Frau Neuhaus! Meine Adresse lautet: Frau Neuhaus, Karl-Liebknecht-Straße 12.«
»Roswitha, kennst du diese Person?«
»Nein!«
»Was hat Bärbel mit ihr zu tun?« Nachdenklich blickt sie Roswitha an. »Kannst du dir vorstellen, was diese Person von uns will?«
»Ich weiß es wirklich nicht, das musst du mir glauben! Es scheint aber doch etwas sehr Wichtiges zu sein, sonst hätte sie den Brief nicht geschrieben!«
»Ich weiß nicht! Mein Gefühl sagt mir, irgendetwas daran ist faul!« Das laute Weinen eines Kindes ist zu hören. Beide schauen sich an. Kiki lächelt. »Als mein Schutzengel musst du unbedingt mitkommen!«

Zwei Stunden später sitzen Rainer, Kiki und Roswitha im Wohnzimmer von Liesbeth und blicken Bärbel erstaunt an. Wie ein Häuflein Elend sitzt sie in der Ecke des Sofas und starrt unentwegt auf den Fußboden.
»Bärbel, was machst du hier?«, fragt Kiki mit besorgtem Blick und will zu ihr eilen. Sie aber dreht sich zur Seite. Erstaunt mustert sie ihre Freundin. Liesbeth kommt mit einem Tablett, auf dem die Tassen und eine Kaffeekanne stehen, aus der Küche und stellt es auf den Tisch.
»Frau Klinger kam zu mir, ...«

Bärbel dreht sich um, hebt den Kopf und blickt ihre Freundin an. »Kiki, ich bin ein Informant der Stasi! Ich ...« Sie bricht in Tränen aus.

Voller Entsetzen starren die Frauen Bärbel an. Totenstille herrscht plötzlich. Roswitha ist die Erste, die ihre Fassung wiedererlangt. »Was bist du?«

Bärbel zieht ihre Beine zum Körper, ihr Kopf ist dabei gesenkt. »Ich bin ein schäbiger Spitzel!«, flüstert sie.

Liesbeth geht zum Schrank, holt die Tagebücher heraus und legt sie auf den Tisch.

»Bevor Sie Ihre Meinung äußern, würde ich Sie bitten, die Tagebücher zu lesen!«

Kiki starrt ihre Freundin ungläubig an. »Bärbel, ich kann nicht glauben, was du uns da gesagt hast!« Wie in Trance greift sie zu einem Tagebuch, blättert darin und beginnt zu lesen. Rechts von ihr sitzt Rainer, der ebenfalls mit hineinschaut.

Roswitha steht auf, geht zu Bärbel und setzt sich neben sie.

»Ich finde es sehr mutig von dir, mit dieser ...«, sie sucht nach den passenden Worten, »mit der Wahrheit ...«, wieder überlegt sie, »an die Öffentlichkeit zu treten! Sicherlich ...« Sie wird unterbrochen.

»Bärbel, was hast du da nur geschrieben? Bist du von allen guten Geistern verlassen worden? Ich muss sagen, ich kenne dich wirklich nicht!« Verzweifelt sucht Kiki ihre Fassung zu bewahren. »Was bist du für ein ...« Sie schüttelt den Kopf. »Wie kann ich mich nur in einem Menschen so täuschen!«

»Kiki«, wieder weint Bärbel, »für mich warst du und bist du immer noch meine beste Freundin! Auch, wenn du mich jetzt verachten wirst!«

»Aber warum hast du mich ...«

Liesbeth schaltet sich in das Gespräch ein. »Frau Klinger ...«

»Kiki«, Bärbel wischt sich die Tränen aus dem Gesicht, »ich war fünfzehn! Jung und dumm war ich!« Heftig weint sie jetzt. Mit der Hand wischt sie sich über ihr Gesicht, als würde sie das

Unheil wegwischen wollen. Tief schnauft sie durch, und mit leiser Stimme erzählt sie weiter: »Kiki, ich war fünfzehn und verliebte mich in einen Mann, der bestimmt zehn Jahre älter war als ich. Er verzauberte mich. Seine Höflichkeit, seine Gespräche, die dazu führten, dass ich dachte, er sieht mich als erwachsene Frau, nicht als Jugendliche von fünfzehn Jahren. Was ich damals nicht ahnte – er war ein genialer Schauspieler. Diese Fähigkeiten, Jugendliche als IM anzuwerben, dafür wurde er extra ausgebildet. Er sagte es mir einmal, um mich von meiner Schwärmerei für ihn auf den Boden der Tatsachen zurückzuholen. Aber da war ich schon in seinem Netz, das er gesponnen hatte, gefangen. Den Rest von meinem verpfuschten Leben könnt ihr lesen.« Sie dreht sich zum Fenster und weint leise. Roswitha nimmt sie in den Arm, sagt aber kein Wort.

»Wie viele Menschen hast du ins Unglück gestürzt? Hast du dir niemals Gedanken darüber gemacht?«

»Doch!«, flüstert sie. Sie nimmt ihr Taschentuch und schnäuzt kräftig hinein. »Am Anfang meiner Tätigkeit als …«, sie stockt, »machte es mir Spaß, meine Erzfeindinnen während meiner Schulzeit anzuschwärzen. Damals dachte ich, warum hast du mir deine ›Bravos‹, die du von deinem Onkel aus dem Westen bekamst, nicht zum Lesen gegeben. Es geschieht dir recht. Ich amüsierte mich riesig, als der Lehrer eine Schultaschenkontrolle bei ihr vornahm und die drei ›Bravos‹ mitnahm. Mein Führungsoffizier …«

»Was hattest du?«, fragt Rainer, und man sieht deutlich das Erstaunen in seinem Gesicht.

»Jeden Monat musste ich mich mit ihm treffen. Ich hatte auch einen Tarnnamen! Den hatte ich mir selbst ausgesucht. Die Berichte, die ich ablieferte, wurden unter ›Schmetterling‹ abgeheftet.« Sie steht auf, geht zum Fenster. Totenstille herrscht im Raum. »Als das mit dem Lehrer passierte, kamen mir die ersten Zweifel. Die Schuldgefühle wuchsen in mir, und ich funktionierte nur noch wie eine Marionette. Mein Führungsoffizier sagte bei einem Treffen: ›Wenn du nicht für uns weiterarbeitest, ist es für uns eine Leichtigkeit, dich aus der Gesellschaft auszugrenzen! Wir brauchen nur in deinen Freundeskreisen zu streuen, dass du für uns arbeitest, und schon bist du ein Außenseiter für dein weiteres Leben‹. Und ich funktionierte, bis ich Yvonne in der Badewanne sah!« Erschrocken blickt sie Rainer an. Als keine Reaktion von ihm kommt, erzählt sie weiter. »Zum ersten Mal wurde mir gezeigt, …« Sie dreht sich um. »Ich muss für mich allein sein.« Dabei schaut sie alle an. Mit ruhelosen Schritten eilt sie in die Küche. Liesbeth blickt ihr hinterher, und mit leiser Stimme erzählt sie: »Bärbel kam zu mir mit hohem Fieber. Wir lernten uns kennen, da saß sie auf einer Bank und redete mit sich. Eine geraume Zeit beobachtete ich diese junge Frau, bis ich zu ihr ging. Ich sprach sie an. Auf ihre Reaktion war ich nicht gefasst gewesen. Mit ihren großen Augen starrte sie mich entsetzt an und zuckte heftig zusammen. In diesem Moment tat sie mir leid, deshalb fragte ich sie, ob ich ihr helfen könnte, aber sie sagte nichts. Gott sei Dank sagte ich ihr meine Adresse. Am nächsten Tag stand sie vor meiner Wohnungstür. Im Fieberwahn erzählte mir Bärbel, dass sie sich mit ihrem Führungsoffizier getroffen hat. Sie konnte und wollte nicht mehr für die Stasi arbeiten. Dort erfuhr sie vom Tod des Lehrers, den sie einmal verraten hatte. Daraufhin ist sie zusammengebrochen. Sie bekam eine Beruhigungsspritze und schlief in dieser Wohnung. Am Morgen floh sie aus dieser Wohnstätte und kam zu mir. Bärbel braucht jetzt viel Ruhe! Zum Glück ist das Fieber zurückgegangen, aber arbeiten kann sie noch nicht. Oft höre ich sie in der Nacht laut sprechen. Manchmal ruft sie sogar laut Namen. Aber am Schlimmsten ist, wenn sie laut weint. Ich muss auf sie wirklich aufpassen, sie ist akut suizidgefährdet. Sie schämt sich für das, was sie getan hat!«

»Das hätte Bärbel sich früher überlegen sollen! Mitleid kann ich für sie nicht empfinden!«

»Aber Kiki, ich darf Sie doch so nennen?« Die Angesprochene nickt. »Bedenken Sie, sie war doch noch ein unreifes Kind, das von der großen Liebe träumte!«

»Nein, Frau Neuhaus, so können Sie nicht argumentieren! Hätte Sie mir vor Jahren nur ein Sterbenswörtchen gesagt, eine Lösung hätten wir garantiert gefunden! Ihr Problem liegt woanders!« Sie schaut zum Fenster. »Ihr wurde durch den Selbstmord von Yvonne bewusst, was man durch die Bespitzelung eines Menschen alles anrichten kann! Nie hatte sie sich zuvor Gedanken darüber gemacht!«

Liesbeth nimmt das zweite Tagebuch, schlägt es auf und beginnt laut zu lesen: »12. Mai 1974! Was für ein schöner Frühlingstag! Die Sonne lacht, die Bäume blühen, und ich kann mich darüber nicht freuen. Gestern hatte ich wieder dieses Treffen mit meinem Führungsoffizier. Bekam ein Lob für gute Arbeit. Dachte an Kiki. Wenn die wüsste, was für eine falsche Schlange ich bin. Er lächelte über das, was ich ihm erzählte. Ich funktioniere, als wäre ich fremdgesteuert. Bin ich das nicht auch – fremdgesteuert? Diese Menschen wissen alles über mich! Ich frage mich, woher? Werde ich auch beobachtet? Ich glaube, ja. Ich schäme mich, so viel Privates über meinen Freund erzählt zu haben. Über seine politische Einstellung, seine Träume, ob er Westfernsehen schaut, welchen Charakter er besitzt. Ich werde schuld sein, wenn er seine beruflichen Ziele nicht erreichen wird! Warum bin ich nur so? Ich will stark sein, und ich bin es nicht! Zuletzt erzählte mir dieser Mensch von den Errungenschaften des Sozialismus. Der Klassenfeind muss mit den eigenen Mitteln vernichtet werden! Guillaume ist ein Beispiel für hervorragende Kundschafterleistung. Durch ihn wurde der Weltfrieden entscheidend gesichert. Für mich war und ist er nur ein gemeiner Spion! Und ich bin doch nur ein kleines Schräubchen im Getriebe, das man beliebig austauschen kann.«

Alle blicken sich an, bis Rainer die Ruhe, die plötzlich in das Wohnzimmer eingezogen ist, durch sein Reden aufhebt. »Ich glaube, der einzige Weg für Bärbel ist der Weg an die Öffentlichkeit! Jeder, der sie kennt, muss wissen, dass sie als Spitzel für die Stasi gearbeitet hat. Das bedeutet Konsequenzen in allen

Bereichen. Freunde werden sie verlassen. So wie ich diese Schweine kenne, wird sie auch beruflich nicht mehr weiterkommen.«

Sofort erwidert Liesbeth: »Dazu gehören gute Freunde!«

Kiki blickt Rainer an und fragt: »Hast du zu ihr noch Vertrauen?«

»Nein!«

»Kinder«, meldet sich Roswitha zu Wort, »so einfach könnt ihr euch nicht aus der Affäre stehlen! Woher weiß ich, ob du, Rainer, oder du, Kiki, oder auch ich, nicht ein Spitzel der Stasi ist? Habt ihr euch schon einmal darüber Gedanken gemacht? Ich werde mich um Bärbel kümmern! Egal, was mit mir passiert. Wenn ich das Häuflein Elend sehe, weiß ich, dass sie dringend Hilfe braucht! Vielleicht kann ich noch einiges retten!« Sie lächelt schelmisch dabei. »Noch ist nicht aller Tage Abend!«

Liesbeth steht auf, geht in die Küche, sieht Bärbel nicht und bleibt einen Moment ungläubig stehen. Da bemerkt sie einen Zettel auf dem Küchentisch, eilt hin und liest ihn: »Ich bin ...«, die Schrift wird kleiner, »ich bin kein Mensch, ich bin eine Marionette! Die Fäden, an denen ich gehangen habe, werde ich niemals mehr losbekommen! Sie werden mich immer verfolgen! Ich kann und will auch nicht mehr! Ich will nur meinen Frieden, meinen Frieden!«

Mit dem Zettel in der Hand eilt Liesbeth ins Wohnzimmer. »Bärbel ist aus meiner Wohnung geflohen!« Sie schließt die Augen, Tränen fließen über ihre Wangen. Sie lässt es geschehen. »Bärbel wollte kein Treffen mit Ihnen! Sie schämte sich! Ich überredete sie dazu! Ich fand, dass es der richtige Weg wäre, einen Schlussstrich unter ihr vergangenes Leben zu ziehen! Jetzt ...«

Wie erstarrt sitzen Rainer, Kiki und Roswitha auf dem Sofa und starren sie an. Als Erste erfasst Kiki die Situation. »Wir müssen Bärbel suchen. Sonst ...«

Wie auf Kommando erheben sich alle vom Sofa.

»Ich komme mit«, ruft Liesbeth verzweifelt.

Bärbel hört in der Küche, wie Liesbeth und ihre Freunde im Wohnzimmer über sie diskutieren. ›Ihr habt gut reden‹, denkt sie. ›Ich bin für mein weiteres Leben in diesem Netz gefangen, und kein einziger Weg führt da wieder heraus.‹ Sie geht zum Fenster und blickt hinaus. ›Vorbei!‹, denkt sie. ›Es ist vorbei!‹ Schon seit einigen Monaten ist sie zum Arzt gegangen und hat über ihre Schlaflosigkeit geklagt. Heute ist endlich der Tag gekommen! Es ist vorbei, denkt sie erneut und ist erleichtert darüber. Sie schleicht aus der Küche, vorbei an dem offenen Wohnzimmer. Sie nimmt ihre Schuhe, öffnet leise die Wohnungstür und eilt hinaus. Mit zitternden Händen zieht sie ihre Schuhe an und rennt die Stufen hinunter. Vor der Haustür bleibt sie einen Augenblick stehen, schaut nach links und nach rechts. Die Luft ist rein. Sie schließt die Augen, ihr Herz rast. Nur nicht diesen Menschen begegnen! Davor hat sie Angst. Obwohl sie es immer weit von sich geschoben hat, ist doch etwas da, das sie so richtig nicht erklären kann. Damals, als sie ihre Unterschrift unter die Schweigeverpflichtung setzte, fühlte sie sich zu diesem Menschen, ihrem Führungsoffizier, hingezogen und wollte mit ihm schlafen. Mehrmals versuchte sie es, aber immer wieder wies er sie, ohne ein Wort zu sagen, zurück. Das verletzte sie und stachelte sie zugleich regelrecht an. Er war sicherlich darauf vorbereitet, auf solche weiblichen Attacken. Wie viele junge Menschen hat er wohl zu diesen Spitzeldiensten geführt? Dieser Gedanke schießt ihr plötzlich durch den Kopf, als sie mit schnellen Schritten zu ihrer Wohnung eilt. Zielstrebig steuert sie den Spielplatz an. Auf eine Bank, die mit Sträuchern umzäumt ist, setzt sie sich. Hier kann sie ungestört den Hauseingang zu ihrer Wohnung beobachten. Ihre Nachbarin, die über jeden der Hausbewohner etwas wissen muss, sonst kann sie nicht leben, steht mit einem Eimer davor und unterhält sich mit einer männlichen Person. Ein Ball kullert vor ihre Füße. Ein flüchtiges Lächeln zeigt sich auf ihrem Gesicht. Meine Tante Rosemarie, denkt sie plötzlich, kam uns das erste Mal aus dem Westen besuchen. Das schönste Geschenk, das sie mir mitbrachte, war ein farbenfroher Ball. Gern spielte ich damit. Ein Kind kommt, schaut sie kurz an, greift sich schnell den Ball und rennt zu seinen Spielkameraden zurück. Ihre Nachbarin beendet das Gespräch. Gemächlich steht Bärbel auf, immer den Eingangsbereich im Blickfeld. Keine verdächtige Person, die vielleicht ihre Wohnung beobachtet, ist zu sehen. Langsam schlendert sie zu ihrer Wohnung. Die Haustür steht immer noch weit offen. Sie öffnet ihren Briefkasten. Drei Briefe liegen darin. Achtlos lässt sie die Briefe liegen und verschließt ihn wieder. Mit schnellen Schritten hastet sie die Stufen hoch und öffnet leise ihre Wohnungstür. Zielstrebig steuert sie in die Küche, öffnet die Schublade mit dem Besteck. Im hinteren Schubfach liegen drei Röllchen, gefüllt mit Schlaftabletten. Mit einem zufriedenen Gesichtsausdruck steckt sie die Tabletten ein. An der Wohnungstür lauscht sie, aber keine Schritte sind zu hören. Leise schleicht sie die Stufen hinunter, bleibt kurz vor der offenen Haustür stehen. Mit Herzklopfen tritt sie hinaus, immer im Hinterkopf, es könnte sie jemand ansprechen und zur Vernehmung mitnehmen. Mit einem Tunnelblick geht sie zur Straßenbahnhaltestelle, blickt auf ihre Uhr und nickt. Pünktlich fährt die Bahn um die Kurve und hält vor ihr. Sie steigt ein, blickt sich noch einmal um, lächelt verloren und setzt sich. Interessiert beobachtet sie die vorbeifliegende Landschaft, so, als würde sie sie zum ersten Mal sehen. An der Endstation wacht sie aus einem schlafähnlichen Zustand auf. Bedächtig steigt sie aus, geht zum Kiosk, kauft sich eine Limonade, gibt dem Verkäufer ein großzügiges Trinkgeld und geht über die Straße. Die letzten Häuser hat sie hinter sich gelassen. Ein schmaler Weg führt steil den Berg hoch. Mühsam klettert sie Meter für Meter, bis sie an ihrem Lieblingsplatz ankommt. Sie setzt sich. Hier hat sie mit Norbert, einem Freund aus der Schulzeit, zum ersten Mal geschlafen. Schnell wischt sie diesen Gedanken beiseite. Sie nimmt die Röhrchen Schlaftabletten heraus, öffnet die Limonadenflasche, kippt die Tabletten in den Mund und spült sie mit der Zitronenlimonade hinunter. Dann legt sie sich ins Gras und blickt in den Himmel.

Eine Tür wird geöffnet. Bärbel sieht einen Mann verschwommen im Raum stehen. Es ist dieser Mensch, denkt sie und erschrickt.

»Was willst du von mir?«, versucht Bärbel laut zu sprechen, aber nur leise kommen ihre Worte aus dem Mund. »Alles habe ich doch getan! Was wollt ihr denn noch? Warum lasst ihr mich nicht in Ruhe, ihr Schweine?« Wut und Verbitterung steigen in ihr hoch. »Ich bin schuld!« Tränen fließen über ihr Gesicht. »Ein Mensch ist tot, und ich …« Sie schluchzt. »Ich habe ihn verraten … verraten!« Wieder schluchzt sie. »Ich kann und will auch nicht mehr!« Ihr Mund wird vom Sprechen trocken. »Durst«, haucht sie. Sie leckt sich über die Lippen. »Warum lasst ihr mich nicht in Ruhe!«, schreit sie aus sich heraus, und diesmal ist ihre Stimme schon etwas kräftiger. »Wovor habt ihr Schweine eigentlich Angst?« Sie bäumt sich auf. »Es ist genug! Ich will keinen Menschen mehr bespitzeln!« Sie weint heftig. »Warum lässt du mich nicht in Ruhe? Ich möchte leben! Nur leben!« Sie bäumt sich auf. »Durch mich hat sich ein Mensch umgebracht. Ich bin schuld, und dass … Ich bin schuld …«

Der Mann setzt sich, nimmt einen feuchten Lappen und wischt ihr über die nasse Stirn. »Frau Klinger, Sie befinden sich im Krankenhaus!«

Mit großen, ausdruckslosen Augen starrt sie ihn an. Tränen laufen über ihre Wangen. »Ich wollte doch sterben!« Sie schließt ihre Augen und weint. »Und jetzt …« Durch einen Weinkrampf, den sie urplötzlich bekommt, wird sie heftig geschüttelt. Plötzlich hört sie auf zu weinen. »Glaubt ja nicht«, sie atmet schwer, »dass ich für euch Verbrecher …«, ihre Stimme überschlägt sich, »wieder arbeiten werde!« Sie sackt in sich zusammen. Ihr Gesicht verzieht sich zu einer Fratze. »Jedem Menschen werde ich die Wahrheit ins Gesicht schleudern, was ihr für Verbrecher seid!« Sie schließt ihre Augen. »Einsperren müsst ihr mich, um mich zum Schweigen zu bringen!« Wieder weint sie. »Ein Mensch hat sich wegen mir umgebracht! Dafür muss ich büßen!« Sie bäumt sich auf. »Wie viele Menschen habt ihr in den …« Sie starrt ihn eine Weile an, bevor sie weiterspricht: »in den Tod getrieben? Ich weiß, die Wahrheit vertragt ihr nicht! Dann sperrt mich doch ein! Einfach wegschließen. Das könnt ihr doch so gut!« Ihre Hände verkrampfen sich. Sie dreht sich in ihrem Bett um und schlägt mit der Faust an die Wand.

»Frau Klinger, hören Sie damit auf! Ich bin Arzt und nicht von der Staatssicherheit!«

Langsam dreht sie sich wieder um und mustert ihn. »Das soll ich Ihnen glauben?«

Er lächelt. »Das müssen Sie! Ich will Ihnen doch nur helfen, dass Sie den richtigen Weg zurück in Ihr Leben finden! Egal, wo es ist! Jetzt schlafen Sie! Ich komme bald wieder!«

Sie ist allein. Ihre Augenlider werden immer schwerer. Unruhig schläft sie wieder ein.

Am Morgen des nächsten Tages wird Bärbel in das Dienstzimmer des Arztes gerufen. Freundlich wird sie begrüßt. Mit einem ungegen Gefühl setzt sie sich auf den angebotenen Stuhl.

»Frau Klinger«, spricht er mit einer angenehmen Stimme, »Sie können glücklich darüber sein, dass ein Liebespärchen Sie im letzten Augenblick gefunden hat, sonst wären Sie jetzt tot! Und das wollen Sie doch nicht! Oder?«

»Doch, ich wollte es, und ich bedaure es sehr, dass es nicht geklappt hat!«

»Warum?«

»Weil ich in diesem Staat nicht mehr leben kann!«

Kritisch mustert er sie. »Darf ich fragen, warum Sie in der DDR nicht mehr leben können und wollen?«

»Ich war ein IM! Wenn Sie nicht wissen, was das ist, werde ich es Ihnen erklären!« Einen Moment wartet sie, aber der Arzt fragt nicht weiter. »Ich war jahrelang Inoffizieller Mitarbeiter der Staatssicherheit! Für mich ist die Staatssicherheit ...«

»Warum reden Sie nicht weiter?«

Sie schaut ihn an. »Weil ich dann sofort verhaftet werde! So einfach ist das!«

»Warum sollten Sie verhaftet werden?«

Entrüstet antwortet sie: »Weil Sie das Gespräch an die Stasi weiterleiten!«

»Warum sollte ich das tun?«
Sie blickt ihn verständnislos an. »Staatsfeindliche Äußerungen müssen doch angezeigt werden, sonst machen Sie sich doch strafbar!«
»Und das glauben Sie?«
»Ja!«
Eine unangenehme Pause entsteht. Unaufhörlich betrachtet der Arzt sie. Bärbel bleibt auf ihrem Stuhl ruhig sitzen. Nur nicht provozieren lassen, denkt sie.
»Und was ist mit der ärztlichen Schweigepflicht? Haben Sie schon einmal daran gedacht?«
Sie lacht. »Was ist eine Schweigepflicht, wenn die Stasi Sie in die Mangel nimmt. Das möchte ich sehen, wie Sie darauf reagieren!«
»Vertrauen zu den Menschen besitzen Sie nicht mehr?«
»Warum sollte ich?«
»Um vielleicht neue Freundschaften zu finden«, antwortet der Arzt mit ruhiger Stimme.
Höhnisch lacht sie. »Woher weiß ich, dass diese Freundschaft nicht von der Stasi arrangiert wurde? In diesem Staat ist doch alles möglich! Ich habe genug erlebt!«
»Darf ich fragen, was?«
Sie schließt ihre Augen. Bruchstücke von Erinnerungen tauchen auf, verschwinden wieder, andere kommen. »Weil dieser Staat ...«
»Warum sprechen Sie nicht weiter?«
»Weil das ein Verbrecherstaat ist! Und jetzt können Sie mich verhaften lassen. Aber an meiner Meinung wird sich nichts mehr ändern!«
»Warum ist, wie sagten Sie, dieser Staat ein Verbrecherstaat?«
Verbittert lacht sie. Erst zaghaft, dann sprudeln die Sätze nur so aus ihr heraus. Aufmerksam hört der Arzt zu und notiert sich einiges. Abrupt hört sie auf zu reden.
»Sie sprachen davon, dass junge Menschen von der Staatssicherheit angeworben wurden, aber zu welchem Zweck? So richtig habe ich das nicht verstanden. Zu was wurden Sie persönlich herangeführt?«

Wieder schließt sie ihre Augen. »Mein Führungsoffizier gab mir die Aufträge.« Sie blickt auf ihre Hände. Ihre Stimme wird leiser. »Wie man konspirativ arbeitet, zeigte er mir. Ich lernte wirklich schnell!« Sie schlägt die Hände vor das Gesicht, als würde sie sich verstecken wollen. »Es machte mir richtig Spaß!« Sie lässt die Hände fallen und sieht ihn direkt an. »Wirklich nur am Anfang!« Einen Augenblick schweigt sie. »Ein Abenteuer eben.« Eine lange Pause folgt. »Als ich aber merkte«, ihre Stimme wird leise, »was ich da anrichte …«, erneut schweigt sie. Tränen treten ihr plötzlich in die Augen. »Die Zweifel kamen.« Sie blickt zum Fenster. »Vor diesem Menschen konnte man nichts verbergen!« Bärbel schließt die Augen. »Dieser Fuchs schaffte es immer wieder, meine Zweifel zu beseitigen. Aber«, nachdenklich sieht sie ihn an, »aber die Zweifel kamen immer häufiger, bis ich anfing, ihn zu belügen!«

»Aber was …«, er überlegt, »für Aufträge bekamen Sie als Fünfzehnjährige?«

»Lehrer«, sie schließt die Augen. Ihre Stimme wird monoton, »Mitschüler, Freunde sollte ich bespitzeln! Als ich älter wurde, waren die Aufträge auch brisanter.«

»Inwiefern?«

»Ich sollte Freunde gewinnen in subversiven Gruppen!«

Er schaut sie prüfend an. »Es war doch bestimmt schwer, in solchen, wie sagten Sie, in subversiven Gruppen Fuß zu fassen?«

»Nein, darauf wurde ich ja vorbereitet!« Sie weint plötzlich. »Ich bin ein Schwein!« Sie wischt sich über das Gesicht. »Wirkliche Freunde«, ihre Augen starren ihn an, »verriet ich … Ich kann nicht mehr!« Schwer atmet sie. »Ich will auch nicht mehr! Ich will sterben!« Jäh springt sie auf, und ihre Stimme überschlägt sich. »Und wissen Sie auch, warum? Nein!«, sie ballt ihre Hände zur Faust, »weil ich meine Fratze im Spiegel nicht mehr sehen kann!« Beide mustern sich. »Ich habe Yvonne tot in der Badewanne gesehen!« Ihre Stimme überschlägt sich. »Die wollte ihren Freund nicht bespitzeln! Ich habe es getan!« Schwer atmet sie. »Ich weiß, in diesem Staat werde ich niemals mehr frei leben können!« Ihre

Hände zittern. »Beruflich«, höhnisch lacht sie, »stehe ich jetzt auf dem Abstellgleis!«

»Warum so verbittert?«, spricht er mit beruhigender Stimme.

»Weil ich eins und eins zusammenzählen kann!« Wieder schließt sie die Augen. »Ich kann und will nicht mehr sprechen. Es ist schlimm genug, dass ich noch lebe!« Sie blickt ihn direkt an. »Darf ich jetzt gehen?«, fragt sie fast schüchtern. Er nickt nur. Als Bärbel schon an der Tür ist, sagt er: »Frau Klinger, fast hätte ich es vergessen. Dies hier ist kein gewöhnliches Krankenhaus! Sie befinden sich in der Psychiatrie! Deshalb sind die Türen, zu Ihrem Schutz, verschlossen!«

»Aber warum?«

Er steht auf und geht zu ihr. »Damit Sie nicht rausgehen und einen neuen Versuch starten! Das wollen Sie nicht und ich auch nicht!«

»Woher wissen Sie das?«

Er lächelt. »Berufserfahrung! Das müssen Sie mir einfach glauben! Fangen Sie an, mir zu vertrauen! Auch wenn es Ihnen noch so schwer fällt. Übrigens, Sie werden verlegt und kommen in ein Vierbettzimmer! Sie müssen doch unter Menschen! Das Alleinsein ist nicht gut für Sie!« Zum Abschied reicht er ihr freundlich die Hand.

Ich bin in der Psychiatrie gelandet, denkt sie. Weit habe ich es gebracht!

Ein Pfleger kommt in das Arztzimmer, mustert Bärbel und führt sie in ihr neues Zimmer. »Zahnpasta, Zahnbürste, Seife und Handtücher bekommen Sie von uns. Nach dem Gebrauch müssen Sie die Utensilien wieder abgeben.«

Irritiert schaut sie ihn an. Er lächelt.

»Es ist Vorschrift und dient zum Schutz der Patienten. Das müssen Sie verstehen! Wir wollen doch nicht ...«, mehr sagt er nicht. Zum Schluss zeigt er auf das freie Bett, und mit sanfter Stimme spricht er: »Hier können Sie schlafen!«

Ohne dass Bärbel es merkt, verlässt der Pfleger das Zimmer und schließt die Tür ab. Sie schaut sich um. Schlafgeräusche sind zu hören. Leise geht sie zum Fenster und schaut hinaus. Was wird aus mir werden?

Ein Schrei, der aus dem Bett an der Wand kommt, reißt sie aus ihren Gedanken. Sie dreht sich um und sieht eine junge Frau, deren Hände und Arme am Bett festgemacht worden sind. Sie geht zu ihr, setzt sich und streicht ihr sanft übers Gesicht. Noch einmal schreit diese, doch jetzt schon etwas leiser. Sie öffnet die Augen und mustert Bärbel mit einem seltsamen Blick, der ihr jäh Angst macht. Jetzt atmet sie schon ruhiger. Die Tür wird geöffnet, sie dreht sich aber nicht um. »Frau Klinger, Sie müssen nicht …«

»Doch!«, unterbricht sie, »jeder Mensch braucht Zuneigung, und wenn ich sehe, wie eine junge Frau ans Bett gefesselt ist, könnte ich vor Wut explodieren!«

»Frau Klinger, es ist zu ihrem Schutz! Wenn wir es nicht machten, würden Sie sich verletzen! Übrigens, ich hatte vorhin vergessen, mich vorzustellen! Mein Name ist Roland Böttcher!«

»Mein Name ist Dagmar!«, sagt plötzlich die Frau im Bett. »Dich kenn ich doch! Du willst mir immer wehtun! Aber wer ist die hier?«

»Ich bin Bärbel!«

»Du riechst so gut! Kommst du …« Sie zerrt am Riemen. »Könntest du mich losmachen? Er tut mir so weh!«

»Frau Klinger«, er zeigt auf das große Fenster, »nicht, dass Sie auf die Idee kommen, ihr die Riemen zu lösen! Wir sehen alles. Ich will Sie nur warnen, zu Ihrem Schutz. Sind die Lederriemen einmal gelöst, verwandelt sich Dagmar in eine … Sie verstehen mich?«

Bärbel nickt, und Mitleid überwältigt sie.

»Frau Klinger, Mitleid ist hier fehl am Platz!« Er wendet sich um. »Dagmar, heute gibt es deine Lieblingsspeise! Grießbrei mit Himbeersoße! Freust du dich?«

»Ja«, antwortet Dagmar laut und lacht.

Am Morgen des zehnten Tages wird Bärbel nach dem Frühstück in das Besprechungszimmer des Arztes gerufen. Zögernd tritt sie ein. Sie spürt, dass diesmal die Begrüßung zwar freundlich ist, aber hinter dieser Freundlichkeit steckt etwas, was sie nicht deuten kann. Misstrauisch setzt sie sich.

»Frau Klinger«, beginnt der Arzt zu sprechen und blättert dabei in einer Akte, »ich möchte Ihnen heute mitteilen, dass Sie in wenigen Tagen entlassen werden.«

Bärbel schaut ihn an und lächelt: »Endlich …«, rutscht es ihr heraus.

Mit kritischem Blick mustert er sie. »Frau Klinger, was halten Sie davon, wenn Sie, sagen wir einmal, in Köln oder München wohnen würden?«

»Ich würde sagen, ein Traum, der sich niemals erfüllen wird.« Sie lacht zynisch. »Da müsste sich ja die Grenze in Luft auflösen!«

Erneut mustert er sie. »Frau Klinger, in wenigen Tagen werden Sie die DDR verlassen und in die BRD einreisen! Was halten Sie von diesem Angebot?«

Verdutzt blickt sie ihn an. »Wollen Sie mich verarschen?«

»Warum sollte ich?«

»Ich bin doch viel zu jung, um …« Sie stockt und schaut ihn an. »Sie machen wirklich keine Witze?« Einen Jauchzer kann sie nur schwer unterdrücken. »Es ist wahr! Ich habe mit den zuständigen Stellen über Sie gesprochen, und mir wurde mitgeteilt, dass Sie in den nächsten Tagen ausreisen dürfen!«

Ein Gedanke schießt ihr plötzlich durch den Kopf: Diese DDR hat Angst vor mir! Sie schaut ihn an. »Ich kann es kaum fassen …« Erschrocken über ihren Leichtsinn, spricht sie nicht weiter.

»Was können Sie nicht fassen?«

Als er merkt, dass sie auf seine Frage nicht antwortet, sagt er freundlich zu ihr: »Reden Sie nur, vor mir brauchen Sie keine Angst zu haben. Glauben Sie mir, ich gehe nicht mit Scheuklappen durch diese Welt. Ich sehe auch, was in dieser Republik vor sich geht!«

»Doktor«, sie senkt den Kopf, »ich möchte mich dafür bedanken, was Sie für mich getan haben. Jetzt bin ich froh, dass ich noch ...«, sie hebt den Kopf und schaut ihn an, »lebe!«
Er lächelt.
»Ich hatte viel Zeit zum Nachdenken«, sie schaut zum Fenster, »nie wäre ich aus den Fängen der Stasi gekommen! Könnte ...«, wieder blickt sie zum Fenster, »ich mein Leben zurückdrehen, würden mich diese Verbrecher nicht mehr verführen! Wie ...«, sie schweigt. »Aber wie soll ich mit dieser Schuld leben?« Hilfe suchend blickt sie ihn an.
»Frau Klinger, Sie müssen einige Angelegenheiten noch erledigen. Wenn Sie damit fertig sind, gehen Sie zu Ihren Freunden und sprechen dieses Thema an! Das wird Ihnen gut tun. Diesen Tipp haben Sie nicht von mir, denn Sie sollten mit keinem Menschen über Ihre Ausreise in die BRD sprechen! Haben wir uns da verstanden?«
Erleichtert lächelt sie und nickt.
»Und jetzt gehen Sie und erledigen Ihre Formalitäten!« Er reicht ihr die Hand und lächelt.
Bärbel ist schon fast an der Tür, als sie angesprochen wird: »Frau Klinger«, sie bleibt stehen und dreht sich um, »denken Sie daran, dass es nur wenige Menschen gibt, die sich mit ihrer Vergangenheit so beschäftigen wie Sie. Es liegt in der Natur des Menschen, das Unangenehme zu verdrängen oder es nicht so wahrzunehmen! Andere ziehen aus ihren Diensten ...«, er kommt auf sie zu, »für die Staatssicherheit ihre persönlichen Vorteile! Sie aber ...« Noch einmal gibt er ihr die Hand. »Passen Sie gut auf sich auf! Ich bin in den nächsten Tagen nicht hier! Ich habe veranlasst, dass Sie bis zur Ausreise in die BRD in der Klinik bleiben!« Sofort will Bärbel etwas sagen. Er legt seine Hand auf ihre Schulter: »Frau Klinger, es ist besser so! Glauben Sie mir!«

Bärbel geht mit ungutem Gefühl durch die Pforte ihres Betriebes, grüßt freundlich den Pförtner und denkt: Was soll ich nur erzählen? In Gedanken formuliert sie, was sie der Personalleitung sagen könnte. Aber das Passende fällt ihr nicht ein. Deutlich ist ihr die Nervosität ins Gesicht geschrieben, als sie den Raum betritt. Bevor Bärbel etwas sagen kann, werden ihr die Papiere schon überreicht. Verlegen bedankt sie sich. Wahrscheinlich hatte die Personalleitung schon von der Staatssicherheit den Auftrag bekommen, die Papiere fertig zu machen, denkt sie erleichtert.

Beschwingt öffnet sie die Tür der Lohnbuchhaltung und tritt ein. Als die Mitarbeiter der Buchhaltung sie sehen, starren alle sie interessiert an. Als Bärbel den Erhalt ihres Gehaltes unterschreiben will, sagt die Lohnbuchhalterin leise: »Frau Klinger, ich wünsche Ihnen viel Glück«, schnell dreht sie sich um, niemand steht in der Nähe, »im Westen!« Ein freundliches Lächeln huscht dabei über ihr Gesicht. »Danke!«, antwortet Bärbel verdattert.

Erleichtert schlendert sie durch das Betriebstor, blickt zum Himmel und könnte vor Freude laut zu den Passanten rufen: »Ich werde frei sein«, versteht ihr, »ich werde frei sein!« Aber kein einziges Wort kommt aus ihrem Mund.

An diesem Vormittag erledigt sie alle ihre Formalitäten, und mit einem Kloß im Hals geht sie zuletzt zum Rat des Kreises, Abteilung Inneres. Als sie in der Nähe des Gebäudes ist, wird sie plötzlich von hinten angesprochen: »Bärbel«, sie dreht sich um und blickt in das Gesicht ihres ehemaligen Führungsoffiziers. Er grinst und will seine Hand auf ihre Schulter legen. Sie weicht zurück. Überrascht blickt er sie an. »Können wir uns in meinem Dienstzimmer noch ein wenig unterhalten, bevor Sie in die BRD ausreisen?«

Ihre Hände zittern, als sie auf seine Frage antwortet: »Was bist du …«, sie schweigt einen Moment, »für ein mieses Schwein! Und ihr redet von …«, schnell dreht sie sich um und sieht keinen einzigen Menschen, der in der Nähe steht, »menschlichem Sozialismus! Dass ich nicht lache. Ihr habt Angst, einfach nur Angst! Und jetzt …«, sie winkt ab und geht. Er schaut ihr so lange hinterher, bis sie die letzten Stufen genommen hat und im Gebäude verschwunden ist, erst dann setzt er seinen Weg fort.

Bärbel schaut auf ihre Armbanduhr, schließt die Augen und hofft, dass Kiki in ihrer Wohnung ist. Zaghaft klingelt sie. Es dauert einen Augenblick, bis sie aus der Sprechanlage ihre Stimme hört.

»Kiki, ich bin es.« Als sie die Worte von sich gibt, ist es ihr so, als würde jemand ihr den Hals umdrehen. Lange dauert es, bis sich die Tür öffnet. Mit bangem Gefühl im Bauch schleicht sie Stufe für Stufe hoch. In der Tür steht Kiki und starrt sie unverwandt an. »Was willst du?«, fragt sie mit einer Stimme, die jegliche Freundlichkeit vermissen lässt.

Beide sehen sich an.

»Kiki, in wenigen Tagen …«, plötzlich weint sie.

»Ich habe nicht die Zeit, mir dein Geheul anzuhören! Was willst du?«

»Kiki, ich werde in den Westen abgeschoben, und ich wollte dich fragen, ob du einige Sachen aus meiner Wohnung nehmen willst!«

Ungläubig starrt sie Bärbel an. »Spinnst du jetzt völlig?«

»Nein! Es ist …«, sofort wird sie unterbrochen.

»Ist das der Lohn dafür, dass du uns bespitzelt hast?« Hasserfüllt schaut sie Bärbel an.

Sofort schießen ihr die Tränen in die Augen. »Nein, du hast ja recht, dass du mit mir nicht mehr reden willst, ich würde es ja auch nicht anders machen!« Sie dreht sich um und ist schon bei der Treppe, als sie aufgefordert wird, hereinzukommen.

»Zwei Minuten! Mehr nicht!«

Abrupt bleibt Bärbel stehen, und mit leiser Stimme sagt sie: »Ich wollte mich umbringen!« Dabei blickt sie Kiki nicht an. »Ein Liebespärchen hat mich im letzten Augenblick gefunden und …« Ein lauter Seufzer ist zu hören.

»Komm rein!«

Ohne ihre Freundin anzusehen, schleicht sie in die Wohnung. Im Flur bleibt sie wie angewurzelt stehen.
»Setz dich! Willst du einen Kaffee trinken?«
Bärbel nickt.

Obwohl Kiki einiges von den Tagebüchern gelesen hat, erzählt Bärbel ihr trotzdem ihre Lebensgeschichte von der Jugendzeit, von den Anfängen bei der Staatssicherheit bis zur Einweisung in die Psychiatrie.

»Bärbel«, Kiki nimmt ihre Hand, »es ist nicht zu verzeihen, was du getan hast, das weißt du ja selber, aber dass du mir deine Geschichte erzählt hast, das rechne ich dir hoch an.«
Erstaunt blickt Bärbel ihre Freundin an.

»Ich ahnte zwar, dass mit dir etwas nicht stimmte, aber dass die Stasi dich so benutzt hat, das hätte ich wirklich nicht geglaubt! Jetzt verstehe ich auch, warum du manchmal wie ein scheues Reh warst.«
Beide schauen sich an.
»Wann musst du wieder in der Klinik sein?«
Bärbel blickt auf ihre Uhr. »In zwei Stunden!«
Kiki nickt. »Das Sofa würde ich gern nehmen ...«
Bärbel unterbricht sie. »Ich kann nur meine Bekleidung mitnehmen, sonst nichts. Meine Möbel muss ich verschenken, und Geld darf ich erst recht nicht mitnehmen!«
»Hm, wenn das so ist, nehme ich, was ich brauche. Die anderen Sachen – ich werde mich rumhören. Mach dir darum keine Sorgen!« Zum ersten Mal lächelt sie Bärbel an. »Leider habe ich jetzt keine Zeit, ich muss noch einiges erledigen! Kannst du morgen zu mir kommen?«
»Ich glaube, ja!«
»Ich bringe dich zur Klinik!«
»Nein, das brauchst du nicht!« Mit traurigem Blick schaut sie ihre Freundin an. »Die Stasi weiß doch Bescheid, wohin ich gegangen bin, wenn nicht, dann ist es besser, wenn sie es nicht erfährt!«

Während sie die Treppen hinuntergehen, fragt Kiki Bärbel: »Warum hast du mir nie etwas davon erzählt? Das versteh ich nicht.«

Einige Zeit vergeht, bis sie antwortet: »Warum mich dieser Mensch von der …«, sie flüstert, »Stasi aussuchte, weiß ich bis heute nicht. Ich sah ihn und verliebte mich. Es war wirklich meine erste große Liebe, aber je mehr ich in dieser Scheiße war …« Sie bleibt stehen und hält sich am Treppengeländer fest. »Als ich Yvonne …«, beide sehen sich an, »wusste ich, was ich machen musste.«

»Bärbel, das wäre nie und nimmer der richtige Weg gewesen! Kapier das doch endlich!«

»Ich weiß«, antwortet sie und läuft die Stufen langsam hinunter. »Kiki«, sie bleibt stehen, nimmt ihre Hand und hält sie fest, »für mich bist du und warst du immer eine gute Freundin gewesen! Auch wenn es nicht so scheint.« Ohne sie noch einmal anzusehen, rennt Bärbel auf die Straße, und mit schnellem Schritt entfernt sie sich. Kiki steht im Eingang und blickt ihr hinterher.

»Ach, Mädchen …«

Mit einem großen Kuchenpaket in der Hand steigt Bärbel aus der Straßenbahn, lächelt spitzbübisch, und mit beschwingtem Schritt eilt sie zu Kiki. Für einen Augenblick zögert sie, bis sie schließlich doch auf den Klingelknopf drückt. Die Haustür öffnet sich. Tief in ihre Gedanken versunken, schleicht sie die Stufen hoch, dabei erinnert sie sich an das Gespräch von gestern. Vielleicht wäre es doch besser gewesen, wenn ich mich Kiki anvertraut hätte, denkt sie, und ein sonderbares Gefühl von Zärtlichkeit beschleicht sie. Es ist doch meine beste Freundin, und sofort erinnert sie sich daran, wie oft sie Kiki an die Stasi verraten hat. Tränen schießen ihr auf einmal in die Augen. Ihre Beine versagen, und sie muss sich auf die Treppenstufen setzen. Was mach ich hier?, denkt sie auf einmal und erschrickt über sich selbst, wie selbstverständlich sie es hinnimmt, dass Kiki ihr widerliches Handeln verzeiht.«»Nein, so etwas kann man nicht verzeihen!«, spricht sie laut zu sich.

Ohne dass Bärbel es bemerkt hat, steht Kiki hinter ihr. »Bärbel«, flüstert sie, »verzeihen werde ich es dir wahrscheinlich nie, aber ich spüre deine Reue, die nicht gespielt ist, und das ist für einen Neuanfang einer Freundschaft nicht schlecht!« Sie setzt sich neben sie und nimmt ihre Hand. »Vielleicht interessiert sich im Westen jemand für deine Geschichte. Komm!«, fordert sie Bärbel auf, »der Kaffee wartet auf dich!«

Rainer, Roswitha und eine fremde Person sitzen am Tisch und blicken Bärbel interessiert an. Abrupt bleibt sie stehen, ihre Kehle ist wie zugeschnürt. Für einen Augenblick schließt sie die Augen und spürt, wie ihr langsam das Blut in den Kopf schießt. Rainer, hämmert es in ihrem Kopf. Wie konnte ich ihn nur vergessen. Sie atmet tief durch, und leise sagt sie: »Wer mir nicht die Hand geben will, braucht es nicht zu tun, ich habe nichts Besseres verdient!«

Roswitha steht auf und geht zu ihr. »Es ist einmal geschehen, und ändern kann man nichts mehr. Aber das Wichtigste ist doch, du bist am Leben.« Sie nimmt Bärbel in den Arm und drückt sie sanft. »Jetzt setz dich hin, sonst wird der Kaffee kalt! Ach, beinahe hätte ich es in der Aufregung vergessen!« Sie zeigt auf die fremde Frau. »Das ist Heidrun«, sie lächelt, »eine wirklich nette, gute Nachbarin!« Die Angesprochene winkt mit den Händen ab. »So viel Lob bin ich ja gar nicht gewöhnt!«

»Doch, doch«, erwidert Roswitha energisch. »Ihr kannst du vertrauen! Ihr Mann hat sich von ihr scheiden lassen, weil sie ihr Parteibuch abgegeben hat!« Sie schüttelt ihren Kopf und spricht dazu: »So ein Blödsinn! Sie hatte wirklich allen Grund dazu gehabt!« Sie schaut Heidrun dabei an. Diese nickt.

»Ich kann es immer noch nicht fassen!« Schnell greift sie zur Tasse Kaffee und trinkt. »Bärbel, es ist unvorstellbar. Ihr Sohn erzählte einem Mitschüler von seinen Fluchtplänen in den Westen und dieser erzählte es brühwarm der Polizei. Daraufhin wurde er verhaftet. Während der Vernehmung gab der Junge zu, dass er abhauen wollte. Einen vierzehnjährigen Jungen sperren diese Herren für ein Jahr ins Jugendgefängnis ein. Ich kann diesen Wahnsinn nicht verstehen!«

Schweigend setzt sich Bärbel. Rainer und Heidrun reichen ihr die Hand.

»Bärbel«, sagt auf einmal Heidrun, »ich beneide Sie! Bald können Sie dieses Land verlassen.«

Irritiert blickt Bärbel die fremde Frau an. Diese lächelt. »Roswitha hat mir alles von Ihnen erzählt!«

Rainer mustert Bärbel. »Als du Yvonne in der Badewanne sahst, sagtest du leise zu dir einen halben Satz, der mich erschauern ließ: ›Was habe ich …‹ Du sahst mich mit entsetzten, hilflosen Augen an. Da wusste ich Bescheid.«

Mit zittriger Hand nimmt sie die Kaffeetasse in die Hand und flüstert: »Die Folgen, ich wusste sie, aber ich war … Rainer, als Mann …«, sie lacht gekünstelt. »Ich war gefangen …« Sie trinkt noch einen Schluck und blickt zum Fenster. »Ich funktionierte wie ein Uhrwerk, aber Yvonne …«

Roswitha sieht alle Anwesenden an. »Jetzt ist Schluss mit dem Gerede! Jetzt wird Kaffee getrunken!«

Bärbel schaut auf ihre Uhr. »Lange kann ich nicht mehr bleiben!« Sie senkt ihren Kopf. »Einen winzigen Teil meiner Schuld habe ich …«, wieder schweigt sie. Die anderen mustern sie und essen weiter. »Mein Führungsoffizier gab mir einen Auftrag …«, sie blickt auf ihre Hände, »ich sollte mich in die Kreise von Peter Dietrichs einschleichen. Innerlich kämpfte ich dagegen.« Sie hebt den Kopf und blickt alle an. »Das müsst ihr mir glauben!« Ihre Stimme wird leiser. »Ein Kinderspiel«, wieder senkt sie den Kopf, »ich lernte den Bruder von Peter kennen, und er nahm mich mit zu ihm.« In diesem Augenblick war sie in ihrer Vergangenheit versunken. »Als ich Peter zum ersten Mal sah, fühlte ich mich sofort wohl. Er war so anders, ein kluger, einfühlsamer Mensch! Wir verstanden uns auf Anhieb. Am Abend hörten wir im RIAS eine Lesung von Günther Grass.« Plötzlich lächelt sie. »Es war fantastisch!« Lange mustert sie jetzt Heidrun. »Auf seinem Tonbandgerät nahm er die Lesung auf. Ich weiß nicht, wie viele Kassetten er in seinem Schrank hatte. Jedenfalls waren es viele.« Auf einmal steht sie auf und geht zum Fenster. Kiki blickt Rainer an, dieser schüttelt leicht den Kopf. »In meinem Bericht an die Stasi«, erzählt sie mit fester Stimme, »erwähnte ich nichts von den Kassetten. Mein Führungsoffizier glaubte mir nicht, was ich in meinem Bericht geschrieben habe, das sah ich in seinen Augen.« Sie öffnet das Fenster und schaut hinaus, sofort verschließt sie es wieder. »Die Wahrheit«, sagt sie mit monotoner Stimme, »schrieb ich schon längst nicht mehr in diese Berichte. Ich wollte die Scheiße beenden und wusste nicht, wie ich es machen sollte.«

In Gedanken versunken schaut sie auf die Uhr. »Ich muss gleich gehen!« Ohne jemanden anzusehen, setzt sie sich wieder. »Meinem Arzt erzählte ich gestern Morgen, ich müsste noch etwas erledigen. Er fragte mich nicht, was ich zu erledigen hätte. Darüber war ich sehr erleichtert. Wenn er gewusst hätte, was ich vorhatte, hätte er mich bestimmt nicht gehen lassen.« In Gedanken nimmt sie die Tasse und will trinken, sie ist aber leer. Vorsichtig stellt Bärbel sie wieder auf den Tisch zurück. Wieder steht sie auf, und wieder geht sie zum Fenster. »Ich ging zu Peter und erzählte ihm die ganze Wahrheit über mich. Zuerst wollte er mir nicht glauben. Aber nach und nach begriff er, dass ich ihm wirklich die Wahrheit sagte. Jedenfalls glaubte er mir schließlich, dass er in das Visier der Staatssicherheit geraten ist. Ich schlug ihm vor, er solle alle seine Kassetten in ein Paket packen und in ein Schließfach tun. Den Schlüssel soll er«, sie dreht sich um und blickt Roswitha an, »bei dir in den Briefkasten tun! Er wollte es heute Abend machen! Ich dachte, bei dir wären sie sicher!«

Alle schauen sich an. Zuerst spricht Roswitha: »Bärbel, da freue ich mich aber! Gleich morgen werde ich versuchen, ein Tonbandgerät zu bekommen. Ich stricke, und gleichzeitig wird mir ein Buch vorgelesen! Da werde ich mich fühlen wie Gott in Frankreich!« Ihr ganzes Gesicht strahlt!

Kiki schaut Bärbel nachdenklich an. »Ist das nicht zu gefährlich?«

Bärbel steht auf. »Leider muss ich gehen! Kiki, verstehe mich bitte, ich wollte wenigstens einem Menschen helfen!« Tränen schießen ihr in die Augen. »Es wäre zu schade, wenn diese Aufnahmen in die Hände der Stasi fallen würden.« Sie ist schon bei der Tür, als sie sich umdreht. »Kiki, ich weiß, wo du die Kassetten verstecken kannst. Deine Tante hat doch ein schönes Gartenhäuschen ...«

»Bärbel, du hast recht!«, unterbricht sie ihre Freundin, dabei strahlt das ganze Gesicht. »Wir könnten an den lauen Sommerabenden dort sein, vielleicht grillen und die Kassetten hören, und kein fremder Hörer hört mit! Bärbel, du musst dich aber bei uns richtig verabschieden!«

Wie ein begossener Pudel steht Bärbel da, und Tränen fließen über ihre Wangen. »Denkt nicht so schlecht über mich!«

Ohne sich wirklich zu verabschieden, rennt sie aus der Wohnung.

Die Nacht vor ihrer Ausreise liegt Bärbel in ihrem Bett und starrt die Decke an. Unzählige Gedanken kommen, gestalten sich zu einem Geflecht wirrer Bilder, verschwinden auf einmal wieder, andere tauchen aus dem Nebel der Vergangenheit auf, setzen sich zu einem Film zusammen. Sie dreht sich zur Seite. Das ruhige Atmen der schlafenden Patienten ist zu hören. Sie schließt ihre Augen für einen Augenblick. Gestern Abend ist der Arzt extra gekommen, obwohl er dienstfrei hatte, und hat sich von mir verabschiedet, denkt sie, und ein Gefühl von Zärtlichkeit übermannt sie. Sie setzt sich und starrt zum Fenster. Zum Abschied reichte er mir ein kleines Geschenk. Seine Verlegenheit konnte er nur schlecht verbergen. Er meinte: Ich soll es erst in meiner neuen Heimat auspacken. »Was für eine blöde Gans ich doch bin«, flüstert sie plötzlich, »vor lauter Rührung konnte ich mich gar nicht richtig bedanken.«

Ein guter Arzt, denkt sie mit Wehmut, nimmt die Schlaftablette, die er ihr gegeben hat, füllt ein halbes Glas mit Wasser, schluckt die Tablette und trinkt das Wasser hinterher. Beruhigt schläft sie ein.

Am nächsten Morgen wird sie leise geweckt. Aufgeregt steht sie auf, eilt ins karge Badezimmer, wäscht sich hastig und zieht sich an. Dabei schlingt sie das Frühstück in sich hinein. Mit zittrigen Händen greift sie sich den gepackten Koffer, verabschiedet sich von den Pflegern und Krankenschwestern und gibt das restliche Geld, das sie noch in ihrer Geldbörse hat, in die Kaffeekasse. Die Tür wird hinter ihr wieder verschlossen. Für einige Sekunden steht sie wie angewurzelt da, langsam dreht sie sich um, mustert das Gebäude, nickt, und mit sicherem Schritt entfernt sie sich.

Die Nacht hat ihre Regentschaft dem Morgen übergeben, nur am Horizont sind vereinzelt noch einige dunkle Wolkenfetzen zu sehen, ansonsten erwachen die Natur und die Stadt aus ihrem nächtlichen Schlaf.

Bald ist es vorbei! Tief atmet sie die morgendliche frische Luft ein. Allmählich fühlt sie, wie die Angst, die sie in den letzten Stunden in sich spürte, verschwindet. Zufriedenheit kehrt stattdessen in sie ein. Sie eilt von dem Gelände, blickt auf dem Bürgersteig nicht nach rechts und nicht nach links, sondern schreitet ihren Weg zügig voran. Das Hallen von Schritten hört sie plötzlich hinter sich. Sie dreht sich nicht um, sondern beschleunigt ihren Schritt. Ihr Name wird gerufen. Panik überfällt ihren Körper. Sollte alles nur eine Inszenierung der Stasi sein, um mich in Sicherheit zu wiegen, damit sie mich dann verhaften können? Ihr Herz schlägt schneller.

»Bärbel! Bleib doch stehen!«, erst jetzt erkennt sie die Stimme von Kiki. Sie bleibt stehen und dreht sich um.

»Hast du mir einen Schreck eingejagt!« Vor Erleichterung lacht sie. Beide schauen sich an. »Was machst du hier?«, fragt Bärbel.

»Ich wollte dich zum Bahnhof bringen! Aber du bist gegangen, als wäre der Teufel hinter dir her.« Tief atmet sie durch. »Diese

Schuhe geben mir den Rest. Du glaubst ja nicht, wie meine Füße brennen!« Sie zieht die Schuhe aus und hält sie in der Hand. »Das tut gut!« Noch einmal atmet sie tief durch. »Beinahe hätte ich verschlafen! Komm, lass uns gehen«, fordert sie Bärbel auf, »sonst verpasst du noch deinen Zug!«

Bärbel nimmt den Koffer und geht los.

»Sind das alle deine Klamotten?«, fragt Kiki plötzlich.

»Warum soll ich meine ganzen alten Sachen mitnehmen? Die kann ich im Westen sowieso nicht mehr anziehen! Ich habe wirklich nur das Beste mitgenommen!« Nach einer kurzen Pause redet sie weiter. »Sonst merkt man doch, dass ich aus dem Osten komme, und das möchte ich am Anfang bestimmt nicht. Da habe ich sicher andere Probleme zu bewältigen.« Sie seufzt. Plötzlich stellt sie ihren Koffer auf die Straße. »Kiki, ich will nicht mehr!«

Kiki nimmt Bärbel in den Arm, und mit freundlicher Stimme fragt sie: »Was ist los mit dir?«

Bärbel blickt ihrer Freundin in die Augen. »Ich werde niemals mehr durch die Straßen meiner Heimatstadt gehen. Niemals mehr im kleinen See schwimmen gehen. Auch dich werde ich niemals wiedersehen. Kannst du dir das vorstellen? Ich nicht!«

Langsam gehen sie weiter.

»Bärbel, im Westen wirst du sicherlich eine neue Heimat finden! Jeder Mensch gewöhnt sich an seine neue Umgebung!«

Bärbel stößt Kiki sanft an. Von Weitem sehen sie, dass die erste Straßenbahn kommt. »Gib mir deinen Koffer«, fordert Kiki ihre Freundin auf, »ich kann ohne meine Schuhe schneller laufen!«

Einen Moment wartet die Bahn, bis die beiden Frauen, außer Atem, einsteigen. Sie lassen sich auf die harten Polster fallen. Sie sind um diese Uhrzeit die ersten Fahrgäste.

»Kiki«, sagt Bärbel, noch außer Atem, »wenn ich ein Schwamm wäre, würde ich alle die Straßen, die Häuser, das Kino, das Theater aufsaugen und immer, wenn ich es möchte, ausdrücken, damit ich meine Heimat nicht vergesse! Aber doch werde ich in den vielen Jahren vieles vergessen, und das macht mich traurig.« Plötzlich lacht sie. »Vielleicht lebe ich nicht mehr lange! Wer kann das schon wissen?«

Kiki nimmt ihre Hand. »Erzähl keinen Mist! Hörst du, du wirst noch lange auf dieser Erde sein. Hast du mich verstanden?« Bärbel blickt sie an, und Tränen stehen ihr in den Augen. »Kiki, wirst du mir jemals verzeihen können?« Mit großen Augen starrt sie ihre Freundin an.

»Bärbel, warum machst du dir darüber Gedanken? In der nächsten Zeit wirst du dir andere Sorgen machen müssen! Da wird einiges in den Hintergrund treten. Natürlich brauche ich Zeit, um den nötigen Abstand zu bekommen.« Sie nimmt ihre Hand. »Wenn ich dich nicht mögen würde, wäre ich bestimmt jetzt nicht mit dir in der Straßenbahn! Hörst du!«, betont sie extra laut. »Es macht mir etwas aus, dass ich dich in meinem Leben vielleicht nie wiedersehen werde!«

Für einen Moment herrscht zwischen den beiden Schweigen. Die Straßenbahn fährt um eine Kurve. An der Stirnseite eines Hauses hängt ein großes Plakat. Bärbel liest: »Von der Sowjetunion lernen heißt siegen lernen!«

Beide schauen sich an und lachen plötzlich, sagen aber kein einziges Wort. Bärbel blickt aus dem Fenster, schließt die Augen und denkt: Diesen Propaganda-Mist muss ich mir wirklich nicht mehr antun! Gott sei Dank! Sie öffnet ihre Augen und sieht einen älteren Mann, der mit dem Fahrrad gemächlich fährt. Auf seinem Gepäckträger befindet sich eine Aktentasche. Frühschicht, vermutet sie. Ein neues Leben beginnt, denkt sie auf einmal. Ein Drittel ist schon vorbei. Wehmut beschleicht sie. Sie mustert Kiki, die ihr gegenübersitzt und vor sich hinstarrt. Ein Gedanke schießt ihr durch den Kopf. Laut spricht sie: »Obwohl ich dich bei der Stasi verraten habe, verbrachten wir doch eine schöne Zeit miteinander! Oder?«

»Ja, Bärbel!« Dabei schaut sie aus dem Fenster. »Gestern«, sagt sie plötzlich, »habe ich mich mit meinem Freund über dich unterhalten.« Sie lächelt. »Er ist ein ruhiger Typ und hasst alles, was ihn aus seiner Ruhe bringt.« Sie lächelt wieder. »Aber gestern Abend staunte ich wirklich über ihn. Er ereiferte sich regelrecht! So sah ich ihn noch nie. Diesen spannungsgeladenen Streit werde ich wohl nicht mehr so schnell vergessen können. Einen Tipp soll ich dir von ihm geben: Wenn du im Westen bist und das nötige Kleingeld hast, sollst du dir das Buch ›Schuld und Sühne‹ von Dostojewski kaufen und lesen!«

Bärbel nimmt die Hand von Kiki und drückt sie sanft. »Über unserer Freundschaft wird immer ein schwarzes Tuch hängen. Niemals wirst du meinen Verrat vergessen können, und das tut weh!«

»Glaube mir doch! Die Stasi hat Angst vor dir! Begreife es doch endlich! Wenn du hierbleiben würdest, und davon bin ich überzeugt, würdest du überall herumerzählen, welche Methoden die Stasi anwendet, um an die Geheimnisse der anderen Menschen zu kommen. Und auf einmal sind sie an den Pranger gestellt worden, und das fürchtet dieser Staat.« Sie steht auf und geht ein paar Schritte. »Bärbel, sie haben einfach Angst vor dir! Wie oft soll ich es dir noch sagen? Sie können dich nicht mehr so biegen wie sie es gern haben wollen, deswegen schieben sie dich in der Hoffnung ab, im Westen wird es dir schlechter gehen!« Plötzlich lacht sie. »Aber das wird nicht geschehen! Das weiß ich!«

Die Straßenbahn hält vor dem Bahnhof, und sie müssen aussteigen.

»Bärbel! Schau auf die Uhr!«, fordert Kiki sie auf. »In zwanzig Minuten fährt dein Zug!«

Langsam gehen sie zum Gleis 3. Ein unangenehmer, kühler Wind schlägt ihnen entgegen. Sie stellen sich hinter eine Anzeigentafel. Kiki öffnet ihre Tasche und holt ein in Geschenkpapier eingepacktes Päckchen heraus. Erstaunt blickt Bärbel Kiki an.

»Es ist nichts Besonderes! Ein Fotoalbum, in dem einige Bilder von uns drin sind!«

Heftig umarmt Bärbel Kiki. Tränen fließen ihr über das Gesicht.

Der Zug kommt. Bärbel steigt ein und setzt sich ans Fenster. Kiki klopft. Schnell öffnet sie das Fenster. »Schreib mir!«, fordert sie ihre Freundin auf. »Aber bedenke, dass es immer Menschen gibt, die mitlesen! Schreib eine falsche Adresse! Ich würde mich freuen, von dir Post zu bekommen.«

Der Zug fährt langsam an. Schnell geben sie sich noch die Hand. Kiki winkt.

Bärbel schließt das Fenster, kuschelt sich in die Ecke und denkt über vieles nach, dabei schläft sie ein.

Durch einen festen Griff am Arm und eine fremde Frauenstimme erwacht sie aus einem tiefen Schlaf. »Fräulein, Sie müssen hier aussteigen! Der Zug fährt in den Westen!«

Verschlafen blickt Bärbel die ältere Frau an. »Einmal möchte ich in meinem Leben Köln oder Aachen ansehen, und jetzt mach ich es einfach!«

Panik spiegelt sich im Gesicht der alten Frau. »Das dürfen Sie doch nicht!«

Bärbel lächelt. »Doch, ich darf es jetzt!«

Mit seltsamen Blicken mustert die alte Frau Bärbel und geht in ein anderes Abteil.

Die Kontrolle ihrer Ausreisepapiere geht sehr schnell. Flüchtig schaut die korpulente Frau in Uniform Bärbel an und gibt dann die Papiere wieder zurück. »Verzollen ham se nichts?«, fragt sie noch. Bärbel verneint. Da sie sich allein im Abteil befindet, marschieren die drei Uniformierten davon. Sie schaut aus dem Fenster. Grenzpolizisten mit Hunden sind am Zug zu sehen. Dann setzt die Eisenbahn ihre Fahrt fort. Endlich!

Mit quälenden Kopfschmerzen wacht Kiki an diesem Samstagmorgen auf. Sie dreht sich zur Seite, in der Hoffnung, dass die Nachwehen der durchzechten Nacht nachlassen würden. Aber das Gegenteil tritt ein. Sie merkt, wie plötzlich Übelkeit in ihr hochkommt. Schnell möchte sie aufstehen, aber ein Drehschwindel hindert sie daran. Die Übelkeit nimmt bedrohliche Maße an. Voller Angst, sie könnte in ihrem Bett erbrechen, versucht sie, trotz heftigen Schwindels, aufzustehen. Wankend steht sie da. Ihr Mageninhalt will jetzt heraus. Schwankend eilt sie in ihr Badezimmer, hebt den Toilettendeckel hoch und übergibt sich mehrmals. Ihre Beine und ihre Hände zittern dabei. Sie spült und setzt sich anschließend auf die Toilette. Ihre Gedanken schweifen zu der gestrigen Fete. Warum lachten plötzlich alle über mich? Am meisten Knorpel! Warum? Erneut will ihr Mageninhalt auf dem schnellsten Weg nach draußen. Sie schließt die Augen und würgt den letzten Rest von Bier und Bratwurst aus ihrem Körper heraus.

Plötzlich wird die Tür zu ihrem Badezimmer geöffnet. Kiki dreht sich erschrocken um und kann ihre Verblüffung nur schlecht verbergen. »Knorpel, was machst du in meiner Wohnung?«

Verschlafen starrt er sie an. Dann setzt er sein dummes Grinsen auf. »Du hast …, oder besser gesagt, ich habe dich nach Hause gebracht. Du warst zu voll!« Wieder setzt er sein dummes Grinsen auf.

»Haben wir …«, fragt sie besorgt und starrt ihn unentwegt an.

»Nein, ich war doch auch nicht nüchtern.«

»Gott sei Dank«, rutscht es aus ihr heraus.

Er glotzt sie blöd an. »Kiki, was hast du gegen mich?«

»Nichts.« Sie schließt die Augen, würgt heftig und übergibt sich erneut. Sie stöhnt.

»Immer wenn du mich auf der Straße siehst, willst du mir aus dem Weg gehen. Was habe ich dir getan?«

Kiki geht zum Waschbecken und wäscht sich. Noch immer steht Knorpel an der Tür. »Vielleicht sind es deine ungewaschenen, langen Haare … Ich kann es dir nicht sagen!«

Er kratzt sich am Kopf. »In meiner Wohnung habe ich kein Badezimmer. Ich wasche mich in einer Schüssel, und in meiner Arbeitsstelle dusche ich.«

Sie mustert ihn. »Willst du bei mir baden?«

Über die Wendung des Gesprächs ist er sehr überrascht. »Kiki …«, mehr sagt er nicht. Er nickt nur.

»Noch etwas, Knorpel, warum hast du gestern über mich so gelacht? Sag's mir!«, fordert sie ihn auf.

Ein Grinsen huscht über sein Gesicht. »Du warst schon so abgefüllt«, er lacht, verstummt aber sofort wieder, »streitsüchtig warst du! Jeden hast du damit genervt, dass du ein Buch schreiben willst!«

»Was will ich?« Sie kann nicht glauben, was sie eben gerade gehört hat. »Ich will ein Buch schreiben! Und das habe ich tatsächlich gesagt?«

Er nickt als Antwort.

»Mein Gott, wie besoffen muss ich gewesen sein!«

Schweigend sehen sie sich an.

»Als du über den Inhalt deines Buches sprachst, habe ich dir den Mund zugehalten, obwohl du dich heftig dagegen gewehrt hast!«

»Davon weiß ich nichts!« Erstaunt blickt sie ihn an. »Mensch, mir fehlt ja kilometerweit der Film!« Sie schüttelt den Kopf und mustert ihn ungläubig. »Willst du mich verarschen?«

»Nein, Kiki!« Er schweigt, als würde er die passenden Worte suchen. Mit langsamen Schritten geht er ins Badezimmer, beschaut sich im Spiegel, und seine Worte hallen durch den kleinen Raum. »Über Bärbel hast du geredet!«

»Mein Gott!«, entfährt es ihr. »Was sagte ich denn über sie?«

»Wie Bärbel zur Stasi ...«

»Darüber habe ich gesprochen?«, unterbricht sie ihn, und deutlich sieht man die Bestürzung in ihrem Gesicht.

»Es gab einige Leute, die genau hinhörten, was du sagtest! Sie taten zwar so, als wären sie total besoffen, aber ich wusste, wie viel sie tatsächlich getrunken hatten!«

»Du meinst, sie spielten den Betrunkenen? Aber wozu?«

Er lacht. »Wie naiv bist du denn, Kiki? Du glaubst doch nicht, wenn Rainer eine Party schmeißt, dass da nur seine Freunde kommen. Er ist doch stadtbekannt! Und da interessieren sich auch andere Leute!«

»Du meinst«, sie schüttelt in Gedanken leicht den Kopf, »die Stasi!«

Er nickt nur.

»Und ich blöde Kuh gebe denen eine Steilvorlage! Wie bescheuert muss ich sein!« Plötzlich mustert sie Knorpel eindringlich. »Warum hast du denn nicht so viel getrunken? Bist du vielleicht auch ein …«, sie wartet einen Augenblick, bis sie das Wort sagt: »Spitzel!«

»Du kannst mir alles Schlechte an den Kopf werfen, nur das nicht! Hast du mich verstanden?«

Kiki merkt, wie der Zorn ihn im Griff hat. »Ich dachte nur …«, gibt sie klein bei.

Er setzt sich auf den Rand der Badewanne und nimmt seinen Kopf zwischen die Hände. »Ich möchte, dass du über Bärbel ein Buch schreibst! Zu keinem Menschen sagst du ein Wort darüber. Hörst du? Zu keinem Menschen! Und ich meine wirklich, zu keinem!«

Über die Wendung des Gesprächs ist sie sehr überrascht. »Aber ich habe doch bei der Fete …?«

»Papperlapapp«, spricht er ungehalten, »das bekomme ich wieder hin! Glaube mir!«

»Aber warum soll ich, ausgerechnet ich, ein Buch schreiben?«

Er schaut sie prüfend an. »Weil die Menschen im Westen sich nicht vorstellen können, wie es ist, in einem totalitären Staat zu leben! Und deswegen ist es wichtig, dass du über das Leben von Bärbel schreibst.« Er blickt sie an, aber sie merkt, dass er mit seinen Gedanken woanders ist. »Verwende einen anderen Namen«, meint er bedächtig, »verlege die Geschichte in eine Fantasiestadt. Wenn du ein Kapitel geschrieben hast, gib es mir, und ich werde es lektorieren!« Er steht auf und blickt wieder in den Spiegel. »Ab jetzt ist unser Verhältnis«, er grinst sie an »wie es immer war.« Er lacht spöttisch. »Du verachtest mich in der Öffentlichkeit, so wie du es immer schon getan hast.«

Je länger er redet, umso mehr steigt in ihr die Achtung. Kann man sich so in einem Menschen täuschen?, fragt sie sich.

»Ich habe die Möglichkeit, dieses Buch in den Westen zu schmuggeln. Frage mich nie, wie ich es machen werde. Ich werde es dir nicht verraten!«

»Aber wie bist du auf mich gekommen? Ich habe noch nie ein Buch geschrieben! Ob ich es kann, weiß ich nicht!«

Er lächelt. »Bärbel kam zwei Tage vor ihrer Ausreise zu mir. Du weißt ja, wir verstanden uns wirklich gut!« Kiki mustert ihn. Die aufsteigende Sympathie für diesen Menschen versucht sie krampfhaft zu unterdrücken, aber sie schafft es nicht. Er hat wirklich alles genau überlegt, denkt sie voller Bewunderung. Als sie den Namen ihrer Freundin vernimmt, hört sie wieder zu. »Bärbel wollte im Westen über ihr Leben in der DDR schreiben. Sie hatte es sich fest vorgenommen. Den halben Nachmittag diskutierten wir darüber, aber zum Schluss ist sie zur Einsicht gekommen, dass es besser wäre, wenn du, Kiki, es schreiben würdest!«

»Aber warum ich?«

Wieder lächelt er. »Wenn jemand heimlich in der DDR ein Buch über die Praktiken der Staatssicherheit schreibt und es im Westen veröffentlicht, dann gibt es einen riesigen Knall!«

Sie schaut ihn an. »Meinst du wirklich?«

»Einen Verlag im Westen müssen wir finden, und dann geht es richtig los.« Er mustert Kiki. »Wenn der Verlag damit an die Presse geht«, sein Gesicht bekommt einen zufriedenen Glanz, »ist dein Buch schon ein Renner!« Er schließt die Augen. »Ich sehe schon die Schlagzeile vor mir! Geheimnisvolle DDR-Autorin klagt die Staatssicherheit an!«

Kiki schüttelt missbilligend den Kopf. »Aber wie willst du einen westdeutschen Verlag finden? Du kannst doch nicht einfach nach drüben fahren und einen Verlag suchen!«

Ein Lächeln huscht über sein Gesicht. »Darüber würde ich mir keine Sorgen machen! Schreib erst einmal deinen Roman!« Er blickt sie an. »Darf ich jetzt baden?«, fragt er, und man sieht ihm an, dass er sich wie ein kleines Kind darauf freut.

Kiki nickt. »Warte, ich bringe dir ein sauberes Handtuch!« Dann schließt sie die Badezimmertür hinter sich, geht in ihr Wohnzimmer und setzt sich aufs Sofa. Ich soll das Leben von Bärbel niederschreiben, denkt sie und starrt zum Fenster. Knorpel glaubt wirklich, dass ich das kann. Zweifel nagen in ihr. Er singt in der Badewanne. Eine schöne Stimme hat er ja, denkt sie, und ein Lächeln fliegt dabei über ihr Gesicht.

Acht Wochen sind vergangen, seitdem Bärbel in den Westen gegangen ist, und noch immer hat Kiki keine Nachricht von ihr. Ob sie mir schreibt?, fragt sie sich jeden Tag und mustert dabei das Bild, das sie sich von ihr hat vergrößern lassen. Aber sicher ist sie sich nicht.

»Mädchen«, flüstert sie, »du glaubst ja nicht, welche Schwierigkeiten du mir immer noch bereitest. Seit einer Woche sitze ich da und versuche dein Leben in Romanform zu bringen. Aber was ich schreibe, ist so ...«, einen Moment wartet sie, »scheiße! Was bildet sich dieser Knorpel eigentlich ein, wer er ist. Er kann doch nicht einfach bestimmen: So, du warst die beste Freundin von Bärbel, und jetzt musst du ein Buch über sie schreiben. Das ist doch lachhaft!«

Aber innerlich nagt es ihr doch am Selbstvertrauen. Immer hat sie während ihrer gesamten Schulzeit die besten Aufsätze geschrieben. Aber warum kann ich keinen Roman schreiben?, fragt sie sich. »Aber das ist ja auch kein Aufsatz«, sagt sie laut zu sich, »sondern ein Buch!«

In Gedanken öffnet sie ihren Schrank und holt die Tagebücher von Bärbel heraus. »Diese Frau«, denkt sie laut, »brachte sie mir doch vorbei. Wie war doch noch ihr Name?« Krampfhaft überlegt sie. »Frau Neuhaus«, flüstert sie freudestrahlend.

»Sie sind doch die beste Freundin von Bärbel gewesen«, mit diesen Worten fordert Frau Neuhaus Kiki auf, in ihre Wohnung zu kommen. Zögernd betritt sie den Flur. Wie schon beim ersten Mal, als sie die Wohnung betrat, bewundert sie die Bilder, die rechts und links an der Wand hängen. »Haben Sie die Bilder gemalt?«, fragt Kiki und betrachtet die Gemälde mit wachsender Bewunderung.

»Vor vielen Jahren dachte ich, ich könnte malen, aber als ich in Dresden war und die alten Meister sah, wusste ich, dass meine Kunst sehr bescheiden ist!«

»Aber mir gefallen sie wirklich!«

Frau Neuhaus lächelt. »Danke, aber ich weiß, dass ich es nie so weit schaffen könnte! Dazu fehlt mir einfach das Talent.«

»Hat Bärbel geschrieben?«, fragt sie plötzlich.

»Nein!«, antwortet Kiki überrascht.

»Setzen Sie sich bitte!«

Kiki kommt der Aufforderung nach und setzt sich auf das Sofa. »Frau Neuhaus«, sagt sie, dabei betrachtet sie ihre Hände, »ich bin zu Ihnen gekommen, weil ich Ihre Hilfe brauche!«

Es vergehen einige Sekunden, bis sie weiterspricht: »Ich möchte einen Roman schreiben, und ich merke, dass ich es nicht kann.«

»Sie wollen einen Roman schreiben?«, fragt Frau Neuhaus, und man sieht deutlich das Erstaunen in ihrem Gesicht.

»Ja, ich möchte das Leben von Bärbel niederschreiben! Aber sobald ich damit anfange, merke ich, wie schwierig es ist, das Leben eines Menschen aufzuschreiben!« Ihre Stimme wird leiser. Wieder blickt sie auf ihre Hände. »Ich kann es wirklich nicht, aber ich möchte es!«

»Kiki, ich darf Sie doch so nennen?« Kiki nickt. »Was Sie da beabsichtigen«, setzt sie ihren Satz fort, »bedeutet absolute Disziplin! Sie müssen jeden Tag, und ich meine jeden Tag, sich hinsetzen und schreiben! Und ich frage mich, besitzen Sie diese Einstellung?«

Kiki schaut sie erstaunt an, und mit kräftiger Stimme antwortet sie: »Ich möchte dieses Buch schreiben! Es muss doch die Welt erfahren, wie es einem Menschen ergeht, der in die Fänge der Staatssicherheit gerät!«

Lange mustert Frau Neuhaus Kiki. »Ich möchte dich bitten, mich zu duzen!« Sie reicht ihr die Hand, und freundlich fügt sie hinzu: »Mein Name ist Liesbeth!«

Beide blicken sich an und lächeln.

»Kiki, was du vorhast, wird in der DDR bestraft! Ist es dir bewusst?«

»Ja, ich weiß es!«

»Und trotzdem willst du es machen?«

»Ja!«

Beide schauen sich an.

»Ich habe gestern die Tagebücher von Bärbel noch einmal durchgelesen«, ihre Stimme wird plötzlich forscher, »und mir ist klar geworden: Ich muss diesen Roman schreiben! Egal, was mit mir geschieht!« Ihre Stimme wird wieder leiser. »Nur – ich kann es nicht! Und das macht mich richtig traurig!«

»Hast du etwas von dem, was du geschrieben hast, mitgebracht?«, fragt Liesbeth und mustert sie.

Kiki nickt. Sie greift in ihre Tasche und holt ein Schreibheft heraus. Zögernd reicht sie es ihr.

»Kiki, ich werde dir meine Schreibmaschine leihen! Ich dachte sofort, dass du den Roman in ein Heft schreiben würdest. Aber das geht nicht! Ich alte Frau schreibe nur noch selten mit meiner Schreibmaschine!« Sie steht ächzend auf. »Bevor wir zur Arbeit schreiten, trinken wir beide einen echten Bohnenkaffee! Mein Sohn schickt mir alle zwei Monate ein Paket! Diesmal waren die Verbrecher gnädig und haben die Packung Kakao in Ruhe gelassen und nicht im Paket ausgekippt. Das war eine Sauerei! Mein Sohn hat mir zum Geburtstag einen weißen Pullover geschenkt, und diese Herren kippten das Kakaopulver darüber. Ein Glück, ich hatte noch Wollwaschmittel aus dem Westen! Ach, was rede ich da schon wieder!« Hastig geht sie in die Küche. Nach einiger Zeit kommt sie mit einem Tablett, auf dem eine Kaffeekanne und zwei Tassen stehen, wieder.

»Während ich den Kaffee machte, ist mir eine Idee gekommen.« Sie stellt das Tablett auf den Tisch. In Gedanken stellt sie auch die Tassen auf den Tisch. Während sie den Kaffee eingießt, fragt sie Kiki: »Was hältst du davon, wenn du deinen Roman in diese Hefte schreibst, und ich schreibe ihn mit der Schreibmaschine dann ab!« Sie setzt sich. »Was bin ich für eine Gastgeberin! Vergesse die Milch und den Zucker!« Hastig steht sie auf und eilt in die Küche. »Das kommt davon, weil ich den Kaffee schwarz trinke! Da schmeckt er mir am besten!« Mit diesen Worten kommt sie wieder herein.

Kiki gibt sich Milch und Zucker in den Kaffee, rührt um und mustert Liesbeth. »Nein«, spricht sie ruhig, »ich kann dich doch nicht mit hineinziehen. Wenn es herauskommt, bin ich allein verantwortlich. Aber so …«

»Quatsch! Du hast mich gefragt, und ich werde dir helfen!« Energisch bekräftigt sie ihr Vorhaben. »Jetzt möchte ich lesen, was du geschrieben hast!«

Kiki reicht ihr das Heft.

Frau Neuhaus nimmt es, schlägt es auf und beginnt zu lesen. »Das ist wirklich gut! Ich lese es dir einmal laut vor, und du kannst es selbst beurteilen!« Kurz räuspert sie sich.

»Den ganzen Vormittag über ist es windig gewesen«, ihre klare Stimme erfüllt den Raum, »ein sonderbares Wetter für Ende Juli, der Wind ist durch die Hecken gewirbelt, als würde er mit ihnen unbedingt spielen wollen. Er riss die purpurnen Wicken aus ihren Spalieren und wirbelte Zweige und grüne Blätter von den Eichen durch die Luft.«

Einen Moment schweigt sie.

»Und du sagst zu mir, du könntest nicht schreiben! Ich, als alte Lehrerin, finde den Einstieg wirklich gelungen! Was natürlich der Lektor dazu meint, das entzieht sich meiner Kenntnis!« Sie nimmt das Heft wieder so in die Hand, dass sie daraus lesen kann.

»Sabine«, und wieder klingt ihre fast noch jugendliche Stimme durch den Raum, »steht am Fenster, beobachtet das Schauspiel, dabei schweifen ihre Gedanken zu der gestrigen unverhofften Begegnung. Schon in der Nacht davor träumte ihr, sie erwache von einem fremden, kaum hörbaren Geräusch vor ihrer Tür – es war eine Art feines Brummen, wie von ihrem Motorboot, das sie einmal als Geburtstagsgeschenk vor ein paar Jahren bekommen hatte. Was ist mit mir los?, denkt sie. Schon in der gestrigen Nacht konnte sie nicht einschlafen. In der Ferne hörte sie das Rangieren der Züge und das schwache Schlagen einer Uhr. Sie wollte doch nur ihr geliebtes Erdbeereis mit Vergnügen essen. Zuerst bemerkte sie diesen gut aussehenden Mann nicht. Plötzlich stand er vor ihrem Tisch und sprach sie mit einer unbeschreiblich sanften Stimme an.«

Liesbeth mustert Kiki einen Moment, um dann erneut zu sprechen: »Kiki, bist du damit einverstanden?« Eine Antwort erwartet sie nicht und redet sofort weiter. »Einen Vorteil hat es, wenn ich deinen Roman mit der Schreibmaschine abschreibe ...«

»Liesbeth«, unterbricht Kiki sie, »es ist viel zu gefährlich für dich! Ich will es nicht!«

»Es ehrt dich«, antwortet Liesbeth sofort, »wenn du an die Folgen denkst, aber eines hast du vergessen, und das ist das Wichtigste! Seit es die DDR gibt, gibt es keine Freiheit des Wortes mehr.« Sie lächelt so, als würde sie an etwas Schönes denken. »Diese Herren fürchten das freie Wort wie der Teufel das Weihwasser, deshalb ist es wichtig, diese Waffe, und es ist eine Waffe, einzusetzen. Sollte das Buch im Westen tatsächlich veröffentlicht werden, ist es ein tiefer Einblick in das Innerste dieses Staates. Glaube mir!« Liesbeth nimmt ihre Hand, und die Worte, die sie jetzt sagt, sind eine Mahnung an ihr Gewissen: »Kiki, es wird endlich Zeit, dass sich einige Stimmen aus dem Volk an die Öffentlichkeit wagen, um diesen Herren zu zeigen: Seht, wir sind auch noch da und lassen uns nicht alles gefallen! Verstehst du, was ich sagen will?«

»Ich weiß, ich muss diesen Roman schreiben! Egal, was da kommen sollte!«

»Eines hast du vergessen, Kiki, und das ist wahrscheinlich das Wichtigste. Es geht nicht darum, Bärbels Schuld zu beschönigen, auch nicht diese abgrundtiefe Schuld zu leugnen, sondern aufzuzeigen, wie perfide dieser Staat ist, der seinen Bürgern in allen Bereichen misstraut und sie bespitzelt!«

Es ist Sonntagmorgen. Die ersten Sonnenstrahlen scheinen durch das geöffnete Fenster und wecken Rainer aus einem traumlosen Schlaf. Zögernd öffnet er die Augen, gähnt laut, dreht sich zur Seite, freut sich, dass kein Autolärm zu hören ist, keine quietschende Straßenbahn ihn in diesen frühen Morgenstunden in die Wirklichkeit gestoßen hat. In diesem Moment fühlt er sich wohl. Obwohl er aufstehen müsste, ist er nicht imstande, einen Fuß aus der warmen Decke zu strecken. Stattdessen kehren seine Gedanken zu dem gestrigen Tag zurück. Schon seit Tagen freute er sich auf dieses Rockkonzert und wollte extra früher hingehen, um noch eine Eintrittskarte zu ergattern, aber irgendetwas sagte ihm, er solle zu Hause bleiben, und er tat es dann auch.

In all den Wochen, die Yvonne jetzt tot ist, ist er nicht in der Lage gewesen, sich das Fotoalbum anzusehen, das sie ihm zum Geburtstag geschenkt hatte. Aber gestern Abend tat er es. Er setzte sich an den Tisch und schlug die erste Seite des Albums auf. Sofort stand er wieder auf und wollte fluchtartig seine Wohnung verlassen, aber etwas hielt ihn davon ab. Der Wein, den Kiki ihm zum Geburtstag geschenkt hatte, sollte nur für einen ganz besonderen Anlass geöffnet werden. An diesem Abend öffnete er die Flasche.

Schlaftrunken dreht er sich in seinem Bett auf den Rücken und starrt die Decke an. Doch dann steht er auf und holt sich das Fotoalbum. Im Bett schlägt er es auf. »Yvonne«, flüstert er, »wenn ich in meinem besoffenen Kopf gesehen hätte, was für einem gut aussehenden Schmetterling ich die Hosen vollkotze, hätte ich es tatsächlich nicht getan, obwohl ich in diesem Moment nur Hass verspürte auf alles Weibliche. Die Ohrfeige, die du mir sofort gabst«, versonnen lächelt er, »war die erste, die mir eine Frau gab!«

Schnell schaut er sich ein anderes Bild an. Jedes Detail auf der Fotografie studiert er. »Wie schön du warst«, flüstert er erneut. »Ich konnte nicht glauben, dass du dich freutest, mich auf der Fete von Peter wiederzusehen. Wir redeten die halbe Nacht über Gott und die Welt.« Zärtlich streicht er über ihr Gesicht. »Wir waren füreinander bestimmt!« Lange betrachtet er das Bild, bevor er leise weiterspricht. »Nach einigen Wochen erzähltest du mir, welche Angst du hattest, es könnte so schnell für uns vorbei sein wie es begonnen hatte.« Er blickt in seine Wohnung. »Die gleiche Angst hatte ich auch.« Er seufzt. »Aber wie immer wolltest du es mir nicht glauben!« Hastig blättert er weiter.

»Was für schöne Augen du auf diesem Bild hast!« Versonnen schaut er zum Fenster, und die Erinnerungen überwältigen ihn. Schnell betrachtet er die anderen Bilder. »Die Ostsee«, flüstert er wieder, »einen Urlaubsplatz hätten wir sowieso nicht bekommen!« Er lächelt. »Zuerst wolltest du nicht mitkommen, aber dann gefiel dir die Idee, einfach zu trampen!« Wieder blättert er weiter. »Mensch, Yvonne, wir hatten wirklich Glück, dass uns ein älteres Ehepaar mitnahm. Weißt du noch, wie diese Leute sich freuten, sich einen fast neuen Skoda gekauft zu haben?« Tief atmet er durch. »Eine vergnügliche Fahrt war es wirklich. Ich staunte über dich, wie du über jeden Blödsinn herzlich lachen konntest, und wir lachten viel.«

Schnell schlägt er die letzte Seite auf. Vor diesem letzten Bild hatte er Angst, es zu sehen. Oft war er in Versuchung gekommen, aber immer wieder hatte er sich erfolgreich dagegen gewehrt, es anzusehen.

»Wie schön du warst!« Und er merkt, wie sich sein Magen zusammenzieht und Zorn, vereint mit tiefer Enttäuschung, in ihm aufsteigt. »Warum, Yvonne? Warum?«

Er will das Fotoalbum wieder schließen, besinnt sich und lässt es offen. Genau betrachtet er jetzt das Bild. »Wie der Wind mit deinen Haaren spielt«, spricht er mit leiser Stimme zu sich, »so, als würde er daran Freude haben, mit ihnen spielen zu können. Deine Brust, wie schön sie ist! Es sieht so aus, als würdest du sie der Sonne entgegenstrecken!« Er schluckt. Noch einmal flüstert er: »Warum?«

Wie ein bleierner Stein legt sich die Schuld auf seinen Magen. Er schlägt das Fotoalbum zu, steht hastig auf und legt es wieder auf seinen alten Platz im Regal zurück. In Gedanken geht er ins Badezimmer und versucht, all seine Fehler von seiner Seele zu waschen, aber es will ihm nicht gelingen.

Wie zu einem Berg aufgetürmt steht das schmutzige Geschirr in der Küche, als er sie mit Wut und Verzweiflung im Bauch betritt. An diesen frühen Morgenstunden kann er diesen Anblick nicht ertragen. In einem Anflug von Sauberkeitswahn reinigt er die schmutzigen Töpfe, Tassen und Teller. Zufrieden betrachtet er dann sein Werk. Er dreht sich zur Seite, schaut auf die Uhr und erschrickt. Im Weggehen greift er sich ein trockenes Brötchen vom Vortag, nimmt seinen Zeichenblock, den kleinen zusammenklappbaren Hocker, den er sich bei einer Wohnungsauflösung gekauft hat, und eilt aus seiner Wohnung. Seitdem er bemerkte, wie seine Heimatstadt allmählich seine Schönheit verliert und das triste Grau zum Alltäglichen wird, hat er wieder Lust bekommen, zu malen. Diesmal hat er sich ein Objekt in der Leubelgasse ausgesucht. Mit seinen Utensilien unter dem Arm marschiert er über den Marktplatz, der zu dieser frühen Morgenstunde fast menschenleer ist, biegt in die Rosenstraße ein und freut sich, endlich an seinem Zielort anzukommen.

Tagsüber ist die Leubelgasse von Menschen überlaufen, aber an diesem frühen Sonntagmorgen ist kein einziger Mensch zu sehen. Wie jedes Mal, wenn er sein Zielobjekt erreicht hat, löst sich die innere Anspannung, und er hat nur noch Augen für das, was er mit seinem Bleistift zeichnen will. Schnell setzt er sich auf seinen Hocker, schlägt seinen Zeichenblock auf, holt sich einen Bleistift aus dem Etui, mustert ihn, nickt zufrieden und beginnt zu zeichnen. Er ist so in seine Arbeit vertieft, dass er nicht bemerkt, wie ein Mann in einem modischen grauen Anzug hinter ihm steht und ihn interessiert beobachtet.

»Schau an, der Rainer Schmalfuß! Ich wusste wirklich nicht, dass Sie zeichnen können. Alle Achtung!«

Aus seiner Arbeit gerissen, dreht er sich um und blickt in das Gesicht eines Mannes, den er schon seit Langem kennt. »Obwohl Sie schon sehr viel von mir wissen, wissen Sie doch nicht alles!«

»Das meinen Sie aber nur!«

Rainer ignoriert diese Anspielung und zeichnet weiter.

»Warum zeichnen Sie dieses Haus?«, fragt der Mann.
Es dauert einige Zeit, bis Rainer darauf antwortet. »Ich möchte die Schönheit, die dieses Gebäude vor Jahren einmal hatte, auf Papier festhalten!«
»Warum?«
Ohne den Stift wegzulegen, antwortet er: »Es wäre doch schade, wenn wir vergessen würden, wie unsere Vorfahren gelebt und gewohnt haben! Es ist doch ein Teil unserer Geschichte!«
Er unterbricht ihn. »Herr Schmalfuß, Sie meinen ...«
»Sehen Sie, dieses Haus strahlt immer noch einen Glanz aus, obwohl man deutlich den fortschreitenden Verfall sieht.«
»Reden Sie weiter, Herr Schmalfuß, ich höre Ihnen gern zu!«
»Sehen Sie nicht ...«
»Rainer«, spricht plötzlich eine Frau ihn barsch an, »konntest du nicht auf mich warten! Wir wollten doch gemeinsam malen! Aber du musstest wieder die Extrawurst spielen!«
Für einen kurzen Augenblick starrt Rainer diese fremde Frau irritiert an, lächelt und antwortet: »Wenn du nicht aus dem Bett kommst, kann ich nichts dafür! Ich habe geklingelt, aber die Gnädigste wollte oder konnte einfach nicht aufstehen!«
Verständnislos blickt der Mann im grauen Anzug die beiden an. »Was machen Sie hier?«, fragt er, und deutlich erkennt man den Ärger in seiner Stimme. Rainer will darauf antworten, aber die fremde Frau legt ihre Hand auf seine Schulter und spricht freundlich: »Wer möchte das wissen?«
Mit einem boshaften Blick mustert er die Frau. »Ich bin Oberleutnant Strangkowski! Ich frage Sie zum letzten Mal: Was machen Sie hier?«
»Entschuldigen Sie bitte, es kann doch jeder sagen, dass er Oberleutnant ist, aber ob er es tatsächlich ist, das weiß man nicht! Ich möchte Sie bitten ...«
Nur schwer kann er seine Wut unterdrücken. Er greift in seine Jackentasche und holt seinen Dienstausweis heraus. Im gleichen Moment fordert er sie mit barschem Ton auf, sich ebenfalls

auszuweisen. Freundlich zeigt sie ihm ihren Personalausweis. Er blättert darin herum und mustert sie immer wieder. »Ich frage Sie, was machen Sie hier?«

Rainer will darauf antworten, aber wieder legt ihm die fremde Frau ihre Hand auf die Schulter, und mit betont freundlicher Stimme antwortet sie: »Wir dokumentieren das Erbe des Kapitalismus! Es ist wichtig, der Nachwelt zu zeigen, wie die herrschende Klasse einmal gelebt hat!«

Lange betrachtet der Oberleutnant die Frau. »Und Sie, Herr Schmalfuß, sind mit daran beteiligt!«

Rainer nickt.

»Machen Sie weiter!«, befiehlt er. Bevor er geht, mustert er die beiden kritisch. Mit schnellen Schritten entfernt er sich und biegt in die Seitengasse ein. Sie sehen sich an und lachen leise.

»Woher wusstest du meinen Namen?«, fragt er sofort.

»Das war doch ganz einfach!«

Irritiert blickt er sie an.

»Eine Freundin erzählte mir, dass sie dich schon oft gesehen hat, wie du Gebäude gemalt hast.« Sie geht einen Schritt zur Seite. »Übrigens«, sie mustert ihn, »meine Freundin hat dich gut beschrieben!« Sie lacht schelmisch. »Vor einer Woche hast du vor ihrem Fenster gesessen und gezeichnet. Genaueres konnte ich von ihr nicht erfahren! Also dachte ich mir, dass du nur am Sonntagmorgen malst. Ich suchte dich im Stadtkern, und da sah ich dich sitzen. In dem Moment, in dem ich zu dir gehen wollte, kam ein Mann aus der Seitengasse und stellte sich hinter dich. Du hast ihn nicht bemerkt. Ich ahnte, was für ein Mensch er ist. Ich stellte mich in diesen Hauseingang«, sie zeigt auf den Eingang hinter ihr, »und so konnte ich eure Unterhaltung gut belauschen! Übrigens, ich bin die Geli!« Sie blickt auf den Zeichenblock und ist fasziniert von dem, was sie zu sehen bekommt. »Das ist ja … mir fehlen die Worte … einfach gut!«

»Na ja, für meine Zwecke reicht es! Was die anderen dazu meinen, ist mir egal!«

»Ist es dir wirklich egal?«, fragt sie ihn sofort.

Dass er nicht mehr zeichnen kann, darüber ist er genervt! Aber das sagt er ihr nicht. »Ich ahne, dass vielleicht in zehn oder zwanzig Jahren dieses Haus nicht mehr bewohnbar ist, oder, was ich befürchte, von diesem Staat abgerissen wird. Deswegen stehe ich am Sonntagmorgen auf und zeichne.«

»Meinst du das wirklich?«, fragt sie ihn mit kritischen Augen.

»Es muss doch einen Idioten geben, der diesen Verfall dokumentiert! Und jetzt möchte ich weiterarbeiten!«

Sie lächelt. »Das kannst du! Ich stelle meine Sachen hier hin und hole meine Tasche, und dann können wir zusammen malen!«

Schnell entfernt sie sich, geht in den Eingang hinein und kommt mit einer braunen Mappe wieder. »Ein guter Freund hat mir diesen Klapphocker gemacht!« Sie stellt ihn neben Rainer, setzt sich, schlägt den Zeichenblock auf und beginnt zu malen. Interessiert schaut ihr Rainer einige Zeit zu. Ab und zu blickt sie ihn kurz an und lächelt.

»Rainer, wenn der Oberleutnant wüsste, was ich mit den Zeichnungen mache, würde er sie konfiszieren, und ich würde wahrscheinlich Malverbot bekommen!« Sie steht auf, nimmt sich ihre Mappe, die hinter ihr auf der Straße liegt, öffnet sie, und vorsichtig holt sie ein Blatt heraus.

Rainer ist erstaunt, was er da zu sehen bekommt. »Du hast die Gebäude so gemalt, wie sie einmal waren!« Seine Faszination kann man an seinem Gesicht ablesen. »Woher wusstest du, welche Farben das Haus im Renaissancestil einmal hatte?«

»Zuerst fragte ich meine Oma! Sie erzählte mir einiges, aber es war alles so ungenau. Aber wer konnte mir da weiterhelfen? Ich wusste es nicht. Durch Zufall ging ich an dem Antiquariat in der Schillergasse vorbei, und da sah ich ein Buch im Schaufenster stehen. Ich dachte, ich spinne. Gemalte Bilder aus den dreißiger Jahren, von meiner Heimatstadt! Es war genau das, was ich gesucht hatte.«

Sie packt ihr Bild wieder ein, will sich auf ihren Stuhl setzen, um weiter zu zeichnen, als aus der Seitengasse zwei Polizisten und der Oberleutnant zielstrebig auf sie zusteuern. Beide sehen sich an.

»Was machen Sie hier?«, fragt der Oberleutnant mit einer Stimme, die keinen Widerspruch duldet.

»Ich sagte es Ihnen doch schon einmal! Wir dokumentieren das Erbe des Kapitalismus!«

Mit einem Schritt ist er bei ihr, nimmt die Mappe und schlägt sie auf: »Was haben wir denn da?« Er schaut sich die Bilder an. »Sie wollen das Erbe des Kapitalismus dokumentieren?« Er schließt seine Augen und brüllt: »Wollen Sie mich verarschen?«

Langsam erhebt sie sich und schaut ihn an. »Das würde ich mir niemals getrauen. Meine Eltern trichterten mir ein, dass ich Respekt vor den Staatsdienern haben muss.«

»Sie wollen mich wirklich verarschen!« Seine Stimme überschlägt sich.

»Ich sagte doch ...«

»Halten Sie Ihr Maul, sonst ...« Jedes einzelne Blatt holt er jetzt heraus. »Und was soll das sein?«

»Eine Skizze von unserer Stadt!«, antwortet sie und blickt ihn direkt an.

»Und das in Farbe?«, fragt er lauernd.

»Ich wollte doch sehen, wie die herrschende kapitalistische Gesellschaft einmal gelebt hat! Das hat mich als sozialistischer Mensch interessiert!«

Ganz nahe kommt der Oberleutnant zu ihr. »Sie bewegen sich auf sehr dünnem Eis, Frau Remmling! Ich habe vorhin nachgesehen, was Sie für ein Mensch sind.« Für einen Moment schweigt er. »Sie glaubten wohl, Sie könnten mich hinters Licht führen!«, brüllt er jetzt. »Ein gemeingefährlicher Mensch sind Sie! Warum wollten Sie und dieser ...«, er blickt Rainer verächtlich an, »Herr Schmalfuß ausgerechnet dieses Haus zeichnen?«

Jetzt antwortet Rainer. »Weil es eine Schande ist, unser Kulturerbe so zu vernachlässigen! Warum werden dieses Haus und noch andere Häuser dem Verfall preisgegeben? Es ist fünfhundert Jahre alt. Überlegen Sie einmal! Fünf Jahrhunderte hat es überlebt, und jetzt wird es dem Verfall preisgegeben!

»Sie üben Kritik an unserem Arbeiter-und-Bauern-Staat?«

Frau Remmling lässt er jetzt stehen und kommt zu ihm. Lange schaut er ihn an. »Herr Schmalfuß, ich wusste es schon immer, dass Sie ein Anarchist sind! Diese Einstellung haben Sie von Ihren Büchern, die Sie sich illegal besorgen.«

»Nein«, antwortet er sofort, »das ist gesunder Menschenverstand!«

»So, gesunder Menschenverstand ist das!« Sein Gesicht wird zur Maske. »Dieses Überbleibsel einer kapitalistischen Gesellschaft wird eines Tages verschwunden sein, und es wird eine andere, sozialistische Stadt entstehen!«

»Eben deswegen wollen wir die Häuser zeichnen, damit sie nicht in Vergessenheit geraten!«

Der Oberleutnant dreht sich zu den beiden Polizisten um. »Genosse Kramer und Genosse Günther, nehmen Sie die Malutensilien, die Zeichnungen und die Klappstühle, sie sind beschlagnahmt!«

»Warum?«, fragt Rainer entrüstet.

»Diese Frage erübrigt sich doch. Oder? Du kannst froh sein, dass ich dich und deine saubere Freundin nicht verhaften lasse! Weißt du auch, warum? Nein?« Er starrt die beiden an. »Wegen staatsfeindlicher Hetze!«

Rainer bebt vor Wut und will noch etwas sagen, aber Geli hält ihm den Mund zu. »Es hat keinen Zweck! Irgendwann werden diese Herren begreifen, dass es ...«

»Reden Sie nur weiter«, fordert der Oberleutnant sie auf, »ich höre gern zu! Ich freue mich immer, wenn staatsfeindlich angehauchte Menschen ihr Innerstes preisgeben!«

Geli nimmt Rainer an die Hand und schaut ihn an. »Ein Glück ist, dass die Gedanken frei sind!« Sie dreht sich zum Oberleutnant und fragt: »Können wir gehen, oder sind wir verhaftet?«

»Ich warne Sie, wenn Sie noch einmal beim Zeichnen von Häusern erwischt werden, werden ...« In diesem Moment merkt

er, wie lächerlich das ist, was er sagen will. Wut steigt in ihm hoch.
»Warten Sie ab, einmal bekomme ich Sie doch!«
Der Oberleutnant und die zwei Polizisten entfernen sich. Rainer blickt zum gegenüberstehenden Haus und sieht noch, wie eine Frau im Nachthemd ihr Fenster schließt.
»Was machen wir jetzt?«, fragt Geli und blickt ihn an.
»Ich weiß nicht. Ich bin …«, er sieht einen Stein vor sich auf der Straße liegen, sofort stößt er ihn fort, so, als wäre er ein Fußball. In einem Bogen fliegt er ein paar Meter weit und knallt dann an die Hauswand.

Nur flüchtig nimmt Geli seine Hand, und mit ruhiger Stimme sagt sie:»Rainer, ich wollte eigentlich meine Mutter zum Kaffeetrinken einladen, aber mir ist die Lust darauf vergangen. Außerdem nervt sie mich ständig mit ihren ewigen Vorwürfen. Sie ist«, wieder blickt sie ihn an, »eine Hundertprozentige!«

Wenn diese Geli nicht gekommen wäre, hätte ich längst meine Siebensachen zusammengepackt und wäre gegangen. Aber nein, denkt er, ich Idiot musste ja bei dieser Geli bleiben, nur weil sie eine Ähnlichkeit mit Yvonne hat. Verdammt, ich wollte doch aus der Schusslinie der Stasi kommen! Mein Ding alleine machen, aber nein, ich bin wieder einmal in die Scheiße getreten. Er mustert sie. Im Grunde genommen sind es nur ihre langen Haare, sonst hat sie nichts von Yvonne.

Geli blickt auf ihre Uhr. »Es ist erst 9 Uhr. Gefrühstückt habe ich noch nicht! Was hältst du davon, wenn wir beide bei mir frühstücken?«

Auch das noch, denkt Rainer. Er schaut sie an und sagt:»Warum nicht?«

Flüchtig schaut sie ihn an. »Wir können zu meiner Wohnung laufen. Es ist nicht so weit.«

Während sie durch die Stadt gehen, erzählt sie von ihrer Mutter. Am Anfang hört Rainer nicht zu, zu sehr ist er mit seinen Gedanken beschäftigt. Er ahnt, dass es nur noch ein kleiner Schritt bis zum Gefängnis ist. Dieser Oberleutnant, denkt er, ist zu ehrgeizig!

Er will unbedingt die Leiter nach oben fallen, und dazu braucht er solche kaputten Typen, wie ich es bin. Er schaut an sich herunter. Ein neues Hemd könnte ich auch gebrauchen, und meine Jeans, er lächelt, besteht doch nur noch aus Bügelflecken.

Sofort ist er wieder in der Wirklichkeit. Verdammt, warum konnte ich nicht auf meine innere Stimme hören. Die sagte mir doch, dass ich verschwinden soll. Ich wusste, dass dieser Oberleutnant wiederkommen würde!

»Du bist so still!« Sie bleibt stehen und mustert Rainer. »Ich beobachte dich schon die ganze Zeit! Du hast mir nicht zugehört!«

Er will darauf antworten.

»Du ärgerst dich über mich! Das sah ich in deinem Gesicht!«

Wieder will er etwas sagen, doch Geli ist wie verändert. »Rainer, was sind wir doch für Idioten!« Sie schüttelt den Kopf. »Auf das Einfachste sind wir nicht gekommen!«

»Und was soll das sein?«

Sie lacht und greift sich dabei an den Kopf. Plötzlich rennt sie los. Verdutzt bleibt er wie angewurzelt stehen. Keine hundert Meter von ihnen befindet sich das ehemalige Hotel »Zum braunen Hirsch«. Dort bleibt sie stehen und ruft laut: »Warum kommst du nicht?«

Noch immer weiß er nicht, was sie vorhat. Er schließt die Augen, atmet tief durch und schlendert zu ihr.

»Wir schlagen zwei Fliegen mit einer Klappe!«, äußert sie sich mit strahlenden Augen.

»Was hast du vor?«, fragt er ungeduldig. Und er merkt, wie seine innere Stimme ihn warnen will.

Mit einer melodramatischen Geste stellt sie sich an die Wand, die sich bedrohlich nach außen gewölbt hat und durch einen Holzpfahl abgestützt wird. Rechts und links dieses Pfahles stehen noch zwei weitere, deren Funktion wahrscheinlich ist, das Blech, das in einem breiten Streifen notdürftig an dem Haus befestigt wurde, festzuhalten. Welche Funktion dieses Blech hat, das entzieht sich seiner Kenntnis. Denn überall kann das Regenwasser ungehindert in die Wand eindringen, denn die Schieferplatten, die die Wand schützen sollen, hängen da, als hätten sie nur eine Alibifunktion. Die Fenster sind mit Faserplatten abgedichtet worden. Ein trauriges Bild für ein ehemals stolzes Haus!

»Wir werden dieses historische Gebäude fotografieren. Dann werden wir es so malen, wie es einmal ausgesehen hat. Schließlich gehörte dieses Haus einmal zur ersten Adresse dieser Stadt!«

Es dauert einen Augenblick, bis er die ganze Tragweite ihres Handelns begreift. »Du meinst, die Fotografien und unsere Bilder spiegeln die gesellschaftlichen Verhältnisse wider!«

»Das ist genau das, was ich meine.« Für einen Moment schweigt sie. »Du glaubst nicht, welchen Effekt es hat, wenn wir unsere gemalten Bilder mit der traurigen Wirklichkeit nebeneinanderstellen!« Ihre Augen strahlen von dieser Erkenntnis. »Stell dir doch einmal vor, wir malen dieses Haus so, wie es einmal war, und gleichzeitig zeigen wir, wie es jetzt aussieht. Das wird im ...«, sie blickt sich um, aber kein Mensch ist zu sehen, »im Westen ...« Sie spricht nicht weiter, als sie sein Gesicht sieht. »Was hast du?«, fragt sie sofort.

»Das würde uns in den Knast bringen! Für diese Herren von der Staatssicherheit wäre das ein gefundenes Fressen, uns mundtot zu machen.«

»Du meinst ...«

»Ja, die können eins und eins zusammenzählen! Und können sich denken, wer das gemacht hat!«

Ein paar Meter gehen sie still nebeneinander her.

»Ich habe mich mit der Geschichte des Hauses ›Zum braunen Hirsch‹ beschäftigt.« Er blickt sie an. »Das Haus wurde 1722 gebaut. Zwei Jahrhunderte diente es als Speisegaststätte und Hotel! Es hatte einen wirklich guten Ruf. Über zwei Jahrzehnte steht es jetzt leer. Für die Sanierung gibt es kein Geld. Sogar meinen Vater ärgert das! Und das will was heißen!«

»Was hat dein Vater damit zu tun?«

Vorwurfsvoll blickt sie ihn an. »Du hast mir vorhin wirklich nicht zugehört! Ich erzählte, dass mein Vater Parteisekretär ist!«

Er bleibt stehen und mustert sie. »Dein Alter ist Parteisekretär?« Sofort läuten seine Alarmglocken.

Unvermittelt nimmt sie seine Hand und sagt eindringlich: »Meine Eltern sind meine Eltern, ich konnte sie mir nicht aussuchen, und ich bin ich! Das sind zwei verschiedene paar Schuhe! Hast du mich jetzt verstanden?«

Über diese Wendung ist er überrascht. »Entschuldigung«, murmelt er, und deutlich erkennt man, dass es ihm unangenehm ist, »ich habe vorhin wirklich nicht zugehört. Mir gingen einige Gedanken plötzlich durch den Kopf.«

»Sage sie mir lieber nicht, sonst …« Sie lacht, als sie in das verdutzte Gesicht von Rainer blickt.

»Meine Oma«, erzählt sie auf einmal, und beide biegen in die Fritz-Ritter-Straße ein, »hat ihre Hochzeit im ›Zum braunen Hirsch‹ gefeiert. Ich habe die Bilder davon gesehen – ziemlich feudal muss es dort gewesen sein.«

Sie überqueren die Straße. Die Straßenbahn biegt mit einem ohrenbetäubenden Quietschen um die Kurve. In den Waggons sitzen vereinzelte Fahrgäste. Ein Mann kommt ihnen mit einer Zigarette im Mund entgegen.

»Meine Oma«, schildert sie, »hat ihre Hochzeitsnacht auch in dieser noblen Adresse verbracht. Stell dir vor, nach all den Jahren bekam sie noch feuchte Augen. Ist das nicht Liebe?«

Beide schweigen plötzlich und setzen ihren Weg fort. Vor einem Haus, an dem der Zahn der Zeit heftig nagt, sagt sie. »Hier wohne ich!« Sie öffnet die Haustür und bleibt stehen. »Willst du wirklich mit mir frühstücken?«, fragt sie und blickt ihn an.

Er nickt und antwortet: »Mein Magen knurrt schon!«

Beide gehen die ausgetretene Holztreppe zu ihrer Wohnung hoch. Das ganze Haus riecht nach frischem Bohnerwachs. Geli schließt ihre Wohnung auf und bittet ihn einzutreten.

Rainer bleibt im Flur wie angewurzelt stehen und ist erstaunt über die äußerst schöne, farbenfrohe Tapete.

»Frage mich nicht, woher ich sie bekommen habe!« Sie schweigt einen Moment. Dann spricht sie, und deutlich hört man die Empörung in ihrer Stimme: »Meine Oma fährt jedes Jahr in den Westen, obwohl mein Vater darüber sehr erbost ist. Er, ein Parteisekretär mit Westkontakt, das geht in dieser Partei überhaupt nicht. Um seinen Arsch zu retten, sagte sich dieses feige Schwein von seiner Mutter los. Seitdem ist Funkstille zwischen den beiden!« Sie kocht vor Wut. »Aber meine Oma lässt sich nicht einschüchtern! Nicht von diesen Herren und erst recht nicht von meinem Vater.« Ihr Blick ist in die Ferne gerichtet, so als würde sie dort etwas Wichtiges sehen. »Vor zwei Jahren«, spricht sie mit ruhiger Stimme weiter, »standen meine Großeltern plötzlich vor meiner Wohnungstür. Ich traute meinen Augen nicht. Sie hatten mir tatsächlich Tapeten aus dem Westen mitgebracht! Wie sie das angestellt haben, sagten sie mir nicht!«

Beide gehen in ihr Wohnzimmer. Rainer bleibt einen Augenblick stehen, sieht ein Bücherregal stehen, und wie hypnotisiert eilt er dorthin. Flüchtig liest er die Buchtitel. Er dreht sich zu ihr um. »Es ist sehr gewagt, westdeutsche Bücher so offen zu zeigen!«

»Meinst du?«, fragt sie und blickt ihn irritiert an. »Ich dachte, Hermann Hesse wäre erlaubt!«

»Manchmal ja und manchmal nein! Es kommt immer darauf an, wie die politische Lage ist!« Er nimmt ehrfurchtsvoll ein Buch heraus, liest den Titel leise: »Der Steppenwolf!« Mit zittriger Hand schlägt er es auf und beginnt zu lesen.

»Rainer, hast du mir nicht gesagt, du hättest Hunger?«

Er stellt das Buch zurück und fragt: »Du hast zwölf Bücher von Hermann Hesse! Alle Achtung! Woher hast du sie eigentlich?«

»Sieh an, du bist ja auch ein Bücherwurm, und ein neugieriger dazu!« Einen Moment wartet sie, bis sie weiterspricht. »Du weißt doch, ich habe eine furchtlose Oma! Die hat einen siebenten Sinn, wie man Bücher über die Grenze schmuggelt. Ich glaube, ihr beide würdet euch gut verstehen! Sie ist auch eine Leseratte, und sie liebt Hermann Hesse über alles. Für sie war es eine

Selbstverständlichkeit, dass ihre Enkelin das liest, was ihr auch gefällt! Und jetzt wird gefrühstückt!« Sie eilt in die Küche. Noch einmal dreht sie sich um. »Wenn für dich die Warterei zu lang ist, kannst du ja lesen.«

Während sie frühstücken, erzählt Rainer von seinen Büchern, seinen Träumen und seinen Enttäuschungen. Geli hört aufmerksam zu, stellt ab und zu eine Frage und mustert ihn so, dass er es nicht merkt. An seiner Körperhaltung beobachtet sie, wie er seine anfängliche Gereiztheit ablegt und langsam beginnt, sich wohlzufühlen. Einem Instinkt folgend, legt sie ihre Hand nur flüchtig auf seine, so, als wäre es reiner Zufall. Sofort hält er sie fest. Und dann geht alles ziemlich schnell. Wie zwei, die sich vor dem Ertrinken retten wollen, halten sie sich fest. Fast ohne Antrieb oder Steuer treiben sie einen sanften Fluss der Freude hinunter, hinein in eine wilde Strömung und wieder daraus hervor, stranden schließlich, um erneut in den Sog der Begierde einzutauchen. Dieses Spiel wiederholt sich, bis sie schweißgebadet und völlig erschöpft am Boden nebeneinander liegen, sich anschauen und es nicht fassen können, was eben passiert ist.

Es ist Donnerstagnachmittag. Seit Stunden scheint die Sonne von einem endlos erscheinenden blauen Himmel. Auf der Wiese, vor ihrem Balkon, baden Kinder in einem aufblasbaren Planschbecken. Eine Weile beobachtet Roswitha die kreischenden Gören, dabei wandern ihre Gedanken in eine Zeit, die sie längst vergessen geglaubt hatte. Aber gestern kamen die Erinnerungen schlagartig zurück, als sie ihren Kleiderschrank aufräumte. Briefe, die sie vor langer Zeit mit einer roten Schleife zusammengebunden hatte, lagen unter einem Stapel von Tischdecken, die sie einmal von ihrer Mutter geschenkt bekommen hatte und schon seit vielen Jahren nicht mehr benutzt. Ihre Hände zitterten leicht, als sie vorsichtig die Schleife öffnete und einen Brief an sich nahm. Wehmut stieg in ihr auf, als sie die ersten Zeilen des Briefes las. Augenblicklich kehrten die Erinnerungen an Rolf, ihre große Jugendliebe, zurück.

Sommer 1941. Er war schon ein verrückter Mensch, dachte sie. Genesungsurlaub hatte er bekommen. Sie setzte sich auf den Hocker, der in der Ecke neben der Frisierkommode steht, und starrte vor sich hin. Was in ihrem Gedächtnis haften blieb, war, dass er von all den Männern – es waren nur vier in ihrem Leben – der zärtlichste war. So sehr sie sich auch anstrengt, ein Gesicht von ihm kommt aus dem Dunkel der Vergangenheit nicht hervor. Was aus ihm geworden ist, das weiß sie nicht. Den letzten Brief von ihm bekam sie November 1943 aus Russland. Wahrscheinlich ist er gefallen und irgendwo verscharrt worden, denkt sie.

Sie legt sich jetzt in ihren klapprigen Lehnstuhl, öffnet den »Spiegel«, den sie nach Wochen des Wartens endlich zum Lesen bekam. Einmal hatte sie schon das Magazin durchgeblättert, aber da kam die Sache mit Bärbel dazwischen. Das hat sie so aufgewühlt, dass sie keine Lust mehr verspürte, den »Spiegel« zu lesen. Hoffentlich geht es ihr im Westen gut, sinniert sie. Eine Karte hätte sie wenigstens schreiben können! Wir sitzen hier, machen uns Sorgen, und keiner weiß, wie es ihr wirklich geht. Mühsam steht sie von ihrem Liegestuhl wieder auf und blickt vom Balkon hinunter. Ein kleines Kind liegt im Wasser und weint sehr laut. Wahrscheinlich die Mutter, denkt sie, als sie sieht, wie eine junge Frau im Bikini zu dem Kind eilt und es aus dem Wasser hebt. Jetzt brüllt das Kind noch lauter. Die Mutter hat wirklich Nerven aus Draht, denkt sie erneut. Laut lacht sie ihr Kind aus und setzt es wieder in das Wasser. Einen Moment brüllt es, aber als ein anderes Kind ihm den Wasserball gibt, beruhigt es sich schnell wieder.

Roswitha geht in ihre Küche und holt sich eine Limonade. Zufrieden setzt sie sich, trinkt und nimmt den »Spiegel« wieder in die Hand. Durch welche Hände er wohl gegangen ist, das ahnt sie, aber wissen tut sie es nicht. Kiki gab ihn ihr vor zwei Tagen, und jetzt hat sie die Zeit, darin zu lesen.

Warum die Raucherwerbung auf der Rückseite des »Spiegels« die ganze Fläche einnehmen muss, das kann Roswitha nicht begreifen. Ihr Mann hat auch geraucht wie ein Schlot! Schnell schlägt sie von hinten das Magazin auf. Was soll denn das sein?, denkt sie und lächelt. »Hohlspiegel« – mit diesem Wort kann sie nichts anfangen. Sie liest den Artikel darunter leise.

»Thema einer Dissertation im Fachbereich klinischer Medizin der Universität Tübingen: Vergleichende Untersuchungen zwischen linkem und rechtem Ohr über das Erkennen von Begriffen bei hochdeutscher und gestammelter Sprechweise.«

Mit was sich die Leute beschäftigen, grübelt sie und schlägt die nächste Seite auf. Den Film »Giganten« hat sie mit Kiki im Fernsehen gesehen. Kaum dass der Film ein paar Minuten lief, klingelte es bei ihr. Ein Schmunzeln huscht über ihr Gesicht. Sie ahnte, wer vor ihrer Tür stand! Diese Frau Lehmkühler, dieses Miststück, wollte doch verhindern, dass wir uns den Film gemütlich im Westfernsehen ansehen. Die konnte uns aber keinen Strich durch die Rechnung machen, wir stellten den Fernseher einfach leiser. Sie klingelte zwar Sturm, aber wir rührten uns nicht.

Sie schlägt die nächste Seite auf. Oh Gott, denkt sie, die Liste der Verstorbenen. Dann stößt sie auf einen Namen, irgendwo hatte sie den Namen schon einmal gehört: Hans-Ulrich Lenzinger. Interessiert liest sie den Artikel. Ein Schweizer Fluchthelfer, der aus der DDR und der Tschechoslowakei mindestens 150 Menschen pro Jahr geschmuggelt hatte, vorwiegend Mediziner, wurde in seinem Haus erschossen. Sie legt die Zeitung auf ihren Schoß und denkt über das Gelesene nach. Kalte Schauer laufen ihr über den Rücken, als sie darüber nachdenkt, wer es gewesen sein könnte. Seitdem sie die Tagebücher von Bärbel gelesen hat, verstärkt sich der Zweifel, dass die DDR ein friedliebender Staat ist. Für sie steht fest: Diesen Mord kann nur die Staatssicherheit geplant und durch skrupellose Menschen ausgeführt haben.

»Die Welt ist doch schlecht.«, flüstert sie. Roswitha nimmt wieder die Zeitung und blättert nach vorn. Die Personalien interessieren sie nicht. Sie liest den Spiegelbestseller. Hatte Rainer nicht einmal von einem Siegfried Lenz gesprochen? Jetzt erinnert sie sich wieder. Sie standen vor der Kaufhalle in einer endlos erscheinenden Schlange und hofften ein Kilogramm ungarische Pfirsiche zu bekommen. Ich wollte mich ganz hinten anstellen, aber er hat mich einfach vorgelassen, obwohl die Menschen schimpften. Er meinte: Ich hätte Krebs und brauche die Vitamine. Dieses Schlitzohr! Rot wie ein Schulmädchen bin ich geworden. Die Meute maulte zwar, aber ich konnte stehen bleiben. Plötzlich flüsterte er mir ins Ohr, dass er bald »Heimatmuseum« eben von diesem Lenz bekommen würde. Es sei ein tolles Buch, meinte er. Wieder legt sie das Magazin beiseite. Solch einen Sohn hätte sie sich gewünscht! Schnell schiebt sie diesen Gedanken beiseite. Warum bin ich nicht Anfang 1946 nach dem Westen gegangen? Sie schließt die Augen und lehnt sich zurück. Nur wegen der verdammten Fresserei wurde Robert nach Russland verschleppt. Nur ein paar Kartoffeln und vielleicht ein paar Eier wollte er uns besorgen. Was sagte dieser Mensch von Polizist zu mir, und ich wusste, dass er lügt: Mein Mann hätte gestohlen! Lachhaft!

Mein ganzes Leben habe ich schwer gearbeitet, und was hatte ich davon? Wirklich nichts. Wenn ich in den Westen gegangen wäre, hätte ich vielleicht für meinen Mann eine kleine Rente bekommen. Das wurde mir nach dem Mauerbau einmal zugeflüstert. Sie weiß, dass sie niemals von ihrer Heimat weggegangen wäre. Immer hatte sie gehofft, dass ihr Mann eines Tages an ihrer Tür stehen und sagen würde: »Hier bin ich wieder!« Sie seufzt.

Achtlos blättert sie weiter und liest die nächste Überschrift: »Sklaven für Himmlers Waffenschmiede!« Wieder schließt sie die Augen. Robert hat sicherlich genauso gelitten wie diese armen Teufel auf diesem Bild. Ihr Herz zieht sich zusammen. Was hatte ich von meinem Leben?, grübelt sie auf einmal. Aber vor der Wahrheit fürchtet sie sich. Was hat Kiki zu ihr einmal gesagt: Immer positiv denken! Sollte es nicht klappen, an etwas Schönes denken. Krampfhaft versucht sie es. Und siehe da, ihre beste Freundin Edeltraut aus Kinderzeiten taucht plötzlich in ihren Gedanken auf. In diesem Moment hätte sie Kiki fest in ihre Arme schließen können. Es klappt tatsächlich! In der gleichen

Sekunde, als sie dies denkt, strömt ein unendliches Gefühl von Geborgenheit durch ihren Körper.

»Ach, Edeltraut«, flüstert sie, »du bist mir eine, schickst mir vier- bis fünfmal im Jahr ein Päckchen aus dem Westen.« Sie lächelt. »Edeltraut, wirklich, ich freue mich wie ein kleines Kind. Wenn ich das Paket öffne und den wunderbaren Geruch der Seife rieche, dann denke ich, ich bin im Paradies. Ich kann es kaum abwarten, ein Stückchen von dieser Lindt-Schokolade in meinen Mund zu bekommen. Schmilzt sie dann langsam, dann weiß ich, es gibt noch eine andere, schönere Welt als die graue Welt der DDR.«

Vorsichtig blättert sie weiter. Eine kleine Überschrift springt ihr ins Auge: »Griechenland!« Das Land meiner Träume, denkt sie, und augenblicklich hat die Wehmut sie wieder im Griff. Leise liest sie: »Umweltschützer mehrerer Nationen wollen sich mit der Großindustrie anlegen, um das antike Delphi zu retten.«

»Sie kämpfen!«, flüstert Roswitha. Urplötzlich hat sie keine Lust mehr, den »Spiegel« zu lesen und legt ihn beiseite. Aber in Wirklichkeit fühlt sie, wie eingesperrt sie in dieser DDR leben muss. Sie lehnt sich zurück und starrt den blauen Himmel an. Ihre Gedanken wandern zu Ereignissen, die sie am liebsten vergessen würde. Vor einiger Zeit hat sie ihr Nachbar zu einem Ausflug an die Bleilochtalsperre eingeladen. Furchtbar!, denkt sie. Als wir in Saaldorf ausstiegen, wunderte ich mich, warum es überall so übel roch. Als wir dann an das Wasser kamen, konnten wir es dort nicht lange aushalten. Einige Urlauber lagen unter Bäumen, andere sonnten sich, aber dieser Geruch – ich hätte dort nicht liegen können! Kein einziger Mensch war im Wasser, obwohl es sehr warm war. Wahrscheinlich schreckte das braungrüne Etwas sie ab.

Aus irgendeinem geöffneten Fenster dringt die Stimme des Nachrichtensprechers zu ihr. Sie hört nicht zu. In Delphi, überlegt sie, kommen sogar Menschen aus dem Ausland und wollen das Heiligtum vor der Zerstörung retten und … Weiter will sie nicht denken. Es ist so sinnlos, sich darüber aufzuregen! Diese Herren wissen genau, was sie tun, in ihrem … Warum sollte ich, eine alte Rentnerin, mir über die Zukunft Gedanken machen, wenn meine Zeit auf dieser Erde fast um ist!

Es klingelt an ihrer Wohnungstür. Für einen Moment bleibt sie in ihrem Liegestuhl liegen und denkt, diese Schlange von Lehmkühler kommt mir nicht mehr in meine Wohnung! Wer weiß, was sie vorhat! Erneut klingelt es. Diese Hexe von Frau würde stürmischer läuten. Es muss also jemand anderes sein. Mühsam steht sie auf und ruft laut: »Ich komme!« Vorsorglich versteckt sie den »Spiegel« unter einer Decke, die im Wohnzimmer auf dem Sofa liegt. Ihr rechtes Bein schmerzt plötzlich. Hinkend eilt sie zur Tür und öffnet sie.

»Kindchen, was machst du hier?«, fragt sie Nadine.

Ein Hauch von einem Lächeln huscht über ihr Gesicht, als würde sie sich freuen, Roswitha zu sehen. »I…ch«, sagt sie leise, »ich wollte dich besuchen!«

»Das ist aber nett! Komm rein!«

Im Wohnzimmer setzen sie sich. »Willst du einen echten Westkaffee trinken?«, fragt sie Nadine und beobachtet dabei, wie sie ihre Hände aneinander reibt.

»Gerne«, antwortet Nadine leise.

Roswitha kommt mit einem Tablett, auf dem eine Kanne mit Kaffee und eine Schale mit selbst gebackenen Plätzchen steht. »Ich bin eine Naschkatze! Ich muss immer zum Kaffee etwas Süßes essen! Warte, die Tassen hole ich sofort!« Sie eilt in die Küche und kommt mit Tellern und Tassen zurück. Während sie den Kaffee einschenkt, sagt sie: »Nadine, greif zu, die Plätzchen müssen gegessen werden. Erzählen können wir später!«

»Nadine, was ist los?« Besorgt blickt sie das Mädchen an, als sie sieht, wie dieser plötzlich die Tränen in die Augen schießen.

»Ich habe meinen Bruder im Gefängnis besucht.« Sie stockt. »Er hat sich total verändert!«

»Inwiefern?«, fragt Roswitha besorgt.

»Er verweigert alle Anordnungen, die man ihm befiehlt, so sagte man mir! Einmal hatte ich schon die Besuchserlaubnis, aber da ließen mich die Schließer – jetzt rede ich schon wie mein Bruder – nicht zu ihm. Er saß wieder einmal im Arrest!« Mit hilflosen Augen starrt Nadine sie an. »Roswitha«, sie schließt die Augen, Tränen laufen über ihre Wangen, »vorige Woche durfte ich ihn besuchen. Ich habe ihn fast nicht wiedererkannt, so hat er abgenommen!«

»Bekommt er dort nicht genug zu essen?«, fragt Roswitha besorgt.

Plötzlich schließt Nadine ihre Augen. Zaghaft spricht sie jetzt, so, als würde sie die Wirklichkeit ausblenden wollen: »In seiner dunklen Uniform, mit dem gelben Streifen auf dem Rücken, sah er wie eine Vogelscheuche aus. Mein Gott«, sie weint, »diese leeren Augen starrten mich an. Kein einziges Wort konnte ich am Anfang sprechen. Aber ich wollte ihm so viel sagen, und ich konnte es einfach nicht. Dieser Knoten«, ihr Gesicht verzieht sich zu einer Maske, »es war ein Knoten, der mir einfach die Sprache nahm! Roswitha, verstehst du das?«, fragt sie, öffnet die Augen wieder und blickt sie verzweifelt an.

»Ja«, antwortet sie.

»Mein Bruder sagte:«, wieder schließt sie ihre Augen, »hat das Krümelchen sich auch gut benommen?« Sie öffnet ihre Augen und lächelt verloren vor sich hin. »Mein Bruder nennt mich immer so, wenn er mich necken will. Seine Worte waren für mich wie eine Erlösung. Plötzlich konnten wir reden. Auf einmal nahm er meine Hand, obwohl es verboten war, und legte mir einen zusammengefalteten Zettel hinein. Das Aufsichtspersonal war für kurze Zeit abgelenkt. Eine Besucherin hatte einen hysterischen Anfall bekommen.« Sie schweigt plötzlich.

»Als er das erste Mal aus dem Gefängnis kam, erzählte er mir nicht viel von dem, was er dort erlebt hatte. Er wurde schweigsamer. Was er immer wieder sagte: In dieser DDR wolle er nicht sterben.«

Plötzlich reicht Nadine ihr den zusammengefalteten Zettel. »Lies bitte!« Dabei starrt sie Roswitha unentwegt an.

Vorsichtig faltet diese den Zettel auseinander und erkennt nur, dass da etwas geschrieben steht. Sie steht auf und holt sich ihre Lesebrille. Die Schrift ist zwar klein, aber sehr gestochen. Während Roswitha diesen Kassiber liest, schüttelt sie ab und zu den Kopf. »Ich kann nicht glauben, was da geschrieben steht: Essenentzug als Strafe. Das ist ja schrecklich!« Einen Moment mustert sie Nadine, und erst jetzt kann Roswitha begreifen, warum sie sich so viel Sorgen um ihren Bruder macht. Und dann diese harte Holzpritsche. Keine Matratze, auf die er sich legen kann, nur die blanken Bretter und eine dünne Decke zum Zudecken. Mein Gott, was sind das für Zustände! »Dein Bruder hat doch nichts verbrochen, er wollte doch nur die DDR verlassen!«

Postwendend antwortet Nadine: »Es ist ein schweres Verbrechen, diesen Arbeiter-und-Bauern-Staat zu verlassen!«

Beide schweigen.

»Roswitha«, spricht sie erneut, »du hast doch das abgeschriebene Theaterstück meines Bruders bekommen?«

Auf diese Frage gibt Roswitha nicht sofort eine Antwort. Nadine hat wahrscheinlich auch keine Antwort erwartet, denn sie redet weiter: »Ich möchte, wenn du das Bühnenstück irgendjemand in die Hand drückst, dass du diesen Zettel, den mein Bruder im Gefängnis geschrieben hat, auch übergibst. Die Welt soll doch erfahren, wie es in den Gefängnissen der DDR zugeht!« Sie schweigt einen Moment und flüstert leise: »Das bin ich doch meinem Bruder schuldig!« Wieder schließt sie die Augen, und mit leiser Stimme singt sie ein Lied.

Roswitha ist erstaunt, wie emotional dieses junge, zarte Persönchen ist. Sie lehnt sich in ihrem Sessel zurück und mustert sie. Diese junge Generation wird die DDR verändern! Dieser Gedanke schießt ihr plötzlich durch den Kopf.

Verlegen schaut Nadine auf ihre Hände, als sie die letzte Strophe ihres Liedes gesungen hat. »Roswitha«, beginnt sie plötzlich zu sprechen, »ich habe eine Band gegründet!« Einen Moment schweigt sie und blickt zum Fenster. »Ich möchte gegen diese verlogene Ideologie meine Lieder stellen ...«

»Aber Nadine«, erregt Roswitha sich, »da bist du doch auch mit einem Fuß im Gefängnis! Das kannst du doch nicht machen!«

Fast zärtlich legt Nadine ihre jugendliche, kleine Hand auf die grobe Hand, die durch harte Arbeit vieler Jahre gekennzeichnet ist. »Glaube mir, Roswitha, ich bin nicht blöd! Ich werde meine Texte so schreiben, dass diese Herren der Zensur nichts Anstößiges finden werden!«

»Und wie willst du das machen?«

»Ich werde mit Metaphern arbeiten!«

»Ich versteh nicht!« Verlegen blickt sie die junge Frau an. »Nadine, ich bin zwar in die Schule gegangen und hatte auch gute Noten, aber dieses Wort habe ich noch nie gehört!«

»Welches Wort?«, fragt sie irritiert.

»Metapher! Ich weiß nicht, was dieses Wort bedeutet.«

»Oh, wie soll ich es dir erklären?« Sie kratzt sich am Kopf. »Es ist«, wieder überlegt sie, »ein Wort mit übertragener Bedeutung, eine bildliche Wendung.« Sie blickt Roswitha an und merkt, dass sie es nicht begriffen hat. »Ich muss dir ein Beispiel geben.« Für einen Moment zieht sie ihre Stirn in Falten. »Jetzt habe ich ein gutes Beispiel: Das Haupt der Familie!«

»Ich verstehe! Das Haupt ist die Metapher!«

»Richtig!« Ihr Gesicht strahlt, als Roswitha dies sagt.

»Und damit willst du diese Herren hinters Licht führen? Ich weiß nicht. So dumm können sie doch nicht sein! Nadine, versprich mir, keine Dummheiten zu machen, die du später bitter bereust.«

Mit einem liebevollen Blick sagt Nadine: »Roswitha, ich muss schlauer als diese Betonköpfe sein. Ob ich es schaffen werde, das kann ich nicht sagen, aber probieren werde ich es auf jeden Fall! Das bin ich mir schuldig!«

Lange blickt Roswitha Nadine an, und sie merkt, wie unendliche Sympathie sie plötzlich überfällt. Sie schließt für einen Atemzug die Augen, damit man ihr Gefühl nicht erkennen kann. Im gleichen Moment schießt ihr ein seltsamer Gedanke durch den Kopf. »Darf ich dir eine Frage stellen?« Irritiert blickt Nadine sie an. »Es geht mich eigentlich nichts an, aber es interessiert mich! Was sagen deine Eltern zu diesen ...«, weiter kann sie nicht sprechen. Nadine lacht gekünstelt. »Der Alte säuft. Der hat uns vor Jahren verlassen!« Tief seufzt sie. »Meine Mutter hat sich von uns losgesagt! Sie kennt uns nicht mehr! Wir sind für sie eine zu große Belastung!«

»Warum denn das?« Ihre Erschütterung kann Roswitha nur schwer verbergen.

»Sie hat einen neuen Kerl! Etwas Besseres! In diese Welt passen wir nicht hinein.«

»Warum?«

Wieder lacht Nadine gekünstelt. »Ich glaube, er ist Staatsbürgerkundelehrer oder Parteisekretär! Jedenfalls ein Arsch mit Ohren!«

Roswitha lacht. »Warum denn das?«

»Als wir ihn zum ersten Mal trafen, fing er sofort an, uns die Vorzüge des Sozialismus zu erklären. Da kannte er meinen Bruder aber nicht! Ganz klein mit Hut war er, als mein Bruder jedes Argument dieses Blödmannes zerlegte. Sein Gesicht«, sie lacht plötzlich, »wurde aschfahl wie bei einer Leiche. Er stammelte: Das ist staatsfeindliche Hetze! Ich müsste dich anzeigen, aber ich liebe eure Mutter!« Ihr Gesicht verzieht sich zu einer Maske. »Meine Mutter stand zitternd im Raum. Wahrscheinlich dachte sie, jetzt gibt es endlich die heile Welt! Aber nicht mit uns!« Immer noch wütend, atmet sie heftig durch. »Dann warf sie uns aus ihrer Wohnung.«

Eine unangenehme Ruhe entsteht plötzlich.

»Was sie sagte«, sie lacht höhnisch, »ist nicht das, was sie wirklich denkt. Die letzten Worte waren: Mit Staatsfeinden möchte sie nicht unter einem Dach wohnen! Seitdem haben mein Bruder und ich eine gemeinsame Wohnung!«

Es vergeht einige Zeit, bis Roswitha die richtigen Worte findet. »Mein Gott, Nadine, das hättest du uns doch viel früher sagen müssen!«

»Warum?« Diesmal lacht sie verbittert. »Ich möchte kein Mitleid! Ich bin eine erwachsene Person! Ich gehe arbeiten und verdiene mein eigenes Geld!«

»Nadine, ich wollte dich nicht kränken! Glaube mir! Ich dachte, ich als alte Frau könnte dir ganz brauchbare Tipps geben! Zum Beispiel, wie man ein leckeres Mittagessen zubereiten kann.«

Ein flüchtiges Lächeln huscht über Nadines Gesicht.

»Und einen Mann kann man immer mit einem guten Essen verführen!«

Nadine nimmt spontan die Hand von Roswitha und sagt leise: »Danke! Ich muss jetzt gehen!« Langsam erhebt sie sich vom Sofa.

»Warte, ich wollte dir noch etwas sagen! Sobald meine Genehmigung für die Reise in den Westen da ist, werde ich dich in deiner Wohnung …«

Sofort wird sie unterbrochen: »Schreibe bitte einen Zettel, auf dem der Termin steht, und wirf ihn in meinen Briefkasten. Ich werde dann zu dir kommen. Es ist besser so!« Noch einmal nimmt sie Roswithas Hand und drückt sie sanft. »Danke für die leckeren Plätzchen und den Kaffee.« Ohne Roswitha noch einmal anzusehen, stürmt sie aus der Wohnung.

Von dem Gefühlsausbruch überrascht, geht Roswitha in ihre Küche, öffnet das Fenster und schaut hinaus.

»Ach, Nadine, du fühlst dich so erwachsen, aber im Grunde genommen suchst du die Nestwärme, die du nie richtig erfahren hast!« In diesem Moment verlässt Nadine das Haus. Sie geht ein paar Meter, plötzlich bleibt sie stehen, dreht sich um, blickt hoch und winkt ihr.

Kiki steigt aus der Straßenbahn und blickt zum Himmel. Schwarze Wolken ziehen am Horizont auf und kommen wie eine unheilvolle Walze immer näher. Das Grollen eines Gewitters ist zu hören. Kein Wind regt sich, und noch immer hat die bleierne Schwüle die Stadt fest im Griff. Kiki beschleunigt ihre Schritte. Eilig überquert sie die viel befahrene Straße. Blitze zerreißen die schwarzen Wolken. Wind kommt plötzlich auf und wirbelt Staub und Papierfetzen durch die Luft. Menschen hasten an ihr vorüber und blicken ängstlich zum Himmel.

Um das erste Kapitel ihres Romans vor neugierigen Blicken zu schützen, hat sie die losen Blätter in einem Kuvert verstaut und dieses in einen Stoffbeutel gesteckt. Jetzt hält sie den Beutel krampfhaft am Körper fest, in der Hoffnung, nicht in das nahende Unwetter zu geraten. Erste Regentropfen fallen auf die Erde. Sie rennt. Vor einem grauen Torbogen bleibt sie stehen und atmet tief durch. »Annastraße 12«, flüstert sie. »Hier also wohnt Knorpel.« Noch nie war sie in dieser kleinen Straße gewesen. Flüchtig schaut sie sich um. Der Regen wird stärker.

In dem kleinen Hof, auf einer Bank, sitzt Knorpel breitbeinig und grinst sie spöttisch an. »Sieh an, ich hätte nicht gedacht, dass du kommen würdest! Ich dachte, du wolltest mich verarschen, als ich deinen Brief im Briefkasten fand.«

Ein Blitz zerreißt die Dunkelheit. Ein ohrenbetäubender Donnerschlag folgt. Heftiger Platzregen setzt ein und spült den Staub von den Blättern des Apfelbaumes ab, der an der Mauer an der anderen Seite des Hofes steht. Kiki flüchtet sich zu dieser Bank, die sich unter einem breiten Holzbalkon befindet. Glücklich, gerade noch dem Unwetter entronnen zu sein, setzt sie sich.

»Ich liebe es, bei diesem Sauwetter auf dieser Bank zu sitzen und meinen Gedanken nachzuhängen!« Neckisch prüft er sie. »Wie ich sehe, warst du fleißig! Aber jetzt will ich nichts lesen. Und weißt du auch, warum?« Er beobachtet sie mit lachenden Augen. »Schon als Kind liebte ich diese schweren Gewitter. Angst? Nein, Angst hatte ich nicht.« Diese Frage stellt er sich selbst und beantwortet sie auch. »Zerriss ein Blitz den Himmel, zählte ich sofort, wann der Donner kommen würde, und ich wusste auch, wann das Unwetter wieder abzog.«

Für einen Moment verstummt er. Verträumt blickt er dem immer heftiger werdenden Regen zu. »Dann kam meine Zeit«, erzählt er, »ich konnte es kaum abwarten, meine Badehose anzuziehen. Sofort stürmte ich auf die Straße!« Er schaut sie an. »Weißt du auch, warum?«

Wie ein Chamäleon ist Knorpel, denkt sie, und sie muss sich eingestehen, dass sie ihn nicht kennt.

»Ich bin auf dem Dorf aufgewachsen. Es war zwar ein Kuhdorf, aber als Kind …«, einige Sekunden blickt er sie, »ist das perfekt.« Er starrt zum Himmel. »Das Regenwasser floss auf der Straße, die nicht geteert war, in vielen Rinnsälen ab. Kleine Steine waren mein Baumaterial für den Damm. Ich hatte mir aus Rinde kleine Segelboote geschnitzt, und die ließ ich dann darauf schwimmen.«

Ein Blitz zerreißt den dunklen Himmel, und sofort darauf kommt der ohrenbetäubende Donnerschlag. Heftig zuckt Kiki zusammen. Knorpel lacht. »Knorpel, ich habe Angst! Lass uns reingehen!«

»Schade, ich liebe dieses Inferno! Die Natur zeigt mir, wie klein der Mensch doch vor diesen Naturgewalten ist! Aber er denkt, er kann die Welt beherrschen! Welch ein Irrtum!« Er sieht zum Himmel und wartet auf den nächsten Blitz. Ganz in der Nähe schlägt es ein, augenblicklich kommt der ohrenbetäubende Donnerschlag. Heftig zucken beide zusammen. Er steht auf und sagt: »Komm, jetzt wird es Zeit, zu verschwinden!«

Bei jedem Schritt, den sie die Holztreppe nach oben steigen, seufzt das Holz so, als würde es ständig seinen Kummer äußern wollen, aber es nicht darf. Eine kleine, in die Jahre gekommene Lampe versucht verzweifelt, jede Ecke auszuleuchten, aber sie schafft es nicht. Eigenartig riecht es hier. Knorpel öffnet die Wohnungstür. »Gnädige Frau! Treten Sie bitte in meine bescheidenen Gemächer ein!« Er verbeugt sich vor ihr. Ihre Neugierde kann sie kaum verbergen. Das Erste, was sie sieht, sind Bücher. Sie bleibt abrupt stehen. »Woher hast du die vielen Bücher?«, fragt sie und versucht die Titel zu lesen. Bei einigen kann sie es, bei den anderen ist der goldene Schriftzug so verblasst, dass man ihn kaum noch lesen kann.

Auf seinem Gesicht zeigt sich ein liebenswürdiges Lächeln, als er ein Buch herauszieht und es aufschlägt. »Ist das nicht schön?«
»Arnika!«, liest sie. »Woher hast du diese vielen alten Bücher?«
»Mein Opa war Lehrer. Er liebte die Natur! Alles, was du hier siehst, hat er in all den vielen Jahren gekauft. Noch kurz vor seinem Tod hat er darin gelesen!« Er dreht sich zu ihr. »Er wurde 93 Jahre alt! Und ich musste ihm hoch und heilig versprechen, dass ich diese Bücher nicht wegwerfen oder verkaufen werde. Und das werde ich auch nicht tun. Bleib bitte stehen«, fordert er sie auf, »ich werde mir schnell eine Leiter holen.«

Verdutzt blickt sie ihn an. Bevor sie etwas sagen kann, ist er verschwunden. Schnell taucht er mit einer kleinen Stehleiter auf. Er stellt sie hin, steigt darauf und zieht aus dem Regal ein dickes Buch heraus. »Kiki, du wirst staunen, was ich dir jetzt präsentieren werde!« Mit einer Geste, als wäre er ein Schauspieler und müsste seinem Publikum huldigen, steigt er von der Leiter. Vor ihr bleibt er stehen. Bevor er das unhandliche Buch öffnet, sagt er: »Mein Opa hatte es faustdick hinter den Ohren. Ich hätte es nicht von ihm gedacht. So kann man sich in Menschen täuschen, die man glaubt zu kennen!«

Prüfend mustert Knorpel Kiki. Mit einer Geste, als wäre er ein Zauberkünstler, schlägt er das Buch auf. Ihr Erstaunen ist nicht gespielt. Sie hätte gedacht, dass vielleicht wunderschöne Landschaftsbilder zu sehen sind oder eine verschnörkelte Schrift, stattdessen ist dieses unhandliche Buch hohl. Im ersten Moment kann sie es nicht begreifen, was sie da sieht!

»So, wie du jetzt schaust, habe ich auch geguckt. Neugierig, wie ich einmal bin, schaute ich mir jedes Buch an. Ich wollte doch wissen, was in diesen Wälzern zu finden ist, und da stieß ich auf der oberen Reihe auf sieben Bücher, die innen hohl sind. Rate einmal, was hat wohl mein Opa vor seiner Familie versteckt?«

Überrascht blickt sie ihn an. »Ich weiß es nicht!«

»Als ich hinter sein Geheimnis kam, wusste ich, dass er auch nur ein Mensch war mit kleinen Schwächen! Bei mir stand mein

Opa immer auf einem hohen Sockel, weil ich an sein Wissen nicht herankam, und plötzlich hielt ich pornografische Schriften in der Hand. Mein Opa wurde plötzlich menschlich, und dafür liebe ich ihn mehr, als er sich jemals erträumt hätte!«

Kiki steht da und sieht einen vollkommen anderen Menschen vor sich! Ihr fehlen in diesem Augenblick die Worte.

»Ist das nicht der ideale Ort«, er zeigt auf das unhandliche Buch, »um Bücher, die diesem Staat gefährlich sein könnten, vor all zu neugierigen Blicken«, er lächelt vielsagend, »von Menschen, die mit zwei Gesichtern herumlaufen, zu verstecken?« Prüfend schaut er sie an. »Ich kenne meine Pappenheimer! Und ich weiß, wem ich mein Geheimnis preisgeben kann!«

Er schlägt das Buch zu, steigt auf die Leiter, schiebt es wieder in das Regal hinein, nimmt sich ein anderes, dickeres Buch heraus. »Kiki, du bist die Erste, die mein Geheimnis jetzt kennt!« Für einen winzigen Hauch einiger Sekunden schweigt er, dann erfüllt seine Stimme wieder den Flur. »Ich traue mir selbst nicht, und da soll ich anderen Menschen trauen?« Er lacht, als wäre es ein guter Witz, aber sie erkennt in seinem Gesicht, dass es seine Lebenseinstellung ist. Sie erschrickt bei dieser Erkenntnis.

Er kommt zu ihr und schaut sie an. »Für dich war es kein Witz! Oder?«

Bevor Kiki darauf antwortet, spricht er: »Vor dir kann man nichts verstecken! Du erkennst die Menschen, so wie sie sind! Das gefällt mir an dir! Es gibt so viele Frauen, die glauben, wenn sie etwas darstellen, was sie nicht sind, kommen sie im Leben weiter.« Er schweigt und blickt sie an. Obwohl ein ironisches Lächeln über sein Gesicht fliegt, erkennt Kiki seine tiefe Enttäuschung, die sich kurz in seinen Augen widerspiegelt. »Daran werde ich nichts verändern können ...« Wieder schweigt er, als würde ein anderer Gedanke durch seinen Kopf schießen. »Aber«, er schaut sie direkt an, »wenn Liebe ausbleibt ...«, er schweigt, »ist das Leben nichts wert!« Mit der Hand streicht er durch sein braunes, langes Haar. »Vergiss den Scheiß, den ich da gelabert habe! Manchmal rede ich einfach nur dummes Zeug!«

»Warum soll das dummes Zeug sein? Die Liebe ist doch die Triebfeder des Lebens! Oder?« Sie blickt ihn an. Aber was sie in seinem Gesicht erkennt, ist nur ein schelmisches Lächeln. In diesem Moment fühlt sie sich nicht ernst genommen. Wut steigt in ihr hoch.

»Kiki, du kannst ruhig deine Gefühle herauslassen. Ich sehe doch, wie du mit dir kämpfst!«

Sie schließt die Augen, atmet tief durch. »Das hättest du gern, dass ich dir auf den Leim gehen würde, aber daraus wird nichts.«

Das Lächeln verschwindet aus seinem Gesicht. »Das war doch richtig, was du gesagt hast. Ohne Liebe geht wirklich nichts!« Während er dies äußert, beschäftigt er sich mit diesem unhandlichen Monstrum von Buch. Mit einer Geste höchster Anspannung schlägt er es auf.

Im ersten Augenblick ist sie sprachlos. Vor ihr liegen vier Bücher übereinander. Sie nimmt das erste Buch und blickt ihn erstaunt an. »Dr. Schiwago! So was Sentimentales liest du? Ich habe den Film im Westfernsehen gesehen und kann nicht sagen, dass er mir gefallen hätte!«

Enttäuscht schaut er sie an. »Das Buch ist anders als der Film! Das musst du mir glauben!«

Sie nimmt es in die Hand und schlägt es auf. »Boris Pasternak hat also das Buch geschrieben!« Sie liest die ersten Zeilen. »Diesen Namen habe ich noch nie gehört!«

Überrascht sieht er sie an. »Hat Rainer nie etwas von ihm erzählt?«

»Nein, warum sollte er? Ich glaube nicht, dass er so etwas lesen würde.«

Er nimmt das Buch in die Hand und streicht sanft darüber. »Es wird zu Unrecht so behandelt! Schade, dass Rainer es nicht lesen würde, ich hätte es ihm zum Lesen gegeben!«

Kiki nimmt das andere Buch und liest leise: »Max Frisch«. Sie schlägt es auf. »Stiller«, flüstert sie. Ein seltsamer Name, denkt sie.

An der Wohnungstür klingelt es. Heftig zuckt Knorpel zusammen. Wie ein Wahnsinniger reißt er das Buch aus ihrer Hand, legt es zu den anderen, klappt das unhandliche Buch zu, steigt auf die Stehleiter und schiebt es in das Regal zurück.

Wieder klingelt es.

»Ich komme!«, ruft er. Die Stehleiter lehnt er an das Regal. Er atmet tief durch und öffnet die Tür. Vor ihm steht seine Vermieterin. Fassungslos starrt er sie an, beginnt plötzlich zu lachen und kann nicht damit aufhören. Irritiert blickt sie ihn an. Schnaufend betritt sie die Wohnung, ohne dass sie dazu aufgefordert wird. Ausgiebig mustert sie Kiki, sagt aber kein einziges Wort und geht an ihr vorüber. Im Wohnzimmer setzt sie sich in den großen Ohrensessel, der neben dem Kachelofen steht. Zufrieden, endlich eine Sitzgelegenheit gefunden zu haben, blickt sie sich im Raum um. Wer hat ihr nur diesen Kurzhaarschnitt empfohlen?, denkt Kiki.

»Bin erstaunt«, sagt diese Person mit einer merkwürdigen, krächzenden Stimme, »dass deine Wohnung so sauber aussieht. Muss wohl an dieser Person liegen.« Mit einem Blick, der nichts Gutes verheißt, prüft sie Kiki. Knorpel will Kiki vorstellen. Sie winkt ab. »Will nicht wissen, mit wem du ins Bett gehst! Denke daran, mein Haus ist kein Hurenhaus!«

Entrüstet will Kiki darauf antworten, aber diese Person lässt sie nicht zu Wort kommen. »Ich kenn euch doch! Sage mir nicht, dass du keinen Spaß daran hast, mit Männern ins Bett zu gehen. Ihr wollt doch nur eure Befriedigung, aber ...«

»Was bildest du dir eigentlich ein, wer du bist!«, schreit Kiki außer sich. »Von dir lasse ich mich nicht beleidigen!« Für einen Moment schweigt sie, holt tief Luft und will erneut ihrem Ärger Luft machen.

»Wolfgang«, spricht die Vermieterin mit ihrer krächzenden Stimme weiter, »im Keller kommt das Wasser hoch! Du musst was tun!«

Mit großer Anstrengung will sie aufstehen, schafft es nicht beim ersten Mal. Sie versucht es erneut. Mit letzter Kraft steht sie auf. »Kannst dir ja auch mal einen anderen Sessel kaufen! Man kann ja kaum aufstehen!« Schweißperlen treten plötzlich auf ihre Stirn. »Jetzt schau doch nach, was da zu machen ist!«, fordert sie ihn erregt auf. »Sonst säuft noch der Keller ab!« Sie schaut Kiki direkt an. »Deine kleine Hure kann ja warten!«

»Du alte …« Knorpel hält Kiki schnell den Mund zu.

Freundlich sagt er zu Kiki: »Es macht ihr einen Riesenspaß, die Leute zu ärgern!«

Kiki blickt ihn entsetzt an.

»Ich muss im Keller nachsehen! Warte bitte auf mich.«

Er geht in den Flur und kommt mit einem Buch zurück. »Schau dir diese Rarität an, so etwas hast du noch nicht gesehen!«

Mit schweren Schritten verlässt die Vermieterin das Wohnzimmer. »Hure bleibt Hure«, flüstert sie so, dass Kiki es doch noch mitbekommt.

»Wenn du jetzt nicht dein Lästermaul hältst, kannst du …«

»Ich geh ja schon!«, sagt die Vermieterin mit einem zufriedenen Gesichtsausdruck und schlägt die Tür hinter sich zu.

»Jedes Mal, wenn es stark regnet«, mit diesen Worten betritt Knorpel die Wohnung wieder, »steht der Keller unter Wasser!«

»Und was hast du dagegen getan?«, fragt Kiki neugierig.

»Ich habe mir voriges Jahr, unter der Hand, eine Pumpe besorgt«, antwortet er auf ihre Frage. »Sie pumpt das Wasser auf die Straße! Ich habe vielleicht eine halbe Stunde Zeit! Jetzt werde ich lesen, was du geschrieben hast!« Ohne sie weiter zu beachten, nimmt er das erste Kapitel aus ihrer Tasche und setzt sich ebenfalls in den Ohrensessel. »Ich bin gespannt«, sagt er mehr zu sich als zu ihr.

Kiki stellt das Buch wieder in das Regal zurück, geht ins Wohnzimmer und sieht sich um. Schon beim ersten Blick ist ihr aufgefallen, dass sich in diesem Zimmer alle Stilrichtungen der letzten hundert Jahre vereinigt haben. Sie fragt sich, wo er all diese Möbel herhat. Der Tisch mit seinen verschnörkelten Tischbeinen, die Tischplatte mit feinen Blumenintarsien. Mit leisen Schritten geht sie hin und streicht sanft über die Tischplatte. Die drei

Polsterstühle! Warum hat er nur drei Stühle? Die Rückenlehnen geflochten, es sieht einfach gut aus. Vorsichtig setzt sie sich auf einen Stuhl. Ihr Blick fällt auf den braunen Sekretär. Durch die Glasscheibe schimmern Bücher. Die Schreibplatte ist herausgezogen, und auf ihr befinden sich ein Tintenfässchen, ein Füller, beschriebene Papiere und die Satirezeitschrift »Eulenspiegel«. Sieh an, denkt sie, die nackten Frauen, die musste er sich zuerst anschauen. Sie steht auf und nimmt sich die Zeitschrift. Vielleicht würde ich auch besser aussehen, wenn ich nackt am Ostseestrand liege. Sie blättert weiter und beginnt zu lesen.

Nach einiger Zeit erhebt Knorpel sich, und ohne ein Wort mit ihr zu sprechen, legt er die mit Schreibmaschine geschriebenen Blätter auf das kleine Schränkchen, das hinter dem Sessel steht, und eilt aus der Wohnung. Es dauert nicht lange, kommt er wieder, geht in die Küche und holt zwei Flaschen Zitronenlimonade. »Du willst doch sicherlich was trinken«, spricht er Kiki an und stellt ein Glas und eine Flasche neben sie auf den Tisch. Er trinkt aus der Flasche. »Das Wasser ist aus dem Keller! Ein Glück, dass es nicht mehr regnet!«

Er setzt sich in den Ohrensessel und blickt sie nachdenklich an. »Wer hat dir dein erstes Kapitel lektoriert und mit Schreibmaschine abgeschrieben?«, fragt er in einem Ton, den sie an ihm nicht kennt.

»He, was ist los mit dir?«

»Das fragst du noch?« Einige Zeit vergeht, bis er weiterredet. Er kämpft mit sich, das sieht man deutlich in seinem Gesicht. »Wir hatten doch ausgemacht«, deutlich zügelt er dabei seine Stimmlage, »zu keinem Menschen ein Wort! Und was machst du? Gibst dein Manuskript einer Person, die vielleicht mit der Stasi zusammenarbeitet!« Jetzt kann er sich nicht mehr zurückhalten. Seine Stimme wird lauter. »Kiki, wie dumm kann man nur sein.« Er steht auf, geht zum Sekretär, öffnet ihn, macht ihn wieder zu, geht zu ihr und bleibt vor ihr stehen. »Wer ist diese Person?«

Kiki erzählt von Liesbeth, die Bärbel bei sich aufgenommen hat, bevor sie ihren Selbstmordversuch unternahm. Erzählt ihm von dem geglückten Fluchtversuch ihres Sohnes und dass sie Lehrerin sei.

Knorpel hört es sich an, dabei geht er in seiner Wohnung auf und ab. Er bleibt vor ihr stehen, als sie alles erzählt hat. »Vielleicht tue ich dieser Person Unrecht, aber Kiki, wir müssen sehr vorsichtig sein! Sonst werden wir für einige Zeit gesiebte Luft einatmen müssen, und darauf habe ich wirklich keine Lust!« Er setzt sich wieder in seinen Ohrensessel. »Kiki, alle Achtung, ich hätte von dir nicht erwartet, dass du so flüssig und bildhaft schreiben kannst. Wahrscheinlich hat diese Liesbeth den Text gut lektoriert!« Man sieht, dass er über etwas nachdenkt. »Vielleicht ist es gar nicht so schlecht, wenn eine Lehrerin uns ein wenig unter die Arme greift!«

Wieder überlegt er. »Bald werde ich dieses erste Kapitel jemandem geben, und der wird für uns im Westen einen Verlag suchen. Aber je weniger du weißt, umso besser ist das für dich und für mich!«

Beide sehen sich an. Knorpel steht unerwartet auf, so, als würde ihm etwas eingefallen sein. Er geht zu seinem Sekretär, blättert in den Papieren herum, findet, was er sucht, und zieht ein Blatt heraus. Seine Augen strahlen, als er sich wieder setzt. »Ich bin dabei, ein Gedicht zu schreiben! Nur wenn du willst, werde ich es dir vorlesen!«

Sie merkt, wie seine Augen an ihren Lippen hängen. Und wieder schwappt eine Welle von Sympathie durch ihren Körper. Sie möchte dieses Gefühl unterdrücken, denn sie weiß, in welche Richtung das gehen kann, und das will sie auf jeden Fall vermeiden!

»Du schreibst Gedichte?«, fragt sie erstaunt.

»Ab und zu«, antwortet er ihr.

Kiki merkt, wie er gegen seine Enttäuschung ankämpft.

»Da bin ich aber gespannt, was du geschrieben hast!«

Seine Augen leuchten kurz auf, als er ihre Worte vernimmt. »Ich habe erst zwei Verse geschrieben! Mir fehlt einfach die Zeit dazu, es fertig zu schreiben!« Er räuspert sich, nimmt das Blatt und beginnt zu lesen:

»Krieg

Jahrzehnte sind vergangen,
als der Mensch,
blind vor Hass,
es geschehen ließ.
Hurra – Gott mit uns – hinein in die Schlacht!
Denn das Schweigen ist ewig.
Du Kind des Schicksals,
nie kann ich dein Bild vergessen.
Es hat mich tief bewegt –
in der Klarheit meines Erwachens.«

Sie blickt ihn an, und erneut spürt sie diese Welle der Zuneigung für diesen Menschen. Mit fragenden Augen starrt er sie an. »Soll ich dir die zweite Strophe auch vorlesen? Mehr konnte ich noch nicht schreiben!«, entschuldigt er sich bei ihr.

Sie nickt. Ihr fehlen in diesem Moment die Worte.

»Am Ende eines langen Weges,
durch die eiskalte Nacht,
wenn meine Seele
mit dir hinausfliegt
auf dem Rücken eines stummen Vogels.
Und ich fühle plötzlich das All,
wie es mich erdrückt –
von den Tagen des Vergessens.
Dann bin ich ein Sünder,
der durch die leere Wüste barfuß geht.«

Schweigend schaut sie ihn an. Sie merkt zwar, dass er darauf wartet, von ihr etwas zu hören, aber sie muss das Gehörte erst einmal verarbeiten. Sie steht auf, geht zum Fenster und sieht hinaus. Durch den Regen haben sich auf dem Hof kleine Seen gebildet. Die Sonne, die wieder scheint, spiegelt sich darin. Langsam dreht sie sich zu ihm um.

»Du findest es bestimmt nicht gut, was ich da geschrieben habe. Du kannst mir ruhig die Wahrheit sagen!«, fordert er sie auf.

Sie merkt, wie ungeduldig er auf eine Antwort wartet. »Im Gegenteil, ich finde … mir fehlen einfach die Worte!«

»Soll ich daran etwas ändern?«, fragt er sofort.

»Nein, es ist für mich sehr, sehr gut!«

»Übertreibst du nicht? Du brauchst mir nicht …«

»Wenn ich sage«, unterbricht sie ihn heftig, »es ist gut, dann ist es auch gut!« Sie mustert ihn. »Wie bist du nur auf dieses Thema Krieg gekommen?«

Wieder zeigt er sein ironisches Lächeln. »Gegen diese Gleichgültigkeit möchte ich angehen! Die Leute sollen aus ihrem Schlaf aufwachen. Hast du mich jetzt verstanden?«

»Wenn ich ehrlich bin – nein!«

»Verstehst du es wirklich nicht?«, ereifert er sich. »Die ganze Aufrüstung hier im Osten und im Westen.« Er wird lauter. »Weißt du, wie viele Atombomben auf deutschem Boden gelagert sind?«

»Ich weiß es nicht«, gibt sie unumwunden zu.

»Ich auch nicht! Aber es sind zu viele! Wir sitzen auf einem Pulverfass! Verstehst du, wir müssen etwas unternehmen, dass dieser Wahnsinn aufhört!«

Wieder lernt sie ihn von einer ganz anderen Seite kennen.

»Der Krieg zwischen Ost und West wird auf deutschem Boden stattfinden! Verstehst du jetzt?«

Sie nickt.

»Ich weiß, mir sind gewissermaßen die Hände gebunden, aber trotzdem möchte ich den Politikern im Westen zeigen: Es sind nicht alle Menschen in der DDR mit dieser Politik des Aufrüstens einverstanden. Der Wahnsinn muss aufhören! Deshalb muss und will ich dieses Gedicht schreiben!«

»Willst du es im Westen veröffentlichen?«, fragt sie und merkt, wie sinnlos die Frage ist.

Wieder zeigt er sein ironisches Lächeln. »Was meinst du?«

»Ich glaube, ja!«, antwortet sie mit einem unguten Gefühl im Bauch. »Und wenn sie dich erwischen?«

Diesmal lächelt er nicht, sondern mustert sie. »Meine Schwester«, beginnt er nachdenklich zu sprechen, »hat zwei Kinder. Ein Mädchen und einen Jungen.« Er nimmt die Flasche Zitronenlimonade, trinkt und stellt sie wieder auf den Fußboden. »Wenn es sich einrichten lässt«, erzählt er, dabei ist sein Blick in die Ferne gerichtet, »bin ich einmal in der Woche bei ihr. Die Kinder freuen sich, wenn ich sie besuche. Gestern sah mich Jasmin auf der Straße kommen«, er schaut Kiki an, »das ist der Name meiner Nichte.« Für einen Moment schweigt er, als würde er etwas überlegen. »Sie lief mir entgegen«, erzählt er, »ich merkte sofort, dass sie etwas sehr bewegt. Bevor ich etwas sagen konnte, sprudelte es aus ihr heraus.« Er sieht Kiki an. »Weißt du, was mich dieses Kind gefragt hat?« An seinem Gesicht sieht sie, wie es in ihm brodelt.

»Nein, woher soll ich das denn wissen?«, antwortet sie.

»Stell dir vor, meine Nichte fragte mich, warum die Kapitalisten unser friedliebendes Land überfallen wollen!« Er atmet tief durch. »Was soll ich dem Kind sagen? Erzähle ich ihr die politische Lage, versteht sie es nicht, und erkläre ich es ihr so, dass sie es versteht, wird sie es brühwarm ihrer Lehrerin erzählen.« Missmutig schüttelt er seinen Kopf. »Ich, als Onkel, muss die Linie dieses Staates vertreten, obwohl ich mit dieser Politik nicht einverstanden bin! Verstehst du, was ich sagen will?«

»Ja«, antwortet sie.

»Ich muss lügen, damit ich den weiteren Lebensweg meiner Nichte nicht gefährde. Und das kotzt mich gewaltig an, ständig so zu reden, als wären wir nicht fähig, eigenständig zu denken! Sage ich einmal die Wahrheit, gefällt es den Herren nicht, und ich werde dann wegen staatsfeindlicher Hetze eingesperrt!« Unerwartet steht er auf, blickt sie wieder mit diesem bedeutungsvollen Lächeln an und fragt: »Wie wäre es, ich würde dich einladen?«

»Zu was?«, fragt sie irritiert, denn noch immer sind seine Worte in ihrem Gedächtnis.

Wieder lächelt er ironisch. »Es hat ein neues Lokal geöffnet! Der Koch ist ein Freund von mir. Es soll dort fantastische Rostbrätl geben und, was wirklich neu ist, es wird original ›Berliner Weiße‹ mit Schuss ausgeschenkt! Ist das etwas für dich?«

Erstaunt starrt sie ihn an. Mit so etwas hätte sie nie gerechnet. »Gern!«

Und wieder fliegt dieses neckische Lächeln über sein Gesicht.

Beide gehen die Treppe hinunter, öffnen die Haustür, und Kiki sieht die Vermieterin auf der Bank sitzen. »Wolfgang, ich muss dich doch noch für deine Arbeit bezahlen!«, spricht sie wieder mit ihrer krächzenden Stimme. »Sonst kannst du doch dein Flittchen nicht ausführen!«

Kiki will sofort auf diese Unverschämtheit antworten, aber Knorpel stößt sie in die Seite. Sie blickt ihn entrüstet an. »Sie will dich doch nur provozieren.«, flüstert er.

»Pardon, ich wusste nicht, dass es deine große Liebe ist. Aber oft verbirgt sich hinter der Schönheit die Schlange! Wolfgang, sei vorsichtig. Bist du einmal gebissen, ist es um dich geschehen!« Sie lacht dröhnend, als wäre es ein guter Witz. »Hier, nimm schon, du brauchst jetzt das Geld.«

Als Knorpel sich von ihr abwenden will, sagt sie: »Wolfgang, verstehst du keinen Spaß mehr?«

»Doch, aber …«, er winkt ab, als er in ihr Gesicht sieht.

»Nimm schon, die Handwerker wären sowieso nicht sofort gekommen!« Obwohl das Gewitter die Schwüle abgelöst hat und jetzt angenehmere Temperaturen herrschen, wischt sie sich den Schweiß von der Stirn. Kaum dass die korpulente Frau ihr Taschentuch weggesteckt hat, spricht sie: »Außerdem wäre es viel teurer geworden!«

Er nimmt das Geld und will gehen. Sie hält ihn am Arm fest. »Halt diese Frau fest, die ist die Richtige für dich!« Diesmal blickt sie Kiki freundlich an. »Einer alten Frau dürfen Sie nicht böse sein! Ich bin so, wie ich bin! Merken Sie sich das! Wolfgang hat es viel zu spät begriffen. Wie oft hat er sich über mich geärgert!« Sie lächelt. »Und jetzt geht schon! Die Liebe kann nicht warten!« Sie lacht jetzt laut.

Beide gehen. Als sie über die Straße zur Straßenbahnhaltestelle gehen, fragt er sie: »Hast du das von Rainer gehört?«

»Was soll ich gehört haben?«

»Ihn haben die Bullen erwischt!«

»Bei was?«, fragt sie, und das Entsetzen in ihrem Gesicht ist nicht gespielt.

»Er hat mit einer anderen Frau Häuser gemalt.«

Sie bleibt stehen und schaut ihn an. »Was hat er gemacht?« Sie kann nicht glauben, was sie da vernommen hat. »Er hat Häuser gemalt?«

»Ja!«

Sie blickt in sein Gesicht. »Ist denn das verboten?«, fragt sie sofort.

»Du kennst doch Rainer, wie er ist! Er kann einfach nicht seine Klappe halten. Muss sich etwas abfällig geäußert haben. Wahrscheinlich hat er kritisiert, wie dieser Staat mit dem kulturellen Erbe umgeht! Rainer und der Frau haben sie die Malutensilien beschlagnahmt! Scheiße und noch mal Scheiße …«

»Was hast du?«, fragt sie ihn besorgt.

»Rainer soll sich in der nächsten Zeit zügeln! Sag es ihm, wenn du ihn siehst. Auf mich hört er ja nicht! Und vor allem: Er soll seine illegalen Bücher aus seiner Wohnung verschwinden lassen!«

»Ja, ich werde es ihm einbläuen. Er ist ja so ein Dickkopf!«

Knorpel lacht. »Das ist er!«

Es ist Samstagmorgen. Unzählige Menschen eilen durch das graue, steinerne Gebäude, zeigen dem Pförtner automatisch ihre Betriebsausweise und sind froh, dass die letzte Nachtschicht endlich hinter ihnen liegt. Rainer trottet fast als Letzter aus dem Werkstor. Erstaunt blickt der Pförtner ihm hinterher. Er kennt diesen Burschen! Schon am ersten Tag ist er ihm unangenehm aufgefallen. Immer hat er einen lockeren Spruch auf der Lippe, aber heute – nicht wiederzuerkennen. Welche Laus ist dem über die Leber gelaufen? Dieser Gedanke kommt dem Pförtner, verschwindet aber sofort wieder, als das Werkstelefon klingelt. Er meldet sich. Währenddessen läuft Rainer die Straße hinunter, im Blickfeld die Straßenbahnhaltestelle. Die Bahn kommt. Einige Arbeitskollegen steigen in diesen frühen Morgenstunden ebenfalls in die Straßenbahn ein. Er setzt sich. Sowie die Bahn losfährt, fallen ihm die Augen zu.

Plötzlich wird er unsanft in die Wirklichkeit gerissen: »Aussteigen! Endstation!« Erschrocken blickt Rainer den Mann an.

»Endstation! Aussteigen!«, wiederholt der Mann freundlicher.

Schlaftrunken erhebt er sich von seinem Platz und fragt: »Ist das wirklich die Endstation?«

Der Straßenbahnfahrer lacht: »Wo warst du heute Nacht? Das muss ja eine tolle Fete gewesen sein!« Er zwinkert ihm zu.

»Ich …«, Rainer gähnt, »Nachtschicht hatte ich gehabt. Nix mit feiern!« Er steigt aus und überlegt, ob er nicht wieder umkehren sollte. Schon mehrmals hat er den Versuch unternommen, das Grab von Yvonne zu besuchen, aber immer hat er sich nicht getraut. Aber heute muss er hingehen. Mit gemächlichen Schritten geht er durch die menschenleeren Straßen, genießt die Ruhe, die hier zu finden ist, zieht die morgendliche Frische in sich ein, schaut die Blumen an, die in den Gärten wachsen. Plötzlich bleibt er stehen. Rosen, in vielen Farbschattierungen blinzeln sie durch den Gartenzaun. Er bückt sich, greift mit seiner Hand durch den Zaun und bricht vorsichtig eine rote Rose ab. Mit schnellen Schritten entfernt er sich. Das Tor zum Friedhof ist nicht verschlossen. Hoffentlich finde ich das Grab von Yvonne, denkt er. Mit unsicheren Schritten sucht er die frischen Gräber. Es vergeht einige Zeit, bis er es tatsächlich gefunden hat. Ein schlichtes Holzkreuz hinter einem blumengeschmückten Grab. Leise liest er den Vornamen: »Yvonne«. Dann versagt ihm die Stimme. Weinend legt er die Rose auf das Grab.

»Yvonne, ich bin direkt von der Nachtschicht zu dir gekommen«, in diesem Moment unterdrückt er die Tränen. »Ich habe die Rose geklaut! Verzeih bitte, ich wollte dir aber eine Blume mitbringen! Du hast doch Blumen so geliebt! Yvonne, warum?« Er schluckt. »Ich muss dir etwas gestehen! Ich weiß nicht, warum es geschah, ich habe mit einer anderen Frau geschlafen. Glaube mir, es war nicht geplant!«

Ein Gefühl sagt ihm, dass hinter ihm jemand steht. Schnell dreht er sich um. Niemand ist zu sehen. Müdigkeit überfällt ihn mit aller Macht. Mit letzter Kraft schleppt er sich auf eine Bank, die unter einer mächtigen, weit verzweigten Rotbuche steht, legt sich hin, rollt sich zusammen und schläft sofort ein.

Die Sonne steht schon hoch am Himmel, als Rainer durch ein Insekt, das ständig um seine Nase fliegt, geweckt wird. In diesem Moment weiß er nicht, wo er sich befindet. Irritiert blickt er sich um, steht auf, und allmählich kehrt das Bewusstsein zu ihm zurück. Erschrocken blickt er auf seine Uhr. Ein Uhr. In diesem Moment erschrickt er erneut. Erst jetzt bemerkt er, dass auf der Bank noch jemand sitzt. Es ist Geli!

»Guten Morgen, Rainer, oder soll ich lieber Guten Tag sagen?«, spricht sie mit freundlicher Stimme.

»Was machst du denn hier?«, fragt er verschlafen.

Sie lacht. »Ich beschütze deinen Schlaf!«

»Woher wusstest du, dass ich hier bin?«

»Willst du es wirklich wissen?«

»Ja!«

»Na schön, dann sage ich es dir!« Sie mustert ihn. »Bist du bereit?«

Er spürt, wie der Ärger in ihm hochsteigt.

»Wir wollten uns doch treffen! Hast du es vergessen?«

In diesem Moment fällt es ihm wieder ein. Scheiße, denkt er.

»Am Stadtbrunnen sollte ich auf dich warten! Als du nicht kamst, bin ich zu deiner Firma gegangen. Ich fragte den Pförtner, und er kannte dich tatsächlich. Er sagte mir, dass mit dir etwas nicht stimme. Und da ahnte ich, wo du sein könntest. Ich ging nach Hause, holte mir meine Malsachen und bin hierher gekommen. Ich brauchte dich nicht lange zu suchen. Du lagst so friedlich auf der Bank und hast tief geschlafen!«

Rainer mustert sie.

»Als wir zusammen schliefen«, sie nimmt seine Hand, »hast du einen fremden Namen zu mir gesagt. Zuerst glaubte ich, dass ich mich verhört hätte, aber du hast ihn wiederholt. Da wusste ich, dass ich nur Ersatz für jemand bin, den du einmal sehr geliebt hast.« Dann schweigt sie. Ohne ein Wort zu sagen, greift sie nach ihrer Tasche, die neben der Bank steht, öffnet sie und holt einen Zeichenblock heraus. »Ich habe dich gemalt! Du sahst so süß aus, wie du geschlafen hast. Das musste ich einfach festhalten.«

Er mustert das Bild, sagt aber kein einziges Wort. Sie zeigt ihm ein anderes Bild. Es ist ein Grab mit einem schlichten Holzkreuz. »Geli, warum hast …«

Sofort nimmt sie seine Hand und schaut ihn direkt an. »Es ist schön, dass du Yvonne nicht vergessen hast, aber …«, sie macht absichtlich eine Pause, »das Leben geht weiter, und du kannst nicht immer in der Vergangenheit leben!«

»Geli, das geht dich einen Scheißdreck an, was ich hier mache! Hast du mich verstanden?«

Wie von der Tarantel gestochen springt sie auf und stellt sich vor ihn hin. Zornesröte zeigt sich in ihrem Gesicht. »Kapierst du es nicht? Das ist doch das, was diese Herren erreichen wollen – uns mundtot machen. Du verkriechst dich in deinem Leid, statt gegen diese Ungerechtigkeit anzukämpfen. Wenn jeder das macht, was diese Herren wollen, wie wird dann in Zukunft unsere Gesellschaft aussehen?« Sie holt tief Luft. »Wahrscheinlich nur noch Arschkriecher! Und dann reihen wir uns in die Reihe der Unzufriedenen ein, sagen werden wir dann nichts mehr, weil wir vor Selbstmitleid und Angst verlernt haben, zu kämpfen! Willst du das?«

Zu diesem Zeitpunkt hat er nicht die Kraft und die Lust, gegen Geli anzugehen. Nur um etwas zu sagen, fragt er: »Was soll ich denn machen? Yvonne ist tot, und kein Mensch kann sie wieder lebendig machen! So einfach liegen die Dinge!«

»Wo ist nur deine Kreativität geblieben?«, fragt sie ihn verbittert.

»Ich weiß es nicht!«, antwortet er mit müder Stimme. Diskussionen nach dem Aufwachen hat er schon immer gehasst. Es dauert bei ihm immer eine gewisse Zeit, bis sämtliche Lebensgeister in ihm zum Leben erweckt werden. Aber da kennt er Geli nicht. Verdutzt blickt er sie an. Sie redet und redet, bis sie plötzlich verstummt.

»Rainer, du könntest mein Bild von Yvonnes Grab nehmen und in deinen Spind hängen. Darüber schreibst du nur ein Wort: ›Warum?‹«

Als er auf ihren Vorschlag nicht eingeht, hakt sie nach. »Ich möchte nicht wissen, wie viele nackte Frauen in den Spinden der Männer hängen, da kannst du doch ruhig diese Zeichnung hineinhängen, so als stillen Protest.« Sie schaut ihn an. Rainer, ich weiß, was in dir vorgeht, denkt sie. Die Woche Nachtschicht hat dich ganz schön geschlaucht, das sieht man dir an, und ich mache dir noch ein schlechtes Gewissen. Mitleid steigt in ihr hoch.

»Du hast recht«, sagt er plötzlich, »das ist eine gute Idee. Fast alle Kollegen wissen, warum Yvonne Selbst…«, er schluckt, »begangen hat. Ich musste einfach die Wahrheit sagen! Ich war es Yvonne schuldig, auch wenn mir die Stasi eine Gefängnisstrafe wegen Verleumdung angedroht hat.« Er blickt in die Ferne, und mit müder Stimme spricht er: »Wenn ich diese Lüge, die keine ist, weitererzählen würde.« Für einen Moment überlegt Rainer, dabei beobachtet er, wie eine ältere Frau sich Wasser aus dem

Brunnen schöpft. »Ich glaube, die Stasi hatte einfach nur Angst, die Menschen könnten mir tatsächlich glauben!« Nachdenklich schaut er Geli an, bevor er weiterredet. »Bestimmt ist ein Spitzel unter meinen Kollegen, der wird es denen bestimmt brühwarm weitererzählt haben!«

Geli betrachtet Rainer verstohlen. Tiefe Zärtlichkeit durchströmt sie. Sie will über seinen Rücken streichen, lässt es aber sein.

»Ich arbeite in einem Bereich«, erzählt er plötzlich, »in dem der Bereichsleiter Mitarbeiter der Staatssicherheit ist! Sogar ein Offizier ist er!«

Überrascht über diese Offenbarung blickt sie ihn an. »Woher weißt du das?«

Er schaut sie an. »Ich bin in diese Abteilung gekommen wie die Jungfrau zum Kind!« Wieder schaut er sie an.

»Es muss doch einen Grund für diese Versetzung in eine andere Abteilung gegeben haben?«, fragt sie und mustert ihn. Nie hätte sie erwartet, dass er ihr von sich aus etwas aus seinem Leben erzählen würde.

»Meine frühere Brigade wollte mich nicht mehr haben! Ich war für meine alten Kollegen zu vergammelt! Mit Händen und Füßen wehrte ich mich dagegen, diesem Gruppenzwang zu folgen und in die DSF einzutreten. Diese Scheinheiligkeit wollte ich nicht mitmachen! Da wurde ich länger krank, das nahmen die Herren zum Anlass, mir einen anderen Arbeitsplatz zuzuweisen!« Er lacht plötzlich laut. »Es ging dieser Brigade nicht um die Politik, sondern um das liebe Geld! Die Prämienzahlungen!« Wieder lacht er höhnisch. »Mit Speck fängt man Mäuse. Da konnte der Meister seiner Parteileitung melden: Alle Arbeiter meiner Brigade sind in die DSF eingetreten, und sechs Mitarbeiter wollen in die SED aufgenommen werden!« Langsam steht er auf. »Die Hälfte meiner jetzigen Kollegen lebt nur in der DDR, weil sie keine Möglichkeit haben, in ein anderes Land zu gehen, die andere Hälfte sind hundertprozentige Kommunisten! Du kannst dir ja vorstellen, wie da das Betriebsklima ist!«

Geli nimmt seine Hand. Erstaunt schaut er sie an. »Rainer«, sagt sie mit leiser Stimme, »tut es dir leid, mit mir geschlafen zu haben?«

Auf diese Wendung des Gesprächs ist er nicht gefasst. Verdammt, was soll er Geli nur sagen? Dass ich in diesem Moment nur die körperliche Nähe einer Frau gesucht habe, um all diesen Scheiß zu vergessen? Aber er weiß genau, dass er nicht imstande ist, ihr diese Wahrheit ins Gesicht zu schleudern. Im Grunde genommen bewundert er sie, wegen ihrer künstlerischen Fähigkeiten und wegen ihrer Ehrlichkeit.

»Nein, ich bereue nichts! In diesem Moment...«, er redet nicht weiter und will gehen. Sie hält ihn am Arm fest.

»Warum sprichst du nicht weiter?«

»Weil du doch weißt, was ich sagen will!«

»Aber eine Frau hört gern, dass sie begehrt wird!« Sie schmiegt sich an ihn und blickt ihm in die Augen. »Auch wenn Yvonne zwischen uns steht«, sie schluckt, »liebe ich dich!«

Er legt seine Arme um sie und sagt: »Halte mich! Ich brauche...«

»Warum sprichst du nicht weiter?«, flüstert sie.

»Verdammt, weil alles so schwierig ist!«

»Warum?«, haucht sie und streicht mit ihrer Hand durch sein Haar.

»Das weißt du doch...«, weiter kann er nicht mehr sprechen. Ihre Lippen legen sich auf seinen Mund.

»Noch nicht einmal vor den Toten haben die jungen Leute heute Respekt! Was ist das nur für eine Welt!« Vor ihnen steht eine ältere Frau mit einer Gießkanne in der Hand. Abweisend mustert sie die beiden. Ohne lange zu überlegen, nimmt Rainer die Kanne aus ihrer Hand und sagt: »Sie haben vollkommen recht, auf dem Friedhof gibt es keine Liebe mehr! Das haben Sie doch so gemeint! Oder?«

Irritiert schaut sie ihn an. »So habe ich es wirklich nicht gemeint!«, verteidigt sie sich.

»Doch, so sagten Sie es!«

Verärgert schaut sie ihn an und will ihre Gießkanne wieder nehmen.

»Darf ich Ihnen nicht helfen?«

Prüfend schaut sie ihn an und nickt.

Rainer schöpft mit der Kanne das Wasser aus dem Brunnen und geht stumm neben der Frau her. Geli geht neben ihm. Vor einem Grab bleiben sie stehen. Ohne ein Wort zu sagen, nimmt sie ihm die volle Gießkanne aus der Hand und gießt damit die Blumen auf der Grabstätte.

Beide wollen gehen.

»Gerade auf dem Friedhof ist die Liebe allgegenwärtig! Ihr beide«, sie mustert Rainer und Geli, »müsst einer alten Frau von 80 Jahren zeigen, was Zuneigung ist!" Sie bückt sich und zieht einen Grashalm aus der feuchten Erde. Mühsam erhebt sie sich wieder, dreht sich um und schaut die beiden wieder an: »Die Ruhe hier genieße ich! Ihr müsst wissen, mit meinem Mann spreche ich immer! Er muss doch wissen, wie es mir geht!« Sie stellt die leere Gießkanne zur Seite. »Über die alltäglichen Dinge«, sie schaut die beiden jungen Leute wieder an, »müssen wir doch reden, aber an Liebe dachte ich wirklich nicht!« Eine Träne kullert dabei über ihr Gesicht. »Dabei liebten wir uns wirklich!« Sie winkt ab. »Wer will schon das Gequatsche einer alten Frau hören? Jetzt verschwindet schon und lasst mich mit meinem Mann alleine!« Resolut spricht sie diesen letzten Satz.

Beide gehen.

»Ich möchte noch einmal das Grab von Yvonne sehen!« Er schaut Geli an, und sie nickt. Die letzten Meter bis zu dem Grab beobachtet sie ihn. Seine Gesichtszüge verhärten sich. Als wäre es das Normalste der Welt, nimmt er die Hand von Geli und hält sie fest. Erstaunt blickt sie ihn an und lässt es geschehen. Vor dem Grab von Yvonne bückt er sich, nimmt seine Rose und steckt sie neben dem Kreuz in die Erde. Mühelos steht er auf, bleibt stehen und flüstert: »Warum?« Und noch einmal. »Warum?« Tief atmet er durch, dann strafft sich sein Körper. Er dreht sich zu Geli um und sagt: »Bevor Yvonne starb, hatten wir uns gestritten. Ich wollte, dass Yvonne zu mir ziehen sollte, aber sie wollte nicht.« Er dreht sich zum Grab. »Yvonne, das war doch die Wahrheit? Ich war zu egoistisch! Alles wollte ich besitzen und habe das Liebste verloren!« Seine Augen glühen vor Hass. Vorsichtig nimmt Geli seine Hand: »Komm!«, spricht sie leise.

Wie ein Kind lässt er es geschehen. Ohne ein Wort zu sagen, verlassen sie den Friedhof und gehen die Straße entlang. Vor dem Garten mit den vielen Rosen bleibt Rainer plötzlich stehen. Ein Mann und eine Frau arbeiten in einem Gemüsebeet. »Es sind wirklich wunderschöne Rosen, die Sie hier im Garten haben!«, spricht er plötzlich die Leute an. Der Mann schaut ihn an und nickt nur. Die Frau lässt sich bei ihrer Arbeit nicht stören.

»Ich möchte eine Rose bezahlen, die ich Ihnen heute Morgen gestohlen habe.«

Die beiden lassen sich von ihm nicht stören.

»Hören Sie, die Rose war für nicht mich, sondern für …«, er schweigt plötzlich.

Die Frau mustert ihn und kommt an den Zaun. »So, Sie wollen also eine Rose bezahlen, die Sie bei uns gestohlen haben.«

»Richtig!«, antwortet er ihr. Er greift in die Hosentasche und holt sein Portemonnaie heraus.

»Und Sie meinen, damit wäre alles wieder in Butter!«

Verdutzt blickt Rainer die Frau an. »Ich bin von der Nachtschicht gekommen und wollte zu dem Grab meiner Freundin gehen, da sah ich die Rosen durch den Gartenzaun leuchten.«

Prüfend schaut sie die beiden an. »Wenn nichts kaputt gemacht wurde …, ach, lassen wir es gut sein!«

»Nein! Yvonne hätte das nicht gut gefunden! Sie liebte die Ehrlichkeit! Was muss ich bezahlen?«, fordert er sie mit einem Ton auf, der keinen Widerspruch duldet.

»Darf man fragen, woran Ihre Freundin gestorben ist?« Auf ihre Frage gibt sie sich sogleich auch die Antwort. »Krebs ist doch eine grausame Krankheit!«

Empört starrt Rainer die Frau an. »Nein«, antwortet er energisch, »Yvonne hatte keinen Krebs! Die Stasi hat meine Freundin in den Tod getrieben! Das ist die Wahrheit!«

Entgeistert schaut die Frau ihn an. »Wenn das so ist … Gehen Sie, es ist schon in Ordnung!«

Geli hat die ganze Zeit daneben gestanden und hat Rainer beobachtet. Ich muss auf ihn aufpassen, sonst passiert noch ein Unglück mit ihm. Dabei durchströmt sie eine Welle von Zuneigung für diesen … Ihr fehlen die Worte. »Rainer, wir müssen gehen!« Sie wendet sich zu der Frau: »Es ist die Wahrheit, was er Ihnen gesagt hat! Es ist schwierig, mit dieser Tatsache fertig zu werden!«

Die beiden Leute starren Rainer an.

»Eine schlimme Sache!«, bemerkt die Frau und sieht dabei Geli an. Beide gehen.

Ohne ein Wort miteinander zu sprechen, marschieren sie die Straße entlang. Ab und zu blickt Geli Rainer an. Tief ist er in seine Gedanken versunken. Sie ahnt, was in ihm vorgeht. Warten muss ich, denkt sie, lange warten. Sie seufzt.

Kleine helle Wolken sind am Himmel zu sehen, ansonsten ist er strahlend blau. An der Straßenbahnhaltestelle müssen sie nicht lange auf die Bahn warten. Schweigend steigen sie ein und setzen sich.

»Mensch, Geli«, spricht plötzlich ein großer, schlaksiger junger Mann sie an. »Wir haben uns ja eine halbe Ewigkeit nicht mehr gesehen!« Er setzt sich ihr gegenüber. Rainer beachtet er nicht. »Wie geht es dir?«, fragt er und schaut sie neugierig an.

»Das ist Rainer! Und mir geht es gut!«

Er nickt, als hätte er von ihr nichts anderes erwartet.

»Kennst du schon den neuesten Witz?«

Sie verneint.

»Also«, seine Stimme wird leiser, »ein Stasioffizier geht auf der Straße und fragt einen Passanten: ›Wie beurteilen Sie die politische Lage?‹

Passant: ›Ich denke ...‹
Stasioffizier: ›Das genügt – Sie sind verhaftet!‹«
Schallend lacht er. »Ich kenne noch einen!« Er dreht sich um. Kein einziger Mensch steht oder sitzt in der Nähe.
»Zwei in der Kneipe unterhalten sich. Meint der eine: ›Pass auf, ich kenn 'nen Witz! Geht Honecker mit einem Seil in den Wald ...‹
Der andere: ›Und weiter?‹
›Darf ich nicht erzählen, fängt aber gut an – oder?‹«
»Halt endlich deine Schnauze! Hast du mich verstanden?«
»Was bist du denn für einer?«
Entgeistert blickt er Rainer an.
»Ich möchte meine Ruhe haben!« Drohend will er aufstehen. Geli nimmt seine Hand. Sofort beruhigt er sich wieder.
»Das ist Peter! Ein ehemaliger Schulkamerad von mir!«
Beide mustern sich.
»Mit deinem Freund ist nicht gut Kirschen essen!«
Wieder nimmt sie die Hand von Rainer. »Es gibt Gründe dafür! Aber wie ich dich kenne, hast du ja keine Zeit!«
Er lächelt. »Stimmt! Ich bin am Packen! Ich ziehe nach Berlin!« Er steht auf, dreht sich noch einmal um und sagt: »Geli, schön, dass man sich getroffen hat. Denk daran, nächstes Jahr ist Klassentreffen! Es wäre schön ...« Mitten im Satz hört er auf zu reden und steigt aus.

»Rainer«, spricht Geli ihn an, »gestern Abend bin ich mit meiner Arbeit fertig geworden!«
»Mit welcher Arbeit?«, fragt er erstaunt.
Bin ich so gleichgültig für ihn? Dieser Gedanke schießt ihr plötzlich durch den Kopf.
Mit ohrenbetäubendem Lärm biegt die Straßenbahn um die Kurve und verlangsamt ihre Fahrt. Am Marktplatz hält sie. Beide steigen aus.
»Ich habe das Hotel ›Zum braunen Hirsch‹ so gemalt, wie es einmal war!«

Er bleibt stehen.

»Wir wollten doch …«, er winkt ab und geht weiter.

»Rainer!«, entrüstet ruft sie seinen Namen. »Du wolltest das eine Haus …«

»Entschuldige! Ich war mit meinen Gedanken …«

»Rainer«, ruft plötzlich eine Frau laut, und noch einmal ruft sie: »Rainer«, diesmal noch lauter. Beide bleiben stehen, drehen sich um, und Geli sieht, wie eine ältere Frau mit zwei Tragetaschen auf sie zueilt.

»Ist das deine Mutter?«, fragt sie.

Er lacht. »Nein, das ist Roswitha, unsere gute Seele!«

Schnaufend bleibt sie vor ihnen stehen. »Schön, dass ich dich hier treffe!« Sie holt tief Luft.

»Was willst du von mir?«, fragt er.

»Wir wollten …«, sie mustert die fremde Frau an Rainers Seite.

»Das ist Geli! Ihr kannst du vertrauen!«

»Kiki will heute Abend in der Gartenlaube ihrer Tante grillen. Du kommst doch?« Wieder schnauft sie durch. »Bin ganz schön schnell gelaufen. Ich habe dich gerufen, und du wolltest mich einfach nicht hören! Wie taub warst du!« Roswitha schaut Geli an. »Wenn Sie mögen, können Sie ruhig mitkommen. Kiki hat bestimmt nichts dagegen!«

»Wenn Rainer mich mitnimmt, komme ich gern!« Sie schaut ihn an. »Übrigens, ich bin die Geli!«

Beide Frauen mustern sich. »Ich bin die Roswitha! Wir könnten uns doch duzen. Oder? Da lässt es sich besser quatschen!«

»Gern!«

»Aber jetzt muss ich wirklich gehen«, sagt Roswitha mehr zu sich als zu ihr, »sonst werde ich nicht fertig! Halt! Das Wichtigste hätte ich beinahe vergessen! Man sieht, man wird wirklich alt! Rainer, du musst um sechs Uhr bei Kiki sein! Wir brauchen ja einen Packesel!« Sie lacht. »Nicht vergessen, um sechs Uhr bei Kiki!« Eine Straßenbahn kommt. »Das ist ja die Zwölf! Da muss ich aber jetzt schnell laufen!«, spricht sie und eilt davon.

Ohne ein Wort miteinander zu sprechen, gehen sie einige Meter, und Geli bleibt an einem Gemüsestand stehen. Die Menschenschlange hat sich fast aufgelöst. Sie stellt sich an. Als sie an der Reihe ist, liegen nur noch wenige Tomaten in der Kiste. Sie nimmt den Rest. Gurken gibt es keine mehr.

»Rainer«, fragt sie ihn, »kommst du noch zu mir?«

Er schaut sie an. »Wenn ich etwas in den Magen bekomme, gern! Sonst kaufe ich mir eine Bockwurst!«

»Ich mache dir etwas!«

Geli will die Haustür aufschließen, als zwei Männer aus einem Skoda aussteigen und sie ansprechen: »Frau Remmling ...«, sie dreht sich um und erkennt den Oberleutnant Strangkowski und einen männlichen Begleiter, den sie noch nie vorher gesehen hat.

»Wir möchten uns doch einmal Ihre Wohnung anschauen!« Er grinst. »Sie haben doch nichts dagegen – oder?« Wieder grinst er.

»Dürfen Sie das?«, fragt Rainer.

»Sieh an, der Herr Schmalfuß! Die eine Freundin ist tot, und jetzt ...«

»Halt die Schnauze!«, brüllt Rainer außer sich, »ihr ...«

Geli hält ihm den Mund zu. »Rainer, ich bitte dich, lass dich von denen nicht provozieren! Du musst immer denken, diese ...«

Er reißt ihre Hand von seinem Mund. »Habt ihr ...«

»Jetzt öffnen Sie endlich die Haustür!«, brüllt der Fremde Geli an. Unerwartet öffnet sich die Tür. Ein älteres Ehepaar tritt heraus und blickt mit erschrockenen Augen die beiden Männer an. Freundlich fragt der Oberleutnant das Paar: »Sie kennen doch sicherlich Frau Remmling!«

Beide nicken.

»Ist sie eine nette Nachbarin? Oder verstößt sie oft gegen die Hausordnung? Ich meine, hört Frau Remmling oft westliche Sender?«

Die Angesprochenen blicken sich an. »Davon wissen wir nichts, ob und wann sie westliche Sender hört und sieht!«, antwortet der

Mann mit fester Stimme. »Frau Remmling ist ein hilfsbereiter Mensch. Wir können nichts Schlechtes von ihr sagen!« Einen Moment wartet das Paar, bis die Frau mit leiser Stimme fragt: »Dürfen wir jetzt gehen? Wir müssen ...«

»Selbstverständlich dürfen Sie gehen!«

Mit hastigen Schritten entfernt sich das ältere Paar.

Geli schließt ihre Wohnungstür auf. Der Oberleutnant hält ihr ein Schreiben vor die Nase und betritt die Wohnung, gefolgt von dem fremden Mann. Mitten im Flur bleibt er stehen. »Alle Achtung, hervorragende Bilder. Man sieht, da steckt Talent dahinter. Das ist unser Kunstexperte Unterleutnant Reinke!« Der Oberleutnant zeigt auf den fremden Mann. »Er wird sich unter meiner Führung«, er grinst wieder, »etwas um die Kunstszene in dieser Stadt kümmern!«

»Frau Remmling«, spricht unerwartet dieser Unterleutnant Reinke mit lauter Stimme, »wo sind die Bilder?«

»Was für Bilder?«, fragt sie sofort.

»Ich meine die Bilder von dieser Stadt.« Er geht zu ihr und mustert sie eindringlich. »Uns ist bekannt«, spricht er mit lauernden Augen, »dass Sie Bilder von dieser Stadt gemalt haben, um diese zu Propagandazwecken zu missbrauchen! Wo haben Sie diese versteckt?«

»Ich ...«, sie lacht, »wenn Sie in meiner Wohnung solche Gemälde finden, schenke ich sie dem Staat. Vielleicht werden ...«, sie winkt ab.

»Warum vollenden Sie den Satz nicht? Ich hätte ihn gern gehört!«, spricht freundlich der Oberleutnant.

»Ich brauche ihn nicht zu vollenden! Gehen Sie mit offenen Augen durch die Stadt, dann werden Sie sehen, was ich sagen wollte!«

Gründlich durchsuchen sie jetzt die Wohnung und finden nichts. Der Oberleutnant ist schon bei der Wohnungstür, als er sich plötzlich umdreht: »Frau Remmling, Sie glauben ja nicht, wie die beschlagnahmten Gemälde gebrannt haben! Es war eine

Freude, zuzuschauen! Und das Feuer wartet auf neue Nahrung.«
Grinsend schaut er sie an. »Als Künstler muss das wirklich frustrierend sein, das, was man für die Nachwelt geschaffen hat, einfach zu verbrennen!«

»Es ist frustrierend«, kontert sie, »aber ich weiß, was für einfältige Menschen hinter dieser Aktion stecken!«

»Hüten Sie Ihre Zunge!« Er hebt dabei seinen Finger, als er es sagt.

Beide verlassen die Wohnung und schlagen laut die Tür hinter sich zu.

Geli geht zum Fenster. »Und ich dachte, diesmal würden sie meine Bilder wirklich finden!«

Sie hängt ein Bild im Flur ab, dreht es um, entfernt die Klammern, geht in die Küche und legt es auf den Küchentisch. Vorsichtig entfernt sie die Faserplatte, legt sie ebenfalls auf den Tisch, und die Fotografie und das gemalte Bild kommen zum Vorschein.

Rainer betrachtet das Bild. Nur ein Wort sagt er: »Toll!«

Vorsichtig legt sie wieder die Fotografie und das gemalte Bild in den Bilderrahmen, legt die Faserplatte darauf und befestigt sie mit den Klemmen. Während sie das Bild nimmt, fragt sie: »Kommst du mit in die Küche?« Sie bleibt stehen und schaut ihn an. »Ich möchte mit dir etwas besprechen.«

»Was willst du mit mir besprechen?«, fragt er sofort, und deutlich hört sie sein Misstrauen heraus.

Als das Bild wieder hängt, betrachtet sie es. »Ich war im Thüringer Wald, als ich es malte. Das Licht und die Stimmung wollte ich unbedingt einfangen. Ob es mir gelungen ist, kann ich nicht beurteilen!« Nachdenklich betrachtet sie das Bild. »Immer, wenn ich in einer Sackgasse bin und nicht weiß, welchen Weg ich gehen soll, schaue ich mir dieses Bild an und, so merkwürdig wie es klingt, bekomme ich immer eine Antwort auf meine Fragen!« Ihre Verlegenheit sieht man deutlich in ihrem Gesicht, als sie sich zu ihm umdreht.

Beide schauen sich an.

»Jetzt komm in die Küche! Ich muss dir doch etwas zu essen machen! Sonst fällst du mir noch vom Fleisch.«

Beide gehen in die Küche. Auf dem Tisch steht eine Schüssel, abgedeckt mit einem Deckel. »Ich habe heute Morgen für uns einen Kartoffelsalat gemacht.« Sie geht zum Kühlschrank, öffnet ihn und holt eine Plastikdose heraus. »Und jetzt mach ich Rostbrätl!«

»Woher weißt du, dass das meine Lieblingsspeise ist?«

Sie dreht sich um und lächelt verschmitzt. »Welcher Mann isst nicht gern Rostbrätl! Dass du es auch gerne magst, konnte ich mir denken!«

Während sie die Zwiebeln schneidet, fragt er: »Was wolltest du mir sagen?«

»Siehst du nicht, wie ich heule?« Geschickt gibt sie die Zwiebeln in eine Pfanne mit Butter und lässt sie langsam darin schmoren. Vorsichtig holt sie das Fleisch aus dem Biersud heraus und legt die beiden Rostbrätl in die heiße Pfanne. »Gleich können wir essen.«

Der Raum wird mit dem betörenden Duft des Fleisches und der Zwiebel erfüllt. »Das Fleisch habe ich diesmal nicht mit so viel Senf bestrichen, jedes Mal, wenn ich es brate, wird es dann schwarz.« Sie rührt die Zwiebel. »Rainer, kannst du den Tisch decken? Alles, was wir brauchen, findest du in diesem Schrank.« Sie zeigt auf den Schrank am Fenster.

»Nie hätte ich gedacht, dass fein geschnittene Salatgurke im Kartoffelsalat so gut schmeckt!«

Sie lächelt und atmet erleichtert auf. Wann sag ich es ihm nur?, denkt sie.

Rainer schneidet gerade ein Stück von seinem Rostbrätl ab, als Geli ihn anspricht: »Rainer, was würdest du sagen, wenn du bei mir einziehen würdest?«

Verblüfft schaut er sie an. Während er sein Fleisch kaut, mustert er sie. Er schluckt es hinunter. »Warum sollte ich bei dir einziehen? Wir kennen uns doch kaum!«

Sie schließt für einen Augenblick die Augen, atmet tief durch, und mit gefestigter Stimme antwortet sie: »Es gibt zwei wichtige Gründe!« Sie trinkt einen Schluck Bier. »Wir beide wollen doch künstlerisch zusammenarbeiten, und da wäre es doch praktisch, in meine Wohnung zu ziehen! Sie ist doch geeignet für ein gemeinsames Atelier!«

Während sie isst, schaut sie ihn an. Keine Reaktion ist in seinem Gesicht zu sehen. Oh Gott, Rainer, du wirst bei mir nicht einziehen wollen! Dieser Gedanke schießt ihr durch den Kopf, und sie spürt plötzlich einen heftigen Stich im Herzen. Schon als Kind hatte sie diese Stiche bekommen, wenn sie ihre Enttäuschung verbergen musste, wenn sie das Geschenk nicht bekam, dass sie sich so sehr gewünscht hatte. Sie beugt ihr Gesicht über den Teller, als sie seine Stimme hört:

»Du meinst, wir könnten gemeinsam arbeiten?« Er nimmt den letzten Kartoffelsalat auf die Gabel. Sein Gesicht hellt sich auf. »Das ist gut! Die Stasi wüsste dann nicht, wann ich zu dir kommen würde, um zu arbeiten!« Nachdenklich blickt er sie an.

Vor Freude würde sie am liebsten laut schreien!

»Ein Problem sehe ich aber!« Sie zuckt zusammen. »Wo wollen wir die Bilder verstecken?«

Erleichtert atmet sie auf. Um ihre Freude nicht zu zeigen, steht sie auf, geht zum Kühlschrank, öffnet ihn und holt den Nachtisch heraus. »Götterspeise aus dem Westen!«

Verblüfft blickt er sie an. »Wo wollen wir die Bilder verstecken?«, wiederholt er seine Frage.

Sie stellt den Nachtisch auf den Tisch. »Auf dem Trockenboden!«

Verwirrt blickt er sie an.

»Du hast richtig gehört! Auf dem Trockenboden!«

»Und du meinst, das ist ein sicheres Versteck?«

»Ja! Nach dem Essen zeige ich dir den Trockenraum!«

»Und was ist der zweite Grund?«, fragt er erneut.

Für den Bruchteil einer Sekunde schließt sie die Augen, dann blickt sie ihn an. »Ich mag dich!«

Sofort antwortet er: »Ich muss es mir gründlich überlegen! So schnell möchte ich meine Wohnung nicht kündigen!«

Sie atmet erleichtert auf. Geschafft!, denkt sie.

Nach dem Essen bleiben sie noch einige Zeit sitzen, sprechen über Gott und die Welt. Rainer blickt auf die Uhr. »Lange kann ich nicht mehr bleiben, ich muss nach Hause und mich umziehen! Ich möchte gern den Trockenboden sehen, bevor wir gehen.«

Sie glaubt, sich verhört zu haben, als er sagt: »… bevor wir gehen!« Aber die Freude lässt sie sich nicht anmerken!

Geli schließt den Dachboden auf. Das Erste, was er sieht, ist ein mächtiger alter Schrank.

»Das ist mein Schrank!«, äußert sie voller Stolz in der Stimme.

»Woher hast du ihn?«

Mit strahlenden Augen geht sie zu ihm hin und sagt: »Meine Vormieter waren Rentner und wollten zu ihrem Sohn in den Westen ziehen. Das Problem war dieser Schrank.« Fast zärtlich streicht sie über das Holz. »Ich glaube, die mussten in kürzester Frist die DDR verlassen und wussten nicht, was sie mit diesem Monster von Schrank machen sollten. Da griff ich zu!« Aus ihrer Hosentasche holt sie ein Schlüsselbund heraus. Sie schließt eine verzierte Tür auf, und Rainer sieht Tassen und Teller.

»Und das hast du alles geschenkt bekommen?«, fragt er ungläubig.

Sie nickt. »Rainer, jetzt zeige ich dir etwas!«

Beide gehen hinter den Schrank. Sie bückt sich und greift darunter. Mit einem Schraubenzieher taucht sie wieder auf. Vorsichtig löst sie die Schrauben, und plötzlich löst sich eine Holzplatte.

»Das hat mein Onkel für mich gemacht! Er wusste, dass ich Bilder male, die diesen Parteibonzen nicht gefallen!«

Rainer sieht eine Einbuchtung, in der man einige Bilder verstecken kann.

Geli holt ein Bild heraus und zeigt es ihm. Sofort erschrickt er, als er es sieht. Es zeigt Honecker als Papst und das Parteibuch als Bibel.

»Geli, das ist ...«, die richtigen Worte findet er nicht.

»Rainer, dieser Sozialismus ist doch für diese Marionetten der Russen wie eine Staatsreligion.«

Er nickt.

Vorsichtig schraubt sie die Platte wieder an den Schrank. Kaum dass Geli damit fertig ist und zur Dachluke gehen will, um sie zu öffnen, geht die Bodentür auf. Eine junge Frau, modisch gekleidet, betritt den Boden mit zwei lärmenden Kindern. »Da habe ich ja Glück! Geli, hast du gewaschen?«, fragt sie und starrt sie unverwandt an.

»Rosi, du kannst deine Wäsche aufhängen! Ich wasche diese Woche nicht mehr!«

Kiki öffnet ihre Wohnungstür. »Ich habe auf euch schon gewartet! Kommt rein.« Mit sichtlichem Interesse mustert sie Geli und spricht mit freundlichem Ton: »Roswitha hat mir von dir erzählt! Übrigens, ich bin Kiki! Aber das weißt du ja schon von Rainer!« Beide betreten die Wohnung.

Roswitha kommt aus der Küche geeilt, grüßt Geli freundlich, und ihr Gesicht leuchtet vor Freude, als sie Rainer sieht. »Was glaubst du, was ich bekommen habe?« Erwartungsvoll schaut sie ihn an.

Er lächelt. »Deine Ausreisepapiere!«

»Falsch!« Ihre Gesichtszüge verändern sich, als sie betont langsam spricht: »Was könnte es denn noch sein?«

Kurz überlegt er. »Ich weiß es wirklich nicht!«

Aus ihrer Kittelschürze zieht sie einen Brief heraus.

»Hat Bärbel dir geschrieben?«

Sie nickt.

Gespannte Neugier zeichnet sich in seinem Gesicht ab. »Darf ich ihn lesen?«

Sie reicht ihm den Brief. Er geht ins Wohnzimmer und setzt sich. Nach einiger Zeit faltet er den Brief wieder zusammen. Mehr zu sich sagt er: »Ich ahnte es, dass Bärbel am Anfang große Schwierigkeiten im Westen haben würde!« Er starrt vor sich hin. »Eine vollkommen andere Welt hat sich doch für sie geöffnet!« Er seufzt. »Aber dass sie so viele Probleme bewältigen musste, hätte ich nicht gedacht.« Rainer steht auf, geht zum Fenster und blickt hinaus.

»Kiki, Bärbel will von uns Fotos haben. Hat sie ihre Bilder nicht mitgenommen?«, fragt er und dreht sich um. Kiki steht an der Tür und beobachtet ihn. »Nein, alle Fotografien, die sie hatte, hat sie mir gegeben!«

»Aber warum?«, fragt er erstaunt.

»Sie hatte Angst, die Bilder könnten ihr bei der Grenzkontrolle weggenommen werden.«

»Ich werde ihr welche schicken!«, meldet sich Roswitha. »War doch eine gute Idee von ihr, einen falschen Absender auf den Brief zu schreiben.« Es dauert einen Moment, bis sie weiterspricht. »Ich habe mir die Schrift genau angeschaut!« Alle blicken sie an. »Es muss eine ältere Frau sein, die den Absender geschrieben hat. So eine Schrift hat kein junges Mädel!« Sie holt den Brief aus der Kittelschürze. »Seht euch doch das B und das E an. So habe ich das Alphabet in der Schule gelernt! Diese Verschnörkelungen gibt es im Latein nicht! Das sind deutsche Buchstaben!«

Rainer nimmt noch einmal den Brief und schaut sich den Absender genau an. »Roswitha hat recht! Schlau von Bärbel, sich den Absender von einer anderen Person schreiben zu lassen!«

»So, genug gequasselt«, sagt plötzlich Kiki mit lauter Stimme, »auf geht's zum Grillen! Unser Packesel ist ja schon da.« Sie schaut Rainer an, als sie dies sagt und grinst.

In dem Moment, in dem sie aufbrechen wollen, läutet es an der Wohnungstür. »Das wird Nadine sein! Ich habe sie eingeladen!« Schuldbewusst blickt Roswitha alle an. »Ich kümmere mich ein wenig um dieses Mädchen!«

Kiki öffnet die Tür, und tatsächlich steht Nadine davor.

»Es ist nett von euch, mich zum Grillen einzuladen!« Ihre Verlegenheit kann sie nur schlecht verbergen. »Ich habe auch etwas ganz Besonderes mitgebracht!«, sagt sie voller Stolz.

»Komm erst einmal rein!«, fordert Roswitha sie auf.

Nadine betritt den Flur, bleibt stehen, greift in ihren bunten Stoffbeutel, holt eine Ananas heraus und zeigt sie jedem. Die Frucht überreicht sie der völlig verdutzten Roswitha. Dann greift sie noch einmal hinein und holt eine weitere heraus. Diese überreicht sie wieder der fassungslosen Roswitha.

»Kindchen, wo hast du diese ...« In diesem Moment fällt ihr das passende Wort nicht ein. Man sieht, dass Nadine diesen Auftritt sichtlich genießt. Sie nimmt jetzt eine Ananas aus der Hand von Roswitha und überreicht sie Kiki. »Entschuldigung«, sagt sie, »das ist mein Geschenk an dich. Ich freue mich riesig, dass ihr mich eingeladen habt!«

»Ich habe noch nie eine Ananas in der Hand gehabt. Ich kenne sie nur aus der Dose!« Neugierig betrachtet Kiki die Frucht.

Roswitha mustert ebenfalls die Ananas und fragt: »Nadine, woher hast du sie bekommen? Gab es welche im Geschäft?«

»Nein, es gab keine Ananas im Geschäft! Ich habe sie geschenkt bekommen!«

Ungläubig starren alle sie an.

»Ja, ich habe sie tatsächlich geschenkt bekommen!«

»Nadine, willst du uns verarschen? Wer schenkt dir, ausgerechnet dir, diese Ananas!«, äußert Kiki und kann dabei nur schlecht ihren Ärger verbergen.

»Ganz einfach«, kontert Nadine keck, »meine Nachbarn haben Besuch aus dem Westen bekommen! Sie hatten mich zum Kaffeetrinken eingeladen, und denen erzählte ich, dass mein Bruder im Gefängnis sitzt.«

Geli fragt entsetzt: »Was hat er ...«

»Er hat nichts verbrochen! Er wollte nur aus diesem Scheiß-Staat fliehen!«

Geli mustert die zarte Persönlichkeit bestürzt.

»Plötzlich«, erzählt Nadine weiter, »stand der Westbesuch auf, ging aus dem Wohnzimmer und holte mir ein Stück Lux-Seife, die duftet herrlich, und die Ananas. Wie die wohl frisch schmecken wird?«

»Mein Gott«, spricht Geli, als sie endlich den Garten erreicht haben, »das ist ja ein Paradies!« Dicht am Eingang steht ein weit verzweigter Kirschbaum, so, als würde er der Wächter des Gartens sein. Unter dem Baum lädt eine Bank zum Sitzen ein. Mit staunenden Augen betreten sie die Gartenanlage. Rechts und links des Weges stehen dicht gedrängt Blumen, deren Vielfalt der Farben die Sinne zum Träumen anregt. Geli bückt sich, und mit vollen Zügen genießt sie den betörenden Duft der Bartnelken.

»Das sind meine Lieblingsblumen!« Über ihren spontanen Gefühlsausbruch ist sie selbst überrascht. Langsam gehen sie weiter, bestaunen den Gemüsegarten und sehen die Gartenlaube, die teilweise dicht umrankt ist von einer rosafarbenen Kletterrose. Vor der Laube steht ein gemauerter Grill. Kiki schließt den Schuppen auf, der neben der Laube steht und holt die Holzkohle heraus. Währenddessen säubert Rainer den Grill.

Mit gemächlichen Schritten kommt Knorpel den Weg entlang, bleibt einen Augenblick stehen, bückt sich, betrachtet die Blumen, riecht daran, steht auf, geht weiter, um sich erneut zu bücken und an den Blumen zu schnuppern. »Schade«, sagt er so laut, dass es alle hören können, »es müsste ein Fotoapparat erfunden werden, mit dem man den betörenden Duft der Blumen auf einem Bild festhalten kann!« Grinsend stellt er sich in Pose. »Servus!«, grüßt er laut und blickt dabei alle an.

Als einer der Ersten fragt Rainer ihn: »Was willst du hier?«

Kiki legt die Hand auf Rainers Schulter und sagt ebenfalls laut: »Ich habe ihn eingeladen! Ihr habt doch nichts dagegen? Oder?«

Keiner antwortet, nur an den Gesichtern der Anwesenden erkennt man die Empörung über diesen Gast.

Knorpel stört sich nicht daran. Er steuert direkt auf Rainer zu, blickt ihn lächelnd an. Einen Moment schauen sich beide an. »Ich habe dir etwas mitgebracht!«

»Du hast mir etwas mitgebracht?« Sein Erstaunen ist in diesem Augenblick nicht gespielt.

»Ja!«

»Willst du mich verarschen?«

»Warum sollte ich?«, sagt er. »Wir wollen uns doch einen gemütlichen Grillabend machen! Da wollen wir uns doch nicht streiten! Oder?«

Geli kommt und nimmt Rainers Hand. »Übrigens, ich bin die Geli!«

»Hab schon gehört, dass du die Neue von Rainer bist. Ich bin Knorpel!«, stellt er sich vor.

Seinen Ärger kann Rainer nur sehr schlecht verbergen, dass dieser Kerl bei dem Grillabend dabei ist.

Geschickt greift Knorpel in seine lange Jacke, holt ein Päckchen heraus und reicht es ihm. Irritiert greift Rainer zu und starrt ihn fassungslos an. »Warum schenkst du mir etwas?«

Knorpel lacht: »Mit Speck fängt man Mäuse!« In diesem Moment, als Knorpel dies sagt, verändern sich die Gesichtszüge von Rainer. »Spaß beiseite! Wir müssen doch unser Kriegsbeil endlich einmal begraben!« Freundschaftlich klopft er ihm auf den Arm. »Ich brauche dich!«

Vorsichtig öffnet Rainer das Päckchen. Zum Vorschein kommt ein Buch. Leise liest er: »Das Glasperlenspiel«. In diesem Augenblick fehlen ihm die Worte. »Du ... schenkst ... du schenkst mir Hermann Hesse? Woher hast du das Buch?«

»Rainer«, Knorpel blickt ihn an und lacht, »ich lag im Bett, und da kam eine Zauberfee ...«

»Knorpel, woher hast du es?«, fragt Rainer barsch.

»Du hast deine Quellen und ich habe meine! Bist du jetzt zufrieden?«

»Knorpel, ich werde dir das niemals vergessen!«

»Das hoffe ich doch!« Und er lacht wieder.

»Komm, lass uns die Kohle anzünden! Der Hunger quält mich schon.«

Als Rainer von den Anwesenden ein paar Meter entfernt ist, fragt Knorpel leise: »Ist diese Geli sauber?«

»Ich weiß es nicht! Aber ich glaube schon!«
Knorpel dreht sich um und mustert sie. »Hoffentlich!«

Geli will gerade den Kassettenrekorder einschalten, um ihr Lieblingslied von Jethro Tull »Locomotive Breath« zu hören, als Kiki mit kräftiger Stimme ruft: »Diesmal die Musik nicht so laut aufdrehen! Wir wollen doch keine ungeliebten Gäste anlocken!« Kopfschüttelnd stellt sie so ein, dass sie ein normales Gespräch führen können.

Geli nimmt sich eine Rostbratwurst und ein Bier und setzt sich. »Hier draußen kommen doch bestimmt nicht die Bullen! Oder?«

»Deswegen, Geli«, spricht Kiki sie an, »heute Abend gibt es nach dem Grillen einen literarischen Abend!«

Nadine schaut die beiden an, und mit freudiger Stimme fragt sie: »Was hören wir denn?«

»Wart's ab!«, spricht lächelnd Rainer.

»Das gefällt mir!« Genüsslich lehnt sich Knorpel in den Stuhl, beißt in seine Bratwurst, trinkt einen Schluck Bier. »Kiki«, fragt er spöttisch, »willst du uns etwas vorlesen?«

»Du kannst es einfach nicht lassen, die Leute auf den Arm zu nehmen!«

»Kiki!«, kontert er sofort, »ich würde es nicht wagen, dich auf den Arm zu nehmen. Ich muss ja an meine Bandscheiben denken!«

Rainer grinst.

»Ihr Männer müsst immer zusammenhalten, wenn es gegen die Frauen geht!«

»Das ist doch selbstverständlich! Oder?«, heizt Rainer die Stimmung an.

Geli klopft ihm auf den Hinterkopf. »Kleine Schläge auf den Hinterkopf«, spricht sie und kann das Lachen kaum unterdrücken, »fördern das Denkvermögen! Aber bei den Männern ist ja nichts da, wie soll da noch etwas gefördert werden!« Jetzt lacht sie laut.

Wie von unsichtbarer Hand schiebt sich die Nacht in den Garten. Da, wo noch vor Kurzem die Brombeersträucher am Gartenzaun zu sehen waren, hat sie sich wie ein dunkles Tuch über sie gelegt. Kiki steht auf und schaltet die Gartenbeleuchtung an. »Roswitha«, ruft sie, »weißt du, wie man diese Ananas schält?«

Nadine steht auf. »Kiki«, ruft sie, »der Westbesuch erklärte es mir!«

»Hätte nicht gedacht, dass die Ananas so süß ist!«, wirft Knorpel in die Runde. Ein Genuss ist das.

»Nadine!«, sagt Geli, »das ist wirklich die Krönung! Danke, dass du an uns gedacht hast!«

Diese blickt auf ihren Teller, und leise sagt sie: »Ich bin gern bei euch!«

Kiki isst das letzte Stückchen Ananas, lehnt sich im Stuhl zurück, schaut zum Himmel und äußert zufrieden: »Noch nie habe ich so gut gegessen!«

Knorpel blickt sie an, nimmt ihre Hand und lächelt. »Und jetzt kommt ein literarischer Genuss von mir!« Er will beginnen, aber kein einziges Wort kommt aus seinem Mund. Er greift in seine Jackentasche. »Verdammte Scheiße«, flucht er, »ich habe meinen Zettel vergessen!«

Geli mustert ihn und fragt: »Welchen Zettel?«

»Ich wollte euch die ersten drei Strophen meines neuen Gedichtes vortragen!« Mit der Faust schlägt er auf die Stuhllehne. »Verdammte Scheiße! Die dritte Strophe habe ich heute Nachmittag geschrieben! Die ist in meinem Schädel noch haften geblieben, aber die zwei anderen Verse ... einfach vergessen! Mist, verdammte Scheiße!«, flucht er erneut.

»Du schreibst Gedichte?«, fragt Geli.

»Ja!«, brummt er.

Kiki nimmt seine Hand. »Jetzt ärgere dich nicht. Die ersten beiden Strophen sind wirklich klasse!«

»Wie das Gedicht heißt, wirst du wohl noch wissen!«, spöttelt Rainer.

Knorpel schnauft. »Krieg!«

»Dann sag uns doch wenigstens den dritten Vers auf! Ich würde mich freuen!«, besänftigend äußert dies Nadine.

Dankend sieht er sie an. Noch einmal räuspert er sich. Seine Stimme ertönt in die Nacht hinein:

> »Gedanken – sie lassen mir keine Ruhe!«,
> sie waren nur ein winziger Teil
> des großen Flusses.
> Und jedes Schicksal kämpft vergeblich,
> irgendwann das Tageslicht zu erreichen.«

Stumm schauen sie ihn an.

»Jetzt bin ich doch neugierig geworden! Bin gespannt, wie der Anfang ist!«, äußert sich Rainer als Erster.

»So, das war die Einleitung zu unserer literarischen Nacht, und jetzt kommt der Hauptteil – ein Hörspiel!« Kiki blickt alle der Reihe nach an.

Plötzlich sind Schritte zu hören. Aus der Dunkelheit taucht der ABV auf. »Guten Abend«, wünscht er und mustert die Anwesenden. Als er Kiki erkennt, lächelt er: »Ich sah Licht im Garten und habe mich gewundert, wie ruhig es ist. Da musste ich doch nachschauen, ob keine Einbrecher ihr Werk verrichten!«

»Herr Kuwalke, eine Wurst liegt noch auf dem Grill! Sie hat auf Sie gewartet!«

Einen Moment zögert er.

»Geben Sie Ihrem Herzen einen Stoß und nehmen Sie die Wurst! Wir sind satt!«

»Wenn das so ist, gerne!«

Kiki gibt sie ihm. Er bedankt sich. »Einen schönen Abend wünsche ich noch!« Dann entfernt er sich wieder.

Knorpel äußert sich als Erster: »Schwein gehabt! Eine Minute später … nicht auszudenken, was passiert wäre!«

»Und dieser Kuwalke liest viel! Meine Tante hat es mir erzählt!«, berichtet Kiki und blickt alle an.

Rainer steht auf und will gehen.

»Rainer, wohin willst du gehen?«, fragt Geli und ist dabei, aufzustehen.

»Bleib sitzen! Ich möchte nur nachsehen, ob der ABV wirklich gegangen ist!« Nach einiger Zeit kommt er wieder. »Die Luft ist rein!«

Sie rücken ihre Stühle näher an den Tisch heran. Auf ihm steht der Kassettenrekorder. Kiki steht auf und sagt leise: »Wir hören ein Hörspiel von George Orwell: ›1984‹«. Sie drückt den Knopf des Kassettenrekorders herunter und setzt sich. Eine klare Stimme ist zu hören.

Ein Schwarm Nachtfalter und Mücken fliegen um das Licht herum, auf der nahen Straße fährt ein Auto entlang. Knorpel nimmt die Hand von Kiki und hält sie fest. Sie schaut ihn an. Leise steht Geli auf, stellt ihren Stuhl neben den Stuhl von Rainer. Sie nimmt ebenfalls seine Hand und hält sie fest. Gespannt hören sie zu.

Als der letzte Satz verklungen ist und der Kassettenrekorder sich automatisch ausgeschaltet hat, schauen sie sich stumm an.

»Dieser Winston Smith ist ein …«, dann verstummt Roswitha, so, als würde ihr etwas Wichtiges eingefallen sein. Sofort spricht sie weiter: »Dieser Orwell hat die Verhältnisse in der DDR beschrieben! Oder was meint ihr?« Entsetzt blickt sie auf ihre Uhr. »Kiki, die letzte Straßenbahn ist weg! Was machen wir?«

»Schlafen werden wir hier!«, lacht Kiki. »Und du wirst die Königin der Nacht sein!«, scherzt sie.

Ungehalten blickt Roswitha sie an. »Eine alte Frau zu verarschen finde ich nicht gut!«

»Ich verarsche dich nicht! Du wirst auf dem Sofa in der Laube schlafen. Wir werden uns die Liegen schnappen und draußen schlafen! Decken hat meine Tante genug! Oder will jemand in die Stadt laufen? Ich nicht!«

Knorpel brummt: »Das Hörspiel geht mir nicht aus dem Kopf!«
Kiki blickt auf die Uhr. »Es ist Mitternacht vorbei. In sieben Stunden können wir diskutieren! Einverstanden?«
Alle nicken.
Rainer hat seine Liege unter einen Apfelbaum gestellt. »Darf ich mich neben dich legen?«, fragt Geli und gähnt.
»Meinetwegen!«, brummt er. Er nimmt die zwei Decken und legt sich hin.
»Rainer?«
»Was ist?«, brummt er erneut.
Sie setzt sich hin. »Ich möchte einen Kuss von dir!«
»Dann komm!«
Sie kriecht unter seine Decke und schmiegt sich an ihn. »Wenn wir alleine wären!«
»Was wäre dann?«, fragt er, halb im Schlaf.
»Dann würde ich dich verführen!«, flüstert sie ihm ins Ohr.
»Da gehören aber zwei dazu!«, spricht er spöttisch.
»Du bist ein Arsch! Aber ein lieber!«
Sie hören, wie Kiki und Knorpel sich ebenfalls unterhalten. Sie legt den Arm um ihn, und nach einiger Zeit hört Rainer das gleichmäßige Atmen der Schlafenden. Vorsichtig steht er auf und legt sich auf die andere Liege. Er starrt den Sternenhimmel an und denkt an Yvonne. Kein Wind regt sich.

»Das könnt ihr doch mit mir nicht machen!«, protestiert Roswitha. »Ich gehe nicht nackt baden! Ich gehe nach Hause!«
Kiki geht zu ihr, nimmt sie in den Arm und sagt: »Wir lassen dich gehen, aber nur unter einer Bedingung …« Einen Moment schweigt sie und schaut jeden der Anwesenden an, »wenn wir nach dem Baden zu dir kommen dürfen, um dort zu frühstücken!« Prüfend schaut sie Roswitha an. »Einverstanden?«, fragt sie.
»Ja, ihr könnt kommen!«
Es ist windstill. Friedlich spiegelt sich die Morgensonne in dem See. Die letzten Nebelschwaden über dem Wasser lösen sich

langsam auf. Ein Entenpaar schwimmt vorüber. Nicht weit von ihnen liegt ein Boot am Ufer.

Rainer zieht sich schnell aus, legt seine Kleider auf einen Haufen und rennt ins Wasser. Knorpel hinterher. Geli und Kiki schauen sich an, entkleiden sich ebenfalls und rennen ins Wasser. Zuletzt folgt Nadine.

»Nie hätte ich gedacht, dass es am Morgen so schön im Wasser ist!«, ruft Kiki voller Freude. Sie legt sich auf den Rücken und zieht langsam ihre Bahn. Knorpel taucht und zieht sie unter Wasser. Prustend taucht sie auf. »Jetzt sehe ich wie eine Schleiereule aus!«

»Schleiereulen sind nützliche Tiere!«, foppt er sie.

»Du bist …«, schreit sie laut. Er schwimmt zu ihr, nimmt sie in den Arm und küsst sie lange.

Geli und Rainer sind zum Schilf geschwommen. »So einen Abend müsste man wiederholen. Er hat mir wirklich gut gefallen!« Rainer nickt.

Sie schwimmt zu ihm und schaut ihn an. »Was ist das für ein Vogel, der so schön singt?«, fragt sie ihn leise.

»Ich weiß es nicht!«

Sie schmiegt sich an ihn und flüstert: »Halte mich bitte fest!«

Er schaut sie an, küsst sie flüchtig und sagt: »Es war wirklich ein schöner Abend!«

Nadine schwimmt zu ihnen. »Jetzt müsste man im Westen sein!«, sagt sie und blickt beide an. Als sie aber auf ihre Erklärung nicht reagieren, schaut sie zum Himmel. »Aber abhauen würde ich nicht! Ich will leben und nicht erschossen werden!«

Sie merkt, dass Rainer und Geli allein sein wollen. Enttäuscht darüber spricht sie trotzdem weiter: »Es ist nur schade, dass ich vielleicht nur im Rentenalter Köln oder München besichtigen kann!« Nadine schwimmt einige Meter und kommt zurück. »Vielleicht hätte ich einen Fluchtversuch unternommen, wenn mein Bruder nicht im Knast wäre.« Schweigend legt sie sich auf den Rücken.

Geli und Rainer schauen sich an.

»Beim letzten Besuch im Gefängnis erzählte mir mein Bruder: Die Gefängnisse in der DDR sind voll von Republikflüchtigen! Scheiß-Staat!« Sie taucht unter. Prustend taucht sie wieder auf.

»Nadine«, spricht plötzlich Rainer. Sie sieht ihn an. »Wir müssen uns in diesem Staat unsere kleine, freie Welt selbst schaffen! Verstehst du?«

Sie nickt. »Diesen Bonzen in den Arsch kriechen!«

Rainer lächelt. »Nein, Nadine. Was ich meine: so etwas wie der gestrige Abend!«

Sie nickt. »Verbotene Dinge tun! Das mache ich schon lange, aber meine persönliche Freiheit habe ich trotzdem nicht. Ich fühle mich eingesperrt und ausgeliefert!«

»Nadine, du hast recht! Ich fühle mich auch eingesperrt! Da kann ich machen, was ich will. Dieses Gefühl wird mich wahrscheinlich mein ganzes Leben begleiten!«

Roswitha wird auf der Liege wach. Sie blickt auf ihre Uhr und erschrickt! »Fast den ganzen Nachmittag habe ich auf dem Balkon geschlafen. Das ist mir noch nie passiert.« Mühsam steht sie auf und hinkt in ihre Küche. Schon seit Tagen schmerzt ihr das linke Bein. Aus dem Kühlschrank holt sie sich eine Limonade, öffnet sie und trinkt. Für einen Moment setzt sie sich an den Küchentisch und denkt über ihr Leben nach. Nach einiger Zeit hinkt sie ins Wohnzimmer, schließt ihren Schrank auf, holt das Nähkästchen heraus, öffnet es, und mit einem zufriedenen Schmunzeln nimmt sie das schmale Buch heraus. Rainer hat es ihr zum Lesen gegeben.

Zuerst liest sie den Autor: »Hermann Hesse«, danach den Titel: »Heumond«. Auf dieses Buch hat sie sich wirklich gefreut! Alles, was Rainer ihr bisher empfohlen hat, hat sie regelrecht verschlungen. Sie schämt sich ihrer Neigung zum Lesen. In ihrem Alter, denkt sie, müsste sie sich langsam Gedanken über das Sterben machen und nicht in eine völlig fremde Welt eintauchen. Nie hätte sie gedacht, dass einmal das Lesen in den Vordergrund ihres

Lebens rücken würde. Aber gerade diese unbekannten geschriebenen Lebensbereiche faszinieren sie.

Sie legt sich wieder in ihren Liegestuhl, schlägt das Buch auf und liest den ersten Satz. Noch einmal muss sie diesen ersten Satz lesen: »Das Landhaus Erlenhof lag nicht weit vom Wald und Gebirge in der hohen Ebene.«

Sie schlägt das Buch wieder zu und schaut zum Himmel. »Der Erlenhof«, flüstert sie, und noch einmal flüstert sie: »Der Erlenhof!« Da war doch etwas. Bruchstücke von Erinnerungen tauchen aus dem Nebel der Vergangenheit auf und fügen sich zu einem Bild zusammen. »Diese Augen«, flüstert sie erneut, »wie konnte ich sie vergessen? In der Scheune ...« Sie zuckt zusammen. »Die weit aufgerissenen Augen«, wiederholt sie, »wie sie mich anstarrten! Dann waren sie verschwunden, so, als wären sie niemals da gewesen!« Wieder schaut sie zum Himmel. Keine Wolke ist zu sehen. »Eingebrannt haben sie sich doch bei mir!« Ja, denkt sie, der Gasthof hieß ja auch Erlenhof! »Es war wirklich keine schwere Arbeit«, spricht sie mit sich, »die ich verrichten musste. Wenigstens satt essen konnte ich mich.« Sie schließt die Augen. »Es muss Ende September, Anfang Oktober 1944 gewesen sein.« Erneut blickt sie zum Himmel. Sie schließt wieder die Augen. »Aus der Scheune«, flüstert sie, »holen die Soldaten einen jungen Mann. Ein SS-Offizier stand im Hof und brüllte. Ich schaute aus dem Küchenfenster und konnte diesem Offizier ins Gesicht schauen.«

Sie steht auf, geht in die Küche und schmiert sich ein Brot, dabei tauchen immer mehr Bilder aus ihrer Vergangenheit auf. Sie legt das Brot auf einen Teller, nimmt sich eine Tomate und geht zurück auf den Balkon. Diesmal setzt sie sich auf den Stuhl, der in der Ecke neben dem Tischchen steht. Automatisch isst sie, aber ihre Erinnerungen lassen sie nicht zur Ruhe kommen. Sie lehnt sich zurück. »Anfang September 1961 muss es wohl gewesen sein. Brunhild, Gerda und ich«, spricht sie leise. Mein Gott, denkt sie, die Brunhild ist schon viele Jahre tot, und Gerda ist vor zwei Jahren gestorben. Wir drei fuhren gern Fahrrad!

Wir waren unzertrennlich! Es muss an einem Sonntag gewesen sein. Sicher ist sie sich aber nicht. Sie steht auf, holt sich ihr Fotoalbum und blättert darin herum. Auf der dritten Seite sieht sie das Bild, wonach sie gesucht hat. »Mein Gott, wie jung wir da noch waren«, flüstert sie. »Gerade einmal Anfang fünfzig!« Noch einige Bilder betrachtet sie. Auf einem Bild erkennt sie, zwar undeutlich, dass etwas vom Himmel fällt. »Das war das letzte Bild! Richtig«, flüstert sie, »die Brunhild hat einen neuen Film eingelegt und fotografierte, wie Zeitschriften, Flugblätter und andere Gegenstände vom Himmel fielen.« Ein Fesselballon aus dem Westen hatte sie abgeworfen, denkt sie. »Wie dumm ich damals war«, flüstert sie erneut. »Ich hätte doch eine Zeitung unter meiner Bluse verstecken können. So war ich eben!« Sie seufzt. »Die erstbeste Zeitung hob ich auf. Ich glaube, sie hieß ›Rote Fahne!‹ Nur Bilder von Männern waren zu sehen. Was darunter stand, las ich nicht, bis mir plötzlich ein Bild von einem Mann auffiel. Irgendwo hatte ich ihn schon einmal gesehen. Das wusste ich. Ich las und erschrak: früher SS-Sturmbannführer und heute Mitglied in der SED und höherer Polizeioffizier! Wie konnte ich diesen Menschen vergessen! Als ich meine Geschichte Brunhild und Gerda erzählte, bekamen wir Angst, Angst, die Staatsmacht könnte uns einsperren, weil wir etwas Verbotenes taten. Brunhild riss den Film aus dem Fotoapparat und warf ihn fort.« Verbittert lacht sie. »So schnell, wie wir nur konnten, fuhren wir wieder nach Hause!« Schuldgefühle stellen sich bei Roswitha ein.

Dunkle Wolken erscheinen am Himmel. Wind ist aufgekommen. Sie fröstelt. Mühsam steht sie von ihrem Stuhl auf, blickt auf die Uhr und sagt: »Die Nachrichten kommen!« Kaum hat Roswitha den Fernseher eingeschaltet, da klingelt es an ihrer Tür.

»Verdammt«, flucht sie leise, »muss ja niemand wissen, dass ich Westsender eingeschaltet habe.« Sie schaltet den Fernseher wieder aus, geht zu ihrer Wohnungstür und öffnet sie.

»Nadine, was machst du hier?«, fragt sie erstaunt.

»Darf ich reinkommen?«, fragt diese leise.

»Sicher!«

Kaum hat sich die Tür hinter ihr geschlossen, bleibt sie wie angewurzelt stehen, und mit leiser Stimme sagt sie: »Roswitha, ich habe furchtbare Angst! Ich weiß nicht, was ich machen soll!«

»Im Flur wollen wir doch keine Probleme besprechen! Oder?« Freundlich blickt Roswitha Nadine an. »Komm, setz dich, und dann erzähl mir, wo der Schuh drückt!«

»Roswitha, die Bullen wollen mit mir reden. Auf der Vorladung stand: Klärung eines Sachverhaltes!«

»Nadine«, fragt sie, »hast du etwas ausgefressen?«

»Nein, Roswitha!«

Ungläubig mustert sie das junge Mädchen.

»Glaub mir doch! Ich habe nichts getan!«

»Wenn du nichts angestellt hast, brauchst du keine Angst zu haben!«

Nadine blickt auf ihre Hände. »Und wenn mich diese Bullenschweine aushorchen wollen? Ich habe einfach Angst, dass ich, aus Wut, mich verquasseln würde!«

Roswitha nimmt ihre Hand und spricht: »Du darfst dich nicht provozieren lassen!«

»Du hast leicht reden! Warst du schon einmal bei diesen Schweinen?«

»Nein!«

»Dann sei froh! Die arbeiten mit allen möglichen Tricks!«

»Aber Nadine, …«

»Roswitha, mir geht Yvonne nicht aus dem Kopf. Sie hat sich umgebracht, weil sie schwach wurde und kein Spitzel sein wollte! Und ich weiß nicht …« Tränen kullern über ihre Wangen.

»Bist du dir ganz sicher, dass du nichts Unrechtes getan hast?«, fragt Roswitha noch einmal.

Nadine nimmt ihre Hand, und mit tränenverschmiertem Gesicht antwortet sie: »Ganz sicher!«

»Hm, was wollen die von dir?«, fragt sie.

»Ich weiß es wirklich nicht!«

»Nadine, hat das etwas mit deiner Musik etwas zu tun?«
Ungläubig starrt sie Roswitha an. »Aber wir proben doch erst seit zwei Monaten! So richtig spielen können wir vielleicht acht Titel! Und eigene Texte liegen bei mir in der Schublade!«
»Hm! Hast du jemandem erzählt, dass du eigene Lieder spielen willst?«
»Ja, meinen Freunden und den Bandkollegen!«
»Hoffentlich hast du nicht erzählt, dass du kritische Lieder singen willst, mit …«, sie überlegt, »mit … wie hieß dieses eine Wort noch einmal? Nadine, hilf mir doch bitte!«
»Ich weiß nicht, was du meinst.« Ihr Gesicht hellt sich auf. »Metaphern! Jetzt ist es mir wieder eingefallen! Ja, jeder, der mich kennt, weiß das!«
»Wenn es dies ist, was ich denke, bleibe einfach stumm. Sag kein einziges Wort.«
Verständnislos starrt Nadine die alte Frau an.
Roswitha lächelt. »Wenn du nichts sagst, kannst du dich auch nicht verquatschen! Lass diese Leute einfach reden, egal, was sie dir an den Kopf werfen! Hast du mich verstanden? Bleibe ruhig!«
Nadine nickt.
»Es wird schwirig werden für dich, aber wenn du nichts sagst, können diese Leute dir das Wort auch nicht im Munde umdrehen. Ich hatte immer furchtbare Angst vor unserem Deutschlehrer. Er hatte so ein kleines Stöckchen in der Hand, vielleicht so sechzig Zentimeter lang. Wenn er dich etwas fragte, stand er hinter dir und klopfte damit auf deine Schulter. Sofort musstest du aufstehen und strammstehen. Dann trat er vor dich und schaute dich an. Natürlich konnte er die Angst in unseren Augen sehen, und das kostete er weidlich aus. Wusstest du auf seine Frage die richtige Antwort nicht, musstest du an die Tafel gehen, und er diktierte dir einen Satz. Wehe dir, du hattest einen Fehler geschrieben, dann blamierte er dich vor der Klasse. Hast du den Rechtschreibefehler noch einmal gemacht, schlug er dir auf die Finger. Und das tat wirklich furchtbar weh.« Plötzlich

lächelt sie. »Mein Opa hat mir geholfen. In meiner Not erzählte ich ihm alles. Nur einen Satz sagte er mir: ›Mädchen, stell dir diesen Menschen in Unterhosen vor, und du wirst sehen, wie die Angst verschwindet!‹ Und das hat tatsächlich geholfen. Ich schaute ihn an, grinsen durfte ich nicht, und ich merkte plötzlich, was er doch für ein armseliges Würstchen ist. Seit diesem Tag ließ er mich in Ruhe!« Sie schauen sich an.

»Nadine, hast du schon etwas gegessen?«

»Nein«, flüstert sie.

Beide sitzen auf dem Balkon, sehen, wie langsam die Sonne am Horizont untertaucht. Der Duft von Rostbratwürstchen dringt zu ihnen. Lachen ist zu hören.

»Ich habe heute meine Mutter in der Kaufhalle gesehen.« Sie schweigt.

»Habt ihr miteinander gesprochen?«, fragt Roswitha sofort.

»Nein, sie ist an mir vorbeigegangen, als wäre ich eine fremde Person!« Leise weint sie. »Als dieser Scheißkerl noch nicht da war, da konnte man mit ihr über alles reden. Aber jetzt ...«, sie winkt ab. »Vor einiger Zeit«, sprudelt es aus ihr heraus, »wollte ich meine restlichen Sachen aus meinem Kinderzimmer holen«, jetzt schäumt sie vor Wut, »alles, was mir gehörte, haben die verramscht. Stell dir vor, ich kaufte mir Schallplatten, Kassetten und Bücher! Ich habe es mir vom Mund abgespart, und die Arschlöcher verhökern mein Eigentum.« Hastig trinkt sie. »Zuerst wollte meine Mutter mich nicht in die Wohnung lassen. Da kannte die mich aber schlecht. Ich schob sie zur Seite und ging hinein.«

»Was hast du gemacht, als du sahst, dass deine Sachen ...«

»Ich«, sie lacht, »ich schaute meine Mutter an und konnte nicht verstehen, dass ausgerechnet diese Person, die mich zur Welt brachte, mich so ...«

»Nadine, was hast du getan?«, fragt Roswitha.

»Ich blieb ganz ruhig.«

Erleichtert atmet Roswitha auf.

»Ich ging in ihr Schlafzimmer ...«

Entsetzt schaut Roswitha Nadine an. »Was hast du getan?«
»Ich habe nur das genommen, was mir gehört!«
»Was hast du getan?«, fragt sie erneut und schaut sie ängstlich an. Nadine lächelt. »Im Kopf überschlug ich, was das ungefähr gekostet hat, und bin auf eine Summe von 1200 Mark gekommen!« Für einen Moment schweigt sie. »Meine Mutter bewahrt ihr Geld in einer Schatulle im Nachtschränkchen auf!«
»Aber das ...«
»Nein, ich bin doch kein Dieb!« Entsetzt schaut Nadine Roswitha an. »Ich hole die Nachbarin! Schon immer konnte die mich gut leiden!« Ein zufriedenes Lächeln huscht über ihr Gesicht. »Oft habe ich ihr meine Kassetten und Schallplatten ausgeliehen. Ich erzähle ihr meine Geschichte. Sie war von dem Handeln meiner Mutter entsetzt und meinte, ich solle die Polizei holen!« Wieder lächelt sie. »Als meine Mutter das Wort Polizei hörte, zuckte sie zusammen. Ohne mich anzusehen, gab sie mir das Geld!« Kurz blickt sie auf ihre Hände. »Gut, dass die Nachbarin dabei war! Sie meinte: Ich solle eine Erklärung schreiben, in der steht, dass sie einverstanden damit ist, so lange meine käuflich erworbenen Gegenstände in meinem ehemaligen Kinderzimmer aufzubewahren, bis ich sie mir abhole! Meine Mutter kochte vor Wut!« Wieder lächelt sie. »Und dass sie mich mit 1200 Mark entschädigt, weil sie meine Sachen, ohne mich zu fragen, verkauft hat!« Dann verfinstert sich ihr Gesicht. »Gerade als wir wieder gehen wollten, kam der neue Freund meiner Mutter! Brühwarm erzählte sie ihm alles. Er brüllte wie am Spieß!«

Einen Moment schweigt sie.

»Meine Nachbarin«, erzählt sie weiter, dabei fliegt wieder ein Lächeln über ihr Gesicht, »blieb ganz ruhig. Sie sagte: Diebstahl bleibt Diebstahl! Wir können die Polizei rufen, wenn Sie wollen! Beide schauten sich an und sagten nichts mehr. Dann gingen wir!«

Roswitha atmet tief durch. »Nadine, wundere dich nicht, dass du eine Vorladung bekommen hast. Der Freund deiner Mutter hat Beziehungen, und die lässt er jetzt spielen!«

»Aber Roswitha, ich habe doch nichts getan!«
»Eben deshalb!«
Nadine blickt zum Himmel, und mit leiser Stimme singt sie:
»Blumen blühen, blühen heute,
blüh'n in meiner Erinnerung.
Du brauchst Liebe, ich brauch Liebe ...«
Plötzlich hört sie auf zu singen. »Nie wieder werde ich dieses Lied von Zsuzsa Koncz hören können! Immer, wenn ich Liebeskummer hatte, hat mir dieses Lied geholfen!«
»Und warum kannst du es nicht mehr hören?«, fragt Roswitha irritiert.
»Ganz einfach, ich kann die LP nicht mehr kaufen, weil es sie im Laden nicht mehr gibt!«
Diesmal singt sie das Lied laut in den Abendhimmel hinein. Die Sehnsucht, die in diesem Lied ist, spürt Roswitha und schließt automatisch die Augen.
»Bravo«, wird von den Balkonen gerufen, als Nadine die letzte Strophe gesungen hat. »Weitersingen!«, rufen viele Menschen.
Nadine schließt die Augen, atmet tief durch und singt ein neues Lied von der ungarischen Sängerin. Roswitha beobachtet sie und spürt die Verwandlung von der scheuen jungen Frau zu einem selbstbewussten Menschen. Du musst singen, denkt sie in diesem Moment, aber das wird für dich ein steiniger Weg werden!

Wie erschlagen wacht Roswitha am nächsten Morgen auf. Sie bleibt in ihrem Bett liegen und denkt über ihren Traum nach. Nadine lag auf ihrem Bett, als würde sie schlafen, aber sie ..., daran möchte sie nicht denken. Deutlich konnte sie in ihrer Traumwelt sehen, wie verzweifelt sich ihre Hände nach ihr ausstreckten, aber sie konnte ihr nicht helfen! Sobald sie glaubte, Nadines Hände anzufassen, verschwanden sie wieder und tauchten woanders auf, wohin sie nicht gelangen konnte, weil sich ihre Beine keinen Schritt bewegten.

Mühsam steht sie auf, schleppt sich in ihr Badezimmer und schaut sich im Spiegel an. Obwohl sie es immer weit von sich geschoben hat, muss sie sich eingestehen, Nadine ist ihr ans Herz gewachsen. Zum ersten Mal sah sie gestern Abend, was für ein gefühlvoller Mensch Nadine wirklich ist. Ich muss ihr helfen, dass sie keine unüberlegten Dinge macht, die sie später bitter bereut.

Die Enge in ihrer Wohnung bedrückt sie. Ich muss raus, denkt sie. Ohne zu frühstücken, verlässt sie die Wohnung. An der Kaufhalle sieht sie, wie sich allmählich eine Schlange bildet. Sie eilt hin, stellt sich ebenfalls an, ohne zu wissen, was es tatsächlich gibt. Sie fragt ihren Vordermann. Der zuckt mit der Schulter und meint: »Ich habe gehört, dass es Wassermelonen geben würde!«

Das Gerücht stimmte. Direkt von einem LKW werden die Melonen verkauft. Schwer schleppend, eilt sie wieder nach Hause. Sie wirft die Tür hinter sich zu und setzt sich, außer Atem, auf das Sofa. Ihr Blick fällt auf die Uhr. Zwei Stunden stand ich an, wegen dieser Wassermelone. Der Hunger quält sie, aber sobald sie an Nadine denkt, zieht sich ihr Magen zusammen.

Roswitha sitzt an ihrem Küchentisch und starrt vor sich hin. Leise tickt die Küchenuhr. Es schellt. Sie zuckt zusammen, steht hastig auf und eilt zu ihrer Wohnungstür. Mit zittriger Hand betätigt sie den Türöffner. Es klopft. Verwundert öffnet sie die Tür. Nadine steht da, mit einem Beutel in der Hand. »Ich habe für uns einen Broiler mitgebracht. Roswitha, du kannst dir nicht vorstellen, was ich für einen Hunger habe! Die Schweine haben mich über eine Stunde warten lassen, bis ich hereingerufen wurde!«

»Komm erst einmal rein! Und dann kannst du mir alles in Ruhe erzählen!«

Nadine stürmt in die Wohnung, zieht ihre Schuhe aus und eilt in die Küche. Schnell holt sie aus dem Schrank zwei Teller und stellt sie auf den Tisch. »Roswitha!«, ruft sie, »setz dich bitte! Die Broiler sind noch warm! Die Bullen haben mich über eine Stunde warten lassen!«, wiederholt sie, und Roswitha merkt, dass sie sich sehr darüber ärgert. Sie isst. »Dann ruft mich ein Schnösel von Unterleutnant hinein. Meinte, er könnte mich um den Finger wickeln!«

»Du hast dich doch nicht provozieren lassen?«

»Ich, ich habe nicht viel gesagt! Das machte ihn verrückt! Ich sagte nur, ich sei müde von der Arbeit! Natürlich glaubte er mir nicht! Er drohte mir. Mein Herz schlug mir bis zum Hals. Plötzlich wurde er fast zudringlich. Meinte, dass unser sozialistisches Vaterland solche Menschen brauchte, die unbeirrbar sind! Da wurde ich hellhörig! Sofort dachte ich an Yvonne.« Sie trinkt und nimmt sich die Keule. Bevor sie hineinbeißt, blickt sie Roswitha eindringlich an. »Diese Schweine wollten mich tatsächlich als Spitzel anwerben. Ich lachte laut …«

»Du hast gelacht?«, fragt Roswitha besorgt.

»Ja, in diesem Moment wusste ich nicht, was ich tun sollte, also lachte ich.«

»Und was hat der Unterleutnant dann getan?«

Genüsslich kaut Nadine das Fleisch und spricht mit vollem Mund: »Verdutzt blickte er mich an, und dann schrie er, dass die Wände wackelten. In diesem Augenblick dachte ich an deinen Deutschlehrer, und es hat tatsächlich geholfen! Ich verspürte plötzlich keine Angst mehr!«

»Hat er dir noch weiter gedroht?«

Nadine nickt und isst. »Er wollte dafür sorgen, dass ich keine öffentlichen Auftritte mit meiner Band bekommen würde!«

»Was hast du dazu gesagt?«, fragt Roswitha.

»Ich erzählte ihm von Yvonne, dass sie sich umgebracht hat, weil sie nicht ihre Freunde verraten wollte. Und so will ich nicht enden!« Sie blickt zum Fenster. »Plötzlich wurde er scheißfreundlich. Er sagte, es wäre Dienst am Frieden und …«

»Was hast du darauf geantwortet?«

»Ich …«, sie lächelt, »nichts! Ich habe nichts dazu gesagt! Er meinte, das Gespräch sei beendet. Als ich die Tür öffnen wollte, rief er mich. Ich drehte mich um, und dann teilte er mir mit zynischen Gesichtszügen mit: Ich stehe ab jetzt unter besonderer Bewachung!«

»Nadine, du musst gut auf dich aufpassen! Sonst wird dein Leben aus dem Ruder laufen!«

»Roswitha, es ist lieb von dir! Aber ich weiß es selber! Deshalb bin ich in meine Stammkneipe gegangen und sagte jedem: Die Stasi wollte mich zum Spitzel anwerben!«

Nach einiger Zeit fragt Roswitha: »Nadine, warum hast du diesen Schritt getan?«

»Ich wollte vor denen meine Ruhe haben! Und wahrscheinlich habe ich die jetzt! Denn als Spitzel tauge ich nicht mehr!«

Wind ist aufgekommen und schlägt das Schlafzimmerfenster mit einem lauten Knall zu. Geli fährt erschrocken in ihrem Bett hoch und ist hellwach. Sie dreht sich zur Seite und sieht Rainer dort nicht liegen. Er wird doch nicht gegangen sein?, denkt sie, und sie spürt, wie Verzweiflung sie überfällt. »Genau vor einer Woche«, flüstert sie, von Angst gelähmt, »stand doch Rainer vor meiner Wohnungstür und sagte: ›Ich werde heute bei dir einziehen!‹« In diesem Moment konnte sie kein einziges Wort hervorbringen, denn damit hatte sie nicht gerechnet. Er war da, und für sie war es so, als würde sie auf Wolke sieben schweben. Und jetzt ... Übereilt steht sie auf und hastet in die Küche. Die Tassen und Teller stehen so da, wie sie abends, beim Spülen, hingestellt wurden. Hoffnungslosigkeit breitet sich rasend schnell in ihr aus. Mit schnellen Schritten eilt sie in das gemeinsame Arbeitszimmer. »Hier ist er auch nicht.«, flüstert sie. Den Tränen nahe, öffnet sie das Wohnzimmer. Gähnende Leere empfängt sie. Niedergeschlagen wirft sie sich aufs Sofa. Aus, es ist vorbei, hämmert es in ihrem Kopf. Sie verflucht diese Yvonne! Was hat diese Hexe – und für sie ist sie tatsächlich eine –, was ich nicht habe? Was hat ihre Mutter gesagt, bei ihrem zufälligen Treffen in der Stadt: Wenn er dich tatsächlich liebt, muss er dich so nehmen wie du bist! Du bist Geli und nicht Yvonne.

In ihren Gedanken versunken, bemerkt sie nicht, wie Rainer in die Wohnung gekommen ist. Er steht da und beobachtet sie eine Weile. Plötzlich lacht er schallend. Aus ihren Gedanken gerissen, starrt sie ihn an, als wäre er eine Fata Morgana.

»Geli, wenn ich in deine Wohnung ziehe und mit dir Bett und Tisch teile, ist es so, als wären wir verheiratet. Ich merke, wie du Yvonne innerlich verfluchst! Das brauchst du nicht, denn sie war ein angenehmer Mensch! Und ich glaube, ihr beide hättet euch gut verstanden!« Er geht zu ihr und nimmt sie in den Arm. »In meinem Leben werde ich sie niemals vergessen können!« Er starrt in die Ferne. »Aber …«, er verschließt mit seinen Lippen ihren Mund. Sie küsst ihn so, als wäre sie eine Ertrinkende.

»Geli, es ist Samstag, und ich möchte zum Frühstück gern eine frische Semmel essen, deswegen bin ich aus dem Schlafzimmer geschlichen! Ich wollte dich überraschen!«

»Das hast du wirklich!« Vor Scham wäre sie am liebsten in ein Mauseloch gekrochen.

Rainer nimmt sich ein Brötchen und sagt: »Heute Morgen ist Roswitha in den Westen gefahren! Bevor ich gestern zur Spätschicht ging, habe ich sie noch schnell besucht!« Er schmiert sich das halbe Brötchen mit Leberwurst und isst.

Geli blickt ihn fragend an. »Und was hat sie gesagt?«

Ohne auf ihre Frage zu antworten, spricht er: »Gestern Morgen hatte ich eine spontane Idee! Je länger ich darüber nachdachte, desto besser gefiel mir dieser Einfall.« Er schmiert sich seelenruhig die zweite Hälfte des Brötchens mit Butter und legt eine Scheibe Wurst darauf.

»Und was war das für eine Idee?«, fragt sie ungeduldig.

Mit einem Grinsen blickt er sie an. »Ich liebe es, wenn Frauen vor Neugierde platzen!«

Sie haut ihn auf den Arm. »Du bist …« Weiter kann sie nicht sprechen, denn sie wird lautstark daran gehindert.

»Ich bin der liebenswerteste Mensch der Welt! Das wolltest du doch sagen – oder?« Er grinst.

»Ein ..., jetzt sag doch endlich, was das für eine Idee war. Ich ahne Böses!«

»Neugierig bist du nicht!«

»Doch!«

Genüsslich beißt er in sein Brötchen, nimmt einen Schluck Kaffee und schaut sie spöttisch an. »Ich habe ...«, wieder beißt er in sein Brötchen, kaut genießerisch und spricht mit vollem Mund: »Ich habe Roswitha einen Vorschlag gemacht ...« Vorsichtig nimmt er die Kaffeetasse in die Hand und trinkt. »Roswitha war sofort begeistert!«

Geli schnauft. »Jetzt lass dir doch nicht alles aus der Nase ziehen. Ich verstehe Bahnhof!«

»Jetzt bist du wütend, und das wollte ich doch! Du siehst reizend aus, wenn du dich aufregst. Also, Spaß beiseite.« Er schaut sie prüfend an. »Ich habe ihr fünf Bilder von uns mitgegeben!«

»Bist du verrückt?«, entfährt es ihr.

»Manchmal ja!«

»Und wenn sie Roswitha einsperren?«

»Warum sollten sie es? Es sind Bilder, auf denen nur gemalte Häuser zu sehen sind! Mehr nicht. Sollten die Kontrolleure fragen, wer sie gemalt hat, kann Roswitha ruhig meinen Namen angeben!«

»Du bist verrückt!«

»Nein, Geli! Es sind harmlose Bilder, das sieht doch jeder Depp! Das Gefährliche hat sie in ihrer Jackentasche!«

»Was denn noch? Diese liebenswerte Frau in Gefahr zu bringen, finde ich schon ganz schön dreist!« Kleine Zornesfalten bilden sich auf ihrer Stirn.

»Ich habe ihr den Film, den du heute entwickeln wolltest, ihr mitgegeben!«

Entgeistert starrt sie ihn an.

»Und wenn diese Herren die Koffer und Jacken kontrollieren? Was ist dann?«

»Du wirst sehen, es wird alles gut werden!«

Sie atmet tief durch. »Hoffentlich!«

Schweigend setzen sie ihr Frühstück fort.

»Sag mal, Rainer, bei diesem Grillabend erzählte mir Roswitha, dass ein Freund von ihr ein Theaterstück in ihre Tasche eingearbeitet hat. Stimmt das?«

»Ja!«

»Wer hat es denn geschrieben? Kenn ich die oder den?«

Er mustert sie. »Es ist besser, du weißt nicht alles!«

»Traust du mir nicht?« Als sie dies sagt, schließt sie die Augen, und Rainer merkt, wie sie innerlich bebt.

»Geli, ich vertraue dir, aber ...«

»Was ist das für ein Aber?« Wieder bilden sich Zornesfalten auf ihrer Stirn. Lächelnd will er ihre Hand nehmen, aber sie zieht sie zurück.

»Geli, es ist auch ein Schutz für dich! Sollte die Staatssicherheit uns einmal verhören, ist es besser für dich, dass du nicht alles weißt!«

»Du vertraust mir nicht!« Tränen steigen ihr in die Augen.

»Geli, Yvonne hat es unterschätzt, welche Gefahr von der Staatssicherheit ausgeht. Diese Schweine versuchen mit all ihren psychologischen Tricks, einen Menschen mürbe zu machen!« Er starrt seine Hände an. »Ich würde nicht mehr die Kraft haben, um noch einmal um einen Menschen zu trauern!« Wieder blickt er seine Hände an. »Einsperren müssten mich diese Schweine, damit sie Ruhe vor mir haben würden!«

Sie nimmt seine Hand. »Rainer, das ist ja eine Liebeserklärung gewesen. Du liebst mich!«

»Ja«, haucht er. Schnell steht er auf und geht in die Küche, öffnet ein Fenster und sieht hinaus.

Als sie in die Küche kommt und sieht, wie er aus dem Fenster blickt, ahnt sie, wie er leidet. Einige Zeit bleibt sie stehen und beobachtet ihn. Erst dann geht sie zu ihm hin und legt ihm die Hand auf seine Schulter. »Ich wollte dich etwas fragen, aber immer wieder habe ich es vergessen.«

Er dreht sich zu ihr um und blickt sie an.

»Hast du das Bild von Yvonnes Grab in deinen Spint gehängt?«

»Was glaubst du?«, fragt er sie.

Sie nickt.

»Sagen wollte ich es dir nicht, aber wenn du mich schon so fragst, muss ich es tun!«

»Was ist denn geschehen?«

Schnell dreht er sich wieder um. »Am Montag öffnete ich meinen Spint …«, er schweigt, »das Bild war verschwunden. Geklaut aus meinem …«, er ballt seine Hände zur Faust. »Das Bild und ein neues Arbeitshemd waren nicht mehr da. Diebstahl muss man melden! Was glaubst du, was herausgekommen ist?«

»Ich weiß nicht«, äußert sie sich zögerlich.

»Am Donnerstag wurde ich ins Büro des Bereichsleiters gerufen.« Fahrig fährt er sich durch sein langes Haar. »Und was glaubst du, was dieser Mensch gesagt hat?«

Diesmal sagt sie nichts.

»Es gäbe keine Einbruchsspuren an meinem Schloss! Das war schon der Gipfel der Frechheit! Aber es kam noch dreister.«

Entgeistert starrt sie ihn an.

»Er meinte, ich wäre es wahrscheinlich selbst gewesen! Ich war sprachlos, was er mir da unterstellte.« Heftig atmet er. »Ich hätte ihm am liebsten in die Fresse gehauen! Er kam hinter seinem Schreibtisch hervor und baute sich vor mir auf.« Erneut ballt er seine Hände zur Faust. »Durch meine Behauptung würde ich Unfrieden in das Kollektiv bringen. Wieder war ich sprachlos.« Heftig atmet er. »In diesem Moment fand ich meine Sprache wieder.«

»Was hast du dann gemacht?«, fragt sie besorgt.

»Ich schaute ihn an, und plötzlich verrauchte meine Wut. Ich sagte: ›Was bist du doch für ein armseliger Wicht! Brauchst du die Lüge, um mich mundtot zu machen? Wie charakterlos muss man sein, um sie für seine Zwecke einzusetzen!‹«

»Was hat er darauf geantwortet?« Deutlich erkennt sie jetzt, wie sich die Ereignisse in sein Gedächtnis eingebrannt haben.

Darauf antwortet er mit ruhiger Stimme: »Ich sei ein Feind des Staates! Ein Schmarotzer, der alle Vergünstigungen von unserem Staat bekommen hat und nicht bereit ist, seinem sozialistischen Vaterland einen Teil durch gute Leistungen zurückzugeben!«

Geli blickt Rainer an. »Was hast du geantwortet?«, fragt sie besorgt.

»Wenn du könntest, würdest du mich sofort einsperren lassen! Ich weiß, Menschen mit eigener Meinung mögt ihr nicht!« Seine Augen funkeln vor Hass. »Da hatte ich plötzlich eine Art Eingebung! Das musste ich ihm sagen!«

»Was musstest du sagen?«, will sie ängstlich wissen.

»Ich musterte ihn, und betont ruhig sagte ich: ›War es leicht, meinen Spint zu öffnen?‹ Für einen kurzen Augenblick blickte er auf den Fußboden.«

Rainer lehnt sich an die Wand. »Ich habe es so satt, hier zu leben …«

Sie nimmt seine Hand und drückt sie sanft.

»Geli, versteh mich richtig, ich will doch in diesem Land leben, aber ich kann es nicht, weil ich ein Mensch bin, der denken kann. Ich merke doch, was in diesem Staat vorgeht. Bist du ein Arschkriecher und Ja-Sager, dann kommst du in diesem Land weiter! Aber ich bin es nicht!« Tief atmet er durch. »Manfred Krug konnte in diesem Land auch nicht mehr leben und ist gegangen, aber ich muss hierbleiben!«

»Willst du mich malen?«, fragt sie ihn plötzlich.

Aus seinen Gedanken gerissen, blickt er sie ungläubig an. »Ich soll dich malen?«

»Ja, so wie ich bin!«

»Nackt?«

»Ja!«

»Ich weiß nicht, ob ich das kann!«

»Probier es, dann wirst du es sehen!«

Beide gehen in ihr Arbeitszimmer. Sie zieht sich aus und setzt sich auf den Stuhl, der am Fenster steht. »Das Licht ist hier am besten!«

Er nimmt seinen Zeichenblock, sucht sich den passenden Bleistift, mustert ihn kurz, setzt sich, schlägt den Block auf und beginnt zu zeichnen. »Bleib sitzen!«, ermahnt er sie.

Am Anfang muss er sich sehr konzentrieren, denn immer wieder kehren seine Gedanken zu den vergangenen Ereignissen zurück. Schließlich ist Rainer in seinem Element. Jetzt ist es eine Art von Befreiung. Wie sinnlich Geli blickt, denkt er und betrachtet sie mit den Augen des Künstlers. Nach einiger Zeit legt er seine Malutensilien auf den Fußboden, steht auf und geht zu ihr hin.

»Was hast du vor?«, fragt sie ihn.

Er sagt kein einziges Wort, hebt sie vom Stuhl hoch und trägt sie ins Schlafzimmer.

»Was hast du vor?«, haucht sie ihm ins Ohr.

Vorsichtig legt er sie ins Bett, zieht sich schnell aus und schlüpft zu ihr.

Da klingelt es. Beide erschrecken.

»Wir machen nicht auf«, flüstert Rainer ihr ins Ohr.

Wieder klingelt es.

»Geli, ich weiß, dass du da bist!«, hören beide die Stimme von Nadine.

Rainer steht auf und ruft: »Einen kleinen Moment! Ich komme!« Er öffnet die Tür und sieht, wie Nadine ihn mit spitzbübischen Augen mustert.

»Ich störe doch nicht?«

»Komm rein!«, spricht er mit unfreundlichem Ton.

Beide gehen ins Wohnzimmer. Geli kommt und setzt sich neben ihn.

»Was willst du?«, fragt er Nadine.

»Tut mir leid, ich wollte euch wirklich nicht stören!« Sie blickt auf ihre Hände. »Seid mir bitte nicht böse, aber ich brauche euch doch!« Sie schaut Geli an. »Ich möchte euch einladen!«

»Zu was?«, fragt sie sofort.

»Ich werde heute Abend mein erstes Konzert geben!« Sie blickt beide fragend an. »Kommt ihr? Ich würde mich riesig freuen!«

Rainer mustert Nadine. »Wo soll es denn stattfinden?«
»Bei einem Freund! Er hat eine Scheune, und dort spielen wir.«
»Hast du eine Genehmigung dafür bekommen?«, fragt er erneut.
Sie schaut ihn an, und mit fester Stimme sagt sie: »Nein!«
»Also illegal?«
»Nein, nein!«, antwortet sie sofort. »Das ist eine private Veranstaltung, und da braucht man keine Genehmigung!«
»Bist du dir da ganz sicher?«, fragt Geli skeptisch.
»Ganz sicher! Kommt ihr?« Als sie das fragt, schaut sie wieder ihre Hände an.
»Ja!«, antworten beide im Chor.
Urplötzlich strahlt ihr Gesicht vor Freude. »Ich habe es so gehofft, aber daran geglaubt habe ich nicht!«
»Und wo soll das Konzert stattfinden?«
Sie nennt den Ort.
»Wie kommen wir zu diesem Kaff hin?« Rainer schaut Geli an. »Warst du schon einmal in diesem Dorf?«
»Nein!«
Nadine lächelt. »Ihr nehmt die 16 und fahrt bis zur Endstation. In diesem Dorf gibt es nur eine Straße. Ihr geht so lange auf der Straße, bis diese Hauptstraße eine Rechtskurve macht, da befindet sich ein kleiner Weg, und den müsst ihr entlanggehen. In der Ferne seht ihr dann eine große, weit verzweigte Eiche stehen. Dort steht die Scheune! Ihr könnt sie wirklich nicht verfehlen!«

Als Rainer und Geli mit schnellem Schritt durch das Dorf gehen und an Gärten vorbeikommen, in denen einige Dorfbewohner arbeiten, schauen diese auf und blicken den beiden Fremden kopfschüttelnd hinterher.
»Hier möchte ich nicht begraben sein«, spricht Geli laut und hängt sich bei Rainer ein. »Hast du die Frau am Fenster gesehen?«, setzt sie ihr Gespräch fort.
»Nein, sollte ich?«

»Ja, wenn die eine Pistole in der Hand gehabt hätte, hätte sie dich erschossen!«

»Warum?«, fragt er ungläubig.

»Das fragst du noch!«

»Ich versteh nicht, was du meinst!«

Geli lacht plötzlich laut. »Tust du nur so naiv oder begreifst du es wirklich nicht?«

»Was soll ich nicht begreifen?« Ärger spiegelt sich in seiner Stimme wider.

»Sie hält dich für einen Gammler, einen Nichtsnutz!«

Genervt antwortet er: »Soll sie doch!«

Unerwartet bleibt sie stehen und mustert ihn. »Es wird Zeit, dass du dir eine neue Hose kaufst. Du siehst darin schrecklich aus.« Sie lacht spöttisch. »Diese Bügelflicken, die passen nicht mehr zu dir!«

»Warum sollen sie zu mir nicht mehr passen?«

»Aus diesem Alter bist du doch längst heraus! Auch wenn du es nicht wahrhaben willst!«

Er bleibt mitten auf der Straße stehen, und laut sagt er: »Ich hasse Frauen, die einen verändern wollen. Ich bin ich und werde es auch bleiben!«

Wieder lacht sie. »Ich will dich so, wie du bist!« Sie bleibt stehen und gibt ihm einen Kuss. »Aber so wirst du immer Zielscheibe der Staatssicherheit bleiben! Und das will ich nicht!«

Erstaunt mustert er sie.

»Ich möchte, dass du so unauffällig wie möglich auf deine Umwelt wirkst!«

»Aber warum? Und was hat das mit meinen Jeans zu tun?«

»Du zeigst offen, welche Einstellung du in deinem Herzen trägst!«

»Und was ist daran nicht in Ordnung?«

»Rainer, versteh doch, ich möchte, wenn dir zufällig ein Stasimitarbeiter entgegenkommt, dass er an dir vorbeigeht, ohne dass er sich heimlich Notizen im Kopf macht!«

Als sie das letzte Haus hinter sich gelassen haben, sehen sie die Eiche stehen. »Ich bin gespannt, was Nadine für Musik spielt! Hoffentlich keine Schlager!«

Er lacht. »Sie liebt die Sex Pistols!«

»O Gott!«, ungläubig schaut sie ihn an. »Willst du mich verarschen?«

»Warum sollte ich? Du wirst es ja sehen!«

Nadine sieht Rainer und Geli kommen, erleichtert atmet sie auf. Mit schnellen Schritten kommt sie ihnen entgegen. »Schön, dass ihr gekommen seid!« Ihr Gesicht strahlt vor Freude. Ungefähr zwanzig junge Leute mustern die Ankömmlinge. Einer schaut Nadine an und meint: »Hast du die eingeladen?« Wie von der Tarantel gestochen geht Nadine auf ihn zu, schaut ihn an, und mit lauter Stimme spricht sie: »Im Gegensatz zu dir Arsch kann man sich auf Rainer und Geli verlassen! Du wolltest …«

Er hebt seine Arme und sagt: »Ist ja gut! Reg dich ab!«

Sie dreht sich wieder um und fragt: »Wollt ihr ein Bier haben?«

Beide nicken.

In einer Zinkwanne voller Wasser stehen unzählige Bierflaschen, so, als wären sie Soldaten. Sie nimmt zwei heraus, öffnet sie und gibt sie den beiden mit den Worten: »Ein kleiner Begrüßungstrunk von mir! Rostbratwürste gibt's gleich.«

Die beiden betreten die Scheune und sehen, wie Nadine an das Mikrofon eilt. »Leute, und jetzt hört ihr zum ersten Mal ›The Rambler‹.«

Rainer beobachtet sie und ist erstaunt, wie schnell sie plötzlich in diese Rolle der Sängerin schlüpft und welche Kraft sie augenblicklich ausstrahlt. Das Schlagzeug beginnt, und sofort dröhnen die Gitarren. Nadine geht wieder zum Mikrofon, und mit ihrer klaren Stimme singt sie: »Ich träume, ich träume, ich träume, ich könnte gehen in Städte meiner Wahl. Brauchte keine Arschlöcher mehr sehen, würde mich ins Gras legen im Süden, per Anhalter durch die Welt düsen … Ich träume, ich träume …«

Plötzlich zuckt sie wie in Ekstase, nimmt das Mikrofon und schreit hinein: »Lasst uns fliegen, fliegen, auf einen anderen Stern ... Ich träume, ich träume ... von einer anderen Welt ...«

Geli steht wie angewurzelt da und kann nicht glauben, was sie da hört und sieht. Dieses zarte Persönchen, was für eine Kraft in ihrer Stimme liegt!

Mit einem urigen Schrei beginnt das nächste Lied: »Ich hetze und hetze und komm doch nicht voran ... ich weine und weine und keine Träne kommt ... es ist vorbei, ihr greisen Gestalten ... ich bin zu alt für eure Märchen ...«

Rainer spricht laut zu Geli: »Gewagte Texte, meinst du nicht auch?«

Nachdenklich schaut sie ihn an: »Das hier«, sie zeigt auf Nadine, »ist erst der Anfang! Glaube mir! Die jungen Leute werden sich nicht mehr so viel gefallen lassen wie wir!«

Die Texte der nächsten Lieder sind noch provokanter, und Rainer bewundert sie und hat zugleich Angst, dass dies, was Nadine hier macht, nicht lange gut gehen kann. Instinktiv mustert er die Anwesenden. Junge Bengels, denkt er, vielleicht achtzehn, hat die Stasi ... Weiter will er nicht denken, und doch ahnt er, es könnten ein oder zwei Zuhörer darunter sein, die für die Stasi ... Schnell verwirft er seinen Gedanken.

Nadine trinkt und ruft dann in das Mikrofon: »Pause!«

Sofort eilt sie zu Rainer und schaut ihn verschmitzt an: »Wie hat es euch gefallen?«

»Ich war sehr skeptisch wegen der Musik, aber sie hat mir wirklich gut gefallen! Alle Achtung!«

Sie wird rot.

»Und die Texte, wie waren die?«

»Nadine, sehr gewagt! Ich habe Angst um dich!«

»Geli«, sie lacht, »ich möchte ...« Sie blickt zu ihren Musikerkollegen hinüber, die sich heftig streiten. »Ich komme wieder!« Sie eilt zu ihnen.

Rainer sieht, wie die drei jungen Männer an mehreren Batterien arbeiten. »Scheiße, wir können nicht mehr spielen.« Der eine Junge, mit blonden, abstehenden Haaren, wirft wütend einen Schraubenschlüssel auf den Boden. »Scheiße, wir haben keinen Saft mehr!« Fragend blickt er Nadine an. »Und was machen wir jetzt?«

Sie stellt sich hin und ruft: »Vorbei, die Technik hat uns einen Strich durch die Rechnung gemacht! Nächste Woche in …«, sie schweigt. »Ich werde … Scheiße, ich wollte nach der Pause mein neues Lied singen. Danke. Bier ist genug da!«

Rainer nimmt sich noch ein Bier und setzt sich auf einen Baumstamm, der achtlos daliegt. Geli sieht es und geht zu ihm. »Warum so nachdenklich?«

»Nadine muss sehr aufpassen! Sie ist zu provokant.«

Mit drei Bratwürsten, die in drei Semmeln liegen, kommt Nadine zu den beiden und setzt sich ebenfalls. »Ich habe euch eine Wurst mitgebracht!«

Schweigend essen sie.

»Danke, Rainer, dass du dir Sorgen um mich machst, aber ich will und kann nicht anders! Ich möchte ich sein, und den Mist, den diese Bonzen einem vorquatschen, will ich nicht wie ein Papagei nachäffen!«

Die asphaltierte Straße führt unvermittelt in einen steinigen, durch Wind und Regen zerfurchten Weg hinein. Kiki bemerkt es nicht. Als sie über einen größeren Stein stolpert, wird sie aus ihren Gedanken gerissen.

»Die ganze Zeit gehe ich wie ein Trottel neben dir her, und kein einziges Wort sprichst du mit mir!«, beschwert Knorpel sich.

Kiki bückt sich, reißt am Straßenrand einen Grashalm ab und spricht mit schelmischem Blick: »Dieses Spiel haben wir oft im Kindergarten gespielt!«

»Welches Spiel?«

»Soll ich es dir zeigen?«

Spöttisch lächelt er.

»Das ist ein Baum«, sie zeigt auf den Grashalm. Mit zwei Fingern fährt sie an dem Grashalm entlang und reißt dabei die Samen ab. »Und das ist ein Busch!«

Wieder lächelt er spöttisch.

»Und das bekommst du ins Gesicht!« Mit einem Lächeln wirft sie ihm die Samen ins Gesicht.

Verblüfft schaut er sie an, wischt sich die hängen gebliebenen Grassamen weg, sagt aber kein einziges Wort und setzt seinen Weg fort.

»Knorpel«, sagt sie plötzlich, »ich habe über die Frau Harfke nachgedacht!« Er schaut sie an. »Die Familie hat die Wohnung unter mir. Am Montag, als ich von der Frühschicht kam, schaute sie aus dem Fenster und grüßte mich freundlich, obwohl wir noch nie ein Wort miteinander gesprochen haben. Ich hatte das Gefühl …!« Sie sieht ihn an, will weitersprechen, aber eine Bank auf dem Plateau lockt sie. Mit hastigen Schritten eilt sie hin und setzt sich. Knorpel geht seinen Gang weiter. »Man merkt«, lästert sie, als er sich neben sie setzt, »die zwei Jahre Altersunterschied!« Wieder äußert er sich nicht. »Welch einen schönen Ausblick wir heute haben! Schau doch, sogar den See sieht man von hier oben!«

»Was wolltest du mir von der Familie erzählen?«, fragt er plötzlich.

Sie stößt ihn am Arm. »Ein wenig Romantik wäre nicht schlecht!«

»Lass mich heute mit dieser Gefühlsduselei in Ruhe!«

Sie wirft ihm einen vernichtenden Blick zu, seufzt und erzählt ihre Geschichte weiter. »Diese Frau Harfke wartete schon vor ihrer Wohnungstür auf mich, als ich die Treppe hochkam. Ich wunderte mich noch mehr, als sie mich mit leiser Stimme bat, einzutreten.«

Ein Düsenjäger jagt mit ohrenbetäubendem Lärm über sie hinweg. Ein zweiter folgt. »Für das Kriegsspielzeug ist immer Geld da! Erzähl weiter!«, fordert er sie auf.

Sie nimmt seine Hand. »Knorpel, ich liebe dich! Du Brummbär, du!« Flüchtig gibt sie ihm einen Kuss. »Ich wusste nicht, was diese Frau von mir wollte! Im Wohnzimmer saß ihr Mann auf dem Sofa. Deutlich konnte ich die angespannte Atmosphäre spüren, die zwischen den beiden in diesem Moment herrschte.«

Knorpel holt aus seiner Stofftasche eine Limo heraus, öffnet sie und reicht sie ihr. Gierig trinkt sie.

»Ihr Mann erzählte mir dann eine unglaubliche Geschichte! Willst du sie hören?«

Er nickt.

»Wenn ich keinen Kuss von dir bekomme, sage ich nichts mehr! Dann sitzen wir, wie ein altes Ehepaar, stumm auf der Bank!«

Er legt seinen Arm um sie, und bevor sie sich küssen spricht er leise: »Du bist ein ...«

»Sag nichts Schlechtes!« Drohend erhebt sie ihren Finger. Nach dem Kuss legt sie ihren Kopf auf seine Schulter. »Vor einigen Tagen, erzählte mir Herr Harfke, bekamen sie, spät am Abend, Besuch von der Staatssicherheit!«

»Und was wollten die von denen?«, fragt er.

»Sie wollten etwas über mich wissen! Da sie nichts erzählen konnten, gingen sie zu meiner Nachbarin!« Kiki nimmt die Flasche und trinkt. »Aber das Schärfste kommt noch!«

»Und das wäre?«

»Unter Strafandrohung wurde es ihnen verboten, im Haus zu erzählen, dass die Staatssicherheit hier gewesen sei!«

»Und das sagten sie einfach so zu dir? Hast du dir nicht Gedanken ...«

»Knorpel, die Geschichte geht ja noch weiter!«

»Was denn noch?«, fragt er, und sie merkt, dass seine Neugier erwacht ist.

»Zwei Kinder hat die Familie – zwei Söhne. Der Jüngste geht in die vierte Klasse und der Große in die achte!«

»Ich möchte aber keinen Familienscheiß hören!« Sein Gesicht verzieht sich zur Grimasse.

»Was ist nur los mit dir? Heute bist du ja unausstehlich!«

Zynisch lacht er.

»Höre mir doch einfach nur zu – verstanden?«

Er schaut sie an, gibt ihr flüchtig einen Kuss und nickt.

»Plötzlich stand ihr Mann auf, schloss die Tür zum Wohnzimmerschrank auf und holte einen Ordner heraus, legte ihn auf den Tisch, öffnete ihn und gab mir ein Blatt Papier. Er sagte: Das hat mein Sohn geschrieben. Er hat vergessen, das Blatt auf seinem Schreibtisch wegzuräumen! Auf diesem Papier standen dein und mein Name und die Uhrzeit, wann wir aus dem Haus gingen und wann wir zurückkehrten. Ich sah, wie verzweifelt der Mann war. Er sagte: Das sind doch die gleichen Methoden, die Hitler angewendet hat.«

»Bist du ganz sicher«, spricht Knorpel außer sich, »dass dies keine Falle ist, um dein Vertrauen zu erschleichen?«

Sie steht auf. »Du hättest mal sehen müssen, wie der Mann geweint hat! Das kann man nicht spielen!«

Für einen Moment schweigen sie.

»Aber die Geschichte geht noch weiter!«

»Was denn noch?«

»Der jüngste Sohn ist anders. Er hört nur Westmusik und lässt sich von seinem großen Bruder nichts sagen. Frau Harfke gab mir sein Schulheft. Die Kinder müssen eine Hausarbeit schreiben: ›Der Rote Oktober verändert die Welt!‹ Aber er will die Hausaufgabe nicht machen! Er findet sie blöd! Sein Opa unterstützt ihn dabei.«

Sie greift sich an den Kopf. »Wie kann ein Kind von elf Jahren politische Vorgänge analysieren, die die Oktoberrevolution in Russland ausgelöst hat? In welcher Welt leben wir nur!«

Beide schauen sich an.

»Und der Große ist Feuer und Flamme von seinem Thema. Er holt sich Bücher aus der Bibliothek und wird von seinem Lehrer dabei unterstützt.«

»Haben sie das gleiche Thema?«

»Nein, sein Thema lautet: ›Lenins Träume werden wahr!‹«

Knorpel schaut Kiki an, und leise sagt er: »Ich bin froh, dass ich keine Kinder in diese Welt gesetzt habe!«

Sie blickt ihn ungläubig an und setzt ihr Gespräch fort. »Für die Eltern ist es besonders schwer. Beide sind aktive Mitglieder der evangelischen Gemeinde. Sie finden keinen Zugang mehr zu ihrem ältesten Sohn. Er sollte zur Konfirmandenstunde gehen, aber er lachte sie aus und meinte, an Märchen würde er nicht mehr glauben. Unterstützung findet er bei seinem Staatsbürgerkundelehrer.«

Beide schweigen und hängen ihren Gedanken nach.

»Es ist besser«, zerreißt Kiki das Schweigen, »wenn keiner mehr von euch mich besuchen kommt! Bärbel wurde auch in jungen Jahren für den Spitzeldienst angeworben, und jetzt noch der Junge! In was für einem Staat müssen wir beide nur leben!«

»Ich frage mich«, spricht plötzlich Knorpel, »welche Motivation diese Leute hatten, dir ihr Privates zu beichten!«

»Lass uns weitergehen«, fordert sie ihn barsch auf.

Ohne ein Wort miteinander zu sprechen, gehen beide weiter. Würde ein Fremder ihnen entgegenkommen, würde er sehen, dass beide tief in Gedanken versunken sind. Hinter einer Rechtskurve wuchern rechts und links der Straße wilde Himbeersträucher. Beide bleiben stehen und pflücken sich die reifen Früchte. »Du hast mir immer noch nicht meine Frage beantwortet!«, unterbricht er die Sprachlosigkeit, die plötzlich geherrscht hat.

Sofort unterbricht sie das Pflücken der Himbeeren und schaut ihn an. »Kannst du dir nicht vorstellen«, antwortet sie ihm, »dass diese Familie einen Menschen gebraucht hat, dem sie ihr Leid einmal klagen könnte! Geht es wirklich nicht in dein Spatzengehirn hinein, welchen Mut sie aufbrachten, mir zu erzählen, dass ich von der Stasi beobachtet werde!«

Er lacht ironisch. »Sie haben doch einen Pfarrer, der für seine Schäfchen verantwortlich ist! Oder sehe ich das falsch?«

»Du willst mich verarschen – oder?« Sie blickt ihn an und kann in seinem Gesicht nichts erkennen.

»Nein.«

Sie schreit ihn an. »Was bist du doch für ein arrogantes Arschloch!« Sie ist außer sich. »Diese Menschen sind so in ihrem Leid gefangen und wissen keinen Ausweg ...«

Er hebt seine Arme. »Kiki, denk doch einmal logisch nach!«
Ihre Augen funkeln. »Du mit deiner Logik! Hier geht es um Menschen, die nicht wissen, wie ihr Leben weitergeht!«
»Ich weiß, aber ihr Gott!«

Ohne ihn noch einmal anzusehen, eilt sie davon. Für einen Moment bleibt er verdutzt stehen. Dann rennt er ihr hinterher. Er ruft: »Kiki, bleib doch stehen!« Als er sie eingeholt hat, will er sie anfassen.

»Du mit deinen schlauen Büchern! Du weißt auf jede Frage eine Antwort. Aber hättest du in die Gesichter der beiden gesehen, hättest du bemerkt, wie verzweifelt sie sind!«

»Wir wollen uns doch nicht streiten!«
»Und ich wollte mit dir zusammenziehen! Das muss ich mir aber noch reichlich überlegen!«

Erstaunt schaut er sie an.
»Du wolltest ...«
»Aber jetzt ... ich weiß nicht!«
»Kiki, ich habe einen Wisch vom Ministerium des Innern bekommen!«, sagt er plötzlich.
»Welchen Wisch?«, fragt sie und mustert ihn.
»Du weißt doch: Zur Klärung eines Sachverhaltes!«
Sie bleibt abrupt stehen. »Was wollen die von dir?«
»Ich weiß es nicht!«
Beide schauen sich an.
»Meine Vermieterin kennst du ja.«
»Und was ist mit der?«, fragt sie, und beide gehen langsam weiter.
»So nebenbei erzählte sie mir, dass zwei Herren im Hof waren und herumschnüffelten. Das kann Elli, das ist ihr Name, überhaupt nicht leiden. Einen Besen hatte sie in die Hand genommen, erzählte sie mir, und wollte die Eindringlinge verjagen.« Er lacht plötzlich. »Ich kann mir das lebhaft vorstellen, wie sie, trotz ihres

massigen Körpers, auf diese beiden Stasileute losstürmte. Im letzten Augenblick müssen die wohl ihre Ausweise gezeigt haben.« Wieder lacht er. »Sie ist schon ein Schatz!«

»Was sie gut kann, einen beleidigen!«, kontert sie.

»Nimm es nicht so tragisch, sie hat ihren Spaß daran, meint es aber nicht so!«

»Und was hat die Stasi von ihr noch gewollt?«

»Diese Leute wollten von ihr wissen, was ich so treibe.«

Ein älteres Ehepaar kommt ihnen entgegen. In der Hand tragen sie eine kleine Kanne. »Es lohnt sich«, spricht Knorpel die Leute an, »die Himbeeren zu pflücken. Dieses Jahr gibt es Massen davon, und fast keine Würmer sind darin!« Sie schauen ihn an, bedanken sich höflich und gehen ihren Weg weiter.

»Ich kann mir vorstellen«, erzählt er weiter, »wie Elli ihre dicken Arme in die Hüften gestemmt und die beiden aufs Übelste beschimpft hat!«

»Und das glaubst du ihr?«

»Ja, weil sie Hinterlist überhaupt nicht vertragen kann. Mein Vorgänger ist aus der Wohnung geflogen, weil er immer wieder Schlechtes von ihr rumerzählt hat. Da hat sie nicht lange gefackelt!«

Plötzlich blickt Kiki auf die Uhr. »Knorpel, ich muss heute noch zu Liesbeth gehen! Komm, lass uns schneller gehen!«

»Wer ist Liesbeth?«

»Ich habe doch von der Lehrerin erzählt, die meinen Text lektoriert!« Sie mustert ihn. »Willst du mitkommen? Da kannst du dir ja selbst ein Urteil bilden, was das für eine Frau ist.«

»Wenn du mich mitnimmst, gern!«

»Jetzt müssen wir uns aber beeilen!«

Es regnet leicht. Kiki steht mit ihrem Regenschirm an der Haltestelle und wartet, bis die Bahn kommt. Menschen hasten an ihr vorüber. Eine Mutter schimpft ihr Kind aus, weil es trotz stärker werdenden Regens nicht schneller gehen will. Die Bahn kommt.

Knorpel steigt aus, und Kiki wundert sich. In der Hand hält er einen großen Blumenstrauß.

»Hast du ihn geklaut?«, fragt sie und zeigt auf die Blumen.

»Du denkst wirklich nur schlecht von mir!«

Sie will ihm einen Begrüßungskuss geben, er weicht ihr aus.

»Elli ist extra in ihren Garten gegangen und hat mir diese Blumen gegeben!« Jetzt gibt er ihr einen Kuss.

Kiki schaut auf ihre Uhr. »Wir müssen uns beeilen! Pünktlich wollen wir doch sein!«, sagt sie vorwurfsvoll.

»Schneller konnte ich nicht kommen! Habe noch geduscht, dann kam Elli und hat mich aufgehalten!«

Mit schnellen Schritten überqueren sie die Straße, vorbei an der Kaufhalle. Kindergartenkinder kommen ihnen entgegen. Einige sitzen in einem bunten Bollerwagen und werden von den Kindergärtnerinnen gezogen, andere halten sich an den Händen fest. Plötzlich singen sie ein Kinderlied.

»Elli hat recht«, sagt er plötzlich.

»Wovon sprichst du?«, fragt sie ihn.

»Sie kam in meine Wohnung und sagte, sie hätte Angst um mich! Wenn mich diese Leute einsperren, wer soll dann ihr Haus in Stand halten?«

Sie blickt ihn ungläubig an. »Das meinst du doch nicht im Ernst!«

»Doch! Wenn ich einen Blumenstrauß in der Hand hätte, würden diese Leute denken, ich würde zu einer Geburtstagsfeier gehen!«

Kiki lacht plötzlich. »Und ich dachte, sie meint, dass du ihr Haus nicht ...«

Er unterbricht sie.

»Elli meint es so, wie sie es gesagt hat! Ich kenne viele Leute und habe auch einige Beziehungen! Sie aber ...«, er winkt ab. »Sie würde noch nicht einmal einen Wasserhahn bekommen, geschweige einen Sack Zement!«

Schweigend gehen sie weiter.

»Du willst bei mir einziehen?«, fragt Kiki.
»Vielleicht einmal, aber jetzt noch nicht!«
»Schade, und ich dachte …«
»Vielleicht würden wir uns auf den Geist gehen, bei so viel Nähe!«

Liesbeth hat schon auf Kiki gewartet. Sie ist erstaunt, dass sie noch jemanden mitbringt. »Das ist Knorpel, ein Freund von mir!« Er überreicht ihr den Blumenstrauß.
»Ist das ein wunderschöner Strauß! Vielen, vielen Dank!«
Immer wieder betrachtet sie ihn. »Weiß er, dass du über deine Freundin schreibst?«, flüstert sie.
»Er kennt mich besser, …«
»Das ist gut!«, unterbricht Liesbeth sie. »Ich habe einen Brief von Bärbel bekommen!«
»Du hast …«
»Ja, und sie hat …, ach, lies doch besser den Brief.« Sie drückt ihn ihr in die Hand. Mit erstauntem Gesicht nimmt sie ihn und geht ins Wohnzimmer. Dort setzt sie sich auf das Sofa, betrachtet die Briefmarke, schaut sich die Schrift an und holt den Brief heraus. Vier eng beschriebene Seiten hält sie in der Hand. Erstaunt blickt sie Liesbeth an, die gerade die Blumen in eine Vase getan hat und diese auf den Tisch stellt. Sie sagt aber kein einziges Wort.
Nach einiger Zeit legt Kiki den Brief beiseite, und mit betroffener Stimme äußert sie: »Wir müssen einiges ändern! Mir fehlt einfach die Fantasie dazu, das zu glauben, was Bärbel da geschrieben hat.« Sie blickt zum Fenster. »Woher weiß sie, dass ich über sie ein Buch schreibe?«
»Ihr seid doch Freundinnen und habt bestimmt darüber gesprochen!«
»Ich weiß es nicht mehr!«
»Da müssen wir wirklich einiges verändern!«, spricht plötzlich Liesbeth. Sie steht auf. »Der Kaffee ist fertig! Kommt mit in die Küche. Ich habe für uns extra einen Kuchen gebacken!«

Sie sitzen am Küchentisch, und Liesbeth gibt jedem ein Stückchen Käsekuchen. »Ich kann nicht glauben, was Bärbel geschrieben hat!«, wiederholt Liesbeth. »Die Stasi geht in fremde Wohnungen und durchsucht sie heimlich!« Sie setzt sich.

»Aber das ist doch gegen Recht und Gesetz!«

Knorpel blickt Kiki an und sagt: »Ich verstehe nur Bahnhof!«

Liesbeth greift in ihre Kittelschürze und reicht ihm den Brief.

»Sie können ihn ruhig lesen!«

Zögernd nimmt er den Brief und liest. Nach einiger Zeit sagt er mit fester Stimme: »Ich bin überzeugt, dass Bärbel die Wahrheit schreibt.« Für einen Moment schweigt er. »Und ich dachte, ich werde langsam verrückt!«

Beide schauen ihn an. Liesbeth lächelt, als er dies plötzlich äußert.

»Vor einem halben Jahr bemerkte ich, dass mein Buch nicht da liegt, wo ich es hingelegt habe! Es lag plötzlich auf der Ablage. Nie lege ich da Bücher hin.«

Kiki unterbricht ihn. »Liesbeth, du musst wissen, Bücher sind sein Heiligtum! Er behandelt sie besser als seine Freundin! Liesbeth, das musst du mir wirklich glauben!« Sie lacht plötzlich.

Er schaut sie an, ohne dabei eine Miene zu verziehen, und erzählt stur weiter. »Aber sonst war meine Wohnung so wie immer! Seit diesem Zeitpunkt spannte ich, wenn ich zur Arbeit oder in die Stadt ging, einen dünnen Faden unten an die Tür«, einen Moment schweigt er. »Vorige Woche war der Faden nicht mehr da.«

Liesbeth mustert ihn.

»Sofort durchsuchte ich gründlich meine Wohnung, aber Auffälliges bemerkte ich nicht!«

Ruhe kehrt plötzlich in der Küche ein. Nach einiger Zeit spricht Liesbeth mit belegter Stimme: »Wenn da der Zufall keine Rolle gespielt hat, müssen wir das Manuskript gut verstecken, sonst kommen wir …, ich mag daran nicht denken!«

Kiki nickt zustimmend. »Knorpel, da müssen wir ja unsere Pläne auf Eis legen!«

»Welche Pläne?«, fragt sofort Liesbeth.

»Wir wollten zusammenziehen!«

Im Aufstehen sagt Liesbeth: »Ich hoffe, Bärbel hat sich getäuscht! Aber ich kann eins und eins zusammenzählen, und da kommt bekanntlich zwei heraus und nicht drei. Also müssen wir davon ausgehen, dass Bärbel nicht lügt!« Sie seufzt.

»Die Änderungen im Manuskript müssen wir jetzt besprechen!« Sie blickt die beiden an.

»Kiki, dein Buch wird ein wichtiges Buch sein! Die Menschen sollen erfahren, wie dieser Staat mit seinen Bürgern umgeht!«

»Setzen Sie sich, Herr Henschel! Oder soll ich lieber Knorpel zu Ihnen sagen?« Ein eisiges Lächeln zeigt sich auf seinem Gesicht. Während er sich hinsetzt, stellt sich der Fremde in seinem feinen grauen Anzug vor: »Ich bin Oberleutnant Strangkowski und möchte mich mit Ihnen einmal zwanglos unterhalten!«

Knorpel schaut ihn an. Ich bin in der Höhle des Schreckens gelandet, denkt er, und jäh fallen ihm alle widerlichen Geschichten ein, die er von Freunden oder Bekannten gehört hat. Vorsichtig wandert sein Blick durch den Raum. Links ein Aktenschrank, vor ihm ein Schreibtisch, der fast den ganzen Raum einnimmt. Auf ihm befinden sich ein schwarzes Telefon, eine aufgeschlagene Akte und diverse Büroartikel. Am Fenster steht eine blühende Zimmerpflanze, an der Wand hängt ein Bild von Honecker und von diesem Mielke, vor dem jeder Mensch Angst bekommt, wenn er nur seinen Namen hört.

»Wieso haben Sie den Kosenamen Knorpel bekommen?«, fragt er und setzt sich dabei auf den Rand seines Schreibtisches. »Er passt nicht zu Ihnen!«

Ich werde nichts sagen, denkt er und setzt sich bequem auf seinen Stuhl. Lauernd blickt der Oberleutnant ihn an. Jetzt hätte ich endlich Zeit gehabt, um mein Gedicht fertig zu schreiben, aber ich muss hier sitzen und warten, was dieser Mensch von mir will! Er ärgert sich über diese Zeitverschwendung.

»Sie wollen mir also nichts sagen! Gut so!« Wieder mustert er ihn. »Glauben Sie mir, wir können auch anders! Ich dachte, Sie wären ein vernünftiger Mensch!« Er lächelt. »Übrigens, wir beide sind uns einige Male in der Straßenbahn begegnet! Ich wollte studieren, was Sie für ein Mensch sind.«

Es fällt ihm wie Schuppen von den Augen. Jetzt weiß Knorpel endlich, woher er dieses Gesicht kennt. Zu seiner damaligen Freundlichkeit passten einfach nicht diese kalten Augen! Irgendetwas warnte ihn, ein Gespräch mit diesem Fremden anzufangen! Als dieser Mensch merkte, dass er mit ihm kein Gespräch führen konnte, war er plötzlich verschwunden, und Knorpel sah ihn nie wieder.

»Sie waren und sind noch immer misstrauisch gegenüber ihren Mitmenschen!«

»Es ist meine Lebensversicherung!«

»Ach, Sie können ja sprechen!«, freudig stellt er sich neben seinen Schreibtisch. »Ich dachte es mir schon, kein Mensch kann so unfreundlich sein!«

Scheiße, denkt Knorpel. Ich wollte doch nichts sagen!

»Warum Lebensversicherung?«

Ihn kitzelt es, ihm die passende Antwort ins Gesicht zu schleudern, aber er hütet sich, seine Gefühle preiszugeben.

»Was halten Sie davon, wenn ich Sie verhaften lasse?«

Er blufft doch nur, denkt Knorpel.

Lauernd wartet der Oberleutnant auf eine Antwort. »Sie wollen es mir also nicht glauben?« Spöttisch lächelt er. »Ich baue extra für Sie eine Brücke, damit Sie bequem über den reißenden Fluss gehen können, aber Sie wollen den gefährlicheren Weg nehmen. Dann gehen Sie ihn auch.« Der Oberleutnant geht zu ihm und fordert ihn auf, den Inhalt seiner Taschen auf den Schreibtisch zu legen. »Die Uhr auch! Du brauchst sie für längere Zeit nicht mehr!« Grinsend verstaut er alle persönlichen Sachen in einen Beutel. Mit den Worten: »Du wolltest es nicht anders!« verlässt er mit schnellen Schritten den Raum. Es dauert einen Moment, und die Tür wird wieder geöffnet.

»Komm mit!«, fordert ihn ein bulliger Uniformierter auf.

Langsam erhebt sich Knorpel.

»Wird's bald!«, fordert er ihn auf. Als er an der Tür ist, wird er von dem Uniformierten in den Rücken gestoßen.

Vorbei, denkt er. Sie gehen einen langen Flur entlang und bleiben vor einer Tür stehen. Die Tür wird aufgeschlossen, und er wird hineingestoßen.

»Schön, dass wir dich asozialen Gammler endlich einsperren können!«, spricht er und grinst ihn dabei spöttisch an.

»Ich weiß, das könnt ihr gut, Leute einsperren!«, lässt er sich zu einer Antwort hinreißen.

»Der hat ja noch die große Fresse! Warte nur ab!«

Die Tür wird hinter ihm verschlossen. Der Türspion geht auf, und Knorpel sieht ein Auge. Er dreht sich demonstrativ um und blickt zur Decke. Eine Funzel beleuchtet nur spärlich den Raum. An der Wand ist wahrscheinlich das Bett befestigt, denkt er. Aber wo ist die Matratze? Er sieht keine. Ein kleiner Tisch, unter ihm befindet sich ein Hocker. Aber wo ist die Toilette?

Lange können die mich nicht einsperren! Ich habe doch nichts getan. Ein Glück, denkt er, dass ich meine Bücher der Elli gegeben habe. Automatisch geht er drei Schritte hin und drei Schritte zurück. Nach dem Besuch der Staatssicherheit kam sie spät abends zu mir und forderte mich auf, alles, was in diesem Staat verboten ist, ihr zu geben. Sie wolle es bei ihr verstecken. Er lächelt. Einen Widerspruch ließ sie nicht gelten! Sie saß da und wartete. Lange brauchte ich nicht zu überlegen. Ich gab ihr die paar Bücher. Plötzlich fallen ihm die Worte wieder ein, die sie zu ihm gesagt hat: Glaube mir, wenn du einmal so alt bist, wie ich es jetzt bin, wird es diesen Staat nicht mehr geben! So ein Schwachsinn, was sie da gesagt hat, denkt er. Mut wollte sie mir machen, damit ich die Hoffnung nicht verliere. Eine Welle von Zuneigung für diese Frau überfällt ihn plötzlich. An diesem Abend erzählte sie mir, zum ersten Mal, von ihrem Mann und ihren zwei Söhnen. Diese sind kurz vor dem Mauerbau in den Westen geflohen. Sie aber wollte ihr Elternhaus den Kommunisten nicht überlassen.

Der Spion geht wieder auf, und ein Auge ist zu sehen. Demonstrativ dreht er sich wieder um. Kiki, denkt er. Er setzt sich an den Tisch.

»Scheiße!«, ruft er in den Raum hinein und erschrickt. Ruhig muss ich bleiben, denkt er, steht wieder auf und beginnt erneut, drei Schritte hin- und drei Schritte zurückzulaufen. »Sollte ich je wieder aus diesem Loch herauskommen«, flüstert er, »werde ich Kiki bitten, dass sie bei mir einzieht!«

Wie konnte ich nur so blöd sein, so …, plötzlich durchfährt ihn ein Gedanke. Er merkt, wie sein Herz schneller zu schlagen beginnt. Die wollen mich quälen, damit ich ihnen erzähle, wo sich das Manuskript befindet. Er ballt seine Hand zur Faust. Wartet nur, ich werde kein einziges Wort mehr sagen. Da können diese Leute warten, bis sie schwarz werden.

Mit erhobenem Kopf geht er drei Schritte hin und drei zurück. »Ich liebe dich, Kiki.«, flüstert er. Sehnsucht überfällt ihn plötzlich. Wird sie auf mich warten, wenn … Daran will er nicht denken. Unruhe packt ihn. Zwei Schritte geht er hin und zwei Schritte zurück. Er ist so in Gedanken versunken, dass er die Zeit vollkommen vergisst. Durch seine Blase, die sich plötzlich meldet, wird er in die Wirklichkeit zurückgerissen. Heftig klopft er an die Tür. »Ich muss austreten!«, ruft er laut. Und wieder versucht er es. Aber die Tür wird nicht aufgeschlossen. Er setzt sich, steht sofort wieder auf und klopft an die Tür. Nichts geschieht. »Dann werde ich eben hierhin pissen!«

Der Spion öffnet sich, und wieder ist ein Auge zu sehen.

»Ich muss pissen!«, ruft er.

Der Schlüssel wird in das Schloss gesteckt und aufgeschlossen. »Komm mit!«, befiehlt der bullige Uniformierte ihm. Mit schnellen Schritten geht er hinter dem Uniformierten her. Dieser öffnet eine Tür. Knorpel sieht eine Toilette und eilt hinein.

»Die Tür bleibt offen!«, brüllt der Aufseher.

Erleichtert blickt Knorpel den Uniformierten an, als er den Abort wieder verlässt.

»Der Genosse Oberleutnant will dich sehen!«
Wieder betritt er das Zimmer. Kein uniformierter Mensch ist zu sehen. Er setzt sich auf den Stuhl und wartet. Der Hunger meldet sich. Knorpel ist so in seine Gedanken vertieft, dass er nicht bemerkt, wie der Oberleutnant das Zimmer betritt.

»Herr Henschel, durch Sie bin ich den ganzen Vormittag beschäftigt gewesen und konnte auch nicht zum Mittagstisch gehen, und ausgerechnet heute gab es meine Lieblingsspeise: Königsberger Klopse und zum Nachtisch ›Rote Grütze‹. Es ist mein Lieblingsnachtisch! Ihrer auch?«

Knorpel schaut ihn an, sagt aber kein einziges Wort. Auf einem Teller sieht er ein Stück Käsekuchen liegen. Hunger quält ihn.

Das Lächeln verschwindet. »Soso, Sie wollen also schweigen!« Sein Gesicht verzieht sich zu einer Grimasse. Er schiebt den Kuchen beiseite. »Wir können auch anders! Das muss doch in Ihr Spatzengehirn hineingehen! Oder war die Lektion nicht ausreichend?« Auf einmal wird er freundlich. »An Ihrer Stelle würde ich genauso handeln. Sie sind doch ein kluger Mann!« Er blättert in seiner Akte. »Oh, die Mittlere Reife mit einer Eins abgeschlossen. Alle Achtung!« Er liest. »Das sind doch nur Jugendsünden, was da geschrieben steht.«

Er blickt ihn an. »Heute Morgen war ich in deiner Wohnung. Dein Opa hat dir ja eine Menge guter Bücher hinterlassen. Ich habe mir einige davon angeschaut! War interessant, deine Anmerkungen über Literatur der zwanziger Jahre zu lesen. Man merkt, hinter diesen Zeilen steckt ein kluger Kopf!« Er nimmt einen Bleistift und schreibt etwas auf einen Zettel. »Was halten Sie davon, wenn ich mich für Sie einsetze, damit Sie Ihr Abitur doch noch machen können? Und dann studieren Sie das, was Sie gern wollen!«

Mit Speck fängt man Mäuse, denkt Knorpel, und ein Lächeln fliegt über sein Gesicht.

Der Oberleutnant deutet es falsch. »Der Gedanke gefällt dir! Ich habe es doch gewusst, dass du vernünftig wirst!« Für einen Moment schweigt er. »Wenn ich mich für dich einsetze, erwarten meine Vorgesetzten eine kleine Gegenleistung! Es ist nur ein kleiner Dienst! Im Gegenzug kannst du dir deinen Herzenswunsch erfüllen! Ich glaube, du wolltest Philosophie und Literaturwissenschaften studieren!« Der Oberleutnant geht zum Fenster, nimmt die kleine Kanne, die hinter dem Vorhang versteckt war, und gießt seine Zimmerpflanze. »Was sagst du jetzt? Das ist doch ein Angebot! Unser Staat ist doch nicht nachtragend!«

Wieder schweigt Knorpel.

»Ich an Ihrer Stelle würde jetzt auch schweigen, wenn ich nicht weiß, was auf mich zukommt!« Er dreht sich um, und so nebenbei sagt er: »Du bist in dieser Stadt ziemlich bekannt! Wie ich erfahren habe, respektieren dich die meisten Menschen, und über diese Leute wollen wir mehr Informationen haben!« Sofort hebt der Oberleutnant seine Arme. »Nichts Verwerfliches, sondern was sie so machen, was sie denken und was für Pläne sie haben! Dazu brauchen wir dich!« Einen Moment wartet er. Und wieder setzt er sein eisiges Lächeln auf.

»Nein«, spricht Knorpel klar und deutlich, »ich werde für Sie keine Spitzeldienste übernehmen!«

Entgeistert starrt der Oberleutnant ihn an. »Bürschchen«, spricht er und kann sich kaum beherrschen, »das wirst du bereuen! Du wirst ...« Der Oberleutnant setzt sich und starrt ihn an.

»Als Herrmann Göring im Gefängnis Ernst Thälmann besuchte«, spricht Knorpel mit ruhiger Stimme, »und ihm ein verlockendes Angebot machte, lehnte dieser ab. Aus diesem Film habe ich gelernt, dass man standhaft bleiben muss, um seine Ideale nicht zu verraten!« Als er das letzte Wort gesagt hat, schließt er die Augen, denn er weiß, dass er für längere Zeit seine Freiheit verlieren wird.

Zuerst glaubt er, sich verhört zu haben, aber als der Oberleutnant noch einmal schreit: »Raus!«, da weiß er, dass der Kelch der Unfreiheit an ihm vorübergegangen ist.

Ohne ihn dabei anzusehen, überreicht er Knorpel seine Uhr, seine Brieftasche, seine Geldbörse und seinen Kamm. Als Knorpel zur Tür geht, sagt der Oberleutnant: »Bürschchen, wir werden uns bald wiedersehen!«

Abrupt bleibt er stehen und dreht sich um: »Was seid ihr nur für Menschen? Ich liebe meine Heimat, und doch ...« Den Satz vollendet er nicht und geht hinaus. Entgeistert starrt der Oberleutnant die Tür an.

Knorpel geht langsam die Stufen hinunter, atmet tief die frische Luft ein, blickt auf seine Uhr und erschrickt. Es ist halb fünf! »Mein Gott«, flüstert er, »ich kann doch jetzt nicht zur Spätschicht gehen!«

Obwohl ihn der Hunger quält, fährt er eine Station mit der Straßenbahn, steigt aus und marschiert in die Poliklinik. Dort meldet er sich an, und nach einer Stunde wird er ins Sprechzimmer gerufen. Ohne ihn anzusehen, betritt der Arzt das Sprechzimmer und setzt sich hinter seinen Schreibtisch. Er blickt in die Krankenakte und fragt: »Herr Henschel, was fehlt Ihnen?«

Er nimmt jetzt seinen Mut zusammen, und mit ruhiger Stimme spricht er: »Heute Morgen musste ich zur Staatssicherheit gehen! Ich hatte eine Vorladung bekommen.« Er blickt den Arzt an. »Da ich diesen Herren nichts sagen wollte, wurde ich in eine Zelle eingesperrt, die kein Fenster hatte. Ich dachte, ich sehe für längere Zeit meine Freiheit nicht wieder. Eigentlich müsste ich jetzt auf meiner Arbeitsstelle sein, aber ich kann nicht mehr! Mir fehlt die Kraft, und ich merke ...« Wieder schaut er den Arzt an.

»Warum reden Sie nicht weiter? Sie brauchen keine Angst vor mir zu haben! Ich unterliege der Schweigepflicht!«

»Ich merke, wie mir langsam die Schlinge ...« Er schließt die Augen.

»Herr Henschel, ich werde Sie zehn Tage krankschreiben!« Der Arzt schaut ihn an. »Gehen Sie im Wald spazieren, schlafen Sie sich aus und ...«, er schaut ihn an, »und was ich jetzt zu Ihnen sagen werde, habe ich niemals gesagt. Ich würde es vehement abstreiten, wenn man mich danach fragen würde!« Er lächelt.

»Schreiben Sie einen Ausreiseantrag! Das würde ich Ihnen empfehlen. Vielleicht können Sie in ein oder zwei Jahren ausreisen! Das würde ich Ihnen wünschen!« Er steht hinter seinem Schreibtisch auf und gibt ihm die Hand. »Kommen Sie wieder, wenn Sie Probleme haben! Ich werde Ihnen helfen!«

Mit schweren Schritten trottet Knorpel zur Straßenbahnhaltestelle und bemerkt die Menschen nicht, die rechts und links an ihm vorübereilen. Er steigt ein und fährt bis zum Marktplatz. Sein Weg führt direkt zur »Sonne«. Oft war er in diesem Restaurant noch nicht gewesen. Ihm ist das Lokal zu teuer und zu spießig, aber heute will er sich etwas leisten! In seiner Fantasie stellt er …

»Knorpel, du siehst ja schrecklich aus!«, wird er plötzlich angesprochen und dadurch aus seinen Gedanken gerissen. »Und warum bist du nicht …«

Fassungslos blickt er in das Gesicht von Kiki. »Ich freue mich, dich zu sehen!«, äußert er bedrückt. »Ich bin fast neun Stunden in einer Zelle eingesperrt worden.«

Sie nimmt seine Hand. »Und ich dachte, du wärst nach der Vorladung direkt zur Arbeit gegangen. Knorpel, was ist geschehen?«, fragt sie besorgt.

»Ich habe noch nichts gegessen und noch nichts getrunken! Ich kann keinen klaren Gedanken fassen! Ich will in die ›Sonne‹ gehen!«

»Um Himmels willen!« Sie greift nach seiner Hand und sagt: »In diesem Aufzug werden sie dich in die ›Sonne‹ nicht reinlassen. Du siehst wirklich schrecklich aus. Wir gehen in den ›Zeugwart‹, und dort wirst du dir eine Suppe holen und etwas zu trinken.« Willenlos geht er mit.

Um diese Zeit ist das Selbstbedienungsrestaurant nur spärlich besucht. Knorpel setzt sich an einen Tisch und wartet ungeduldig, dass Kiki ihm etwas zu essen bringt. Während er isst, mustert er Kiki.

»Warum haben die dich so lange in eine Zelle gesperrt?« Er löffelt seine Suppe, als würde er die Frage nicht gehört haben. »Konntest du deinen Mund nicht halten?«, fragt sie erneut und schaut ihm dabei erstaunt beim Essen zu. Sie kann nicht begreifen, mit welcher Geschwindigkeit er die Suppe hineinschlingt.

Er blickt sie kurz an und sagt: »Ich habe fast nichts gesagt! Die wollten mich weichkochen, damit ich zum Spitzel werde!« Obwohl er noch nicht aufgegessen hat, schiebt er die Suppe beiseite. »Die wollten mich wirklich rumkriegen! Boten mir an, ich könnte mein Abitur machen, und ich sollte das studieren, was ich wollte! Ich sagte: Nein!, und dann schmiss mich dieser Oberleutnant hinaus.« Mit einem Zug trinkt er sein Glas Bier und stellt es auf den Tisch. »Ich muss gut aufpassen, sonst ...« Er nimmt seine Hände und legt sie gekreuzt vor seine Augen. Dann nimmt Knorpel Kikis Hand. »Als ich in der Zelle war, habe ich mir etwas geschworen!« Er schaut sie an. »Sollte ich die Freiheit wiedersehen, würde ich dich bitten, dass du bei mir einziehst!«

Zärtlich streicht sie über seine Hand. »Lass etwas Gras über diese Sache wachsen, dann werde ich zu dir ziehen, aber jetzt ...«, sie schweigt einen Moment, »wäre es zu gefährlich. Ich würde in das Rampenlicht von denen kommen, und das wäre nicht gut. Du weißt doch, warum!«

Er nickt, und Kiki sieht, wie er nur schwer seine Enttäuschung verbergen kann.

»Knorpel, ich liebe dich wirklich, aber das wäre dumm, denen einen Hinweis zu geben, dass wir eng verbunden sind! Bitte sei nicht traurig!«

Beide sehen sich an.

»Der Oberleutnant hat meine Wohnung durchsucht! Wollten etwas finden ...«

»Um Gottes willen, die Bücher ...«

Zum ersten Mal lächelt er. »Elli hat sie genommen!«

»Sonst hast du nichts, was ich nicht weiß?«

»Nein!«

Erleichtert atmet sie auf. Sie schaut auf ihre Uhr. »Roswitha ist aus dem Westen zurückgekehrt. Sie hat mich zum Essen eingeladen! Wie ich sie kenne, hat sie so viel gekocht, dass du auch noch satt wirst!«

»Ich dachte, sie wäre schon längst wieder da!«

»Das schon, aber sie ist im Westen krank geworden und musste ins Krankenhaus!«

»Das habe ich nicht gewusst!«

Roswitha macht ihre Wohnungstür auf und ist erstaunt, dass Knorpel vor ihr steht. »Hast du dir extra wegen mir heute Urlaub genommen? Das finde ich aber nett von dir!« Sie nimmt ihn in die Arme und drückt ihn sanft.

»Der Arzt hat mich krankgeschrieben! Deswegen konnte ich zu dir kommen!«

»Trotzdem ist es schön, dass du gekommen bist! Kommt rein!«, fordert sie die beiden auf.

»Roswitha«, spricht Kiki, »Knorpel hatte eine Vorladung bei der Stasi bekommen! Fast neun Stunden haben sie ihn dort eingesperrt!«

»Weswegen?«, fragt sie sofort und blickt ihn entsetzt an.

»Die dachten, die könnten aus mir einen Spitzel machen! Aber da haben sie sich verrechnet!«, brummt er, und man merkt, dass ein wenig Stolz in seiner Stimme mitschwingt. In diesem Moment kommen Nadine, Rainer und Geli aus dem Wohnzimmer.

»Mensch, Knorpel, das ist ja schrecklich, was wir von dir hören!« Geli geht sofort zu ihm und drückt ihn fest an sich. »Jetzt wird die Stasi so lange suchen, bis sie einen Grund findet, dich einzusperren!«, spricht sie besorgt.

Rainer drückt ihm die Hand und fragt: »Was willst du jetzt tun?«

»Ich …«, Knorpel lacht. Alle blicken ihn irritiert an. »Ich schreibe einen Ausreiseantrag!«

»Wie willst du ihn begründen?«, fragt erneut Rainer.

»Den Grund habe ich doch schon! Ich muss ihn nur richtig formulieren!« Er setzt sich auf das Sofa und spricht: »Was ich heute erlebt habe, ist Grund genug, diese DDR zu verlassen!«

»Und was mache ich, wenn ihr alle fortgeht?«, fragt Nadine und blickt jeden der Anwesenden an. »Ich fühle mich doch bei euch wohl!« Stumm sitzen alle da. »Wenn alle guten Menschen«, spricht sie plötzlich, »aus dieser DDR gehen, bleiben ja nur Arschlöcher da, und da will ich auch nicht bleiben!«

Roswitha hebt die Arme und sagt: »So schnell schießen die Preußen auch nicht! Jetzt setzt euch an den Tisch! Hoffentlich habt ihr großen Hunger mitgebracht!«

Darauf antwortet Kiki: »Knorpel hat nur eine Suppe heute gegessen! Er hat bestimmt Hunger wie ein Löwe!«

»Wir reden nur von uns«, spricht plötzlich Knorpel, »aber nicht von dir!« Er blickt dabei Roswitha an. »Weswegen bist du drüben ins Krankenhaus gekommen?«

»Nichts Schlimmes! Hat nur furchtbar wehgetan!«

»Und was hattest du denn gehabt?«, fragt Geli.

»Gallensteine! Aber darüber möchte ich nicht sprechen. Es gibt etwas viel Wichtigeres zu besprechen!« Sie schaut Nadine an. »Das Theaterstück von deinem Bruder wird gedruckt und wahrscheinlich auch aufgeführt!«

»Das gibt es doch nicht!« Plötzlich weint sie.

»Was ist los mit dir, Nadine? Freust du dich denn gar nicht?«

»Doch! Ich darf meinen Bruder nicht mehr besuchen! Er hat wahrscheinlich die Lust am Leben verloren! Irgendetwas hat er gemacht, und ich weiß nicht, was. Jetzt liegt er im Haftkrankenhaus Meusdorf!«

»Meusdorf? Den Ort habe ich noch nie gehört! Wo liegt er?«, fragt Kiki.

»Bei Leipzig!« Plötzlich greift sie in ihre Tasche und holt einen Brief heraus. »Mein Bruder schreibt mir, aber was er mir sagen will, hat wahrscheinlich die Stasi mit schwarzer Tusche unleserlich gemacht!« Sie reicht den Brief Rainer. Vorsichtig nimmt er ihn und hält ihn gegen das Licht. Aber nichts ist zu sehen.

»Du glaubst, er hat sich etwas angetan?«, fragt Roswitha mit besorgter Stimme.

»Ja!« Als sie das sagt, weint sie heftig.

»Ich habe da eine Idee! Aber jetzt wird erst gegessen!« Roswitha blickt jeden an. »Es gibt eine Vorspeise, die ich aus dem Westen mitgebracht habe! Dann einen gespickten Rinderbraten mit Steinpilzen und zum Naschtisch – ach, lasst euch überraschen!« Sie holt den Wein aus der Küche. »Ich hätte mich bestimmt halb totgeschleppt, um all die Geschenke, die mir meine Freundin mitgegeben hat, aus dem Zug zu schaffen. Zur Vorsorge gab sie mir zwei Schachteln Westzigaretten mit, und die gab ich einem Mann, der mir die zwei Koffer bis zum Taxi schleppte.« Sie schenkt den Wein ein. »Das ist ein ›Grauburgunder‹, der schmeckt!« Roswitha hebt ihr Weinglas und spricht feierlich: »Es war wunderschön im Westen, aber am Schönsten ist, euch wiederzusehen!«

Roswitha erzählt: »Meine Freundin und ich waren in Köln! Eine herrliche Stadt!« Ihre Augen bekommen plötzlich einen besonderen Glanz. »Wir sind am Rhein spazieren gegangen, haben den Kölner Dom besichtigt, und ich fühlte mich wie in einer anderen, fremden Welt. Die Einkaufsstraße war so farbenfroh, und die Leute waren so nett. Danach sind wir in einen großen Lebensmittelmarkt gegangen. Mich hat die Vielfalt der Produkte fast erschlagen. Wenn ihr die Käsetheke gesehen hättet«, sie hebt ihre Hände an den Kopf, »unvorstellbar, wie viele Käsesorten es gibt! Ich sollte mir etwas aussuchen, was ich gerne essen würde, aber ich konnte nicht. Ich musste aus diesem Lebensmittelladen raus, sonst hätte ich einen Weinkrampf bekommen. Wenn die Kinder der DDR die Buntheit der Süßigkeiten sehen würden, würden sie glauben, sie wären im Schlaraffenland!« Einen Moment schweigt sie.

»Der nächste Schock kam. Meine Freundin führte mich in ein Kaufhaus. Dort blieb ich vielleicht fünf Minuten. Ich musste wieder raus. Da fühlte ich mich zum ersten Mal wie ein Mensch zweiter Klasse. Meine Freundin ist bestimmt ein guter Mensch!

Sie hat meine Kleidung, die ich mitgebracht habe, in einen Container gegeben.« Für einen Moment schweigt sie und blickt jeden der Anwesenden an. Langsam sagt sie: »Der für Altkleidung bestimmt ist, und hat mich vollkommen neu eingekleidet. Ich wollte es nicht, aber sie bestand darauf.« Sie senkt ihren Kopf. »Was ich am peinlichsten fand«, erzählt Roswitha, »war in einer wirklich noblen, teuren Boutique. Die Verkäuferin kam sofort und begrüßte meine Freundin mit ihrem Namen. Sie ist dort Stammkundin. Natürlich erzählte sie der Verkäuferin, dass ich aus dem Osten komme, und sie möchte, dass ich mir ein schickes Kostüm aussuchen sollte. Ich sträubte mich dagegen. Mit diesem Luxus, nein, damit wollte ich nichts zu tun haben. Es passt nicht zu mir!« Sie nippt am Weinglas. »Ihr könnt euch nicht vorstellen, wie freundlich diese Verkäuferin des Geschäftes war. Sie rief sofort die Inhaberin der Boutique an und schilderte den Fall. Ich konnte es nicht verstehen: Diese Verkäuferin machte meiner Freundin einen Sonderpreis, nur weil ich aus dem Osten komme!« Wieder nippt sie am Weinglas. »Der Preis war für mich unvorstellbar! Ich möchte ihn euch gar nicht verraten! Wirklich, ich kam mir wie eine arme Kirchenmaus vor!« Sie steht auf. »Jetzt gibt es eine Paradiescreme!«

»Mensch, Roswitha«, spricht entzückt Nadine, »die Vorspeise war schon ein Traum, das Mittagessen ist kaum zu überbieten, aber dieser Nachtisch, den kann man nicht hineinschlingen«, dabei schaut sie Knorpel an, »den muss man auf der Zunge zergehen lassen!« Zufrieden lehnt sich Roswitha zurück. »Ich werde euch jetzt etwas Obst geben, diese Frucht habt ihr noch nie gegessen! Genießt sie, die Kiwi, so heißt diese Frucht, die wird es nie in der DDR geben! Zu teuer! Jeder bekommt einen kleinen Teller, ein Messer und einen kleinen Löffel.«

Erstaunt schaut Nadine dieses unappetitliche Ding an. »Komisch sieht die aus! Und wie isst man die?«

»Ihr schneidet die Kiwi in der Mitte durch, und das Fruchtfleisch esst ihr mit dem Löffel.«

»Das Fruchtfleisch sieht ja wie eine Stachelbeere aus«, meint Geli.
»Lecker«, spricht Nadine mit zufriedenen Gesichtszügen.
»So, Nadine, nun zu dir! Ich habe mit meiner Freundin über deinen Bruder gesprochen. Ich werde ihr die neuesten Ereignisse schreiben, und vielleicht … Lassen wir uns überraschen!«
»Das ist doch viel zu gefährlich für dich! Roswitha, ich an deiner Stelle würde es mir genau überlegen! Was machst du dann, wenn diese Verbrecher deinen Brief lesen?«
Roswitha lächelt zufrieden. »Knorpel, nichts wird passieren! Nähere Einzelheiten möchte ich nicht verraten! Das müsst ihr verstehen!« Sie blickt Nadine an. »Vielleicht wird dein Bruder bald in Freiheit sein! Jetzt freu dich!«, fordert sie Nadine auf.
Langsam steht die Angesprochene auf, geht zu ihr und gibt ihr einen Kuss auf die Wange. »Danke! Roswitha, du gibst mir Mut zum Leben!«
»Papperlapapp«, spricht diese. »Ich habe für jeden noch ein Geschenk mitgebracht!«
Entrüstet blicken alle sie an. »Das …«, mehr kann Rainer nicht sagen.
Mit erhobenem Finger spricht sie: »Ich möchte kein Wort hören! Verstanden?« Dabei lächelt sie. Mühsam steht sie auf, geht, ohne ein Wort zu sagen, aus dem Wohnzimmer, und es dauert einige Zeit, bis sie wiederkommt. Als Roswitha wieder das Zimmer betritt, starren sie alle an.
»Unglaublich siehst du damit aus!«, stammelt Kiki. »Das Kostüm steht dir so, als wäre es für dich geschneidert worden!«
»Wenn du damit auf die Straße gehst, werden alle Männer hinter dir herschauen!«, spottet Geli. Langsam steht sie auf, geht zu ihr und prüft die Güte des Stoffes. »Das ist Qualität! Und dann diese Farbe! Das Rot sticht einem richtig ins Auge!«
»Da drin würde ich bestimmt auch gut aussehen!«, meint Rainer.
»Natürlich!« rufen die Frauen im Chor und lachen.
»Schaut euch nur diese Schuhe an! Jetzt könnt ihr verstehen, warum ich mich wie eine arme Kirchenmaus gefühlt habe!«

Wieder geht sie aus dem Wohnzimmer, kommt aber sofort wieder. »Das ist für dich, Rainer, und das für dich, Knorpel!«

Dankend nehmen sie ihr Geschenk an. Vorsichtig entfernen sie das Geschenkpapier.

»Die Bücher habe ich zwischen meiner Unterwäsche versteckt. Glück gehabt! Meine Nachbarin musste ihre Koffer und Taschen auspacken. Man konnte ihre Angst förmlich im Gesicht sehen. Natürlich fand dieses Flintenweib …«, sie schüttelt den Kopf. »Diese Schlange hatte rote Haare und hatte einen Arsch …«, sie lacht, »wie ein Brauereipferd. Ihre Uniform spannte sich so an ihrem Körper, dass ich dachte, ihre Dienstkleidung würde jeden Augenblick zerreißen.« Dann wurde Roswitha wieder ernst.

»Natürlich fand dieses Weib einige Zeitschriften und ein Buch. Die Sachen wurden sofort beschlagnahmt. Aber das Schlimmste war, die Frau wurde von diesem Flintenweib so beschimpft und beleidigt, dass ich dachte, sie bekommt jeden Augenblick einen Herzinfarkt, so hat sie vor Angst gezittert. Das Einzige, was ich auspacken musste, war der Inhalt meiner Tasche. Die hat mir meine Freundin zum Abschied geschenkt. Deutlich konnte ich im Gesicht dieses Flintenweibes den Neid sehen. Barsch befahl sie mir, den Inhalt auszupacken. Ich hatte Schokolade, Bananen, Kaffee und Kosmetik darin. Genau prüfte sie es. Am liebsten hätte sie mir das Fläschchen Parfüm abgenommen, das konnte man in ihrem Gesicht ablesen!«

Fast zärtlich streicht Rainer über das Buch und blickt dabei Roswitha an. »Die Nadel! Bin gespannt, wie der Follett schreibt.«

Knorpel blättert schon in seinem Buch. »Mensch, Roswitha, ich mag den Haffner! Nie hätte ich gedacht, dass ich einmal von ihm »Anmerkungen zu Hitler« in den Händen halten würde. Vielen, vielen Dank dafür!«

Roswitha geht zu Nadine, gibt ihr ebenfalls ein Buch. »Nadine, entschuldige bitte, ich konnte es nicht mehr einpacken, meine Freundin hat das Buch im Bahnhof gekauft.«

Nadine liest: »Wir Kinder vom Bahnhof Zoo«. Ihr kommen die Tränen vor Rührung. »Roswitha, danke, danke!« Hastig steht sie auf und gibt ihr einen Kuss auf die Wange.

»Kiki, Geli und Nadine, ich habe drei Beutel voll mit Kosmetiksachen. Die hat meine Freundin für euch zusammengepackt. Ich weiß nicht, was darin ist. Bald hätte ich es vergessen! Für Rainer und Geli habe ich noch einen zugeklebten Briefumschlag von meiner Freundin bekommen. Das ist das Honorar von den fünf Bildern, die Rainer mir mitgegeben hat!«

Fassungslos nimmt Geli den Umschlag, öffnet ihn und erstarrt. Verwirrt holt sie das Geld heraus und zählt es. »Es sind 500 DM! Ich werde verrückt!« Sie kann ihre Freude nur schwer unterdrücken.

»Und was ist mit dem Film geworden?«, fragt er sofort.

»Den habe ich wieder mitgebracht. Die Zeitung wollte ihn geschenkt haben, das wollte ich nicht!«

Sie nimmt ihre Tasche und legt Süßigkeiten auf den Tisch. »Teilt sie euch!«

»Mensch, Roswitha, das hättest du doch nicht gebraucht!«

»Doch!«, sie senkt ihren Kopf. »Ich muss euch noch etwas sagen. Mir fehlt aber der Mut dazu.« Sie geht zum Fenster, und leise sagt sie: »Ich werde bald zu meiner Freundin in den Westen ziehen. Ihr Mann ist vor einem Jahr gestorben, und sie will, dass wir die letzten Jahre zusammen sind.« Sie dreht sich um. »Könnt ihr mich verstehen?«

Alle Blicke sind auf sie gerichtet. »Roswitha«, spricht Rainer, »sollte uns etwas geschehen, kannst du uns im Westen besser helfen als im Osten!«

»Das habe ich mir auch so gedacht!« Erleichtert atmet sie auf.

Nadine weint leise. »Und was wird aus mir?«

Roswitha geht zu ihr und nimmt ihre Hand. »Nadine, du bist mir ans Herz gewachsen! Ich werde versuchen …, um eines bitte ich dich! Hab Vertrauen zu mir. Alles wird gut werden! Das verspreche ich dir!«

»Schläfst du?«, fragt Kiki und dreht sich zu ihm um.
»Nein!«
»Knorpel, ich habe Angst.«
Er seufzt tief. »Das brauchst du nicht zu haben.«
»Doch!«
Einige Augenblicke hängen sie ihren Gedanken nach.
»Ich sollte es dir nicht sagen ...«
»Was sollst du mir nicht sagen?«, fragt er.
»Rainer und Geli wurden von einem Mann fotografiert!«
»Und warum solltest du es mir nicht sagen? Ich versteh nicht ...«
»Die beiden hatten gerade die baufälligen Häuser hinter dem Kino fotografiert.«
»Ist Rainer sich sicher, ...«
»Er ist sofort«, wird er unterbrochen, »zu diesem Mann gegangen und hat gefragt, warum er ihn fotografieren würde!«
»Und was hat dieser Mann darauf geantwortet?«
»Dieser Mann spielte einen Russen. Er sagte auf Russisch: Nicht verstehen!«
Plötzlich lacht Kiki. »Du kennst doch Rainer!«
»Hm«, brummt er.
»Rainer kann gut Russisch! Ein Naturtalent eben. Stell dir vor, er fragte ihn, was bei ihm und bei Geli im Kopf nicht stimmen würde. Was glaubst du, was dann passiert ist?«
»Ich weiß nicht.«
»Dieser angebliche Russe ist, ohne ein Wort zu sagen, mit schnellen Schritten davongegangen!«
»Das hätte ich Rainer nicht zugetraut!«
»Auch du kannst dich einmal irren!«
Einen Moment schweigen sie.
»Schläfst du?«, fragt sie.
»Nein! Du lässt mich nicht!«
»Du willst wirklich einen Ausreiseantrag stellen?«
»Ja, das will ich!«
»Und was wird dann aus mir werden?«

»Haben wir nicht schon darüber gesprochen?«, fragt er, und man merkt, dass er schlafen will.
»Nein, darüber haben wir noch nicht gesprochen!«
»Du kommst doch natürlich mit!«, brummt er und kuschelt sich in sein Bett.
»Bist du dir da ganz sicher?«, fragt sie, und Rainer merkt, wie sich ihre Stimme verändert. Er seufzt. »Du kannst doch nicht über meinen Kopf hinweg entscheiden, was du willst! So eine elementare Entscheidung, darüber müssen wir doch diskutieren! Oder findest du nicht?« Sie merkt, dass er genervt ist. Um die Situation ein wenig zu entschärfen, stößt sie ihn in die Seite und spricht zärtlich: »Du Tyrann!«
»Darüber können wir uns doch morgen früh unterhalten!« Er schaut auf den Wecker. »Heute früh!«, korrigiert er.
Sie gibt ihm einen Kuss. »Ich werde es nicht vergessen! Schlaf gut!«

»Sieh an, der Herr Henschel!« Zielstrebig kommt der Oberleutnant Strangkowski im Flur auf ihn zu. »Wollten Sie zu mir?«
»Vielleicht, ich weiß nicht!«
»Kommen Sie in mein Dienstzimmer, da können wir es klären!«
Hinterlistige Freundlichkeit spiegelt sich plötzlich in dem Gesicht dieses Menschen wider. Höflich bietet er ihm einen Platz an.
»Sie haben es sich also anders überlegt und wollen für uns arbeiten! Gut so!«
»Nein«, sagt Knorpel mit ruhiger Stimme.
»Was wollen Sie dann?«, fragt er mit barschem Ton. Dabei blickt er auf seine Armbanduhr.
»Ich und meine Freundin möchten einen Ausreiseantrag stellen! Wo bekomme ich diese Anträge?«
Ungläubig glotzt der Oberleutnant ihn an. »Was wollt ihr?«, fragt er und kann nur schwer seine Beherrschung aufrecht halten. »Was wollt ihr?«, fragt er erneut.

»Wir wollen einen Ausreiseantrag stellen, und ich möchte fragen, wo wir …«

Er brüllt: »Euch wurde doch ins Gehirn geschissen!« Er springt von seinem Schreibtisch auf und brüllt noch lauter: »Wer hat euch denn solch ein Märchen erzählt, dass man aus dem Arbeiter- und-Bauern-Staat einfach so gehen kann, so wie man Lust hat?«

»Die Helsinki-Verträge!«

»So, die Helsinki-Verträge!« Und in welchem Passus steht das?« Lauernd blickt der Oberleutnant ihn an.

»Ich weiß nicht.«

»So, du weißt es nicht?« Wieder brüllt er. »Und da kommst du her und stiehlst mir einfach die Zeit!«

Mit ruhigem Ton antwortet Knorpel: »Im Westfernsehen«, er blickt dem Oberleutnant ins Gesicht, »sprachen die Vertreter der Staaten und auch unser Staatsratsvorsitzender darüber, dass …«

»Was bildest du dir eigentlich ein, wer du bist?«, brüllt er außer sich. »Ausgerechnet das Westfernsehen, als Quelle der Wahrheit, mir ins Gesicht zu schleudern! Eine Ungeheuerlichkeit!«

»Ich …«

»Halt deinen Mund, sonst …«

»Wollen Sie mich schlagen, Genosse Oberleutnant?«

»Raus hier!« Seine Stimme überschlägt sich. »Ich werde dafür sorgen, dass du den Hof fegen wirst!« Er beruhigt sich wieder. »Sie sind ein Sicherheitsrisiko, und es wäre höchst … Ich werde die Verantwortlichen sofort davon informieren. Sollten Sie diese höchst qualifizierte Arbeit ablehnen, ich meine das Fegen des Hofes …« Er lächelt. »Wir haben noch andere Mittel …«

»Einsperren! Meinen Sie das Mittel?«

»Bürschchen, wir sehen …« Er winkt ab. »Ich weiß von keinem Ausreiseformular! Und solltest du so geistesgestört sein, diesen Antrag zu schreiben, landet er bei mir im Papierkorb!«

Knorpel erhebt sich: »Nie wollte ich dieses Land verlassen, aber ihr zwingt mich dazu. Was seid ihr nur für Menschen?«

»Hüte deine Zunge!«

»Ich weiß, sonst werde ich eingesperrt!«

Der Oberleutnant blickt auf seine Uhr. »Musst du nicht in deiner Arbeitsstelle sein?« Lauernd blickt er ihn an.

»Doch, aber ich kann nicht mehr …, du willst mich vernichten! Und das ist meine Krankheit!« Er geht. An der Tür dreht er sich um, will etwas sagen, winkt ab, sagt aber doch: »Wie schön wäre es, wenn die DDR für …« Den Satz vollendet er nicht und geht aus dem Raum.

Die Uhr auf dem Marktplatz zeigt elf Uhr. Zielstrebig überquert Knorpel den Marktplatz und biegt in das Seidengässchen ein. Ein betrunkener, älterer Mann kommt ihm wankend entgegen. Plötzlich bleibt er stehen, stützt sich mit einer Hand an die Wand und pinkelt. »Diese hundsfötzigen Weiber …«, lallt er laut, »diese …«

Mit schnellen Schritten marschiert Knorpel durch die enge, dunkle Gasse. Erleichtert, diese übel riechende Durchführung verlassen zu haben, bleibt er einen Augenblick in der Leninstraße stehen. In Gedanken mustert er die Johanneskirche. Sein Schritt verlangsamt sich, je näher er dem Kirchengebäude kommt. Noch nie in seinem Leben hat er eine Kirche von innen gesehen. Soll ich es tun?, denkt er und fährt durch sein langes Haar. Er ahnt, dass dies der einzige Weg ist, den er noch gehen kann. Zaghaft will er die Tür öffnen. Sie ist verschlossen.

»Scheiße!«, flucht er.

»Das möchte ich aber nicht gehört haben!«, spricht ihn ein Mann von hinten an.

Ruckartig dreht Knorpel sich um und blickt in ein freundliches Gesicht.

»Sie wollen zu mir?«, fragt er.

»Wenn Sie der Pfarrer dieser Kirche sind, dann ja!«

»Und was wollen Sie von mir?«, fragt der Fremde erneut.

»Mein Name ist Henschel. Ich möchte mit Ihnen sprechen, aber nicht hier auf der Straße!«

Kurz mustert der Pfarrer ihn. »Ich bin Pfarrer Naundorf!« Freundlich reicht er Knorpel die Hand. »Wenn es Ihnen nichts ausmacht, können wir uns in der Kirche unterhalten.«

»Warum sollte es mir etwas ausmachen?«, sagt Knorpel, und mit zaghaften Schritten betritt er die Kirche. Sein Erstaunen kann er nur schlecht verbergen.

»Herr Henschel, Sie waren noch nie in einer Kirche?«

»Zu meiner Schande muss ich es gestehen!«

Der Pfarrer lächelt. »Es ist nie zu spät, den Weg zu Gott zu finden! »Wenn Sie wollen, können wir uns in die erste Reihe setzen, und dann erzählen Sie mir, warum Sie zu mir wollten.«

Mit neugierigen Augen mustert Knorpel das Kreuz, bewundert die bunten Kirchenfenster, erst dann setzt er sich auf die Bank. Der Pfarrer beobachtet ihn, sagt kein Wort, lächelt und setzt sich ebenfalls. Erst jetzt bemerkt der Geistliche, dass dieser junge Mann eine Stofftasche bei sich hat.

»Mein Opa«, beginnt er zu erzählen, »war und ist noch immer mein großes Vorbild ...«

Die Kirchentür wird plötzlich geöffnet. Ruckartig dreht sich Knorpel um und verstummt. Über diese Reaktion ist der Pastor erstaunt.

»Sie können ruhig weitersprechen! Es ist meine Frau! Jeden zweiten Tag stellt sie frische Blumen auf den Altar.«

Irritiert mustert Knorpel die fremde Frau.

»Sie können ruhig weiterreden«, mit diesen Worten gibt sie ihm die Hand, »ich bin gleich wieder weg!«

Einen Moment wartet er, erst dann erzählt er: »Mein Opa«, wiederholt er, »war und ist mein großes Vorbild. Als er starb, musste ich ihm versprechen, dass ich seine Bücher in Ehren halte, nicht verkaufe oder wegwerfe. Ich hätte eine Bitte an Sie!«

Freundlich fragt der Pfarrer: »Und die wäre?«

Er holt aus seiner Stofftasche ein Buch heraus und reicht es ihm. Irritiert nimmt dieser es und schlägt es auf. »Es sind sehr schöne Illustrationen!«, äußert er sich.

»Über 500 Bücher stehen in meiner Wohnung! Ich möchte einen Ausreiseantrag stellen, und es kann gut möglich sein, dass die Staatssicherheit mich einsperren wird! Deshalb möchte ich Sie bitten, wenn es platzmäßig geht, Sie für mich aufzubewahren. Sollte ich in den Westen kommen, werde ich alles unternehmen, meine Bücher zu mir zu holen. Sollte ich aber in den Knast kommen, ist es besser, dass Sie die Bücher aufbewahren! Sonst könnte es möglich sein, dass dieser Staat sie beschlagnahmt und verkauft.«

»Wie stellen Sie sich das vor?«

Hastig erhebt Knorpel sich und flüstert: »Eines muss ich der Kirche lassen, die Ruhe, die hier herrscht, …« Er will gehen.

»Warum reden Sie nicht weiter? Und woher wissen Sie, dass ich Ihnen nicht helfen werde? Ich jedenfalls habe nichts dergleichen gesagt!«

Verunsichert setzt er sich wieder.

»Eine Frage muss ich Ihnen stellen! Warum wollen Sie die DDR verlassen?«

Für einen Augenblick mustert Knorpel den Pastor. In wenigen Sätzen erzählt er dann von dem Yvonnes Selbstmord, von seiner Vorladung bei der Staatssicherheit und von seiner verlorenen Arbeitsstelle.

Lange mustert Pastor Naundorf ihn. »Wissen Sie was, meine Frau wartet sicherlich schon mit dem Mittagessen auf mich, und ich würde Sie bitten, mit uns zu essen! Mit hungrigem Magen lässt es sich schlecht denken!«

»Ich konnte mir schon denken, dass du den jungen Mann zum Essen einladen würdest! Aber ihr müsst euch noch einen Moment gedulden!«

»Frauen darf man in der Küche niemals stören, sonst muss man noch helfen!« Als er dies äußert, blickt er seine Frau an und lacht. »Gehen wir in mein Büro!«

Mit kleinen Schritten betritt Knorpel den Raum, bleibt stehen, und deutlich erkennt man in seinem Gesicht sein Erstaunen.

Rechts und links an der Wand stehen Regale, die bis an die Decke reichen. In ihnen stehen dicht gedrängt Hunderte von Büchern. Langsam schreitet er an jedem Regal vorbei und liest die Titel. Nie wäre er auf den Gedanken gekommen, dass es so viele christliche Literatur geben würde.

»Mein Staatsbürgerkundelehrer verspottete die Menschen, die nicht an den Sozialismus glauben wollen, sondern in den Mittelpunkt ihres Lebens Gott stellen.«

»Und was glauben Sie, Herr Henschel?«

»Als Schulkind konnte ich mir nicht vorstellen, dass es im Himmel irgendjemand gibt, der mir helfen könnte. Aber dieser Sozialismus ist auch nicht das, was er verspricht. Ich jedenfalls merke, wie mir die Freiheit fehlt, eigene Entscheidungen zu treffen. Ich bin es einfach leid, zwei Meinungen zu haben. Die im privaten Bereich und die, die ich äußere, damit ich im Leben weiterkomme. Dieses Arschkriechertum«, entschuldigen Sie, »ich meine, …« Sein Gesicht bekommt plötzlich eine Rotfärbung.

»Sie brauchen sich nicht zu entschuldigen, wo Sie recht haben, da haben Sie recht!«

»Das Essen ist fertig!«

»Wenn Frauen rufen, müssen wir Männer folgen, sonst gibt es Ärger.«

Beide setzen sich an den Küchentisch. Der Eintopf dampft aus dem Teller. Knorpel nimmt den Löffel, und wieder tritt die Rotfärbung in sein Gesicht. Pastor Naundorf und seine Frau falten die Hände zum Gebet und sprechen: »O Gott, von dem wir alles haben, wir danken dir für diese Gaben. Du speisest uns, weil du uns liebst. O segne auch, was du uns gibst. Amen. Ich wünsche einen gesegneten, guten Appetit!«

In kurzen Stichpunkten berichtet Pastor Naundorf, warum Herr Henschel zu ihm gekommen ist. Gespenstische Ruhe herrscht plötzlich. Die Eheleute schauen sich an.

»Herr Henschel, wir nehmen die Bücher zur Aufbewahrung!«

Wieder blicken sie sich an, während sie ihren Eintopf essen.
»Schmeckt es Ihnen, Herr Henschel?«
»Es ist köstlich!«
Die Hausfrau lächelt. »Meine Kinder mögen keinen Gemüseeintopf. Heute gibt es in der Schule, und darauf freuen sie sich schon, Milchreis mit zerlassener Butter mit Zucker und Zimt!«
»Danke, dass Sie meine Bücher aufbewahren wollen!«
»Wann wollen Sie die Bücher bringen?«
»Heute vielleicht, wenn es Ihnen passt!«
»Warum so eilig?«, fragt Pastor Naundorf.
»Wenn meine Freundin und ich in den nächsten Tagen den Ausreiseantrag stellen, werden diese Leute versuchen, uns mundtot zu machen.«
Erneut blickt sich das Pastorenehepaar an. »Ist der Weg, den Sie und Ihre Freundin gehen wollen, nicht zu gefährlich?«, fragt sie.
»Frau Naundorf, für uns gibt es nur zwei Wege! Der eine Weg führt in die Freiheit und der andere ins Gefängnis! Eine andere Möglichkeit gibt es nicht!«
»Und wenn Sie sich unauffällig …«
»Nein, das kann ich nicht! Ich bin ich, und in eine andere Rolle schlüpfen will und kann ich nicht! Das geht …«
Pastor Naundorf legt seine Hand auf seine. »Das brauchen Sie auch nicht!« Er schaut seine Frau an und sagt: »Wir werden im Rahmen unserer Möglichkeit Ihnen helfen!«
Seine Frau steht plötzlich auf und fragt: »Herr Henschel, mögen Sie eingemachte Brombeeren?«
»Sehr gern sogar!«

Eine breite, ausgetretene Wendeltreppe führt in das zweite Obergeschoss. Pastor Naundorf berichtet von der wechselvollen Geschichte des früheren Stadthauses eines Papierunternehmers. Langsam schreiten sie die Stufen hoch, dabei wird die Vergangenheit, die er mit seiner ruhigen Stimme erzählt, lebendig. Vor zwei Gemälden bleibt er plötzlich stehen und verstummt. Knorpel bemerkt, dass er in seine Gedanken versunken ist. Mit Neugier betrachtet er die jungen Männer, die ihn würdevoll anschauen. Mit ruhiger Stimme schildert der Pastor dann die dramatischen Ereignisse so ausführlich, als wäre er dabei gewesen. Wieder verstummt er, als würde es ihm unangenehm sein, diesen Passus der Geschichte zu erzählen.

»Die einzige Auflage, die die evangelische Gemeinde bekam, war, dass diese zwei Bilder von seinen Söhnen im Flur für immer hängen bleiben sollen. Ich weiß, es klingt ein wenig seltsam, aber wenn man die Hintergründe weiß, dann kann man es verstehen!«

Er schaut Knorpel an. »Welche Prüfungen uns das Leben aufgibt, das wissen wir erst dann, wenn das Unfassbare geschehen ist!« Für einen Moment schweigt er wieder. »Da seine zwei Söhne«, erzählt er mit leiser, ruhiger Stimme, »im Ersten Weltkrieg gefallen sind, schenkte er das Haus der Kirchengemeinde. Seit diesem Zeitpunkt wird dieses Domizil als Gemeindezentrum und Wohnsitz der Pastoren benutzt.«

Sie gehen weiter.

»Herr Henschel, Sie können es sich nicht vorstellen, wie viele freiwillige Helfer vor Jahren gekommen sind, Christen und Nichtchristen, die ihre Zeit und Geld opferten, damit dieses Gemeindehaus nicht dem Verfall preisgegeben wird.« Er fügt hinzu. »Viele Nerven hat es mich gekostet, das nötige Baumaterial zu besorgen! Aber das Ergebnis kann sich sehen lassen!«

Auf einer lichtdurchfluteten Empore schließt er eine Tür auf und sie betreten einen leeren Raum. »Seit Jahren überlege ich, wozu ich diesen Raum benutzen kann, aber das Einzige, was mir und meiner Frau eingefallen ist, war ein Abstellraum für allen Krimskrams. Sie sehen es ja selbst!«

Mitten im Raum bleibt der Pastor stehen. »Herr Henschel, ich werde Ihnen jetzt einen Vorschlag unterbreiten! Es hat aber keinen Einfluss auf mein Versprechen, wenn Sie dieses Angebot ablehnen!«

»Und der wäre?«, fragt sofort Knorpel, und deutlich spiegelt sich sein Misstrauen in seinem Gesicht. Pastor Naundorf bemerkt es.

»Es ist wirklich schade, dass …, ach, lassen wir das!« Er geht zum Fenster, öffnet es und atmet die frische Luft ein. »Was ich sagen wollte«, interessiert blickt er aus dem Fenster, »ich habe die Qualität des Buches, das Sie mir gezeigt haben, erkannt! Glauben Sie wirklich, dass dieser Staat Ihre Bücher ohne weitere Auflagen herausgibt? Wenn ja, …« Schweigend dreht er sich um und mustert Knorpel.

»Was wollen Sie mir sagen?«

»Ich meine, was halten Sie davon, wenn Sie der Kirchengemeinde Ihre Bücher schenken!« Sofort hebt der Pastor die Arme. »Bevor Sie sich äußern! Sie können zu jeder Zeit kommen und Ihre Bücher ansehen! Was halten Sie davon? Eine Antwort brauchen Sie mir jetzt nicht zu geben!«

Knorpel schweigt und überlegt.

»Wenn Sie einmal Kinder haben, können Sie …«

»Ich werde der Kirchengemeinde meine Bücher schenken! Dass ich nicht selber darauf gekommen bin!«, spricht er mehr zu sich. »Solange dieser Staat existiert, werde ich niemals die Bücher in den Westen bekommen. Das ist die ideale Lösung!«

»Sie brauchen sich nicht sofort zu entscheiden. Später werden Sie es vielleicht bereuen!«

»Diese Schenkung muss aber rechtlich in Ordnung sein. Das verlange ich!«

»Herr Henschel, Sie können sich darauf verlassen!«

»Und das muss sehr schnell gehen!«

»Ich werde tun, was ich kann!«

Den ganzen Nachmittag schraubt Knorpel die handlichen Holzkisten zusammen. Dabei wandern seine Gedanken zu seinem Opa. Wie weitsichtig er doch war. Eine Welle von Zärtlichkeit geht durch seinen Körper. Noch kurz vor seinem Tod dachte er an mich. Und wieder überfällt ihn eine Welle von Zuneigung. Die Kisten ließ er anfertigen, damit ich einmal die Bücher unbeschadet in meine Wohnung transportieren kann.

»Du fehlst mir!«, flüstert er.

Als er die letzte Schraube in die nun fertige Holzkiste gedreht hat, setzt er sich auf den Fußboden, und mit Wehmut betrachtet er seinen Buchschatz. Er steht auf und zieht ein bestimmtes Buch heraus. Damit hat die Leidenschaft zum Lesen angefangen, denkt er. Mit schnellen Schritten geht er ins Wohnzimmer und setzt sich auf sein Sofa. Vorsichtig schlägt er die erste Seite auf. Plötzlich hat er die Stimme seines Opas im Ohr: »Mein Junge, solch ein Buch wird es nicht mehr so schnell geben! Behandle es gut!«

Noch einmal betrachtet er die gemalten Schmetterlinge, bewundert die akkuraten Darstellungen der Tiere, liest die Erklärungen und Geschichten, schlägt das Buch zu, steht auf, geht in den Flur und packt es sorgfältig in die Holzkiste, holt die anderen Bücher aus dem Regal heraus, mustert sie so, als würde er sich von jeder dieser Ausgabe verabschieden wollen. Als er damit fertig ist, baut er das Regal auseinander.

Die ersten Schatten des Abends haben das Wohnzimmer bereits erobert. Knorpel sitzt auf seinem Sofa und denkt über sein vergangenes Leben nach, als seine Türglocke ihn in die Wirklichkeit zurückholt. Er öffnet die Tür. Vor ihm stehen Pastor Naundorf und einige Helfer.

»Wie ich sehe, Herr Henschel, waren Sie sehr fleißig! Haben Sie alles alleine eingepackt?«

»Ja, ein stiller Abschied!«

Er nickt anerkennend. »Da können wir gleich die Kisten in die bereitgestellten Autos packen! Wie viele Kisten sind es?«, fragt er.

»39!«

Während die Helfer die Holzkisten in die Trabanten, Wartburgs und Skodas einpacken, werden sie von zwei jungen Männern in sportlichen Anzügen fotografiert. Das Gleiche geschieht beim Auspacken der Autos vor dem Gemeindezentrum.

»Herr Pastor«, Knorpel zeigt auf die Männer, »das meine ich, wenn ich sage, für mich gibt es nur zwei Wege in dieser DDR. Ich frage mich …«

»Herr Henschel! Seien Sie still!« Er geht zu ihm, und leise spricht er: »Woher wusste die Staatsmacht, was Sie vorhaben? Haben Sie es Ihren Freunden erzählt?«

»Nein!«

»Da muss es einer der Helfer ihnen gesagt haben!« Mehr zu sich spricht er: »Das hat Methode, dass jeder jedem misstraut!«

Jedem der Helfer gibt Knorpel die Hand und bedankt sich für die Hilfe.

»Sie haben die Kisten ja nummeriert!«

»Ja, das wollte ich so. Die Bücher sollen so stehen, wie sie bei mir und bei meinem Großvater gestanden haben!«

Mit geschickten Handgriffen baut Knorpel das Regal wieder zusammen. Währenddessen hat der Pastor die erste Kiste geöffnet und mustert die Bücher. »Es war gut, dass Sie darauf bestanden, das Regal mitzunehmen, sonst wären meine klapprigen Büchergestelle unter der Last der Bücher zusammengebrochen!«

Mit Freude hilft das Ehepaar Naundorf, die Bücher in das bereitgestellte Regal zu stellen. Als das letzte Buch seinen Platz gefunden hat, betrachten sie ihr Werk.

»Wäre das nicht der ideale Raum, um die Konfirmandenstunde durchzuführen?«, fragt er seine Frau.

Sie schaut ihren Mann an und nickt. »Er ist hell und hat jetzt einen festlichen Rahmen bekommen! Wir können und müssen uns bei Ihnen bedanken, Herr Henschel!«

»Im Gegenteil, Sie haben mir sehr geholfen! Dafür muss ich mich bedanken! Jetzt weiß ich, darüber hätte sich mein Opa bestimmt gefreut!« Erleichtert atmet er auf. »Und mir ist eine Bürde genommen worden!«

Bei jedem Schritt, den Knorpel und Kiki durch das Laub gehen, raschelt es so, als würde sich eine geheimnisvolle, fremde Welt am Boden befinden. Erstaunt blickt er sie an, als sie plötzlich zu singen beginnt: »Wer die Liebe, wer die Liebe ehrt ...«

Verschämt blickt sie ihn an und schlägt dabei auf seinen Arm. »Warum lachst du mich aus? Habe ich so eine schreckliche Stimme?«

»Nein, im Gegenteil, ein Frosch singt besser!« Herzhaft lacht er.

»Und mit solch einem Arsch gehe ich ins Bett! Wie blöd muss ich wohl sein!«, kontert sie.

Er bleibt stehen, nimmt sie in den Arm und küsst sie. »Es ist schön, dass es dich gibt!«, flüstert er ihr ins Ohr.

Sie stößt ihn von sich fort. »Was bist du doch für ein armseliger Schmeichler! Die Kleine, bei der gestrigen Geburtstagsfeier von Nadine, hat dir sehr gut gefallen! Wie ein Gockel bist du um sie herumgeschlichen! Du denkst wohl, ich hätte es nicht bemerkt!«

»Höre ich da Eifersucht heraus?«

»Knorpel, ich könnte …«

»Was könntest du?«, fragt er sofort.

»Dich auf den Mond schießen!« Sie lässt ihn stehen und geht weiter.

Mit schnellen Schritten ist er bei ihr und singt: »Marmor, Stein und Eisen bricht …«

Sofort hält sie sich die Ohren zu. »Du singst so, als würde eine Katze aufs Blech pinkeln!« Diesmal lacht sie. »Spaß beiseite!«, spricht Kiki mit ernstem Ton. »Nadine hat sich wirklich gefreut über die Langspielplatte von Zsuzsa Koncz. Ihr sind sogar die Tränen gekommen!«

»Ja, das hat sie wirklich!«

Sie nimmt seine Hand und schaut ihn an. »Schade, dass Roswitha so schnell ausreisen durfte!« In Gedanken sagt sie: »Einen alten Baum verpflanzt man eigentlich nicht mehr!«

»Wenn ich daran denke«, spricht er mit belegter Stimme, »dass ich ihre Kochkünste nie wieder genießen kann.« Einen Moment schweigt er, als würde er etwas Wichtiges überlegen. »Sie war so offen gegenüber allem Neuen.« Mit dem Fuß wirbelt er das Laub durch die Luft. »Ich jedenfalls wünsche ihr das Beste im Westen!«

Schweigend gehen sie weiter.

»Knorpel, ich wollte es dir nicht sagen, aber jetzt mache ich es doch!« Sie schaut ihn an. »Weißt du, was ich von Roswitha bekommen habe?«

»Ich weiß nicht.«

»Sechzehntausend Mark!«

Überrascht bleibt er stehen. »Aber was sollen wir mit dem vielen Geld machen? Wir haben doch einen Ausreiseantrag gestellt!«

»Ich weiß«, sie schaut ihn an. »Nadine hat mir bei ihrer Geburtstagsfete etwas anvertraut!«

»Was?«, fragt er sofort.

»Sie ist schwanger!«

»Um Himmels willen!«, entsetzt blickt er sie an.

»Ich dachte mir, wir kaufen ein Kinderzimmer, und das restliche Geld schenken wir ihr!«

»Hast du sie schon gefragt, ob sie es will?«

»Ich habe sie am Freitagabend eingeladen, und da werde ich es ihr sagen!«

»Gut!«

Sie biegen in die Leninstraße ein.

»Ich hätte Lust, in den Botanischen Garten zu gehen! Ich war schon lange nicht mehr da!«

Er schaut sie an und nickt. Lachend nimmt sie seine Hand und rennt los. Sie hebt ihren Kopf zum Himmel und ruft: »Ich bin glücklich!«

Nach hundert Metern bleiben sie stehen und atmen tief durch. Zwei Männer in ziviler Straßenkleidung kommen mit schnellen Schritten auf sie zu.

»Komm, lass uns auf die andere Straßenseite gehen!«

Noch einmal schnauft er tief. Die zwei Männer bleiben vor ihnen stehen. Der eine Mann, in kariertem Hemd und dunkler Hose, zeigt seine Polizeimarke und sagt: »Die Ausweise bitte!«

Knorpel und Kiki schauen sich an und zeigen ihre Pässe. Intensiv begutachten die zwei Fremden die Papiere.

»Kommen Sie zur Klärung eines Sachverhaltes mit!«
»Um was geht es?«, fragt Knorpel unfreundlich.
»Darüber dürfen wir keine Auskunft geben!«
»Dann gehen wir nicht mit!«, erwidert Knorpel.
»Herr Henschel, ich an Ihrer Stelle würde keine Schereien machen! Wir können auch anders!«
Kiki nimmt Knorpels Hand, und sie gehen vor den Männern her.

»Ich wusste es«, wird Knorpel von Oberleutnant Strangkowski empfangen, »einmal geht die Maus in die Falle und kommt nicht heraus!« Er lacht laut über seinen Witz. »Herr Henschel, jetzt haben wir dich!«
Knorpel sitzt auf seinem Stuhl und mustert den Oberleutnant. Nur ruhig bleiben!, denkt er.
Mit spöttischem Gesichtsausdruck steht der Stasioffizier auf und geht zum Fenster. »Du und deine Schlampe«, er dreht sich um und wartet auf irgendeine Reaktion. Knorpel sitzt da und starrt ihn unentwegt an. Nur nicht provozieren lassen, denkt er erneut. Er ballt seine Hände zur Faust.
»Ich werde dir jetzt eine unglaubliche Geschichte erzählen.« Siegessicher lächelt er. »Vor einigen Tagen führte ich ein interessantes Gespräch mit einer Genossin. Sie erzählte mir, dass ihre Nachbarin, eine ehemalige Lehrerin, jeden Tag mit der Schreibmaschine mindestens zwei Stunden schreiben würde. Das Klappern hörte sie in ihrem Wohnzimmer, wenn das Radio und der Fernseher ausgeschaltet sind, und auf ihrem Balkon, wenn sie draußen saß. Zuerst dachte sie nichts Böses, bis plötzlich eine junge Frau und ein langhaariger junger Mann ihr im Flur entgegenkamen. Die junge Frau hatte einen Stoffbeutel in der Hand. Sie benahm sich merkwürdig, das fiel der Genossin sofort auf. Instinktiv blieb sie stehen und schlich dem Paar hinterher. Die Wohnungstür bei der ehemaligen Lehrerin öffnete sich, und die beiden jungen Leute verschwanden darin.« Zufrieden lächelt er. »Diese Genossin tat

genau das Richtige!« Wieder lächelt er. »Mit dem Spürsinn einer unerschrockenen Kämpferin lauschte sie an der Tür und bekam von dem Gespräch, das die ältere Frau mit den jungen Leuten führte, einiges mit.« Er lächelt erneut. »Sofort erfüllte diese im Klassenkampf erprobte Frau ihre staatsbürgerliche Pflicht!« Lauernd blickt er ihn an. »Willst du mir jetzt nicht etwas mitteilen? Dein Strafmaß wird dann bestimmt geringer ausfallen! Das verspreche ich dir!«

Knorpel schließt die Augen und schweigt. Vorbei!, denkt er und fällt dabei in ein abgrundtiefes Loch. Nur nichts sagen …

Und wieder hört er die Stimme des Oberleutnants: »Geduldig, wie wir einmal sind«, er lacht, »wartete ich ab, bis diese scheinbar ehrbare Dame ihr Domizil verließ. Anschließend durchsuchte ich ihre Unterkunft gründlich und fand ein fast fertiges Manuskript eines Romans!« Mit einer Geste des Siegers legt er einen Stapel Schreibmaschinenpapier auf den Tisch. »Was sagst du dazu?«, fragt er ihn.

»Irgendwoher kenne ich diese Methoden, nur ich weiß im Augenblick nicht mehr, wer sie praktiziert hat!«

Der Oberleutnant wird weiß im Gesicht. »Bürschchen, das ist staatsfeindliche Hetze!«

»Warum? Ich versteh nicht …«

»Dir wird dein großes Maul noch vergehen! So, Herr Henschel, das war doch eine filmreife Erzählung!« Ein schadenfrohes Lächeln fliegt über sein Gesicht. »Warte, die Geschichte ist noch nicht zu Ende!«

Knorpel blickt ihn an. Vorbei!, denkt er. An alles haben wir gedacht, nur nicht an den Lärm, den die Schreibmaschine macht. Für einen Moment schließt er die Augen. Es ist aus! Sein Körper strafft sich. Nur keine Schwäche zeigen!

Mit einem zufriedenen Gesichtsausdruck setzt sich der Oberleutnant, nimmt von dem Stapel Schreibmaschinenpapier ein Blatt heraus und beginnt zu lesen: »Es war nach der 4. Stunde, da wurde ich in das Lehrerzimmer gerufen. Ich dachte, ich hätte etwas ausgefressen! So sehr ich überlegte, es fiel mir einfach nichts ein. Mit ungutem Gefühl betrat ich das Zimmer. Ein fremder Mann saß am Tisch und begrüßte mich freundlich. Wir unterhielten uns über alltägliche Dinge, bis sich dieser freundliche Mann zu erkennen gab. Zuerst erschrak ich, als ich hörte, dass er vom Ministerium für Staatssicherheit sei. Aber als er mir sagte, dass der Schulleiter mich vorgeschlagen hätte, ich wäre dazu geeignet, den Klassenfeind aufzuspüren, erfüllte es mich mit Stolz. Um dies zu beweisen, erzählte ich ihm, dass meine Klassenkameradin eine westliche Jugendzeitschrift in der Schultasche hätte. Er musterte mich mit skeptischem Blick und fragte, ob ich diese Zeitschrift bei ihr gesehen hätte. Ich bejahte es. Lächelnd lobte mich dieser Mann. Ich ging in meine Klasse und wartete ab, was geschehen würde. Nach zwei Stunden war allgemeine Taschenkontrolle. Unser Klassenlehrer durchsuchte die Schultaschen und fand diese Zeitschrift.«

Er legt das Blatt beiseite und mustert Knorpel. »Die Verfasserin, die wir gut kennen, muss in der Kindheit viele Märchen gelesen haben, um solche Schauermärchen zu schreiben!« Außer sich schreit er: »Und solche Lügen wolltet ihr im Westen drucken lassen, um damit die DDR zu diffamieren!«

»Aber das ist doch die Wahrheit! So hat Bärbel es erlebt!«, erwidert Knorpel.

Der Oberleutnant springt vom Stuhl auf. »Du wagst es, mir solche Lügen an den Kopf zu schmeißen! Halt dein dreckiges Maul!«

»Was habt ihr mit der armen Frau Neuhaus gemacht?«, fragt Knorpel und blickt ihn erwartungsvoll dabei an.

Der Oberleutnant mustert ihn, und plötzlich erscheint wieder dieses schadenfrohe Lächeln auf seinem Gesicht. »Es ist immer wieder das Gleiche, erwischen wir Staatsfeinde ...«, erneut fliegt ein schadenfrohes Lächeln über sein Gesicht. Einen Moment wartet er, bis er weiterspricht: »Diese Personen weinen herzzerreißend, und plötzlich wird ihnen bewusst, was für ein Verbrechen sie begangen haben!«

»Habt ihr diese alte Frau eingesperrt?«

Der Oberleutnant grinst. »Das hätte sie sich früher überlegen müssen! Außerdem ist sie genauso uneinsichtig, wie du es bist! So, Herr Henschel, Lügen hat also keinen Zweck mehr! Jetzt heraus mit der Wahrheit!«

Knorpel lehnt sich zurück und blickt zum Fenster. Diese Frau Neuhaus, alle Achtung!, denkt er.

»Knorpel«, er lacht, »welch sonderbarer Kosename! Ich mache dir einen Vorschlag, und du kannst ihn zwei Minuten lang überlegen: Willst du deine Haut retten oder lieber ins Gefängnis gehen? Das kannst du jetzt selbst entscheiden!« Der Oberleutnant mustert ihn. »Hast du mich verstanden?«

Knorpel blickt ihn an.

»Erzählst du mir jetzt die Wahrheit, drücken wir ein Auge zu! Sagst du aber nichts, kommst du ins Gefängnis, und das für lange Zeit!« Diesmal fliegt ein anzügliches Lächeln über sein Gesicht. »Bedenke, wenn du aus dem Gefängnis wieder entlassen wirst, ist die Jugendzeit vorbei! Dann wirst du vielleicht Mitte dreißig sein! Überlege es dir gut!«

»Was ist mit meiner Freundin?«, fragt er besorgt.

Er nimmt den Telefonhörer und wählt eine Nummer. »Wie geht es denn unserem Täubchen?« Er lacht. »Das ist gut! Das Vöglein singt! Noch besser!« Mit einem zufriedenen Grinsen im Gesicht legt er auf. »Deine dich liebende Freundin gibt dir die alleinige Schuld! Sie hat das nur getan, damit du ...«

Erregt blickt Knorpel ihn an. »Das sind doch alles Lügen, die ihr mir erzählt! Damit könnt ihr mich nicht verarschen!«

»So, Lügen! Dass ich nicht lache. Die Wahrheit ist oft schmerzhaft!« Er blickt auf die Uhr. »Willst du mir jetzt die Wahrheit sagen? Ich warte!«

»Ich sage nichts!«

Der Oberleutnant wählt eine Nummer. Einen Augenblick wartet er. »Ihr könnt ihn abholen! Ja, Einzelzelle!« Er legt auf. »Ab jetzt kannst du dich mit der Wand unterhalten! Du bleibst so lange in Einzelhaft, bis du uns die Wahrheit sagst!«

Die Tür geht auf und zwei Uniformierte betreten den Raum. »Aufstehen!«, befiehlt einer der beiden.

Langsam steht er auf, dabei betrachtet er die weiße Chrysantheme, die links auf dem Schreibtisch steht. Der Oberleutnant bemerkt es.

»Blumen wirst du für Jahre nicht mehr sehen können! Überlege es dir gut, was du uns sagen willst!«

Das ist also die berühmte Minna, denkt Knorpel, als er in das kleine Verlies einsteigt. Gebückt sitzt er in einem engen, dunklen Käfig. Für ihn dauert die Fahrt unendlich. »Ruhig bleiben!«, flüstert er.

Das Auto hält. Die Tür wird geöffnet, und er muss aussteigen. Zuerst müssen sich die Augen an die Helligkeit wieder gewöhnen. Für einen Moment steht er in einem Hof. Alle Fenster, die er sieht, sind vergittert. Ich bin im Gefängnis, denkt er, und ohnmächtige Wut überfällt ihn. Eine Tür öffnet sich, und zwei ältere Uniformierte steuern auf ihn zu. Papiere werden übergeben. »Jetzt komm! Beweg deinen Arsch! Zeit ist kostbar!«

Sie gehen in das Gebäude hinein, steigen einige Treppen hoch und bleiben vor einer verschlossenen Tür stehen. Blitzschnell öffnet einer der beiden Uniformierten die Tür. »Zugang!«, ruft er in den Raum.

Sie lassen ihn stehen und gehen weg. Knorpel hört, wie die Tür hinter ihm geschlossen wird.

Ein älterer Uniformierter mit einem Kugelbauch kommt auf ihn zu. »Den Inhalt Ihrer Hosentaschen können Sie hier hineintun!« Er zeigt auf einen Karton. Fein säuberlich notiert er sämtliche Gegenstände. Zuletzt zählt er das Geld in dem Portemonnaie.

Ein zweiter Uniformierter kommt dazu. »Ausziehen!«, befiehlt er.

Langsam zieht Knorpel sich aus.

»Bisschen schneller! Wir haben noch etwas anderes zu tun! Die Unterhose auch.«

Nackt steht er vor den beiden.

»Jetzt«, befiehlt er, »mach drei Kniebeugen!« Irritiert blickt Knorpel ihn an. »Wird's bald!«

Er macht die Kniebeugen.

Ein Mann in Häftlingskleidung kommt und reicht ihm Gefängniskleidung. »Anziehen! Aber schnell!«

Wie in einem schlechten Traum, aus dem er niemals mehr erwachen wird, kommt er sich in diesem Moment vor. Zuletzt wird ihm ein Wäschebündel übergeben. Er muss unterschreiben, dass er alles vollständig bekommen hat.

Die Ruhe, die in dem Gebäude herrscht, das gedämpfte Licht, der lange Flur irritiert ihn so, dass er nicht mitbekommt, wohin er geht. Vor einer Tür muss er stehen bleiben. Sie wird aufgeschlossen, und er muss hineingehen. Dann wird sie hinter ihm geschlossen.

Vorbei!, denkt er. Voller Wut wirft er das Wäschebündel aufs Bett und geht einmal hin und einmal zurück, betrachtet die Glasbausteine, die als Fenster dienen. Ein kleiner, schmaler Schlitz dient als Öffnung. Frische Luft kommt herein. Gierig zieht er sie in sich hinein und dreht sich um. Wie lange werde ich wohl im Gefängnis bleiben?, denkt er und merkt, wie Panik, gemischt mit Wut, ihn befällt.

»Nein!«, schreit er in die Zelle hinein. Augenblicklich öffnet sich die Klappe vor dem Spion. Demonstrativ dreht er sich um. Ein Gedanke schießt ihm durch den Kopf: Jetzt können diese Schweine mit dir machen, was sie wollen. Unbehagen beschleicht ihn.

»Bauen Sie ihr Bett!«, befiehlt eine Stimme vor seiner Tür. Er reagiert nicht darauf. Blitzschnell öffnet sich die Zellentür. Langsam dreht er sich um.

»Die Meldung! Ich warte!«

Irritiert blickt Knorpel den Uniformierten an und fragt: »Was für eine Meldung?«

»Was bist du denn für ein Traumtänzer!« Er lacht. »Wurdest du nicht eingewiesen?«

»Nein!«

»Immer, wenn die Zellentür sich öffnet, musst du eine Meldung machen! Wie ist dein Name?«, fragt er.

Knorpel antwortet nicht.

Verblüfft blickt der Uniformierte ihn an. »Zum letzten Mal, wie ist dein Name?« Knorpel schaut ihn an, sagt aber kein Wort. Ein Offizier kommt und bleibt im Türrahmen stehen. »Genosse Obermeister! Was ist hier los?«, fragt er.

»Dieser Untersuchungshäftling will seinen Namen nicht nennen!«

Der Offizier betritt die Zelle, geht auf ihn zu und mustert ihn mit stechenden Augen, dabei klopft er mit einem Schlüsselbund an seine Uniformhose.

»Und warum nicht?«

»Obwohl ich mich jetzt im Gefängnis befinde, kann man doch die Höflichkeitsform wahren!«, antwortet Knorpel. Einen Moment wartet er, bis er weiterspricht: »Was mir vorgeworfen wird, entspricht nicht der Wahrheit! Deswegen fühle ich mich nicht schuldig! Ich habe weder gestohlen noch getötet, und durch mich ist kein einziger Mensch zu Schaden gekommen. Also kann ich doch erwarten, dass ich gesiezt werde!«

»So, Sie sind also unschuldig!« Wieder mustert er ihn. »Ich interpretiere Ihre Aussage! In der DDR werden unschuldige Menschen willkürlich inhaftiert! Gefährliche Gedanken! Staatsfeindlich dazu!« Wieder mustert er ihn mit seinem stechenden Blick. »Und Sie sagen, Sie sind unschuldig?«

»Ja!«

»Und die DDR inhaftiert unschuldige Menschen?«

»Das haben Sie gesagt, nicht ich!«

»Ich werde ein Auge auf Sie werfen – Herr Henschel!« Wieder mustert er ihn mit stechendem Blick. »Ich kenne Ihre Akte! Sie sind ein gemeingefährlicher Mensch!« Er wendet sich von ihm ab. »Genosse Obermeister, weisen Sie den Untersuchungsgefangenen ein!«

Der Offizier verlässt die Zelle.

Immer, wenn plötzlich die Zellentür geöffnet wird, fühlt Knorpel sich in diesem Moment wie ein Mensch, dem man seine Würde genommen hat. Er muss vor dem Schließer strammstehen und Meldung machen: »Verwahrraum 12! Belegt mit einem Untersuchungsgefangenen! Es meldet Untersuchungsgefangener Henschel.«

Und dieses sonderbare Ritual hat er schon vier Tage durchgehalten! Vier Tage, an denen der Ablauf des Tages immer die gleichen Muster trägt, denkt er. In einigen seiner Bücher hat er diese Erfahrungswerte kennengelernt. Aber die Realität sieht doch anders aus! Plötzlich fühlt er sich so, als wäre er in eine viel zu langsame Mühle eingesperrt worden.

»Ich freue mich schon«, spricht er zu sich, »wenn am Morgen die Zellentür sich öffnet, mein Frühstück kommt und ich die Fratze von dem Schließer und einem anderen Häftling sehen kann!« Wieder lächelt er. »Als Kind habe ich ab und zu Muckefuck getrunken, aber mit viel Zucker. Und heute«, flüstert er, »freue ich mich auf meine drei Scheiben Brot, Margarine und Marmelade!« Er schreitet vier Schritte hin und vier zurück. Wieder flüstert er: »Ich mag diese Freistunde. Obwohl sie nur eine halbe Stunde dauert und ich bei jedem Schritt von einem Wachposten kontrolliert werde, genieße ich sie in vollen Zügen. Endlich bekommt mein Körper frische Luft!« Erneut lächelt er. »Dieser Posten«, spricht er mit normaler Stimme, »trägt eine Kalaschnikow im Anschlag! Mich können die nicht zum Verbrecher machen! Das schaffen die nicht!« Dies spricht er laut und erschrickt dabei. »Mein Gott«, spricht er leise, »ich werde verrückt! Und wenn diese Schweine mich für immer in Einzelhaft einsperren?« Er blickt auf sein Bett.

»Was gibt es heute wohl am Mittag zu essen?«, fragt er sich und spürt, wie sich der Hunger bei ihm meldet. Ich muss laufen, denkt er, damit ich die Zeit vergesse. Und wieder kehren die Gedanken zu Kiki. Jede Minute, an die er sich erinnern kann, analysiert er. Je mehr er darüber nachdenkt, desto mehr bereut er, dass er sich oft wie ein Idiot benommen hat und nicht begreifen wollte, wie ernst Kiki ihre Beziehung nahm. Ob sie mich jetzt wohl hassen wird? Ist sie auch in einer Einzelzelle eingesperrt? Diese Fragen beschäftigen ihn mehr, als ihm lieb ist. Er ist sich bewusst, dass ihn solche Gedanken noch mehr in den Abgrund ziehen, aber er will an Kiki denken! Denn seine Schuldgefühle lassen sich nicht einfach so verdrängen! Schließlich war er es gewesen, der sie dazu überredet hat, einen Roman über Bärbel zu schreiben. Vor Wut ballt er seine Hand zur Faust. Wenn ich nur ein paar Bücher zum Lesen hier hätte, dann würde die Zeit schneller vergehen, aber die gibt es nicht!

Ein Tag wie der andere vergeht, und die Zellentür öffnet sich nur am Morgen zum Frühstück, am Vormittag zur Freistunde, am Mittag zum Mittagessen, am Abend zum Abendbrot und zum Nachteinschluss, und mit keinem Menschen kann er sich unterhalten. Wie sehnt er sich nach einem Gespräch!

Am fünfzehnten Tag wird Knorpel, nach dem Frühstück, aus der Zelle geholt und zur Vernehmung gebracht. Jetzt sitzt er in einem kargen Zimmer und wartet darauf, was geschehen würde. Die Tür öffnet sich und Oberleutnant Strangkowski betritt den Raum.

»Wie geht es Ihnen, Herr Henschel? Sind Sie endlich zur Vernunft gekommen?«

»Warum sollte ich zur Vernunft kommen, wenn ich nichts getan habe!« Am liebsten hätte er sich auf die Zunge gebissen. Mit diesem Menschen wollte er doch kein einziges Wort sprechen!«

»So, Sie meinen, Sie haben nichts getan!« Er öffnet seine Aktentasche und legt einige Fotografien auf den Tisch. »Herr Henschel, Sie können sich ruhig diese Bilder ansehen, und danach können wir darüber reden!«

Mit einem ung:uten Gefühl im Bauch nimmt er die erste Fotografie in die Hand und betrachtet sie. Leipziger Buchmesse, schießt es ihm durch den Kopf. Auf diesem Bild sieht Knorpel, wie er sich am Stand eines westdeutschen Verlages mit einer Frau unterhält. Auf dem zweiten Bild bekommt er ein Taschenbuch von ihr. Auf dem dritten Foto erkennt er, wie er dieses Buch in seinem Parka verschwinden lässt. Im vierten Bild lächelt die Mitarbeiterin des Verlages ihn freundlich an. Auf dem fünften und sechsten Foto spricht sie mit ihm, und sie gibt ihm etwas in die Hand.

»Siehst du«, spricht ihn plötzlich der Oberleutnant an, »wir kennen jeden deiner Schritte! Es ist zwecklos, zu leugnen!«

Du weißt zwar, dass ich mir auf der Leipziger Buchmesse Bücher besorgt habe, aber dass ich mich am Abend mit Elke, der Verlagsmitarbeiterin, getroffen habe, das ist euch wahrscheinlich entgangen. Nur schwer kann er sein spöttisches Lächeln unterdrücken. Mit Genugtuung lässt er es zu, dass ihn die Erinnerungen überkommen. Wir trafen uns am Bahnhof. Sie dachte, sie hätte sich nicht so auffällig gekleidet, aber überall, wo wir hinkamen, fielen wir auf. Es ließ sich wirklich nicht vermeiden. Mit der Straßenbahn fuhren wir zum Völkerschlachtdenkmal, und sie war schockiert über das Aussehen und den Verfall der Stadt Leipzig. Ich musste sie oft daran erinnern, dass sie sich in der DDR befindet und sich in der Öffentlichkeit nicht so frei äußern dürfe, denn überall gibt es Ohren, die es den Staatsorganen weitersagen. Am nächsten Tag …

»Herr Henschel, was sagen Sie dazu?« Er zeigt auf die Bilder. »Eine vorbildliche Arbeit unserer Ermittler! Wir hatten Sie schon lange im Visier!«

»Wenn Sie schon alles über mich wissen, brauche ich doch nichts mehr zu sagen! Oder?«

»Die vierzehn Tage Einzelhaft genügen dir wohl nicht? Ich hatte eigentlich vor, dich in eine Dreibettzelle zu verlegen, aber wie ich sehe, bist du immer noch uneinsichtig!«

»Was wirft man uns vor?«

Ungläubig starrt der Oberleutnant ihn an. »Sie, Sie …«, er ringt nach Worten, »sind ein staatsfeindliches Subjekt! Sie wollten …«, seine Stimme überschlägt sich, »staatsfeindliche Hetze, illegale Kontaktaufnahme mit dem Klassenfeind …« Augenblicklich beruhigt er sich wieder, und seine kalten Augen durchbohren ihn. »Paragraf 100, Staatsfeindliche Verbindungen, und Paragraf 106, Staatsfeindliche Hetze!« Sein Gesicht verzieht sich zu einer höhnischen Fratze. »Dies wird mit Gefängnis von 1 bis 5 Jahren bestraft!«

Entgeistert blickt ihn Knorpel an. »Wegen ein paar Büchern!« Er holt tief Luft. »Nur weil wir die Wahrheit geschrieben haben, wollt ihr uns ins Gefängnis werfen! Was ist das für ein ...« Er verstummt plötzlich. Noch immer starrt der Oberleutnant ihn an. Knorpel senkt seinen Blick nicht und spricht mit ruhiger Stimme: »Rosa Luxemburg hat einmal gesagt: Freiheit ist immer die Freiheit des Andersdenkenden!«

Entgeistert mustert der Oberleutnant ihn.

»Und weiter hat sie gesagt: Mensch sein ist vor allem die Hauptsache!«

Kaum dass Knorpel dies geäußert hat, wird das Gesicht des Oberleutnants erst feuerrot und dann ganz weiß. Seine Stimme überschlägt sich: »Henschel, was bist du doch für ein erbärmlicher, wichtigtuerischer Wicht!« Erneut legt er einige Fotografien auf den Tisch. »Schau dir diese einmaligen Schnappschüsse genau an!«, befiehlt er.

Knorpel nimmt die erste Fotografie und erschrickt. Auf dem Bild sieht man, wie Klaus aus seinem Stoffbeutel in seinen Beutel Bücher hineinlegt. Jetzt haben sie Klaus auch am Arsch! Dieser Gedanke schießt ihm durch den Kopf.

»Wer ist dieser Mann auf dem Bild?«, fragt er, und Knorpel spürt, wie sich der Oberleutnant anstrengt, freundlich zu sein.

»Ich weiß es nicht!«, antwortet er und blickt ihn an.

»Henschel, du weißt nicht, in welcher prekären Lage du dich befindest! Wenn wir sehen, dass du deine Fehler eingesehen hast, wirkt es sich strafmildernd aus!«

Knorpel blickt zum Fenster. »Und wenn ich es wüsste, würde ich es euch nicht verraten! Wo ...«, er blickt den Oberleutnant an, »soll ich das Vertrauen hernehmen? Mir wurde es von euch genommen! Reden könnt ihr viel, wenn der Tag lang ist! Dies hat immer mein Opa zu mir gesagt, wenn ich ihn ausfragen wollte, was er mir zum Geburtstag schenken möchte!«

Der Oberleutnant springt von seinem Stuhl auf und geht zu ihm. »Untersuchungsgefangener Henschel! Stehen Sie auf!«, befiehlt er, und Knorpel merkt, dass dieser Mensch seine Gefühle kaum im Griff hat.

Er erhebt sich und sieht ihn an.

»Überlegen Sie sich gut, was Sie jetzt zu mir sagen! Ich frage Sie zum letzten Mal: Wer ist dieser Mann auf dem Bild?«

Die wissen es nicht! Er freut sich. »Ich habe es doch schon einmal gesagt, ich werde keinen Menschen verraten und durch meine Aussage ins Unglück stürzen!«

»Welch ein edelmütiger Charakter! Verbrecher schützen, das zeigt mir doch, was für eine miese Kreatur Sie sind!«

»Diese miese Kreatur kann aber wenigstens in den Spiegel schauen, ohne Abscheu vor seinem Spiegelbild zu haben!«

Der Oberleutnant geht zurück zum Tisch und setzt sich. Noch ein Bild legt er auf den Tisch. »Henschel! Sehen Sie sich das Bild jetzt an!«

Knorpel nimmt es in die Hand und erschrickt. Elke und er stehen am Messehaus am Markt und küssen sich.

»Was seid ihr doch für Schweine!«

Der Oberleutnant grinst. »Was glaubst du, was Kiki zu diesem Bild sagen wird? Auf diesem Bild ist sie hintergangen worden! Für eine Frau ist es schwerwiegend, vor allem in dieser prekären Lage. Das Vögelchen wird singen und uns alles sagen, was wir gegen Sie, Herr Henschel, verwenden können! Siehst du, wir sind auf deine Aussage nicht angewiesen!«

Ruhig sieht Knorpel ihn an, und mit eindringlicher Stimme sagt er: »Mensch sein ist vor allem die Hauptsache! Welch wahre Worte Rosa Luxemburg einmal gesagt hat!« Für einen Moment schweigt er. »Und was ist aus ihren Ideen geworden!«

»Schweigen Sie! Sie ...«

»Ja, ich werde schweigen und nichts mehr sagen! Es wäre zwecklos, mich zur Vernehmung zu holen!«

Grinsend blickt der Oberleutnant ihn an. »Sie sind ein Träumer und Weltverbesserer, aber die Realität sieht ein wenig anders aus!« Wieder grinst er. »Deine kleine Freundin Nadine ...«

»Was ist mit ihr?«, fragt er.

»Die hat den leichteren Weg gewählt ...« Der Oberleutnant wartet einige Sekunden ab, bis er weiterspricht: »Sie hat uns alles erzählt, was wir wissen wollten!«

»Aber Nadine ist doch schwanger! Ihr könnt sie doch nicht einsperren!«

Wieder lächelt er. »Ich wusste es, Sie sind ein Gutmensch!« Er mustert ihn. »Das brauchten wir auch nicht!«

Erleichtert atmet Knorpel auf.

»Diese asoziale junge Frau, die in erbärmlichen Verhältnissen lebt, kann niemals ihr Kind zu einem selbstbewussten, sozialistischen Menschen erziehen, dazu fehlt ihr das Wesentliche.« Wieder lächelt er. »Die positive Einstellung zu ihrer Heimat. Ich habe ihre Texte gelesen und muss sagen, es wäre eine Zumutung, ein Kind in solchem kriminellen Milieu aufwachsen zu lassen.«

»Was habt ihr mit Nadine gemacht?« Fassungslos starrt er den Oberleutnant an.

»Unser Staat hat doch die Fürsorgepflicht für diesen neuen Erdenbürger! Nadine wird betreut, bis sie ihr Kind bekommt, und danach kommt dieses kleine Wesen in gute Hände ...«

Knorpel springt vom Stuhl auf und schreit in den Raum: »Ihr habt Nadine erpresst! Was sind Sie nur für ein teuflischer Mensch!« Seine Stimme überschlägt sich. »Ihr tretet ihre Muttergefühle mit den Füßen! Was ist das für ein Sozialismus?«

»Ich registriere zwar ihre Worte, aber ich beachte sie nicht!«

Knorpel ballt seine Hände zur Faust. »Ich möchte nur eines ...«, er schließt seine Augen, »raus aus diesem Staat!« Er öffnet die Augen wieder. »Es ist mein Recht, einen Ausreiseantrag zu schreiben! Ab jetzt werde ich jeden Monat einen schreiben! Ich kann und will nicht mehr in diesem Staat leben! Auch wenn ihr ihn in den Papierkorb werft.« Er schüttelt seinen Kopf. »Arme

Nadine! Wenn sie ihr Kind in ihren Händen hält, wird es ihr einfach weggenommen! Wie grausam das ist! Und fragt man, warum …«

»Halt endlich deinen Mund!«, brüllt außer sich der Oberleutnant.

»Nur weil Nadine Musik macht und es den Herren nicht gefällt, was sie zu sagen hat! Was seid ihr nur für Menschen!« Einen Augenblick schweigt er. »Was ist mit Frau Neuhaus geschehen?«, fragt er dann vorsichtig.

»Henschel, ich stelle hier die Fragen! Aber ich mache einmal eine Ausnahme! Diese alte Frau ist unserem Staat …«, er grinst, »sagen wir einmal, sie kostet unseren Staat mehr als sie uns nützen kann, deshalb ist sie zu ihrem Sohn …«

Erleichtert atmet Knorpel auf. »Sie ist im Westen!«, unterbricht er ihn.

»Henschel, freue dich nicht zu früh! Sie hat unterschrieben, nicht den westdeutschen Lügenzeitungen zu erzählen, was sie erlebt hat. Sollte sie es doch tun, werdet ihr dafür büßen!« Wieder grinst er.

»Sie sind …«

»Halten Sie Ihr Maul!«, brüllt er. Dann befiehlt er: »Kommen Sie mit!« Er steht auf, öffnet die Tür. Ein Obermeister kommt ihnen entgegen. »Genosse Obermeister! Wurde dieser Flur heute schon sauber gemacht?«, fragt der Oberleutnant ihn. Beide schauen sich an.

»Nein!«

»Das ist gut! Henschel, du wirst diesen Flur wischen, anschließend bohnern, und ich möchte …«

»Nein, das werde ich nicht tun! Der Flur ist sauber, und das ist Schikane!«

Entgeistert starren beide ihn an. »Ich habe wohl nicht richtig gehört!«, brüllt der Oberleutnant.

»Den Flur werde ich nicht sauber machen!«, spricht Knorpel mit ruhigem Ton.

Aus einigen Zellen wird laut gerufen: »Lass dir nichts gefallen!«

»Ruhe hier!«, brüllt der Obermeister.

Aus den Zellen wird gelacht.
Der Oberleutnant packt ihn am Arm und will in fortziehen. Knorpel reißt sich von ihm los.

»Warte nur!«, brüllt er außer sich, »dir werde ich's zeigen!«
Wieder wird aus den Zellen gerufen: »Lass dir nichts gefallen!«
Der Oberleutnant greift in seine Tasche und holt etwas heraus. Knorpel blickt auf seine Hand. Das Ding sieht wie ein Fahrradgriff aus. Er schwingt es durch die Luft. Aus diesem Griff wird plötzlich ein Gummiknüppel. Einen Schlag bekommt er auf den Arm. Knorpel merkt, wie der Oberleutnant voller Wut zuschlägt. Er spürt den Schmerz und will sich von ihm wegdrehen. Den zweiten Schlag bekommt er auf den Rücken. Ein kurzer Schmerzensschrei kommt aus seinem Mund. »Ihr Schweine!«, schreit er.

Noch ein Uniformierter kommt angerannt. Sie packen ihn und halten ihn fest. Er wehrt sich, aber es nützt nichts. Die Uniformierten schleifen ihn die Treppen hinunter, und im Keller schließen sie eine Zelle auf und schmeißen ihn hinein. Der Oberleutnant kommt und lächelt zufrieden: »Henschel, der strenge Arrest wird dir gut tun!«

Knorpel blickt auf die geschlossene Zellentür, dreht sich um, geht drei Schritte zum Kellerfenster, bleibt stehen und geht drei Schritte zurück. Fasst das Zwischengitter an, rüttelt daran, lässt es los und will einen Schrei von sich geben. »Ich werde mir vor diesem Oberleutnant keine Blöße geben.«, flüstert er, rutscht am Gitter herunter und bleibt am Boden sitzen.

»Untersuchungshäftling Henschel! Stehen Sie auf!«, hört er die Befehlsstimme des Oberleutnants.

»Arschloch«, spricht er leise zu sich. Er steht auf, geht drei Schritte hin und drei zurück, betrachtet die grauen, kahlen Wände.

Plötzlich öffnet sich die Zellentür und ein Hauptmann betritt die Zelle. Knorpel macht Meldung und blickt an dem Offizier vorbei zu der offenen Tür. Dort steht der Oberleutnant Strangkowski. Der Hauptmann öffnet das Zwischengitter, bleibt stehen und mustert die Zelle. »Wie mir der Genosse Oberleutnant mitteilte, fühlen Sie sich zu Unrecht inhaftiert!« Leise klopft er mit seinem Schlüsselbund an die Gitterstäbe. »Deswegen widersetzen Sie sich der Anweisung des Vollzugspersonals!« Wieder klopft er mit seinem Schlüsselbund an die Gitterstäbe. »Wahrscheinlich können und wollen Sie es nicht kapieren, wo Sie sich befinden!«

Knorpel schaut den fremden Offizier an.

»Wo befinden Sie sich?«, fragt er im Befehlston.

Er steht vor diesem Hauptmann und mustert ihn.

»Haben Sie meine Frage überhaupt verstanden?«

»Ich habe Ihre Frage verstanden ...«

»Es heißt: Herr Hauptmann, ich habe Ihre Frage verstanden! Wiederholen Sie!«, fordert er ihn auf.

Knorpel schaut ihn an, sagt aber kein Wort.

»Ich warte!«

Stumm bleibt er stehen und blickt zur offenen Tür.

Er geht hinter ihn und spricht: »Bürschchen, ich warne dich! Sag, wo befindest du dich?«

Knorpel schließt die Augen und denkt: Jetzt schlagen sie mich! Er sagt nichts.

»Ich habe mir Ihre Akte angeschaut, welches Leben Sie bisher führten. Lange Haare, mit zwielichtigen Typen verkehrt, dekadente Musik gehört, verbotene Bücher gelesen. Dies jedenfalls sagte uns ein guter Freund von Ihnen!«

Knorpel schaut den Hauptmann an und sagt: »Und ich frage mich, warum dieser Staat so viel Angst vor Büchern hat? Denn schon Rosa Luxemburg sagte: Freiheit ist immer die Freiheit des Andersdenkenden.«

Entgeistert glotzt der Hauptmann ihn an. »Was haben wir denn da für ein Bürschchen! Glaubt, er hat die Weisheit mit Löffeln gefressen!« Wieder geht er hinter ihn und spricht mit spöttischem Ton: »Was bist du doch für ein armseliges Würstchen! Der Klassenfeind hat dein Gehirn manipuliert, ohne dass du es bemerkt hast. Jetzt hängst du wie eine Marionette an den Fäden der Reaktionäre, ohne Klassenbewusstsein und Charakter! Ich werde dich noch oft hier in diesem Gebäude begrüßen!« Er geht zum Zwischengitter, bleibt stehen und sagt: »Wenn Sie zur Toilette gehen wollen, müssen Sie jetzt gehen, ansonsten müssen Sie warten bis zum Einschluss.« Er schaut auf seine Uhr. »Es dauert ja noch Stunden! Bald hätte ich es vergessen! Der Arzt kommt und untersucht Sie! Strenger Arrest ist kein Zuckerlecken!« Ohne sich noch einmal umzusehen, verlässt der Hauptmann, im Schlepptau der Oberleutnant, die Arrestzelle. In diesem Moment kommt der Arzt und untersucht ihn flüchtig. »Ich an Ihrer Stelle würde glücklich sein, dass Ihre langen Haare abgeschnitten wurden. Hier in der Arrestzelle«, er lacht, »vermehren sich die Läuse besonders gut!« Wieder lacht er. Flüchtig mustert der Arzt ihn und verlässt ebenfalls den Raum. Dann kehrt wieder Ruhe in die Zelle ein.

Es ist Nacht. Knorpel liegt, nur mit seiner Unterwäsche bekleidet, ohne Matratze und Kopfkissen, auf einer Holzpritsche. Die viel zu kurze Wolldecke bedeckt ihn kaum. Das Glöckchen schlägt. Den Namen Totenglöckchen hat er ihr gegeben. Er zählt leise mit. Mein Gott, es ist erst zehn Uhr. Er steht auf, schlägt sich die Wolldecke über die Schulter und geht drei Schritte hin und drei zurück. Hunger quält ihn.

»Diese Schweine haben mir das Abendbrot nicht gegeben.«, flüstert er. Knorpel steht auf, schlägt sich wieder die Wolldecke über die Schulter und geht drei Schritte hin und drei Schritte zurück. Das Bellen der Wachhunde ist zu hören. Diese Schweine behandeln mich, als wäre ich ein Schwerverbrecher. Diese Erkenntnis kommt ihm plötzlich und lässt ihn erschauern. Das Licht wird plötzlich eingeschaltet. Der Spion öffnet sich.

»Untersuchungshäftling Henschel! Legen Sie sich hin! Ich warte! Wird's bald!«, befiehlt eine Stimme.

»Es ist kalt! Warum ist die Heizung ausgeschaltet? Ich hole mir …«

Der Schließer vor der Tür lacht. »Ein Sanatorium sind wir noch nicht! Das hätten Sie sich früher überlegen müssen!«

Knorpel legt sich auf die harte Holzpritsche. Sofort kommt die Kälte wieder. Er zieht die Beine zum Körper und die Decke über sein Gesicht und schläft ein. Nach einiger Zeit wacht er wieder auf. Sein Rücken schmerzt. Mühsam steht er auf, macht Kniebeugen und Dehnübungen. Er nimmt die Decke, legt sie über die Schulter und geht drei Schritte hin und drei zurück. Schritte sind im Flur zu hören. Schnell legt er sich in embryonaler Stellung, die Decke über den Kopf, wieder auf die Holzpritsche.

Das Licht geht an, und der Spion öffnet sich. In diesem Moment schlägt das Totenglöckchen. Er zählt leise: »Eins, zwei. Mein Gott, es ist erst zwei Uhr! Warum geht die Nacht nicht schneller vorbei?«, fragt er sich. Er schließt die Augen und denkt an Kiki. Nein, Liebe auf den ersten Blick war es wirklich nicht. Ich freute mich, wenn ich sie zufällig in der Stadt sah. Auch wenn sie nicht wollte, das sah man deutlich in ihrem Gesicht, sprach ich sie an. Ihre Abneigung gegen mich konnte sie nur schlecht verbergen. Unsere Gespräche dauerten wirklich nicht lange. Das änderte sich bei der Fete von Rainer. Aber warum? Er schließt seine Augen. Dort sahen wir uns nach langer Zeit wieder. Da muss es wirklich gefunkt haben. Über eine Stunde unterhielten wir uns. Was wird wohl aus Rainer und Geli geworden sein?, fragt er sich und hofft, dass sie noch in Freiheit sind. Die Müdigkeit übermannt ihn. Er schläft ein.

Es ist Morgen. Das Licht geht an, und die Zellentür wird aufgeschlossen. Oberleutnant Strangkowski betritt den Raum und schließt das Zwischengitter auf.

Knorpel zieht die Decke vom Kopf, steht mühsam auf und macht Meldung: »Herr Oberleutnant! Arrestzelle belegt mit einem Untersuchungshäftling! Es meldet …«

»Die Morgentoilette wird Sie beleben, Henschel!« Er mustert die Zelle. »Als Kind hörte ich immer wieder den gleichen Spruch von meiner Mutter: Wenn es dem Esel zu gut geht, geht er aufs Glatteis tanzen. Damals verstand ich den Spruch nicht! Aber heute finde ich diese Weisheit zutreffend!« Mit einem Schritt ist er am Kellerfenster. »Henschel, Sie waren und sind undankbar Ihrer Heimat gegenüber. Unser Staat muss Sie wieder auf die richtige Bahn bringen! Dafür sind Sie hier, um zu lernen! Darüber können Sie sich einmal Gedanken machen. Zeit haben Sie genug dazu!« Der Oberleutnant geht zur Holzpritsche, hebt sie hoch und schließt sie an die Wand.

»Ist Kälte eine Form der Umerziehung?«, fragt Knorpel höflich.

»Untersuchungsgefangener Henschel! Eines müssen Sie sich hinter die Ohren schreiben, Sie sind nicht zum Denken im Gefängnis, sondern zur Umerziehung! Merken Sie sich das! Sonst müsste ich …, ach, lassen wir das!«

Knorpel antwortet sofort: »Meine Gedanken sind frei wie ein Vogel! Überall kann ich damit hinfliegen, und diese Freiheit können Sie mir nicht nehmen!«

Der Oberleutnant lächelt. »Henschel, du wärst nicht der Erste, der im Gefängnis eine Straftat beging und dafür verurteilt wurde. Hüten Sie Ihre Zunge!« Sein Ton wird milder: »Wie recht doch meine Mutter hatte! Wenn es dem Esel zu gut geht, geht er aufs Glatteis tanzen.« Er geht zum Zwischengitter, dreht sich um, und in betont freundlichem Ton sagt er: »Sie sagten, die Kälte wäre als Strafe unmenschlich! Dagegen ist nichts einzuwenden! Ohne Weiteres kann ich für Sie eine Erleichterung schaffen! Wir sind doch keine Unmenschen! Untersuchungsgefangener Henschel! Diese Erleichterung der Arreststrafe gibt es aber nicht umsonst!« Eindringlich mustert er ihn. »Jetzt waschen Sie sich, und ich komme in zehn Minuten wieder!«

Er merkt, wie die Kälte ihn erobert hat und sein Körper zu zittern beginnt. Hastig nimmt er seine Häftlingskleidung, die vor dem Zwischengitter auf einem Stuhl liegt, und zieht sie an. Um schneller warm zu werden, macht er zwanzig Liegestützen und dreißig Kniebeugen. Die Zellentür wird wieder aufgeschlossen. Der Oberleutnant betritt erneut die Arrestzelle. Knorpel will Meldung machen, er winkt ab. In der Hand hält er eine Akte. Er schlägt sie auf und liest: »Der Untersuchungshäftling Henschel wird mit einer Disziplinarstrafe von 10 Tagen strengen Arrestes verurteilt. Begründung: ...«

Entgeistert starrt er den Oberleutnant an. Was er zu hören bekommt, kann er nicht begreifen: Essensentzug als Strafe. Wut steigt in ihm hoch. Tief atmet er durch. Langsam beruhigt er sich wieder. Drei Scheiben trockenes Brot und einen halben Liter Malzkaffee am ganzen Tag und alle drei Tage eine warme Mahlzeit. Das ist doch unmenschlich, denkt er. Er schließt seine Augen.

Ohne noch ein Wort zu sagen, schließt der Oberleutnant das Zwischengitter ab und entfernt sich.

Knorpel betrachtet sein Frühstück. Nimmt den Malzkaffee und trinkt langsam. Die warme Flüssigkeit breitet sich schnell in seinem Körper aus. Er starrt auf das Brot. Am liebsten würde er die Brotscheiben in sich hineinschlingen, aber dann habe ich am Mittag und Abend nichts mehr, denkt er. Vorsichtig nimmt er sich ein Stückchen davon und lutscht es wie einen Bonbon. Danach beginnt er seinen Morgenspaziergang. Drei Schritte hin und drei zurück. Plötzlich bemerkt er eine Fliege an der Wand. »Welch ein seltener Gast!«, flüstert er. Er betrachtet sie. »Vielleicht versteht dieses Vieh meine Sprache und ist gekommen, um mir Gesellschaft zu leisten! Nein, bestimmt nicht! Also, warum bist du zu mir gekommen? Sag es mir! Wenn nicht, werde ich dich töten! Oder besitzt du einen klitzekleinen Sender? Ausspionieren sollst du mich! Warum bin ich nicht darauf gekommen? Der Oberleutnant steckt dahinter! Er will mich fertigmachen! Will mich zerstören! Ich soll jammernd zu ihm kriechen. Niemals! Hörst du? Niemals!« Wieder bricht er sich ein Stückchen Brot ab und lutscht es wie einen Bonbon, dabei geht er auf und ab. Nach einiger Zeit singt er leise: »Frag den Abendwind, wo das Glück beginnt, doch frag ihn nicht, woran es zerbricht ...« Ein Lied von Françoise Hardy.

Er bleibt am Gitter stehen. »Ich muss pissen!«, ruft er laut. Einen Moment wartet er. »He, ich muss pissen!« Er wartet und ruft erneut: »He, ich muss pissen!«

Nach einiger Zeit wird die Zellentür geöffnet. Er macht Meldung: »Herr Obermeister! Arrestzelle, mit einem Untersuchungshäftling belegt! Es meldet Untersuchungshäftling Henschel!«

»Was gibt's?«, fragt mürrisch der ältere Uniformierte.

»Ich muss zur Toilette!«

»Habe schließlich noch was anderes zu tun, als die Zellentür aufzuschließen!«

»Was seid ihr nur für Menschen?«

Der Obermeister mustert ihn. »Ich begreife es nicht, sein junges Leben einfach so wegzuwerfen. Jede Straftat wird doch aufgeklärt! Und trotzdem denkt ihr, welch ein Irrsinn, ihr werdet nicht erwischt!«

Knorpel wartet ungeduldig, dass er zur Toilette kann. »Ich habe nichts verbrochen!«

Müde lächelt der Obermeister. »Das sagt jeder!«

»Ich wollte die Wahrheit ...«

»Ich warte vor der offenen Tür, bis Sie fertig sind!« Die Zellentür lehnt er an.

»Fertig!«, ruft Knorpel.

Ohne ihn anzusehen, schließt der Obermeister das Zwischengitter und geht aus der Zelle. Die Tür wird abgeschlossen.

Er ist wieder allein. Erneut singt er: »Nun steh ich wieder an der Autobahn und halt den Daumen in den Wind ...«, weiter kann er den Text von Udo Lindenberg nicht. Intensiv denkt er nach, und eine weitere Textzeile fällt ihm ein: »Betty ist ein gutes Mädchen, ich weiß noch, wie es damals war ...« So sehr er nachdenkt, eine weitere Textzeile fällt ihm nicht mehr ein. Er schließt die Augen, und die Erinnerungen an eine unbeschwerte Zeit überfallen ihn.

Als er am Morgen des zehnten Tages aus der Arrestzelle entlassen wird, ist er sich nicht sicher, wie viele Kilometer er in der kleinen, engen Zelle gelaufen ist. Es müssen sehr viele sein. Er denkt, wenn im Fernsehen über Hunger in der Dritten Welt gesprochen wird, konnte er es sich nicht richtig vorstellen, aber jetzt weiß er, was

Hunger bedeutet! Die zehn Tage strenger Arrest haben die Einsicht in ihm gefestigt, dass er in diesem Staat nicht mehr leben kann. Noch bevor er in seine normale Zelle eingeschlossen wird, fordert er den Oberleutnant auf, ihm Papier und einen Füller zum Schreiben zu geben. Ohne Weiteres gibt dieser ihm das Gewünschte. Mit spöttischem Unterton sagt er: »Der Papierkorb wartet!«

Am Nachmittag wird er zur Vernehmung geholt. Er betritt das Zimmer. Der Oberleutnant wartet schon auf ihn.

»Henschel«, fragt er, »möchten Sie uns noch etwas sagen?«

Beide schauen sich an.

Er antwortet: »Nein!«

»Wirklich nicht?«

Noch einmal will er die Frage nicht beantworten.

Nach einer Woche wird er aus der Zelle geholt und in das Dienstzimmer des Oberleutnants gebracht.

»Henschel! Die Anklageschrift ist gekommen! In zwei Tagen ist die Verhandlung! Lesen Sie!«, fordert er ihn auf.

Zeile für Zeile studiert Knorpel sorgfältig, und er kann zuerst nicht begreifen, was da geschrieben steht. Je mehr er den Inhalt in sein Bewusstsein lässt, ahnt er: Hier wurde etwas konstruiert, das ihm für sehr lange Zeit die Freiheit nimmt. Er steht auf und will gehen.

»Henschel, Sie müssen noch unterschreiben!«

»Diese Lügen unterschreibe ich nicht!«

»Wollen Sie wieder in die Arrestzelle?« Der Oberleutnant steht auf, geht zum Schrank, öffnet ihn und holt eine Akte heraus. Währenddessen schreibt Knorpel: »Da ich gezwungen wurde, diese Anklageschrift zu unterschreiben, bekunde ich, dass ich nicht einverstanden bin, was hier über mich geschrieben steht. Es entspricht nicht den Tatsachen!« Dann setzt er seine Unterschrift darunter.

Der Oberleutnant nimmt das amtliche Schreiben in die Hand und wird weiß im Gesicht. »Henschel! Bist du wahnsinnig geworden? Was fällt …« Er ringt nach Luft. »Das wird vor Gericht ein Nachspiel haben! Das verspreche ich dir!«

Knorpel ist wieder in seiner Zelle. Frustriert wirft er sich auf sein Bett und starrt die Decke an. Wie viele Jahre werden sie mir wohl geben? Er zuckt zusammen. »Sicherlich die Höchststrafe!«, schreit er außer sich heraus. »Diese Schweine!«

Die Tür öffnet sich. »Untersuchungsgefangener Henschel! Stehen Sie auf!«, befiehlt der Schließer.

Er schließt seine Augen und will eine Bemerkung loswerden, besinnt sich, atmet tief durch und steht langsam auf. Niedergeschlagen schleicht er zum Glassteinfenster und starrt es an. Nach einiger Zeit öffnet sich leise die Zellentür, aber er bemerkt es nicht. Der Oberleutnant spricht ihn mit energischem Ton an: »Henschel! Wollen Sie keine Meldung machen?«

Er zuckt zusammen und dreht sich um. Entgeistert starrt er den Oberleutnant an. Automatisch macht er seine Meldung.

»Henschel! Ziehen Sie sich Ihre Jacke an! Sie haben Besuch!«

Das ist doch bestimmt eine Falle!, denkt er.

»Ihr geistlicher Beistand besucht Sie! Vor Gericht brauchen Sie ihn bestimmt!«

Auf diese Anspielung reagiert Knorpel nicht.

Mit Freude und sogleich einem unsicheren Gefühl im Bauch betritt Knorpel einen größeren Raum. Das Erste, was er sieht, sind blühende Zimmerpflanzen vor den vergitterten Fenstern. Ein merkwürdiger Kontrast zu den Gitterstäben, denkt er. Ein langer Tisch steht in der Mitte des Raumes. Rechts und links daran stehen Stühle. An der Wand hängt ein größeres Bild von Erich Honecker. Wer wird mich wohl besuchen? Dieser Gedanke schießt ihm durch den Kopf. Hoffentlich nicht meine Vermieterin!, denkt er mit Grausen. Sie wäre die Nächste, die diese Herren einsperren würden. Sie lässt sich doch von keinem Menschen etwas sagen! Egal, wer er ist. Zaghaft will er sich an den Tisch setzen, als die Tür aufgeht und Pfarrer Naundorf den Raum betritt. Mit schnellen Schritten ist er am Tisch und reicht Knorpel über den Tisch die Hand. Sie setzen sich.

Zu gern würde er dem Pfarrer Naundorf sagen, dass er sich darüber freut, ihn zu sehen, aber ein Kloß im Hals hindert ihn daran, zu sprechen. Einen Moment mustern sie sich.

»Die Kirchengemeinde freut sich über Ihre Bücher, besonders die Kinder. Sie staunen über die Exaktheit der gemalten Blumen, Pflanzen und Bäume. Im Frühling wollen die Kinder in die Natur gehen ...«, wieder mustern sie sich, »Pflanzen und Blumen mit den Abbildungen vergleichen. Nochmals vielen Dank! So kann man Kinder für ihre Umwelt begeistern!«

Erneut mustern sie sich.

Mit belegter Stimme antwortet Knorpel: »Ich bin froh, dass sich meine Bücher in guten Händen befinden. Es hat doch alles geklappt?«, fragt er.

»Herr Henschel, machen Sie sich darüber keine Gedanken! Es ist alles in Ordnung!«

Schweigend schauen Sie sich an.

»Ich soll Sie von der Kirchengemeinde grüßen. Jeden Sonntag beten wir für Sie! Sie sollen wissen, dass viele Menschen an Sie denken! Sie sind nicht alleine in dieser schweren Zeit!«

Wieder mustern sie sich.

»Sie haben abgenommen ...«

»Kein Wunder, ich war im Arrest und ...«

»Untersuchungsgefangener Henschel!«, spricht energisch der Oberleutnant dazwischen. »Ich sagte doch: keine Gespräche über den Vollzug!«

»Bald hätte ich es vergessen! Ich soll Sie von Rainer und Geli grüßen. Sie sind in eine schöne, große Stadt ausgeflogen!« Er blickt Knorpel an und zwinkert mit einem Auge. »Sie wollen Ihnen helfen. Sie haben es versucht, und es hat geklappt!«

Das kann nicht sein, denkt er. Rainer und Geli haben es gewagt, zu flüchten! »Sind sie jetzt im Westen?« Skeptisch blickt er Pfarrer Naundorf an.

»Ja, sie haben es geschafft!« Ein Lächeln fliegt über sein Gesicht. »Dürfen Sie hier lesen?, fragt er.

»Ich weiß nicht, ich bin in einer Einzelzelle ...«

»Ich breche sofort die Besuchszeit ab, wenn über den Strafvollzug gesprochen wird.«

Pastor Naundorf blickt den Oberleutnant an. »Darf ich Herrn Henschel eine Bibel schenken?«

»Nein«, antwortet er, »vielleicht in einem … nur, wenn der Strafgefangene sich gut führt. Aber Untersuchungsgefangener Henschel scheint den Ernst seiner Lage nicht zu begreifen!«

»Ich bin …«

Schnell legt Pfarrer Naundorf eine Hand auf seine. »Bleiben Sie ruhig. Übrigens, meine Frau hat einen Kuchen für Sie gebacken. Ich soll Sie von ihr grüßen! Sie betet für Sie!«

»Danke«, haucht er.

»Die Besuchszeit ist zu Ende!«

Pastor Naundorf gibt ihm die Hand. »Am Donnerstag werde ich für Sie beten! Bleiben Sie besonnen vor Gericht. Ich möchte Sie …«

»Die Besuchszeit ist zu Ende!«

»Damit Sie nicht in dieser für Sie schweren Zeit alleine sind, möchte ich Sie gern weiterhin besuchen! Sagen Sie es Ihrem Vorgesetzten, und der schreibt es in Ihre Akte!« Schnell gibt Pastor Naundorf Knorpel die Hand und drückt sie fest.

»Untersuchungsgefangener Henschel, kommen Sie mit!«, befiehlt der Oberleutnant.

»Auch wenn Sie in tiefster Not sind, ich werde immer für Sie beten! Denken Sie daran!« Beide warten, bis der Besuch die Tür hinter sich schließt. Dann gehen sie auch.

»Henschel! Einen seltsamen Freund haben Sie. Und ich dachte, Sie sind ein Atheist!«

Darauf antwortet Knorpel: »Die Religion ist Tausende Jahre alt! Jeder weiß doch, dass die Kirche Fehler begangen hat, aber der Sozialismus …«

Abrupt bleibt der Oberleutnant stehen: »Noch ein Wort, und Sie bekommen ein neues Verfahren!«

In seiner Zivilkleidung betritt Knorpel den Gerichtssaal und begutachtet den Raum mit klopfendem Herzen. Hier also werde ich verurteilt, denkt er. Ihn fröstelt, als er das Hoheitszeichen der DDR an der Wand sieht. Vorsichtig, als wäre das Holz aus Glas, setzt er sich auf die Anklagebank. Ein bulliger Obermeister kommt und setzt sich neben ihn. Er senkt seinen Kopf und betrachtet seine Hände. Eine Tür wird geöffnet, und Kiki betritt den Raum. Sofort hebt er seinen Kopf. Ihre Augen saugen sich förmlich ineinander. Sie setzt sich. Ein Lächeln huscht über ihr Gesicht, als sie erkennt, wie sehr sich Knorpel freut, sie zu sehen.

»Kiki, ich liebe dich!«, spricht er laut.

»Halten Sie Ihren Mund!«, befiehlt der bullige Obermeister. »Gesprochen wird nur, wenn Sie gefragt werden!«

»Ich liebe dich auch!«, antwortet Kiki.

Eine zum Dicksein neigende Wachtmeisterin schäumt vor Wut: »Halten Sie gefälligst Ihr Maul! Sonst ...« Sie stemmt ihre Hände in die Hüften.

Das Gericht kommt.

Sie müssen aufstehen und sehen sich dabei an. Tränen sieht man in Kikis Augen. Vor Wut ballt er seine Hände.

Die Anklageschrift wird vorgelesen. Danach können sie sich setzen.

»Angeklagter!« Er steht auf. »Warum behaupten Sie, dass die Anklage nicht der Wahrheit entspricht?«

Er studiert die Gesichter des Staatsanwaltes und des Richters. Das sind also die Menschen, die über unser Schicksal richten.

»Angeklagter! Wollen Sie nicht sprechen?«

»Doch! Erstens: Ich habe ...«, er schaut Kiki an, »wir haben nichts verbrochen! Alles, was wir in diesem Buch geschrieben haben, entspricht der Wahrheit!«

»Wollen Sie behaupten«, spricht der Staatsanwalt mit lauter Stimme, »dass ...«, seine Stimme überschlägt sich, »wir unschuldige Menschen vor Gericht stellen?«

»Wir erzählten in diesem Buch von einer Jugendlichen, die während ihrer Schulzeit von der Staatssicherheit angeworben wurde ...«

»Angeklagter!«, spricht außer sich der Staatsanwalt, »hören Sie auf, uns Märchen zu erzählen. Ihr Hauptgrund war und ist, Sie wollten die DDR diffamieren! Dazu war Ihnen jedes Mittel recht!«

»Aber ...«

»Schweigen Sie!«

Knorpel blickt seitlich Kiki in die Augen. Beide hören nicht zu, was über sie gesprochen wird. Sie haben sich, durch ihre Augen, viel zu sagen.

Kiki wird aufgerufen. Mit ihrer klaren Stimme erzählt sie von ihrer Freundin, die sie jahrelang bespitzelt hat. Außer sich, ermahnt der Staatsanwalt sie, bei der Wahrheit zu bleiben. Sie erzählt von ihrem Selbstmordversuch und dass ihre Freundin, als unliebsame Person, in den Westen abgeschoben wurde. Kiki setzt sich, und wieder erzählen ihre Augen von der Sehnsucht ...

Der Staatsanwalt redet sich in Rage und fordert – erst da hören sie zu – für ihn drei Jahre und acht Monate und für Kiki drei Jahre. Entsetzt blickt Kiki Knorpel an.

»Was seid ihr nur für Menschen, dass ihr die Wahrheit so fürchtet! Eines Tages wird die Wahrheit ans Licht kommen!«, sagt Knorpel laut und deutlich.

»Schweigen Sie! Ihnen wird das Lachen noch vergehen!«

Knorpel erhebt sich langsam. »Rosa Luxemburg sagte einmal«, spricht er mit ruhiger Stimme, »Freiheit ist immer die Freiheit des Andersdenkenden!«

»Halten Sie Ihr loses Mundwerk!«, befiehlt der Staatsanwalt außer sich.

»Weiterhin«, spricht er unbeirrt weiter, »sagte sie: Mensch sein ist vor allem die Hauptsache!«

»Schweigen Sie!«, befiehlt er wieder mit seiner kräftigen Stimme.

Danach werden sie abgeführt, und Knorpel kommt in eine schmutzige Zelle. Das Essen, das er bekommt, rührt er nicht an. Am Nachmittag ist die Urteilsverkündung. Kiki und Knorpel schauen sich an, und in beiden Augen spiegelt sich tiefe Traurigkeit wider.

Wieder stehen sie auf, als das Gericht erscheint. Das Urteil wird vorgelesen. Mit entsetzten Augen starrt Kiki den Richter an. Jetzt weiß sie, dieser Richter wird das Urteil nicht verändern. Dann geht alles sehr schnell. Mit einem Satz springt Kiki über die Beine ihrer Bewacherin und eilt zu Knorpel. Sie fallen sich in die Arme und küssen sich. Mit äußerster Kraft halten sie sich fest, obwohl an ihnen herumgezerrt wird. Nach einiger Zeit lassen sie los. Sie werden aus dem Gerichtssaal abgeführt.

Epilog

Die ehemaligen politischen Häftlinge der DDR singen mit Inbrunst die Nationalhymne der Bundesrepublik, als sie durch die Kontrollstelle der DDR fahren und sich auf dem Gebiet der Bundesrepublik befinden. Danach liegen sie sich in den Armen. Nur einer sitzt schweigend am Fenster: Knorpel. Er hängt seinen Gedanken nach. Kiki, jetzt sind wir für immer getrennt!, denkt er, und tiefe Traurigkeit überfällt ihn. Rolf, ein Mithäftling aus Torgau, kommt zu ihm. »Knorpel, jetzt freue dich doch. Du bist frei! Geht es nicht in deinen sturen Schädel rein?«

Er blickt ihn an. »Ich würde mich freuen, wenn Kiki in diesem Bus wäre!«

Rolf seufzt. »Komm, lass den Kopf nicht hängen! Wie ich dich kenne, wirst du alles unternehmen, damit deine Freundin aus dem Gefängnis kommt.« Freundschaftlich klopft er ihm auf die Schulter.

»Stur bist du ja! Das habe ich immer an dir geschätzt!« Er blickt Rolf an. »Die Hälfte von deiner Strafe brauchst du nicht abzusitzen! Bei mir sind es anderthalb Jahre!« Wieder klopft er Knorpel auf die Schulter. »Freue dich doch! Wir sind aus dieser Scheiße heraus!«

Sie schauen sich an.

»Knorpel, was wirst du jetzt machen?«

Zum ersten Mal lächelt er. »Lesen und schreiben!«

Sie schauen aus dem Fenster. Staunen über die farbenfrohen Autos, die an ihnen vorbeifahren, und hängen ihren Gedanken nach.

»Wir sind bald da!«

»Woher weißt du das?«, fragt Knorpel.

»Hab das Schild gesehen! Es sind noch zwanzig Kilometer bis Gießen!«

Im Bus ist Ruhe eingekehrt. Jeder hängt seinen Gedanken nach. Als der Bus durch Gießen fährt, hängt jeder stumm am

Fenster. Was sie sehen, ängstigt sie. Eine vollkommen fremde, farbenfrohe Welt wartet auf sie.

Der Bus fährt in einen Hof. Sie steigen aus, blicken sich um, ihr kleines Handgepäck in der Hand. So wie sie es im Gefängnis gelernt haben, stellen sie sich auf.

Ein zweiter Bus fährt in den Hof, vollführt eine kleine Schleife und bleibt ebenfalls stehen.

Rolf stößt Knorpel an. »Knorpel, da sind Frauen im Bus!«

Wie hypnotisiert starrt Knorpel den Reisebus an. Die Türen gehen auf, und als Erste tritt Kiki heraus.

Kurz schließt Knorpel seine Augen, dann rennt er, und mit freudiger Stimme ruft er: »Kiki!«

Sie lässt ihre kleine Tasche fallen, sucht mit den Augen den Rufer und sieht, wie Knorpel mit schnellen Schritten auf sie zueilt. Fassungslos starrt sie ihn an. »Knorpel«, haucht sie. Automatisch schließt sie ihre Arme um ihn, blickt ihn an. Tränen fließen über ihre Gesichter, und dann versinken sie in ihrem ersten Kuss nach langer, langer Zeit. Menschen klatschen.

»Und ich dachte«, spricht Knorpel leise, »ich würde dich nicht wiedersehen!«

Sanft streicht sie über sein Gesicht. »Das dachte ich auch!«

Wieder küssen sie sich.

»Jetzt können wir so leben, wie wir wollen!«, sagt er mit belegter Stimme.

»Ja, ich freue mich darauf!«, flüstert sie ihm ins Ohr.

Dietmar Ostwald

Aktion Kornblume

Eine Geschichte aus den Tagen des Mauerbaus, wie sie nicht nur vielleicht passiert ist in der DDR … Ein Hauptmann der Stasi erpresst einen Dorfbewohner mit seiner Nazi-Vergangenheit zu Spitzeldiensten. Allzu leicht lässt sich dieser darauf ein, hat längst sein Mäntelchen nach dem Wind gehängt. Wagner ist der typische Opportunist: erst KPD, dann NSDAP, jetzt Stasi-Spitzel. Doch die Folgen für ihn selbst stellen sich bald ein.

ISBN 978-3-86237-656-8
8,50 Euro

Engl. Broschur
90 Seiten, 11 x 17 cm

Dietmar Ostwald

**Das Phantom
aus der Vergangenheit**

Der verschlossene Märchenerzähler Dieter Klein wird mit seinem ehemaligen Peiniger, dem Stasihauptmann Stein, konfrontiert. Er muss sich einer schmerzvollen Vergangenheit stellen, als Steins Tochter Petra den Kontakt zu ihm sucht und sich in ihn verliebt. Auch Petra findet mehr über die Vergangenheit ihres Vaters heraus und distanziert sich von ihm.
Klein, der sich schwer tat, in der BRD neu anzufangen, öffnet sich langsam und sieht in Petra die Chance auf ein neues Glück. Doch ihrer gemeinsamen Zukunft steht unverbesserlich und unbelehrbar Stasihauptmann Stein im Weg, der noch im DDR-Sozialismus verankert ist.

ISBN 978-3-86237-580-6　　　　　　　　　　Hardcover
17,50 Euro　　　　　　　　219 Seiten, 14,5 x 20,2 cm

Die Projekte-Verlag Cornelius GmbH
gibt auch unbekannten Autoren die Möglichkeit,
ihre Literatur zu veröffentlichen und diese einer Leserschaft
zugänglich zu machen.

Im Mittelpunkt unseres Autorenbuchprogramms steht die
junge deutschsprachige Literatur
von Zeitzeugen, Chronisten, Roman- und Essayisten sowie
Verfassern von Kinder- und Jugendliteratur.

Das Buchprojekt wird professionell und fachlich betreut.
Dazu gehört die kostenfreie Bewertung des Manuskriptes
durch den Verleger und die Bereitstellung einer ISBN.
Durch die verlagsinterne Druckerei und buchbinderische
Handarbeit im eigenen Haus sind wir unabhängig in Format,
Ausstattung und Gestaltung des Buches.

Bei Interesse nehmen Sie mit uns Kontakt auf,
wir beraten Sie gern:

Projekte Verlag Cornelius GmbH
Thüringer Straße 30
06112 Halle (Saale)

Tel.: (0345) 6 86 56 65
Fax: (0345) 1 20 22 38
E-Mail: info@projekte-verlag.de

www. projekte-verlag.de
www.buchfabrik-halle.de
www.bkc-halle.de